韦力 ◎ 著

覓畫記

韦力·传统文化遗迹寻踪系列之七

卷四

上海文艺出版社

本卷目录

001　齐白石
画吾自画自合古，何必低首求同群？

025　庞莱臣
满箧琳琅，遂为东南藏家之冠

047　黄宾虹
石涛以后，宾翁一人而已

067　王震
用笔雄厚，醇茂之处

089　陈衡恪
现代美术界，可称第一人

112　高剑父
雄肆逸宕，如黄钟大吕之响

130　金城
精研古法，博采新知

149　汪采白
与古人并辔艺林，各擅胜场

164 朱屺瞻
拓胜景于潇湘，参油画于巴黎

183 颜文樑
细致凝练，色彩响亮

202 吴湖帆
醇厚苍润之致，已达神化之境

220 徐悲鸿
吞吐融浑，自成一家，开创一代新画风

244 潘玉良
以欧洲油画雕塑之神味入中国之白描

263 刘海粟
目光之远、魄力之大、抱负之宏

284 溥心畲
打破沉寂，北方画坛第一

310 潘天寿
把传统规范推到边界与险峰

332 王个簃
继承缶庐，洒落酣畅

353 丰子恺
"感想漫画"几乎是他独创

374 张大千
五百年来第一人

401 林风眠
　　调和中西艺术，创造时代艺术

420 江寒汀
　　飞鸣宿食之态，尽在目中

439 傅抱石
　　大千、君璧之外，又现一巨星

461 李可染
　　中华庶民，岐黄之徒

481 陆抑非
　　工穷而艳溢，花笑而鸟鸣

499 郭味蕖
　　当代小写意花鸟画的巅峰之代表

519 庞薰琹
　　以纯物质的形和色，表现纯幻想的精神境界

537 陈少梅
　　得北宗精整爽健，收南宗文雅精微

553 陆俨少
　　创"陆氏云水"新程式

575 后记

齐白石（约 1863 年—1957 年）

画吾自画自合古，何必低首求同群？

齐白石是中国近代最长寿的画家之一，生年九十多岁。1956 年 4 月，他被世界和平理事会授予 1955 年度国际和平奖，为此齐白石得到了五百万法郎的奖金。1956 年 9 月 1 日，中国人民保卫世界和平委员会给齐白石举行了隆重的颁奖仪式，这个大会由郭沫若主持，茅盾代表世界和平理事会给齐白石颁奖，周恩来总理出席了这个大会。一位中国画家有着如此高的世界声誉，中国近现代画家中无出其右。

齐白石的艺术成就主要表现在绘画和篆刻这两个方面，而其书法也有一定的独创性。对于齐白石如何评价自己各方面的成就，傅抱石的《白石老人的篆刻艺术》中引用了齐白石对于非闇所言："我的篆刻第一，诗第二，书法第三，画第四。"但这样的排序在白石老人那里也有变化，比如 1958 年，傅抱石在其所撰《白石老人的艺术渊源初探》中引用齐白石的说法如下："我的诗第一，印第二，字第三，画第四。"从这两种说法中可以看出，无论怎样排序，白石老人都认为自己四项技能中绘画的水平最差，这跟广大人民群众的认定恰好相反，就社会层面而言，人们提到齐白石还是夸赞他的绘画。

就其个人经历而言，齐白石的书法、绘画和篆刻都未曾有过正统的师承。他在绘画上的成就，更多的是倚靠自己的天分以及后天的刻苦努力。《白石老人自述》中提及在他八岁时就画出了自己的第一张作品,当时他是临摹了一张雷公像,自我感觉画得不错,由此对绘画产生了兴趣,之后凡是入其眼的虫草树木全部成了他的临摹对象:"最先画的是星斗塘常见的一位钓鱼老头,画了多少遍把他的面貌身形,都画得很像。接着又画了花卉、草木、飞禽、走兽、虫鱼等等,凡是眼睛里看见过的东西,都把它们画了出来。尤其是牛、马、猪、羊、鸡、鸭、鱼、虾、螃蟹、青蛙、麻雀、喜鹊、蝴蝶、蜻蜓这一类眼睛常见的东西,我最爱画,画得也最多……外祖父把我画画的事情,查了出来,大不为然,以为小孩子东涂西抹,是闹着玩的,白费了纸。"

看来,白石在幼年时绘画是偷偷摸摸地进行,后来被外祖父发现,制止了他的行为,认为这是浪费纸张。但他幼年时的这种偏好,后来却成了他的谋生之道。齐白石从小身体较差,不适合下地干农活,所以在其十三周岁时,父亲就让他去学木匠,希望帮他找个不用下地干活就能吃饭的营生。他最初是跟着本家叔祖齐仙佑学习"粗木作",这个行当在给别人盖房子的时候,需要登高上梁架,齐白石因为年纪小,再加上身体瘦弱,扛不动大木,于是齐仙佑就把他送回了家。

为了学一门技艺,齐白石的父亲又把他送到了另一位远房亲戚家去学木匠,虽然此次仍然是粗木作,但齐白石开始留意木料的雕花手艺。那时的木雕在内容上没什么创新,齐白石却能将日常生活中的葡萄、石榴等融入到木刻之中,因此受到了人们的喜爱。为了能够在雕花上拓展出更多题材,齐白石在十九岁时就开始勾摹书中的绣像插图。二十岁时,他得到了一部饾版印刷的《芥子园画谱》,齐白石得到这部秘笈后大为兴奋,对着这部画谱一遍遍地勾摹。因此,《芥子园画谱》可谓是齐白石绘画的启蒙之师,他以此为师,对后来绘画风格的形成和转变起到了较大作用。郎绍君在《齐白石研究》一书中指出:"《芥子园画谱》系由文人艺术家编撰绘制,在趣味和画法上,自然指向文人绘画。这对齐白石后来向文人艺术转变,也有不可忽视的作用。"

经过一番自我琢磨，齐白石对绘画有了一定的了解，但他还是希望能够得到名家的指点。于是他在清光绪十五年（1889），经友人介绍，拜湘潭画家萧传鑫为师。他在那里跟着老师学习画肖像，而这位萧传鑫也同样是自学成才。他原本只是位纸扎匠，经过自学，萧传鑫有了一定的绘画技法。后来齐白石又拜胡沁园为师，他跟着胡学习工笔画花鸟草虫。

齐白石的绘画作品中，最受人们欢迎的就是他的工笔昆虫，对于他是从哪里学到这个技巧，后世有着不同的说法。比如黎锦熙在《齐白石年谱》中称："辛丑（1901）以前，白石的画以工笔为主，草虫早就传神。他在家一直养草虫——纺织娘、蚱蜢、蝗虫之类，还有其他生物，他时常注视其特点，做直接写生的练习……"按照这样的说法，齐白石是靠观察这些昆虫，而后绘制出了精细的工笔虫草。然而张次溪在《齐白石一生》中却有着另外的说法："至于他的草虫，据别人说，是从长沙一位姓沈的老画师处学来的。这位老画师画草虫是特有的专长，生平绝艺，只传女儿，不传旁人。他结识了老画师的女儿，才得到了老画师画草虫的底本，他的草虫，后来就出了名，这大概是光绪二十五年（1899·己亥）的事。他在六十岁时（1922·壬戌）从家乡回京，带来了早年画的草虫稿本，人家就纷纷请他画草虫了。"

齐白石的艺术生涯中，有一个绕不过去的重要人物叫胡沁园，他不但教齐白石画工笔画，同时还请湘潭名士陈作埙教齐白石作诗文。经过胡沁园的介绍，齐白石终于成为了一位画像师，他在四十岁之前，就是靠给人画像来维持生计。因为有了些钱，四十岁之后的齐白石曾经远游多地，这些游览历程使他开阔了眼界，同时他将在画册中看到的自然景象跟现实相印证，由此让他明白了古人在写生方面的技巧及重点所在。《白石老人自述》中称："那时，水陆交通很不方便，长途跋涉，走得非常慢。我却趁此机会，添了不少画料。每逢看到奇妙景

《铁拐李》 收录于《齐白石绘画精品集》

《虎图》 故宫博物院藏

三百石印富翁齐璜作

物,我就画上一幅。到此境界,才明白前人的画谱,造意布局和山的皴法,都不是没有根据的。"

几年的游览让齐白石意识到自己的文化功底较差,于是回到家乡开始苦读古人的诗词。以他个人的性情来说,他最喜欢宋人的诗,经过一番学习,齐白石认为自己的诗作有了很大的长进,这也正是他自称自己的艺术特长以诗为第一的来由。可惜的是,后世少有人关注他在诗学方面的成就。

齐白石在绘画方面用功最多,为了拓展自己的眼界和技艺,他开始临摹八大山人、石涛、金农等人的作品,因为他终于意识到了,文人绘画和民间绘画有着重要的观念上的区别。齐白石学习古人的方法就是反复地临摹,胡佩衡在《齐白石画法与欣赏》一文中称:

> 老人自己说,他见过很多八大的作品,每张他都能记得很清楚。因为他对每张作品,都仔细反复研究过,如怎样下笔,怎样着墨,怎样着色,怎样构图,怎样题识等。明确以后,他还要正式临摹。临摹又分"对临""背临""三临"。"对临"是一边看着原画一边临摹,主要在吸收笔墨技巧,从外形体会其"神"。"背临"是不看原画一气写成……之后,将原画与临摹的作品挂在一起,进行研究,如果发现还有对笔墨体会不到的地方,就要进一步"三临"……

正是大量的临摹,使得齐白石中年时的绘画风格始终有着八大山人的影子。但是八大的绘画风格太过超脱,尤其那种寥寥几笔的大写意,一般人难以欣赏得了,故齐白石定居北京后,少有人欣赏他的画作,他也难以靠卖画来维持生计,在那个阶段,只能靠篆刻赚取一些生活费用。胡佩衡在《齐白石画法与欣赏》中说:"我记得,白石老人定居北京不久，常常有人请他刻印，很少有人找他画画。老人只靠刻印还不能维持生活，而当时已经有了很多享盛名的大写意画家，如吴昌硕、王一亭、陈师曾、凌直支、陈半丁、姚华、王梦白等。所以，初来北京的白石老人，就更不受欢迎了。在这种环境里，老人感到自己的艺术不突出，非另立门户才有出路，便立志独创画派，也即他后来自称的'衰年变法'。"

五十多岁的齐白石为了能够画出自己的独特面目，决定重新开创一种画路，其原因正如他自述道："我的画，虽是追步八大山人，自谓颇得神似，但在北京，确是不很值钱的哩。师曾劝我自出新意，变通画法，我听了他的话，自创红花墨叶的一派。"

由此看来，齐白石的衰年变法有两个主要原因：一是为了生活，二是受到了陈师曾的劝励。由此，他几乎用了十年的时间来改变自己的画风。然其所变也并非是凭空创造。如胡佩衡所言，其实齐白石是由学八大山人转而学习吴昌硕："陈师曾最崇拜吴昌硕，曾得吴昌硕的亲传。当时吴昌硕的大写意画派很受社会的欢迎，而白石老人学八大山人所创造的简笔大写意画，一般人却不怎么喜欢，因为八大的画虽然超脱古拙，并无昌硕作品的丰富艳丽有金石趣味。在这种情况下，白石老人就听信了师曾的劝告，改学吴昌硕。"（《齐白石画法与欣赏》）

陈师曾的劝告乃是在齐白石衰年变法之前的两年。1917年初夏，陈师曾到法源寺拜访了齐白石，他在那里看到齐白石所画的《借山图》，而后题了一首诗：

　　曩于刻印知齐君，今复见画如篆文。
　　束纸丛蚕写行脚，脚底山川生乱云。
　　齐君印工而画拙，皆有妙处难区分。

《加官图》 故宫博物院藏

但恐世人不识画，能似不能非所闻。

正如论书喜姿媚，无怪退之讥右军。

画吾自画自合古，何必低首求同群？

陈师曾感觉到齐白石绘画中的模仿风格太明显，于是就劝他要有自己独特的画风，这样的劝解也正符合了那时齐白石的思变心态。《白石老人自述》中称："他是劝我自创风格，不必求媚世俗，这话正合我意。"后来，陈师曾又对齐白石进行过提携。接下来齐白石返回湖南，在那里赶上了兵乱，于是他躲入山中。到了1919年初，齐白石又返回了北京，从此定居在了这里，直到其逝世。因此可以说，陈师曾是齐白石风格转变的主要促进人。

齐白石在篆刻方面同样有着很高的成就。傅抱石在《白石老人的艺术渊源初探》中称："篆刻在老人的艺术中，也占着不可忽视的位置。老人在这方面的卓越成就，半个世纪以来不只广泛地影响了国内的篆刻家、收藏家和无数的爱好者，还深深地影响了日本不少的篆刻家……据我的偏见，老人的天才、魄力，在篆刻上所发挥的实在不亚于绘画。"

尽管齐白石认为自己的篆刻水准在绘画之上，而傅抱石则认为白石老人的绘画与篆刻可以等量齐观。郎绍君认为齐白石学习篆刻的时间大概是其三十二岁时，按照自述所言，齐白石学习篆刻的原因乃是受到了他人的刺激，当时齐白石请一位长沙的篆刻家给自己刻一个名章。但那人十分挑剔，他说齐白石拿来的石头磨得不平，因此他拒绝刻印，三番五次下来令齐白石十分愤怒，于是自己找到一把修脚刀，开始独自刻印，而后经过朋友的指点，他渐渐学会了篆刻。

对于齐白石学篆刻之事，黎锦熙在《齐白石年谱》光绪二十二年（1896）的按语中写道："白石此年始讲求篆刻之学。时家父与族兄鲸

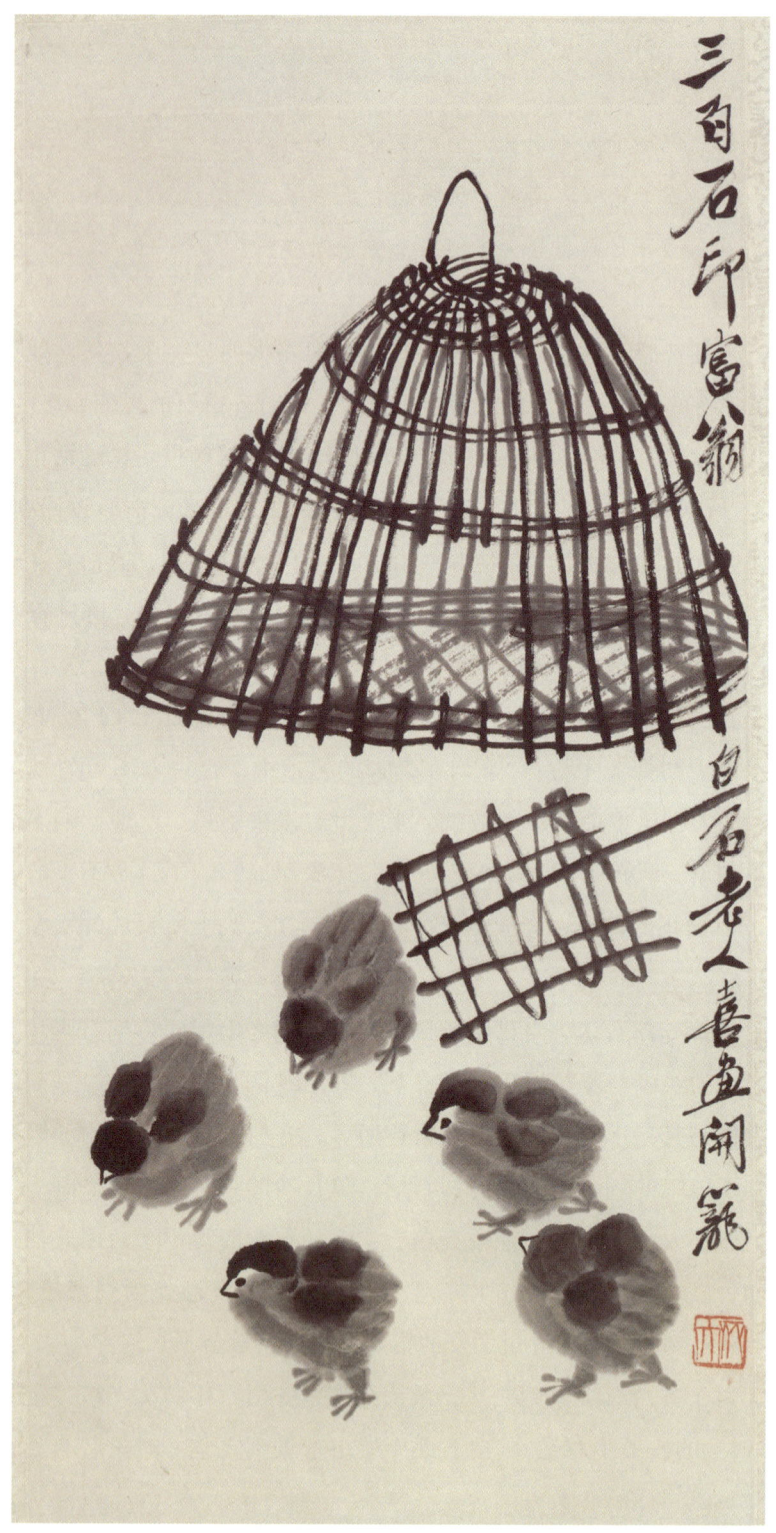

《雏鸡出笼图》 故宫博物院藏

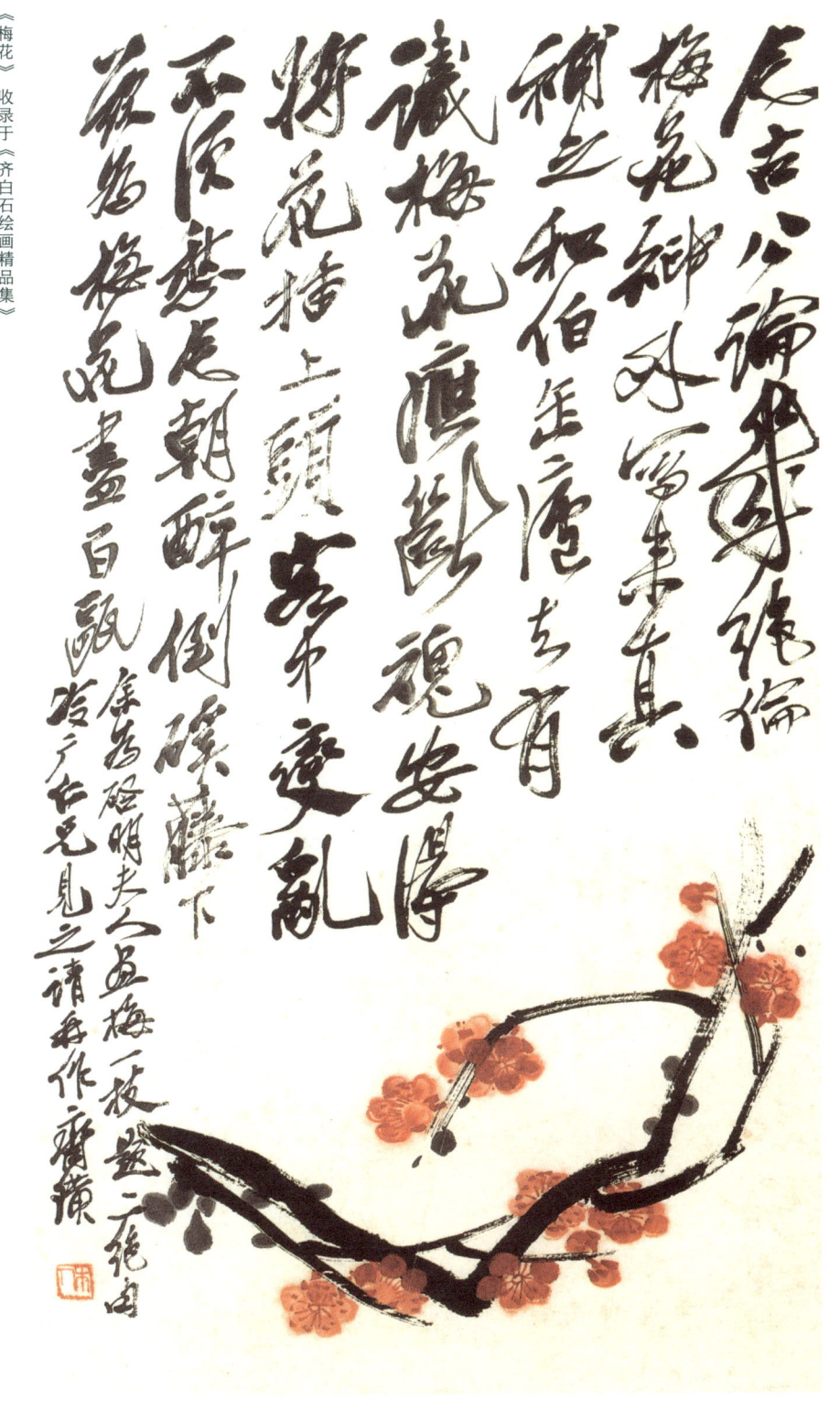

《梅花》 收录于《齐白石绘画精品集》

安正研究此道，白石翁见之，兴趣特别浓厚，他刻的第一颗印为'金石癖'，家父认为'便佳'……家父的《松安自订年谱》载，自丙申至戊戌共刻印约百二十方，己亥又摹丁黄印廿方，这几年白石与家父是常共晨夕的，也就是他专精摹刻图章的时候。他从此锲而不舍，并不看作文人的余事，所以后来独有成就。"

齐白石最初是跟黎松安学习的篆刻，当时他学得十分刻苦。齐白石将自己学篆刻的经历写入了《忆罗山往事》的两首诗中，该诗的第一首为：

>石潭旧事等心孩，磨石书堂水亦灾。
>风雨一天拖两屐，伞扶飞到赤泥来。

齐白石在此诗的小注中写道："余学刊印，刊后复磨，磨后又刊，客室成泥，欲就干，移于东，复移于西，移于八方，通室必成泥底。"为了学篆刻，齐白石不断反复磨刻章石，以至于磨掉的石粉使得地上到处是泥。他最初的篆刻模仿对象乃是丁敬和黄小松，这件事他写入了第二首诗中：

>谁云春梦了无痕，印见丁黄始入门。
>今日羡君赢一着，儿为博士父诗人。

齐白石明确地称，自从看到了丁敬和黄小松的印蜕，才使得他明白了刻印的门径。但他是从哪里看到这样的名家印谱呢？齐白石在小注中写道："余初学刊印，无所师，松安赠以丁、黄真本照片。"那时的齐白石因为没有多少钱，所以不太可能买得起名家印谱，他所见的只是丁、黄刻印的照片。对着照片学篆刻，这是何等之不容易。但是后来，他终于看到了真正的印谱。1905年也就是齐白石四十三岁时，他在黎薇荪家见到了赵之谦的《二金蝶堂印谱》，大为兴奋，因为他终于亲眼见到了真正的名家印谱。他当然买不起这样的印谱，于是他从黎家借得此谱，而后进行临摹。从此之后，他就转而模仿赵之谦的印风。齐白石在一首诗的小注中写道："黎薇荪招游麓山，有同游者某，邀余明日渡河，同赏赵㧑叔印谱。㧑叔印谱，有二金蝶堂印，余私淑焉。"

自从见到了《二金蝶堂印谱》，齐白石的印风大为转变，从此自称是赵之谦的私淑弟子。但是齐白石也并非一味模仿赵之谦，他自称："我同薇荪等，游山吟诗，有时又刻印作画，非常欢畅。我刻印的刀法，有了变化，把汉印的格局，融会到赵㧑叔一体之内，薇荪说我古朴耐人寻味。"

齐白石将汉印风格融入了赵之谦的印风之中，究竟是融入了哪些元素呢？齐白石在《白石印草》中说道："余之刻印，始于二十岁以前，最初自刻名字印，友人黎松安借以丁、黄印谱原拓本，得其门径。后数年得《二金蝶堂印谱》，方知老实为正，疏密自然，乃一变。再后喜《天发神谶碑》，刀法一变；再后喜《三公山碑》，篆法一变；最后喜秦权，纵横平直，一任天然，又一大变。"虽然有了这样的融合，但齐白石对赵之谦还是十分地推崇，他在《半聋楼印草序》中夸赞说："刻印者能变化而成大家，得天趣之浑成，别开蹊径，而不失古碑之刻法，从来唯有赵之谦一人。"

看来，齐白石偏爱赵之谦的地方，也正是赵在篆刻方面能够有所融会。所以，他从学习赵之谦的印风入手，逐渐地演变出了自己的面目。他在《半聋楼印草序》中继续说道："予年已至四十五时，尚师《二金蝶堂印谱》，赵之朱文近娟秀，与白文篆法异，故予稍稍变刚健超纵，入刀不削不作，绝摹仿，恶整理。再观古碑刻法，皆如是。苦

《补裂图》 收录于《齐白石绘画精品集》

工十年，自以为刻印能矣。"

模仿的目的就是为了超越，就这点而言，确实表达出了齐白石的心境。他虽然是崇拜赵之谦，但同样以不能超越古人为耻。比如他在"净乐无恙"印的边款中写道："余刊此石，无意竟似㧑叔先生，人皆以为大好矣。余不能去前人之窠臼，惭愧惭愧！白石并记。"

齐白石说自己这方印的风格竟然无意间很像赵之谦，为此很多人夸赞这方印刻得好，而他本人却觉得惭愧，因为未能做到出于蓝而胜于蓝。因此说，齐白石特别强调要有创新意识，他在《白石诗草》中说：

> 古之画家，有能有识者，敢删去前人窠臼，自成家法，方不为古大雅所羞。今之时流，开口以宋元自命，窃盗前人为己有，以愚世人，笔情死刻，尤不足耻也。

在篆刻的创新方面，齐白石构思大胆，经过一番融会，他终于有了自己的独特面目。无论他人如何评价这种面目的好与坏，齐白石坚定地认为一定要有所创新。他在《陈曼生印拓》的题记中明确表达出自己的这种观念：

> 刻印，其篆法别有天趣胜人者，唯秦汉人。秦汉人有过人处，全在不蠢，胆敢独造，故能超出千古。余刻印不拘前人绳墨，而人以为无所本。余尝哀时人之蠢。不知秦汉人，人子也；吾侪，亦人子也。不思吾侪有独到处，如令昔人见之，亦佩服。曼生先生之刻印，好在未死摹秦汉人伪铜印，甘自蠢耳。

他的创新在初期并没有受到业界首肯，很多人都认为他的篆刻属

《桃兔图》 故宫博物院藏

于野路子，但齐白石并不因此而动摇自己变法的决心。他在《印说》中曾说过："予之刻印，少时即刻意古人篆法，然后即追求刻字之解义，不为摹、作、削三字所害，虚掷精神。人誉之，一笑；人骂之，一笑。"其实，齐白石的篆刻也有章法可寻，王森然在《回忆齐白石先生》一文中称："我常常见他刻到半途中，忽而从大案下边，抽出《六书通》来，查一下。许氏《说文》，他是熟悉的。"

齐白石在篆刻的过程中也会参考历史文献，他不但随时查证《六书通》，同时对许慎的《说文解字》也十分熟悉，说明他的篆刻也称得上是字字有出处。后期齐白石的篆刻饱受夸赞，还有一个重要原因就是他独特的篆刻方式，他在《白石老人自述》中讲到了自己刻印的手法："我刻印，同写字一样。写字，下笔不重描；刻印，一刀下去，决不回刀。我的刻法，纵横各一刀，只有两个方向，不同一般人所刻的，去一刀，回一刀，纵横来回各一刀，要有四个方向。……我刻时，随着字的笔势，顺刻下去，并不需要先在石上描好字形，才去下刀。"

齐白石刻印并不会打印稿，而是以刀代笔，直接在石头上动刀。但这并不等于说，他在篆刻之前没有进行过布局上的构思。齐白石的弟子胡絜青在《齐白石三百石印》中的描述更为形象："看齐老人刻印是一大享受，他一不用笔在石头上起墨稿，而是先打好腹稿，想了后，直接握刀刻下去；二不用印床，而是一手握石，一手持刀，全靠腕力；三不来回转石头，而是先刻竖道，石头转一次九十度，再刻所有的横道，刀永远直着走，不走横刀；四不回刀，一刀成功。"

经过个人的刻苦努力，齐白石终于成为了京城中的著名画家，其收入也随之大幅增多，可以用财源滚滚来形容，但齐白石依然过着极为简朴，甚至可以说是吝啬的生活。他的女婿易恕孜在《白石老人生平略记》中写道："白石老人早年过着贫苦的日子，养成一种节俭勤劳的美德，到老不衰。他晚年虽已富有积蓄，也总是不肯轻易动用。他

《一粒丹砂图》收录于《齐白石绘画精品集》

俦了力子烧炼方成一粒丹砂尘世凡夫眼界看为饿缚身家贝克来燕京省观益觉与之以纪其事时余年三百八甲子朱乃正

当年卖画刻印所得的收入,多换成黄金、银元,埋入地下,口头还常向别人说他没钱。又日常家用的柴米油盐,和他自己的书画印,也唯恐被人偷窃,谨慎地收藏起来,还要锁上加锁,贴上'请君莫再偷'的封条。这些锁的钥匙,不下斤许,都用小绳贯串起来,紧系在他的裤腰带上,行动时叮当有声。"

对于齐白石生活的节俭,相关记述有很多,比如有的记录中说他冬天生炉子用的煤球都会按个来数,这种个性让家人也颇难理解。齐白石还常把自己的观念灌输给孩子们,比如他的女儿齐良怜在《我的父亲齐白石》一文中说道:"照说父亲每天的收入,很是可观,可是他总是和我们说他没有钱,但是我们都知道他一有整数的银洋和钞票,便默默藏起来的秘密。有时候我们向他要点零钱花,他便会说:'常将有日思无日,莫把无时作有时。'父亲一生节俭所恪守的正是这两句格言。"

齐白石有一妻一妾,按照齐白石的说法,妻妾之间关系特别融洽,比如他的妾室胡宝珠第一次生孩子时由其妻陈春君亲自护理。《白石老人自述》中写道:"冬令夜长,一宵之间,冒着寒威,起身好多次。这样的费尽心力,爱如己出,真是世间少有,不但宝珠知恩,我也感激不尽。"

妻子能够对妾室这样好,可谓是齐白石的福分,因此他对其妻特别感激。陈春君去世后,胡宝珠成为了继室,胡宝珠身体不好,齐白石很体贴她。王森然在《回忆齐白石先生》一文中写道:"他的太太宝珠,人很慈祥,时常有病,但是齐先生却一时一刻不能离开她。无论宴会出席、听戏、看展览会,哪一次都是在一起的。画画的时候,她磨墨,她拉纸,凡是得意的作品,都叫她藏在衣箱的底下。"可惜1943年胡宝珠死于难产,年仅四十二岁,此后齐白石未曾再娶。

大概是作画之人对于美有着天然的感受力,因此齐白石很喜欢年

《祖国颂》收录于《齐白石绘画精品集》

轻貌美的女性,无论是收徒还是赠送画作,只要是漂亮女子,就会有更多机会。上世纪五十年代初,齐白石收新凤霞为干女儿,两人第一次见面,白石老人就迷恋上了新凤霞的美貌,也许这正是一位艺术家的真情流露,或许说爱美之心正是他的艺术源泉所在。

1957年9月,白石老人离开了人世,政府给他举行了隆重的悼念仪式。郎绍君在《齐白石研究》一书中写道:"9月21日上午公祭,国家领导人周恩来、陈毅、林伯渠、董必武、陈叔通、李维汉及白石生前好友、学生、国际友人四百余人,参加了公祭仪式。而后,白石灵车在数十辆汽车的护送下,直驶西直门外魏公村湖南公墓,葬于继室胡宝珠夫人墓侧。石碑上刻着白石生前自写篆书'湘潭齐白石墓'。"

而今的魏公村已经成为了北京市中心的一部分,处在西三环的里侧,齐白石的墓是否还在那个地方呢?其实我没有把握,但还是决定前往魏公村去探看一番。

2012年7月10日,我驱车前往魏公村。其实以前这一带是我常来之地,此处有一家大连海鲜餐馆,食材全是空运而来,为此饭店办得颇为红火。后来这家饭店渐渐衰落了下来,经过打听原来饭店老板因坠机而逝,此事就是曾经引起轰动的大连飞机失事事件。事后得知,是有人带汽油乘飞机自杀而导致坠机。人的一生有着太多意外,真不知道在何时会踏入哪一条河流。好在齐白石的一生还算平坦,大多数时间都是在艺术之路上努力探索,最终成为了在全世界都有着广泛影响的大画家。

沿大连海鲜馆侧旁的道路向西行驶,眼前所见是密集的住宅区,在这样的区域内会有一座名人墓吗?尽管我有些怀疑,但还是把车停在路边,徒步穿行于这一排排楼房之间,而后果真在民族大学北侧,一片老的宿舍楼群内看到了齐白石之墓。此墓的具体地点是在北京市海淀区魏公村小区1号楼旁,一座墓葬能够保留在密集的居住小区内,

文保牌

墓园全景

夫妇合葬墓排列方式

墓园入口

墓丘形式

也显现出人们日趋开放和宽容的观念。

  齐白石墓园占地不到两亩，这里修成了一片绿化区域，绿地的西北角就是齐白石和胡宝珠合葬墓。墓园四周用半米高的铁栏杆围起，入口右侧有海淀区所立文保单位汉白玉保护牌，墓园中后侧并着两个大小相同的墓碑，东侧为齐白石墓，墓碑在墓丘的后面，墓丘为长方形，露出地面约四十公分高，墓体的形式及石碑的形式很像西方的墓地。看来这种建造方式乃是近些年重新整修的。

庞莱臣（1864年—1949年）

满箧琳琅，遂为东南藏家之冠

庞莱臣名元济，莱臣是他的字，号虚斋，他是民国年间数一数二的书画收藏家。郑孝胥在给其所写《虚斋名画录》序中称："虚斋主人收藏甲于东南。"陆恢在《唐五代宋元名画》序言中称虚斋所藏："流传有绪，满箧琳琅，遂为东南藏家之冠。"现代收藏大家王季迁甚至直言："全世界最大的中国书画收藏家，拥有书画名迹数千件。"可以想见，庞莱臣收藏之富。

古代书画收藏需要有强大的财力支持，而庞家为南浔四大巨富之一。湖州的南浔是晚清民国的江南富镇，当地有"四象八牛七十二金狗"的谚语，其中的"象"乃是指拥有一百万两白银以上的家族，"牛"是指家资在五十万到一百万者，三十万到五十万者被称为"狗"。而庞家为"四象"之一，其实力之强可见一斑。

关于南浔一地的经济实力，可以比对当时的清廷收入。根据史料记载，十九世纪九十年代初，清政府每年的财政收入约为白银七千万两左右，按保守估算，"四象八牛七十二金狗"加起来的财富，相当于政府年财政收入的百分之四十二。而在1894年以前，中国产业资本投资总额也仅有白银六千万两。

一个小小的镇，仅凭"四象八牛七十二金狗"就可抵得过当时国家年收入的近半，这个数字足令人咋舌。南浔为什么能够出这么多巨富？大多数文章都称是因为该地主要是经营丝织业，另一部分文章则称南浔这些巨富也并非仅靠丝业发家，然而南浔庞家最初确实是经营丝业，而后再转向其他行业。

南浔庞氏是从庞莱臣的父亲庞云鏳开始发家，湖州政协所编《湖州文史》上有《南浔丝商中的"四象八牛七十二墩狗"》一文，文中摘录有郑孝胥所写《庞云鏳墓志铭》，其文称："童年十五习丝业（指在陈裕昌丝行当学徒），精究利病……镇中张氏（指张源泰）、蒋氏（指蒋元春）初与公合资设丝肆，大售，众忌其能，拆资以困之。公遂独操旧业，视市盈虚与为进退，获利倍蓰，数年舍去，挟资归里，买田宅，辟宗祠，置祀产，建义庄，蔚然为望族。"

以此可知，庞云鏳年轻时经营丝业，而后与人合股将产业做大。因其善于经营，受到合伙人嫉妒，于是庞云鏳开始独自经营，数年之间，将事业做得很大。然而该文中又有如下一段记载：

> 据前南浔丝商庄骥千说，庞云鏳在经营蚕丝时，结识了杭州大资本家，胡庆余堂国药店老板胡雪岩（即胡光墉），并与之合作，代胡雪岩囤购辑里湖丝。他还仿效胡雪岩的经营，在南浔镇开设规模较大的庞滋德国药店，与胡庆余堂挂钩，设药栈，自制丸散，并延请名医如内科张宜臣，喉科查杏江等，在店堂辟室施诊，方圆百里内的病家，都来求治，因此庞滋德药材声誉大扬。后来胡雪岩因垄断蚕丝出口失败，几至破产。庞云鏳讲究实惠，仅为转手代办，从中牟利，故不负亏损责任。所以他在死前再三告诫自己的儿辈，莫再经营蚕丝，称之为"白老虎"可怕。

在经营的过程中，庞云鏳结识了红顶商人胡雪岩，效仿胡的经营方式，在南浔镇开办药店，医药生意也做得风生水起。胡雪岩后来在垄断丝业时造成了囤积，导致蚕丝变质，几乎破产，庞云鏳吸取经验，故告诫儿子们不要再经营丝业。那么庞云鏳究竟是靠什么，使得南浔庞家成为数一数二的巨富呢？该文中道出了真相：

> 初，胡雪岩受清朝大官僚左宗棠之托，向洋商购买军火，借以镇压太平天国，以及去陕甘镇压少数民族受命戍边，防卫俄国的侵犯。庞云鏳是经商能手，当他经营蚕丝出口的时候，结识了一些洋商，他就与胡雪岩上下其手，通过洋商，贩卖军火，并向内地走私。当时国内多用火药枪炮，即所谓前膛枪与火药炮，是落后的武器，而洋商进口的是后膛五响或七响洋枪和后膛螺丝开花大炮，为新式武器，杀伤力远胜于前膛枪和火药炮。太平天国失败后，各地的豪绅纷纷成立民团建立反动武装，镇压农民革命，后膛枪供不应求。庞云鏳遂与洋商勾结，贿赂贪官，大搞军火走私，获取暴利，从此成为巨富，挤入了四象之列。为了抵制群众议论，庞云鏳以他大儿子庞元济（字莱臣）的名义，对大清王朝捐献了十万两银子，所谓赈捐豫直灾害报效，由李鸿章奏奖，得到慈禧太后旨，恩赐庞莱臣举人，特赏一品封典，候补四品京堂，获得了名利双收。

原来，南浔庞家真正发财的原因乃是经营军火，难怪这篇文章在谈到庞云鏳一节时，起的题目是"以军火暴发的庞云鏳"。

庞莱臣乃是庞云鏳的长子，虽然父亲留下遗言，告诫他们不要经营丝业，但家族庞大的产业自然有其惯性，故庞莱臣仍然在做这方面的生意。清渠编著的《民国十大藏家》一书中，第八章为"'南浔儒商'庞莱臣——我国近代最大的书画收藏家和鉴赏家"，该文称庞莱臣乃是庞云鏳的次子，某年赈灾钦差来到湖州府，当地官员陪同钦差前往南浔，而后召集镇上这些大户人家，据说其他几象捐款额均为三万两，唯有庞云鏳以儿子庞莱臣的名义捐银十万两，由此令其子名声大振。

为此李鸿章亲笔致函庞莱臣表示谢意，庞在回信中借机向李鸿章提出希望谋得官职，因为毕竟在那个时代，商人虽然有钱，却没有多少社会地位。于是李鸿章向慈禧请奏，特赏庞莱臣举人，并授与候补四品京堂。此后在李鸿章的安排下，庞莱臣前往醇亲王府，可惜错失机会未能与醇亲王交谈，为此李鸿章在清廷派人去日本考察实业时，又特意举荐了庞莱臣。

庞莱臣到日本后，考察的仍然是丝业，清渠在文中写道："在日本，庞莱臣获悉法国里昂国际市场广销厂丝，而绸厂也都开始以厂丝代替南浔的辑里丝，他感到南浔的辑里丝土法生产有了危机。所以从日本考察回国后，庞莱臣筹集资金，与杭州人合资三十万两白银，在杭州拱宸桥如意里附近创办了浙江第一家机器缫丝厂——世经丝厂，专收太湖地区的蚕茧做原料，缫制'金银鹤'牌细丝。他们制造的'金银鹤'牌细丝丝纹匀整，畅销欧美，颇受法国商人欢迎。世经丝厂也因此成为浙江民族资本产生阶段著名的企业之一。"

既然产品畅销，庞莱臣迅速扩大产业，此文中又称："就在同一年，庞莱臣又集资白银十二万两，创办了南浔机器缫丝厂。第二年又与人合资白银八万两，在塘栖创办大纶制丝厂，后来扩资改为崇裕丝厂，并让自己的堂弟庞赞臣担任总经理。此外，庞莱臣也涉足棉纺业，他还于1896年在杭州与人集资白银四十万两，在杭州创办通益公纱厂，这是当时杭州最大的企业之一。"

以此可知，庞元济接替父业继续经营丝业，并且将产业搞得更为庞大。然而李新、孙思白主编的《民国人物传·第四卷》中有王铁生所写《庞元济》一文，却另有说法，该文中首先提及："庞父以经营典当起家,后独资开设庞怡太丝行,为南浔镇上四大巨富之一。"此处称庞云鏳是靠典当起家者,后来经营丝业方成为"四象"之一,这与他文所言不同,关于庞莱臣早年经营状况,该文中则称:

> 庞元济在青年时期喜好字画碑帖,常常购置乾隆、嘉庆年间的名人字画,精心临摹。后发现字画买卖可获大利,于是从事此项交易。他雇了熟练的裱褙工匠和临摹工匠,从书肆中发现真迹,加以裱褙整修,然后高价出售,有时也以赝品冒充真迹。

从这段记载看来,早年时庞莱臣就喜好临摹名家字画,后来又从事字画的买卖。王铁生在文中称:"1895年,庞元济与杭州富商丁丙等人,在杭州武林门外拱宸桥开设世经缫丝厂,资金三十万两,采用进口的新式机器,日可制茧丝一担。庞、丁等人后又在浙江德清县唐栖(今余杭塘栖)开设缫丝厂。这些都是浙江最早的缫丝厂。但因经营不善,无利可图,加以庞元济后来信奉佛教,认为煮死蚕蛹有悖佛旨,不久即将两厂先后盘出。"

丁丙也是当时的大藏书家,王铁生此处称庞莱臣与丁丙合资开办的丝厂并没有赚到钱:"次年,庞元济又与丁丙、王震元等人集资四十万两,由英国进口机器,在杭州拱宸桥塌筹设通益公纱厂。1897年建厂竣工,初期购置英国纱锭一万五千零四十枚,雇男女工人共约一千二百人,1898年产纱二百万磅,1899年达三百万磅。但管理不善,资金不足,债台高筑,又因北方义和团事件影响棉纱销路,不得已于1902年停产,次年将该厂转让给李鸿章之子李经方。"

庞莱臣跟丁丙等人继续集资进口设备扩大经营规模,但依然亏损,按此所言,庞莱臣并没有在经营丝业上赚到钱。既然如此,庞莱臣究竟是靠什么筹得大量购买名画之资呢?王铁生在文中说庞莱臣乃是靠经营纸业发家，文中提及从 1904 年秋庞莱臣就在上海与人合资创办龙章机器造纸有限公司，庞自任总经理，另有十几位董事：

> 原定官股银六万两，商股银三十万两。但在建厂过程中，几度发生资金短缺的困难，经庞元济力为挪借，终于在 1907 年夏建成，开工造纸。建厂初期由于经营不善，加以纸价行情看跌，发生亏损。1909 年召开董事会，决定向清政府商部借银十五万两，另招新股十万两。庞元济请他堂弟庞赞臣来龙章纸厂主持厂务。庞赞臣毕业于邮传部高等实业学堂（后改为交通大学），精通技术，来龙章后，立即将蒸气动力改为电力动力，使生产效率大增，营业蒸蒸日上。

这次的转行使得庞莱臣大赚其利，但到其晚年，他还是将工厂转让给了张静江："1914 年第一次世界大战爆发，外资无暇东顾，更给龙章带来了前所未有的黄金时期，极盛时有工人两千名。直到 1937 年抗战前夕，庞元济因自己年迈力衰，遂将盈利颇丰的龙章纸厂卖给其外甥、国民党要人张静江，后张将龙章纸厂拆迁重庆。"当然该文中也提到了庞莱臣还有许多其他的产业："除了兴办工业以外，庞元济还在南浔、绍兴、苏州、杭州等地开设米行、酱园、酒坊、药店、当铺、钱庄等大小企业。在绍兴置田四千亩，在苏州、上海、南浔等地置有大量房地产。"这些产业共同构成了庞家的总体资本。

如王铁生所言，庞莱臣在年轻时就喜欢收藏和临摹古字画，这样的爱好几乎持续了一生，他的所藏大多著录于《虚斋名画录》十六卷和《虚斋名画续录》四卷中。庞莱臣在前一书的自序中称：

> 余自幼嗜画……年未弱冠即喜购置乾嘉时人手迹，刻意临

摹，颇得形似。先君子顾而乐之曰：此子不愁无饭吃矣！迨后搜罗渐及国初，由国初而至前明，由明而宋，上至五代李唐，循序而进，未尝躐等。每遇名迹不惜重资购求，南北收藏，如吴门汪氏、顾氏、锡山泰氏、中州李氏、莱阳孙氏、川沙沈氏、利津李氏、归安吴氏、同里顾氏诸旧家，争出所蓄，闻风而至，云烟过眼，几无虚日。

看来庞莱臣不仅年幼时就有藏画之好，并且他还喜欢绘画。尽管他在临摹这些名画时谦称仅得形似，其父看到后却很高兴，认为这个儿子今后不愁饭钱，以此可以说明庞莱臣在绘画方面颇有天分。庞莱臣的藏画是由近及远、由今及古，他先从乾嘉时的名画收起，而后一路上追到了唐宋，因为其资金雄厚，使得很多收藏大家宅中珍品渐渐汇集到了虚斋之中。在收画的过程中，庞莱臣也练出了眼力，他的收藏理念是只收精品宁缺毋滥，其在序言中称：

其间凡画法之精粗，设色之明暗，纸绢之新旧，题跋之真赝，时移代易，面目各自不同，靡不惟日孜孜潜心考索，稍有疑窦，宁慎毋滥，往往于数百幅中，选择不过二三幅，积储二十余年，而所得仅仅若此。欧阳子曰：物常聚于所好，而常得于有力之强。余不敢以有力自居，惟好之既笃，积之既久，则凡历代有名大家，盖于是略备焉。

古人有云：观千剑而后识器。庞莱臣以其雄厚的资金得以见到大量真迹，使得他在鉴定真伪时目光如炬，他自称往往是在看到上百幅作品之后，才选购其中的两三幅，经过二十多年的收藏，他的《虚斋名画录》中也仅仅著录了544件藏品，以此可见其悬格之高。按照他所得比例来计算，二十余年间，庞莱臣至少看过一万余件名画。

其实《虚斋名画录》所著录的仅是其所藏的一部分，庞莱臣编成此书的原因，他在序中写道："近者斋居清寂，爰取所藏，时一展阅。仿《江村销夏录》体，随笔登录，共得十六卷。徇友人之请，付诸梓人，俾名迹永彰，亦以示余所得之不易。后之览者，若以余为知画则吾岂敢！"

看来是应朋友之请，其方将藏品目录刊印出版。关于该目录的著录原则，书前列出了十二条凡例，其中一条为："画目分三类，首卷子，次立轴，次册页，自唐、五代、宋、元、明、国朝，以时代先后为差。至折叠扇页，散箧所藏，由前明及国朝名绘如林，容俟续录。"

可见该目录乃是按照装帧形式做出分类，而后以时代为序进行编排，但著录之品中未曾收录折扇等物，并且该书所著录者均为虚斋所自藏，故其在另一条凡例中点明了这个问题："《珊瑚网》《书画汇考》诸书，搜罗荟萃，最称浩博，惟其所载不尽家藏，或非目见。是录披沙拣金，非经寒家所藏，不轻入选。"

庞莱臣说，前代著录的画目虽然内容很丰富，但是书中著录之品并非都是著书人自藏，甚至都不是写书人所目验，他的书中所收，却全部是自己的家藏，以此足见庞莱臣的底气。具体到挑选作品进入画录时，庞莱臣的要求十分严谨，其中两条凡例中写道：

> 遇文字损蚀模糊不辨者，均以方罫代之，或有讹脱，悉照原本，不敢臆改。一所载尺寸长短，悉遵工部营造尺寸，不差累黍，跋纸亦同，惟近人题跋，书于拖尾蹲池者间，亦不暇致详。
>
> 书画之印章，所以征信也。本人姓氏，历代收藏，上至殿廷，下至臣庶，流传之绪，考镜所资，故印有方圆连珠葫芦等式，篆有上下疏密错综之殊，均用楷书依文录入，并下注朱文白文，

李迪 《雪树寒禽图》 原庞莱臣藏 现上海博物馆藏

其缺失模糊不辨者，代以方罫。古籀奇异不识者，摹其具体。他如骑缝押花及钤印别端者，亦一一识其处所，后人按图索骥，于此可考。

可见，《虚斋名画录》在抄录书中文字时遇到模糊、残损无法辨识的情况，他并不会强作解人将其补全，而是直接用"□"来做标识。书中的印章也一一注出，无法释读的章文同样代以"□"。对于这种严谨的著录方式，郑孝胥在序言中首先称：

> 自张彦远《历代名画记》详记跋尾、押署公私印记、装褾裱轴。其后米元章《画史》亦记装褾收藏。及张丑《清河书画舫》则详载题识印记。汪珂玉《珊瑚网》专录名画题跋。高江村《销夏记》并记绢素长短广狭。于是收藏之家多资以辨验真伪。吴荷屋中丞谓《江村销夏录》首重卷册尺寸，然余所见赝迹如阎立本之《秋岭归云》一卷，及江村所收钱舜举之茹花两卷，与原载题咏及卷内尺寸丝毫相符。

这段话讲述了自唐代以来的著录方式，接下来郑孝胥又讲到了《虚斋名画录》超于前人之处：

> 虚斋主人收藏甲于东南，仿《江村销夏录》之体著《虚斋名画录》。其所录者止以家藏为限，而积书至十又六卷。虽江村荷屋以亲见入记者，犹未能与之抗。噫！亦诚足以豪矣！诸家以著书为务，故并录他人所藏，以矜博览。虚斋以收藏为主，故惟录秘玩所蓄，以广流传。旦夕摩挲，与云烟过眼者，孰为真鉴？此岂可相提并论者哉！

郑孝胥夸赞庞莱臣乃是江南第一大收藏家，该书的著录方式也超迈前人。然而，该书的实际编辑者却另有其人，庞莱臣在凡例的最后一条予以了说明："赏奇析疑，雅资同好，陆君廉夫、张君唯庭、张君研孙，同客寒斋，是录之刻，并预校雠，攻错他山，合应备列。"

《虚斋名画录》卷末有陆恢所写后记，此后记首先称："《虚斋名画录》刻既藏，恢始终怂恿刻录之心慰矣。盖是录也，虚斋数十年收罗书画之苦心，胥于是寄。传是录，即传虚斋也。"看来促使庞莱臣将该书刊刻面世者乃是陆恢，因为陆恢觉得这部书的刊刻流传，能够让世人知道虚斋所藏之富，以及鉴定之精。陆恢称："忆予客虚斋今几二十年，谈艺甚款洽，有持名迹至必邀与赏析，而是录登载出入间，亦兼采刍言，故能习知其性情而津津道之。虚斋爱古人画而自能画，画既精，能抉古人之精，浸润涵濡久，遂具此正法眼藏，故书画之来，虽糅杂纷纭，真赝岐出，一见能决其是非，迨既归箧笥，复时时重加比对，遇稍不惬意，即挥而斥之，致入录者无遗憾焉。既明且决，慎重周详，此何等虚心耶！"

陆恢馆于虚斋有近二十年的时间，而陆恢也是一位有名的画家，故跟庞莱臣在谈论画艺时颇为融洽。陆恢称庞莱臣不只是喜好收藏古画，其本人在绘画方面也有成就，这两者加到一起，使得他在鉴定古画时颇具眼力。庞莱臣经营着庞大实业家族，哪里来的时间鉴定如此数量巨大的古字画呢？陆恢在后记中谈到了这一点：

> 恢癖于兹亦有年，考核古书画，自谓得一知半解，而不能不心折于虚斋者，其以此哉！虚斋有才有识，释褐登朝而后，出门求友，亦欲有为于时。乃生世不偶，不得不折而入于此。折而入于此，即于此中辟一境焉，是即陶靖节之桃花源也。故尝见其宾朋满座，外事棼如，碌碌若不可以终日，及宾退而手一编矣，或

日不足，继之以烛，小楼相对，一灯莹然，仡仡至夜分而不知疲矣。

《传》曰："知之不如好，好不如乐。"虚斋由知入好，循至于乐，手写十余册，累累堆几案，皆乐之征也。后之同志者，就其录，读其画，摩挲展对，如见其人。

庞莱臣在应酬之余，于夜深人静时开始品评字画，并做出相应的记录，由此而形成了这部《虚斋名画录》，再经过陆恢等人编辑整理，刊刻面世。该书的出版成为了近代收藏画目中最具名气的一部。而该书出版后，虚斋的收藏并未停止，在此书出版后的十六年，庞莱臣将后续所得又编为《虚斋名画续录》。庞莱臣在自序中写道：

余于宣统己酉岁，曾编《虚斋名画录》一书，迄今已十六寒暑矣。生不逢辰，适更国变，从此杜门谢客，日以古人名迹为伴侣，品藻山水，平章真赝，亦聊以消磨岁月，遣送余生而已。迩年各直省故家名族，因遭兵乱避地来沪，往往出其所藏，或作题襟之助，或为易米之思，以余粗知画理兼嗜收藏，就余求售者踵相接。余遂择其真而且精者，稍稍罗致，然披沙拣金，不过十之一二。

因为战乱的原因，很多名家望族避乱来到上海，为了生活，大多会卖出一些珍藏之品，而那时的庞莱臣因为实力雄厚，得以从容挑拣。以他的话来说，他以披沙拣金的心态来挑选其中的精品。庞莱臣认为古人创作这些作品费了很多心血，他希望能够将这些精品留传于世间，谦称自己平生没有得意之事，只能做这些传承的工作：

因思古人所作，殚精竭思，原冀流传后世，历久勿佚。余自问生平无得意事，无胜人处，惟名迹之获，经余见虽属云烟过眼，而嗜痴成癖，所得在是，所胜似亦在是，彼苍苍者，殆不欲名迹湮没，特令余裒集之，以广流传耶。缘辑《续录》，自唐宋至国朝分列四卷，以供后人共欣赏焉。

然有意思的是，无论《虚斋名画录》还是《续录》，著录之品只是绘画而无书法，他在出版《续录》前请朱孝臧写了篇序言，朱在该序中首先提到了这个问题："余每询鉴藏家何以名画多而名书独少耶！世所传唐五代丹青往往而有，宋元而下益多矣！而苏、黄、米、蔡之墨迹稀如星凤，上溯颜、柳诸贤，其传愈绝，画则近代十数大家之作，苟以收藏，无不具备者，或一家累至数十百种以角胜，而书不能然也。夫作书易而作画难，及售于世，画之值又远过于书，然则易作及值贱者，恒易消灭而日见少；难作且值昂者，顾能悠久而遂见多耶！素蓄此疑，人莫能析。继又悟画之当保存使悠久也，理不与书同。古名书虽不传，而碑帖之精者，往往去真迹不远，历数千载后善习之，犹能得其神髓，画又不能。近乃有泰西之摄影法，似足为画师一延年寿，而以之拟碑帖不侔矣！故书之亡不尽亡，画一毁无所复存，则夫天之护之，人之惜之，必当什伯于书者，非其理耶？"

看来世人重画不重字，令朱孝臧大为感慨。其实就收藏来论，庞莱臣也并非只收画而不收书法作品，因为他为《虚斋名画录》所作的凡例第一条中，就提到了这个问题："法书名画著录并重，惟元济嗜画入骨，故庋藏较多。今先裒集付梓，名曰虚斋名画录，纪实也。其历代名人书迹亦多精品，异日当另置一编，以供艺林赏析，兹不阑入，庶免混淆。"

庞莱臣认为书法与名画有着同等重要的地位，但他本人还是偏好绘画作品，所以自己所藏以画为多。但凡例中提到，他也藏有历代书法精品，日后会单独编一本虚斋藏书法的专著。可惜，这部书未见流传，不知是其并未编写还是编完后未曾出版。但若从他所编的各种目录上看，庞莱臣的确不重视书法。比如1915年美国开通了巴拿马运河，而后举办了世界博览会，庞莱臣受弗利尔邀请拿出一些绘画精品参加了这个展览。转年庞莱臣又以陆恢的名义出版了《唐五代宋元名画》，陆恢在此书的序言中写道：

> 吴兴庞先生虚斋，家世丰厚，夙根风雅，搜罗古今图画垂三十余载。初以清代诸名家入手，渐及乎明，由明而元而宋上至五代、唐朝，循序而进，鉴衡益得其当，苟遇名迹，奚惜重资以购。况年来中原多故，收藏旧家往往播迁为累，割爱求售，而市上之鱼目混珠者亦群相尝试。先生潜心考索，选择精确，不能以毫发欺，真识之鉴可方之宋名人赵自固云。恢素习画，客先生所几二十年，尤目睹先生评画独具慧眼，所罗致者或经历代著录，或曾藏宋元明诸赏鉴家，流传有绪，满箧琳琅，遂为东南藏家之冠。

该序言也同样未提到虚斋藏书法之事，由这些都可看出庞莱臣对书法作品并不太看重。庞跟吴湖帆有着二十多年的交往，梁颖编校的《吴湖帆文稿》中收录有吴湖帆的《丑簃日记》，该日记中记录了许多吴湖帆到虚斋看画的经历，比如在民国二十二年二月十二日中写道：

> 王选青来，同至庞虚斋处观画。壁悬戴文节轴四幅，一仿北苑泼墨，绝似李长蘅；一为潘文恭作，精细绝伦，堪称文节第一品品；一仿倪高士，为眉生作也，此幅最次；一为古木竹石，亦清劲有致。中悬董文恭奉敕画大横幅《岁朝景物》，无味之至。后

出五代赵岩《神骏图》，甚古，本身并无款字，后有赵松雪云"赵岩笔也"，文休承、王百毂俱有题；元龚开《钟道出游图》卷，真是怪品、神品，题者皆元时宋遗民；唐六如《梦仙草堂》卷，非真迹；《风木图》卷，至佳，题者亦众；沈石田《思萱图》卷，亦真迹；石田《东原图》卷，不见妙处；文衡山山水卷，老年精笔；水墨山水，疑出文休承代作而自加修饰者，笔墨绝佳；王孟阳《水竹居》卷，平常。蒋谷孙携来李文简墨竹图卷，有赵松雪、元明善二题，精美雄奇，真奇物。晚饭后出恽南田水墨画册，山水花卉均臻超逸；石涛山水册，亦精细可爱。归时已十一时矣。

吴湖帆所记之品均为画而无字，可见两人一同品评的全部都是画作。庞莱臣还曾跟吴湖帆共同前往日本举办画展，此事记载于1926年6月23日的《申报·游艺消息》："中日联合美术展览会（东方美术协会），今番开在日本，本报闻该会现得日政府之后援，规模颇为宏大。我国出品者有逊清宣统皇帝，暨前一度做过总统徐世昌等之藏画，及当代名家金绍城、周肇祥等作品，约四百件。日本方面有大观、观山、栖凤、春举及其他名流之出品。会期由六月十八日迄三十日，在东京举行。另自七月七日起在大孤中央公会堂展览。五日云：至我国人士之与于斯会者，除金绍城、周肇祥外，尚有李建之、惠尚同、王小山、庞莱臣、吴湖帆诸氏，皆由日前坐上海丸联袂渡日矣。"

庞莱臣与吴湖帆关系之密切，乃是源自上一代，陆恢原本是吴湖帆之祖吴大澂的幕僚，曾经跟随吴大澂前往朝鲜与日本人作战，故陆恢乃是吴湖帆在书法方面的启蒙老师。后吴大澂因为战败，在光绪二十四年（1898）被革职永不叙用，陆恢于是转而成为庞莱臣的门客，主要任务是替庞莱臣鉴定书画。除了陆恢之外，庞莱臣还有多位门客替其掌眼，许雾峰在《庞莱臣：收藏甲江南的虚斋主人》一文中写道：

庞莱臣身后的这支专家团队，包括了陆恢、张砚孙、张唯庭、吴琴木、张大壮、邱林楠、樊少云与樊伯炎等人，这些人中不少是他的亲戚。有些人擅长绘画，已经很有成就；有些人擅长鉴赏与考据。其中，陆恢的名气最大，算是这个专家团队的领衔人物，在庞家前后有二十年之久。陆恢、张砚孙、张唯庭对其藏品进行编目和整理。陆恢在为他掌管书画期间，有可能复制过一些名家的书画。庞莱臣礼请陆恢做客席的时间，当在1889年后，那时庞莱臣二十五岁左右，而陆恢比庞莱臣年长十三岁，也还未到不惑之年。此后，直至1920年陆恢病逝，俩人一直保持着这样亦师亦友的关系。

庞莱臣在晚年曾经为他的藏品立下遗嘱，他将藏品分为三份："书画各件余积五十年之收藏，原来为数甚夥，分置浔苏沪三地住宅之内。民国廿六年中日战事发生后，浔苏沦陷，劫后检查十去七八。综余一生心血精神所寄，遭此损失，思之痛心。虽于战后稍为陆续补购，然为数甚微。平日复为充慈善等事而估去者亦不在少数。今将所存各件悉数赠予秉礼、增和、增祥三人。唯此项物品为余生平酷嗜，并为娱老之计。在余生前应仍置余手头以供清玩。如在余生前再有购进者，则亦一起归入即系赠予之品，不再另外分置。"

这份遗嘱立于1943年，三份藏品准备分别给他的儿子庞秉礼及两个孙子庞增和与庞增祥。但也有文章提及，其实庞莱臣将遗产分为了四份，其中一份由庞莱臣的继室贺明彤监管。许雾峰在文中提及，其实庞莱臣的藏品早在其写遗嘱的二十多年前就开始陆续售卖：

20世纪20年代，庞莱臣开始出售自己的藏品。这也引起了很多人的质疑，王季迁就曾对其将藏品出售给美国的弗利尔表示

董其昌 《仿古山水册》（之五） 原庞莱臣藏 现美国纳尔逊艺术博物馆藏

不解。事实上，运作这些贸易的主要中间人是他的外甥——张静江。张静江于1902年在法国开设了通运公司，通过古董贸易赚了大钱，后来还资助孙中山和蒋介石，所以孙中山称张静江是"革命圣人"，蒋介石称其为"革命导师"。除了通运公司之外，古玩商卢芹斋、张启隆等也是那一时期庞莱臣卖出自己藏品的重要渠道。

关于境外所藏，许雾峰在文中又写道："庞莱臣旧藏的古代名迹如郭熙（传）《溪山秋霁图》、李山《风雪杉松图》、龚开《中山出游图》、钱选《来禽栀子图》、吴镇《渔父图》、沈周《江村渔乐图》、史忠《晴雪图》等，均是通过这一途径流入美国弗利尔美术馆；而庞莱臣旧藏的古代名迹《草虫卷》，现藏美国底特律美术馆；董其昌《仿古山水》，现藏美国纳尔逊·艾京斯美术馆；王原祁《仿倪瓒设色山水》，现藏美国克里夫兰美术馆等。"

但总体而言，庞莱臣的藏品主要还是留在了国内，如今上海博物馆、故宫博物院、南京博物院、苏州博物馆等都藏有虚斋旧藏之物。

2019年2月18日这天，我乘高铁从北京来到湖州，经中华书局总编助理俞国林先生介绍，得以结识湖州党校教授刘正武先生，而后乘刘先生的车由湖州直奔南浔。虽然一路上下着雨，但听刘先生讲起当地的风物，我由此得以长见闻。在此前的两天，我已通过嘉业堂管理处主任郑宗男先生与南浔图书馆原馆长陆剑先生取得了联系，故我们将车停到了南浔古镇入口处。因为我说错了到达时间，导致陆先生未能赶到约定地点，而刘正武对南浔也颇为熟悉，于是由他带着我进入古镇，冒雨走入老街，而后一路走到了金城故居门前。

随即陆剑先生赶到了金城故居的门前，寒暄过后，他带我们先去参观庞莱臣故居，他说这两处故居的看管者沈师傅住在庞氏旧宅内。

南浔古镇入口牌坊

河道遍布

敲门

文保牌

在陆剑敲门的过程中,我拍摄了门前的情形,介绍牌上写明庞氏旧宅位于东大街66—78号,可见旧居范围之大。介绍牌上还写明该处旧宅乃是庞云鏳在同治年间所建,而此旧居的西侧为庞莱臣的居所,东侧为庞青城的居所。

庞青城名元澂,乃是庞莱臣的弟弟。他与哥哥的信仰不同,与孙中山有密切交往,介绍牌中写明庞青城"系同盟会会员,曾出巨资资助孙中山先生领导的辛亥革命"。孙中山在上海时,经常在庞青城的别

介绍牌

院门内

正堂入口

历史痕迹得以保留

墅内秘密集会，后来清政府下令追捕孙中山及其同党，庞青城躲入租界方避过此难。兄弟两人志向如此不同，也算异数，而陆剑先生也向我聊到了庞氏兄弟在这方面的故事。

几年前我到南浔寻访时，郑宗男先生曾带我参观过庞氏旧居，那时的旧居正在维修之中，而今所见故居已修整完毕，只是未曾对外开放。因为陆剑曾参与了故居的修复，故对这里的一切十分熟悉，他带着我二人穿行在这庞大的旧宅之内，边走边讲解，让我了解到旧居内

庞莱臣居所

建筑外观

旧物

别院

每座房屋曾经的用途。

在一个厅房内,我看到了一些旧家具,其中一个木橱保护得十分完好。陆剑介绍说这是当年庞家人送给仆人的,前些年有关部门征集庞家旧物,这些人又将一些原物捐赠出来,他们说当年庞家对人很好。王铁生在文中也写道:

庞元济信奉佛教,每日清晨盘膝打坐,念《金刚经》,数十

拱形回廊

年如一日，从不间断；发财之后，经常为乡里举办一些赈粥、施药之类的所谓慈善事业，并曾出资兴修荻塘，用石块整修湖州至平望间长约三十里的一段运河堤岸。

也许正是因为庞莱臣有这样的心态，所以他活到了八十五岁的高寿。而今这处恢复的旧居内虽然看不到具体与庞莱臣有关的遗迹，但徜徉在其中，依然能够想象出当年庞莱臣跟他的门客在这里赏鉴名画的情形。虽然他的珍藏已经风流云散，但他所出的《画录》却长留人间，以此让后世藏家们感慨其眼界之富，收藏之精。

黄宾虹（1865年—1955年）

石涛以后，宾翁一人而已

关于黄宾虹在中国绘画史上的地位，陈传席在其专著《中国山水画史》中给出的评价是："黄宾虹在山水画史上具有重大的意义，他是振起近代山水画的第一个关键画家。他的画结束了山水画坛上的衰微萎靡的旧状态，开始了雄浑苍莽、大气磅礴的新时代，使濒临灭息的中国山水画获得了新生。"刘曦林在《黄宾虹与二十世纪山水画坛》一文中也称："从传统变革型山水画这个领域来讲，黄宾虹以其沉雄的笔墨和丰富的表现，是坐在第一把交椅上的大师。"

为什么能给出这么高的评价呢？就黄宾虹的生平来看，他大约有两方面的成就：一者，是他对中国画理的系统梳理；二者，是他独创了"积墨法"的绘画方式。邵洛羊在《从张彦远到黄宾虹一脉相衍的笔墨观》一文中称："有清一代，墨法中力争上游者，当推石涛。至于现代，用墨精到而富创造的数黄宾虹先生。"

黄宾虹的用墨是如何精到呢？王伯敏在《"黑、密、厚、重"的山水画》一文中总结为三点："黄宾虹的晚年变法，概括起来有这么三点：一是运用积墨、宿墨，明人如沈周，清初如石溪、石涛和龚贤，都曾使用。惟渍墨，则由黄宾虹摸索出来，并强调其'渍'痕的特殊表现，使所画韵味更足。黄宾虹不仅用'渍墨'，有时还用'水渍'，足使画面更富变化。二是用点彩法。黄宾虹在画上设色，不是用羊毫去渲染,而是以紫毫蘸颜色去点染。三是铺水法。这在黄宾虹的画法中是非常别致的。一局画面的氤氲之趣,可谓无以复加;江南溪山的润湿气候,也为之获得自自然然的表现。黄宾虹的三法归一,便成为黄宾虹晚年变化出来而臻于神化的墨法。"

由王伯敏的这段论述可知,黄宾虹最强调用墨之法。他的用墨方式既有继承也有独创,他对古人的用墨之法去其弊端取其精华,而后创造出具有独立面目的积墨法。李可染在《谈学山水画》一文中对黄宾虹的积墨法有如下描绘:"画山水要层次深厚,就要用'积墨法'。积墨法最重要,也最难掌握。大家都知道在宣纸上画第一遍时,往往感到墨色活泼鲜润,而积墨法就要层层加了上去。不擅此法者一加便出现板、乱、脏、死的毛病。近代山水画家黄宾虹最精此道,甚至可以加到十多遍,愈加愈觉浑厚华滋而愈益显豁光亮。"

以上是他人对黄宾虹用墨之法的评价,而宾翁自己怎么解读用墨的妙处呢?《黄宾虹论画录》中他说道:

> 墨为黑色,故呼之为墨黑,用之得当,变墨为亮,可称之为"亮墨"。每于画中之浓黑处,再积染一层墨,或点以极浓宿墨,干后,此处极黑,与白处对照,尤见其黑,是为"亮墨"。亮墨妙用,一局画之精神或可赖之而焕发。

以水墨绘画乃是中国画的精髓之一,中国传统用墨方式乃是近黑远淡,黄宾虹却能反其道而行之,他用层层叠加的浓墨,却显现出了通透之感,这正是其绝妙之处。周学斌在《黄宾虹对"用光"的重大贡献》一文中说:"中国画以墨色为主,用墨之精者,满幅淋漓,晶亮浑厚;其不善者也往往容易灰暗闷塞。关键在乎通透二字:'用光'可助达到密处透气之目的。宾虹曰:'整体密实、一炬之光,如眼之有

《新安江山色》 中国美术馆藏

孔，通体皆虚。'用光之妙，竟可达到如此境界！"

通过层层叠加的浓墨表现出光的通透，这正是黄宾虹绘画技巧的绝妙之处，故周学斌在其文的引言中对黄宾虹的这个贡献做出了如下点评："传统中国画的技法研究，必谈用笔用墨，而未言'用光'，有之，当自黄宾虹始。宾虹云：'画有起点，始言光线。'又云：'整体密实，一炬之光，如眼之有孔，通体皆虚。'此是有意识在画面上运用光（光点、光斑和光块）来达到画面效果的总结，可谓'用光'理论之先驱。"

关于黄宾虹在用墨上的独特性，以及他在前人用墨基础之上所做出的突破，王鲁湘在其专著《黄宾虹研究》中给出了如下总结：

> 要想使光重新闪烁于中国山水画，第一要紧的就是把墨使足，摆脱元以后干墨皴擦的习气，在墨法上来一次革命。清代布颜图曾经把"墨分六彩"的系统区分为正墨和副墨，把"白干淡"称为正墨，把"黑湿浓"称为副墨。"正墨定之"，"副墨成之"；"正墨为君"，"副墨为臣"。布颜图的这个"六墨"系统反映了明清墨法的实际情况。黄宾虹要反对明清山水画的苍白枯硬，首先就要革这个"六墨"系统的命，反其道而行之，把"黑湿浓"提到正墨的位置。在他的"七墨"（浓、淡、破、泼、渍、焦、宿）系统中，焦墨、宿墨是"黑"墨，渍墨、破墨、泼墨是"湿"墨，再加上一个浓墨，"七墨"中就有六墨属于布颜图所谓的"副墨"。由此比重可见，黄宾虹在墨法上对明清绘画来了一个翻天覆地的革命。

由此可见，黄宾虹在用墨方面有着如此高的成就。从人生履历来看，黄宾虹算得上是少壮工夫老始成，因为他在中国画上所做出的巨

江涵秋影雁初飞，唐人咏齐山句也，因图其大意。宾虹纪游

《江涵秋影》 中国美术馆藏

大成就，基本上是到其晚年才绽放出异彩。关于他的人生履历及其绘画经历，黄宾虹写过一篇篇幅较短的《自述》，其首先讲到了自己的籍贯及名和字："宾虹学人，原名质，字朴存，江南歙县籍，祖居潭渡村，有滨虹亭最胜，在黄山之丰乐溪上。国变后改今名。幼年六七岁，随先君寓浙东，因避洪、杨之乱至金华。"而后他说到了个人喜爱书画的缘由："家塾延蒙师，课读之暇，见有图画，必细观览。先君喜古今书籍书画，侍侧常听之，记之心目，辄为仿效涂抹。遇能书画者，必访问穷究其理法。"

由此看来，他对书画的喜好乃是出自天性，恰好他的父亲也喜好收藏古籍及字画，这个爱好对黄宾虹有着潜移默化的影响。一位姓倪的老人则对黄宾虹的绘画观念产生了直接的影响：

> 时有萧山倪丈炳烈善书，其从子淦，七岁即能画人物、花鸟；其父倪翁，忘其名，常携至余家。观其所作画，心喜之而勿善也，意作画不应如是之易，以其粗率，不假思索耳。其父年近六旬，每论画理，言作画必先悬纸于壁上而熟视之，明日往观，坐必移时，如是三日，而后落笔。余从旁窃笑，以为此翁道气太过，好欺人。请益于先君，诏之曰："儿知王勃腹稿乎？"因知古人文章书画，皆贵胸有成竹，未可枝枝节节为之也。

刚开始黄宾虹对倪翁的绘画酝酿过程不以为然，其父借此规劝他做任何事情都要等到成竹在胸后再动手，为此黄宾虹特意向倪翁请教作画及书法的诀窍："翌日，倪翁至，叩以画法，不答。坚请，乃曰：'当如作字法，笔笔分明，方不致为画匠也。'余谨受教而退。再扣以作书之法，故难之，强而后可。闻其议论，明昧参半，遵守其所指示，行之年余，不敢懈怠。"

《黄海松涛》 中国美术馆藏

以上就是黄宾虹学习绘画的内因与外因，他一生都从事着与美术有关的研究与创作，能够将一种爱好变成终身事业，这正是令人叹羡之处。但人生之路都不可能一帆风顺，三十二岁那年，他听闻康有为等人发动公车上书，激发了他天下兴亡匹夫有责的知识分子入仕之心，他立即写信给康、梁，表明自己对这种行为的支持，因为他认为"政事不图革新，国家将有灭亡之祸"。

黄宾虹是一位敢想敢干之人，他对康梁变法不只是口头支持，更重要的是他将自己的报国之心付之于行动。光绪二十一年（1895）的夏天，他特意去见了谭嗣同，经过一番商议，黄宾虹与武举人洪佩泉、武秀才汪佐臣招集人马进行秘密练武。光绪二十四年（1898），戊戌变法失败，谭嗣同被杀于北京菜市口。闻听此讯，黄宾虹痛哭不已，不久他秘密练兵之事被人举报，黄宾虹闻讯躲到了河南开封。

到了光绪三十二年（1906），黄宾虹的反清之心依然未曾磨灭，他在这一年跟同盟会会员许承尧等人以纪念黄宗羲为名组成"黄社"，以此秘密宣传革命思想。为了筹措革命经费，黄宾虹在家中的后院私铸铜钱，他的所为被人密告为"革命党人"，为了逃避抓捕，经友人相助，他化装后逃往上海。1911年武昌起义后，上海商团组织人马攻打沪南高昌庙军械库，黄宾虹参与了这场行动。军械库被攻下后，他制作了一面大白旗，以此来庆祝上海光复。

从这些经历看，青壮年时期的黄宾虹为了民族的振兴，可谓不遗余力。然而不知什么原因，上海光复后，他就激流勇退不再参与政事，而是将所有的心思用在了研究艺术史和绘画创作方面。王非在《黄宾虹的绘画史观》一文中谈道：

> 有两件事，可能对他的画学思想有巨大影响。一件是1908至1916年与邓实合编出版《美术丛书》。一件是1936至1939年

应邀审查鉴定故宫南迁之大量文物字画。对历代字画原作的鉴定，"所见真迹不下十万余"，"于名家无不参究"，使他见多识广，辨良莠而识真伪，再加上他毕生酷嗜金石古玺文字，收藏丰富，考证精详。

《美术丛书》是一部大部头的著作，这部书收录了历代与中国美术史有关的文献。他当年跟邓实合编该书，至今仍是研究中国绘画史最重要的参考资料之一。黄宾虹编辑了这么一大套书，等同于他对中国绘画史做了一遍系统地疏理。陈传席在《中国山水画史》中说："他对古代画论画理的研究，尤能鉴赏和择优学习优秀的传统。继明末清初李日华、周亮工之后，黄宾虹可谓优秀的大鉴赏家，惜因其画所掩，不为世人瞩目。"俞剑华则认为黄宾虹对于绘画史的研究有开拓之功："黄宾虹是绘画界的老前辈，也是绘画史这门学科研究的老前辈。"

更为重要的是他并没将这些疏理停留在从文献到文献的浅层次。因为特殊的机遇，他看到了数量巨大的历代绘画精品，这些因缘结合在一起，使得他对中国画的画理有了系统的思索。比如他在《论中国艺术之将来》一文中谈道：

> 夫中国文艺，肇端图画。象形为六书之一，模形尤百工之母。人生童而习之，及其壮也，观摩而善，至老弗衰，优焉游焉，葳焉修焉，不敢躐等，几勿以躁妄进。故言为学者，必贵乎静；非静无以成学。国家培养人才，士气尤宜静不宜动。

黄宾虹认为中国艺术的起源就是绘画，而中国文字也是由绘画而生，文字与绘画都有着十分悠久的历史，想要了解中国艺术就必须了解它们的历史，这需要长期的积累，急功近利地冒进显然无法了解中国文化精髓所在。若想在中国绘画方面有所成就，则必须从学习书法入手，学习书法的前提则需要先读古人之书："然品之高，先贵有学。李竹懒言：学画必在能书，方知用笔。其学书又须胸中先有古今；欲博古今，作淹通之儒，非忠信笃敬，植立根本，则枝叶不附。斯言也，学画者当学书，尤不可不先读古今之书。"

清康熙年间，社会上开始流行一部教人如何绘画的书，这部书就是《芥子园画谱》，也称《芥子园画传》，很多人都是通过该书来学习绘画，黄宾虹对这种学习方式大不以为然，《宾虹画语》中称：

> 古人学画，必有师授，非经五七年之久，不能卒业。后人购一部《芥子园画谱》，见时人一二纸画，随意涂抹，已觉貌似，作者既自鸣得意，观者亦欣然许可，相习成风，一往不返。士夫以从师为可丑，率尔作画，遂题为倪云林、黄子久、白阳、青藤、清湘、八大，太仓之粟，仍仍相因，一丘之貉，夷不为怪，此画法之不研究也久矣。

黄宾虹十分强调学习绘画要有师承，仅靠临摹画谱，显然不能得到古人绘画的精髓。所以他认为："自《芥子园画谱》一出，士夫之能画者日多，亦自有《芥子园画谱》出，而中国画家之矩矱，与历来师徒授受之精心，渐即澌灭而无余。"

既然临摹画谱不是学画的好方法，那怎样才能学好中国画呢？黄宾虹在《怎样才是一张好画》一文中解释了这个问题："画者深明于法之中，能超乎法之外，既可由功力所至，合其趣于天，又当补造物之偏，操其权于人，精诚摄之笔墨，剪裁成为格局，于是得为好画，传播于世。世之欲明真宰者，舍笔法、墨法、章法求之，奚可哉乎！"

黄宾虹强调，学习绘画必须要懂得法度，而所谓的法度就是笔法、

《郑师山钓台》 中国美术馆藏

墨法和章法，这也就是中国画家历来所讲求的笔墨。他在《画法要旨》中对此又有如下的强调："自来以画传世者，代不乏人。笔法、墨法、章法，三者为要，未有无笔无墨，徒袭章法，而能克自树立，垂诸久远者也。不明笔法、墨法，而章法之间，力期清新，形似虽极精能，气韵难求苍润。绳趋矩步，貌合神离，谓之无笔无墨可也。"除了讲求笔墨之法，也要强调自身的素养积累，同时还要大量临摹古代名作，才能做到观千剑而后识器，最终出于蓝而胜于蓝，形成自己的独特画风："笔墨之法，授之于师友，证之以诗书；临摹真迹，以尽其优长；流览古人，以观其派别；集众善之变化，成一己之面目。"

然而，不是所有人都具有这么高的悟性，正是悟性的不同，使得绘画水准有了高低之分。黄宾虹在《章法论》中将不同悟性的画家分为了三个等次："自来有笔墨兼有章法者，大家也；有笔墨而乏章法者，名家也；无笔墨而徒求章法者，庸工也。"

画家有三六九等之分，同样画作也分为上中下三品。黄宾虹在《论画残稿》中对何为三品做出了如下的解读："画有初观之令人惊叹其技能之精工，谛视之而无天趣者，为下品；初见佳，久视亦不觉其可厌，是为中品；初见不甚佳，或正不见佳，谛视而其佳处为人所不能到，且与人以不易知，此画事之重要在用笔，此为上品。"

黄宾虹在上海生活了多年，到了1937年，他已经七十四岁，这一年他应邀前往北平去鉴定故宫所藏的历代书画，同时兼任国画研究院导师以及北平艺术专科学校教授。然而他刚到京不久，就赶上了"七七事变"，由此而不得南归，自此之后，他在北京居住了十一年。在这个阶段，他谢绝掉大多数应酬，把自己全部的精力用在了探求绘画风格的转变上。他的《自述》中有这样一段形象描写：

> 有索观拙画者，出平日所作纪游画稿以示之，多至万余页，

悉草草勾勒于粗麻纸上，不加皴染，见者莫不骇余之勤劳，而嗤其迂陋，略一翻览即弃去。亦有人来索画，经年不一应。知其收藏有名迹者，得一寓目乃赠之；于远道函索者，择其人而与，不惜也。

黄宾虹以自然山水为对象，竟然画了一万多页草稿，其创作之勤令人叹服，但这些画稿大多是寥寥数笔，以至于让翻看的人无法体会其绘画之妙。很多人来向他索画，而他对这些人会区别对待，有的人索要了很多年，他没有答应，对于真正懂画之人，他会毫不吝啬。

黄宾虹在创作上的探索最初能够理解之人很少，有人认为他的画作是黑墨一团，甚至出言讽刺，他对这种讽刺并不在意。他的弟子石谷风在《一艺之成必竭苦功——回忆黄宾虹先生二三事》中记录了宾翁对这种嘲笑的回应，他对自己的学生说："我用积墨，意在墨中求层次，表现山川浑然之气。有人即以为墨黑一团，非人家不解，恐我的功力未到之故。积墨作画，实画道中的一个难关。"

黄宾虹的这段话说得很谦虚，但在这谦虚之下，他有着别样的自信："墨法中的宿墨和渍墨是前人没有做到的一个难关，我正在下功夫去突破，要在不断变化中求其法备。因此，我的画三十年后才能为艺林所重。"

他的这番话十分准确，果真在他去世三十年之后，他在绘画上所做出的巨大成绩受到了社会广泛的肯定。比如段炼在《黄宾虹的艺术观和方法论》一文中说道："在当代中国画家中，黄宾虹的修养，潘天寿的格调，李可染的意境，石鲁的个性，是众口皆碑的。黄宾虹作为开宗立派的山水画大师，其影响之深远，随着历史的发展，将被越来越多的后来者所瞩目。"

能有如此高的成就，当然跟刻苦探索有着直接关系，黄宾虹为此

《青城途中所见》 中国美术馆藏

推掉各种应酬专心探索画理,但在日据时代的北平,他想静心作画也不是件容易事。比如在1939年,日本画家中村不折和桥本关雪委托画家荒木石亩来北京看望黄宾虹,虽然宾翁与中村、桥本有着二十多年的书信往来,但在两国关系紧张时期,他却懂得识大体,坚决不见日本人。中村不折来信邀请黄宾虹赴日办画展,宾翁也没有回应。1941年,他被北平文物研究会推举为美术馆馆长,宾翁也坚辞不就。

黄宾虹坚守民族气节的这段时间,同时也是他面壁十年突破窠臼的凤凰涅槃阶段。王鲁湘在《黄宾虹研究》中总结道:"他离开上海举家迁居北平是作了长远打算的。他带来了历年游历的写生稿万余幅,其中包括最重要的蜀游速写千余幅,准备'面壁十年,全力专攻绘画'。按现存画迹和著作来看,伏居北平的十一年(1937—1948),正是他著作最丰、作画最多的时期,也是他的绘画走向浑厚华滋、蔚成大家的时期,他的确成蛾化蝶,飞进了一个艺术的自由王国。尽管他的心经常在流血,他的生活清贫而艰难。"

1948年,黄宾虹已是八十五岁高龄,他终于离开北平回到了上海,而后又应国立杭州艺术专科学校之邀,前往那里担任教授。当他来到杭州时,喜欢上了这里的山水,于是定居于此,具体地址就是今天的浙江省杭州市西湖区北山栖霞岭31号。

2013年1月5日,我前往此地去瞻仰他的故居。从外观看,黄宾虹故居夹在一片宿舍楼之间,正门的形制是圆弧形的月亮门,这种制式一般是用在内墙,上面写着"黄宾虹纪念室"。司机问我为什么叫室而不叫馆,我只能跟他解释成已经有了馆,所以此处旧居只能叫室。院内免费开放,进院即看到了介绍铭牌,上面将此处称为"黄宾虹旧居",底下写明:

黄宾虹(1865—1955),原名质,字朴存,号大千,中年更号宾虹，现代著名山水画家。1948年起任教于杭州国立艺专，定居栖霞岭。旧居为独门小院，坐西朝东。庭院呈方形，中央置汉白玉雕黄宾虹塑像。主体建筑为一幢砖木结构西式楼房，现辟为"黄宾虹纪念室"，陈列黄宾虹先生生平事迹。

此次在杭州赶上了一场难得的大雪，黄宾虹故居在大雪的映衬下更显庄重肃穆。穿过月亮门走入院中，工作人员把通往故居的甬道清扫了出来，两旁的草地上依然是厚如棉被的白雪。有一片白雪显现出了密密排列的馒头状，下面应当是一丛一丛的绿植，这些白雪使得两亩地大小的院落显现出凹凸之美。

站在院中探看一番，整个建筑可以用简洁明快来形容：门口是收发室，应当是当年的门房，而沿着后面的山体建成了二层的小楼，楼的外立面是现代化的水泥拉毛。我不清楚这是当年的原状，还是整修后的结果，但这样的建筑风格应该很符合黄宾虹的绘画理念，比如他对西洋绘画中的印象派颇为欣赏。王鲁湘的专著中载有1928年4月16日宾翁写给苏乾英的信，他在此信中有如下说法：

> 画无中西之分，有笔有墨，纯任自然，由形似进于神似，即西法之印象抽象，近言野兽派。又如明吴小仙、张平山、郭清狂、蒋三松等学马远、夏珪，而笔墨不趋于正轨，世谓野狐禅。今野兽派思改变，向中国古画线条着力。我辈用功，以北宋深厚法古而出之以新奇。新奇者，所谓狂怪近理，近理在真山水中得之。

虽然从黄宾虹的绘画风格中很难看出有哪些部分融汇了西画特点，但他的这份胸怀却令人敬佩。他在《论中国艺术之将来》一文中，也对中国国与西方画的不同做出了如下形象的比喻："泰西绘事，亦由印

黄宾虹纪念室门前之雪

门牌号及生平介绍

侧旁也是山体

纪念室匾额

象而谈抽象,因积点而事线条。艺力既臻,渐与东方契合。惟一从机器摄影而入,偏拘理法,得于物质文明居多;一从诗文书法而来,专重笔墨,得于精神文明尤备。此科学、哲学之攸分,即士习、作家之各判。技进乎道,人与天近。"

我在院中拍照时,收发室内走出一位工作人员,我马上问他室内是否可以拍照。他示意我进内拍照没问题,于是我就迈进了大匠之门。

画室

客厅

里面原样陈列着黄宾虹生前的一些用具,画室的面积不大,我感觉不足二十平方米,里面所用家具也比较简单,只是那时的沙发之低不知老人站起来是否会吃力。陈列的方凳是典型的中式家具,这种凳子坐上去舒适度却不高。画案上摆满了文房四宝,用玻璃罩盖了起来,四围的墙上挂着一些黄宾虹的书画作品,一望即知是复制品。

1955年3月25日,黄宾虹因胃癌逝世于杭州,终年九十二岁。在我参观他故居的半年前,我已经到他的墓前朝拜过这位大师,其墓址位于浙江省杭州市南山陵园。2012年6月30日,我前往此陵园去朝拜这位大师。整个墓区很是庞大,我并不知道黄宾虹墓处在墓园的哪个具体位置,只能在墓园内沿着通道一排一排细看路边的墓碑。这些墓碑像排列整齐的士兵接受着我的检阅,然而每一排的顶头都是死胡同,必须原道返回才能走入另一排。难道设计者没有考虑前来瞻仰之人为此要走多少冤枉路?接着转念一想,各家来扫墓都是直奔亲人,没人像我这样一排排找下去。

好在那天有几位施工人员正在修补墓墙,他们在工作之余看见我一个人沿着墓间小路来回走,这里虽然有些树荫,但因为阳光太过充

一排排地看过去

三墓并排

足,晒得我满头满脸都是汗。施工的工人看我在烈日下找得辛苦,问我找哪区哪排哪号,我说自己不知道,几个工人奇怪地看了我一眼,一定觉得我有病:为什么来扫墓却不知具体位置?于是他们互望一眼,没人再跟我搭话。

无奈,我准备前往陵园门口的办公室去了解黄宾虹墓的具体位置,转身离去时,心有不甘地自言自语道:"这个黄宾虹让我找得好苦。"没想到我的这句话引来了几个工人同时搭话:"你找黄宾虹呀,早说呀,亭子后面最大的一个就是!"

吴越王墓后面二台上有一个新建的仿古小亭,匾额为"养贤亭",亭后不足十米即是黄宾虹之墓,此墓在这片墓区中占地面积最大,墓前立着三块墓碑,是黄宾虹与他的两位夫人合葬墓,正是这个原因,使得这座墓前的平台有近五六平方米大小,而其他的墓占地面积感觉都在一平方米左右。黄宾虹的墓碑上写着"画家黄宾虹先生之墓",字体近似小篆,不知出自何人之手。

我站在墓前向这位大师恭恭敬敬地鞠了一躬,旁边的那些施工人员依然用奇怪的眼光望着我。他们对黄宾虹之名如此熟悉,我不知道是因为黄墓占地面积在这里最大,还是因为他们也知道黄宾虹是一位名气很大的画家。我所看到的名家对黄宾虹的评价之语中,以傅雷所撰《致刘杭书》中的评价最为高尚:

  宾虹广收博取,不宗一家一派,浸经唐宋,集历代各家精华之大成而构成自己面目。尤可贵者,他对以前的大师,都只传其神而不袭其貌,他能用一全新的笔法,给你以荆浩、关仝、范宽的精神气概,或者子久、云林、山樵的意境。他的写实本领(指旅行时的钩稿),不用说国画家中几百年无人可比,即赫赫有名的国内几位洋画家也难与比肩。他的概括与综合的智力极强。所以他一生的面目也最多,而成功也最晚。六十左右的作品尚未成熟,直至七十、八十、九十,方始登峰造极。我认为在综合方面,石涛以后,宾翁一人而已。

王震（1867年—1938年）
用笔雄厚，醇茂之处

王一亭名震，以字行，是海派画家中颇为奇特的一位。他年幼时就喜好绘画，成年后做生意，变身商业大亨，还参加了同盟会搞革命，二次革命失败后，又专心致志地搞绘画创作。王一亭在当时与吴昌硕齐名，两人长期合作，王绘画吴题字，这种组合极受市场欢迎，尤其受日本人欢迎。他还是一位著名的慈善家，做慈善的方式乃是通过参与和组织书画义卖会，以此筹款支持灾区。

关于王一亭的人生经历，以王中秀编著的《王一亭年谱长编》最为详尽，该书引用了大量的原始文献，故本文中相关资料多转引自该书。王一亭在绘画方面的启蒙，据他在《白龙山人题画诗》中称："余自幼嗜缋，读书之余，辄橅外王父紫雯先生遗稿不懈。嗣从彭师筱亭学为诗，昕夕过从，类皆一时名宿，谭笑间饫领古趣。"

白龙山人乃王一亭之号，他在该自序中称自幼就喜好绘画，诗书之余常常临摹外祖父留下的画稿。由此可知，其外祖父原本是位画家，而《画人画语》中又有如下记载："余自十二三龄，即喜作画，惧连塾师意，辄避匿虚室中为之，见物象有生趣者，取纸涂抹，或画地构形以为乐。自客沪上，借临名人真迹甚勤。"

这段话讲出了他喜好绘画的年龄，可见他对于绘画的爱好属于天性，他担心老师认为他不好好学习，于是躲在角落里偷偷画画。等他从家乡来到上海之后，看到了许多名人书画作品，由此眼界大开。王一亭十五岁时到慎余钱庄当学徒，因其勤奋好学，得到了上海巨商李梅堂、李薇庄父子的赏识，把他介绍到恒泰钱庄当职员。大约是在这个阶段，他偶然见到了任伯年，王中秀在《年谱长编》中写道："钱庄左近有家宝墨斋装池店，常有名家书画可供瞻观，尤喜任伯年人物山水花卉，辄临仿之。某次正在店里临摹任氏画作，不经意间邂逅任氏，任氏喜其苦学之诚，奖誉不置。乃申私淑之心意，任伯年应允列入门墙。此际亦从徐祥（小沧）习画。"

看来在钱庄工作阶段，王一亭没有放弃绘画之好，恰好钱庄旁边有家裱画店，他常到此店去看画，而店里的画作中，他尤其喜欢任伯年的作品，于是他在该店临摹任的作品。某次巧遇任伯年，他的认真受到了任的夸赞，在王的请求下，任同意他列入门墙。徐悲鸿在《任伯年评传》中亦谈及此事，称是王一亭亲口对他说道："一亭翁自言，早岁习商，居近一裱画肆，因得常见任伯年画而爱之，辄仿其作。一日为任伯年所见而喜，蒙其奖誉，遂自述私淑之诚，伯年纳为弟子焉。"

那时的王一亭除了工作之外，勤奋学画，在二十一岁时第一次举行书画赈灾。光绪十三年（1887）四月三日，他在《申报》和《字林沪报》上分别刊登了《画润助赈》："古吴金润卿、澧溪王一亭愿画花鸟人物助赈，共五百件，折纨扇、册页每件减润一角，山水加倍。画件润资统由二马路宝墨斋装池店收付，七天取件，集数交陈与昌汇解。"可见那时他在绘画上已小有名气。两年之后的四月二十二日，《申报》上刊登了《画润·金润卿花鸟柏鹿·王一亭花鸟人物》润例："三、四、五、六、八尺中堂八角、一元二、两元、三元、屏减半；扇册二角。人物、柏鹿、金笺倍润。余件另议。沪北宝墨斋、真赏斋两处收付。寄件自力。"

王一亭虽然偏爱绘画，但这个爱好并没有影响他在生意上的发展，

《桃花飞燕》 中国美术馆藏

在此阶段，他开始涉足船运业，二十岁刚出头时，他在李氏家族沙船公司当经理。光绪二十八年（1902），日本人中桥德五郎准备扩大在华业务，将大阪商船上海代理店升级，收回了三菱公司在上海航运的代表权，转年初大阪商船公司开始在华招聘买办，光绪二十八年一月十七日的《中外日报》上刊登了如下告示："本公司所走长江及宜昌轮船名大元、大亨、大利、大贞、大吉计五艘，向托三菱公司代理，已荷各宝号光顾在先，铭感之至。然轮船之精致坚固快捷等情，谅必早经洞鉴，无须重赘。今则归敝公司自行经理，并请买办王一亭、张仲延两位先生经理其事，一切如旧，用特布告。"

由此可知，王一亭幸运地成为了该公司的两位买办之一。到了光绪三十三年（1907），日本有关部门为增强竞争力，将几家航运公司合并，当年四月二十七日的《申报》载："从前航行于长江一带之邮船、商船、湖南、大东公司之四轮船联合，以创立日清轮船公司。"王一亭又出任日清轮船公司的华人总买办。日清公司当时是仅次于英国太古公司的第二大轮船公司，正因其实力雄厚，使得王一亭有丰厚的收入。沈文泉在《上海奇人王一亭》一文中称："每年的佣金高达数万元乃至十多万元，成为上海滩的三大买办之一。"

此后王一亭开始扩大自己的商业领域，与人组建了中美轮船股份有限公司，因为少年时期曾在钱庄工作，故当他资金充裕后，又转向这个行业。几年之后，他成为了十几家金融和保险公司的创办人、董事或股东。在光绪三十一年（1905），他还与周舜卿、沈缦云等创办了信成银行，该银行发展很快，为此获得了发行纸币的权利。之后他还创办了大丰商业储蓄银行和华大商业储蓄银行，投资了立大和申大两家面粉厂，同时还跟沈缦云创办业成公司经营地产业，经过这一系列的运作，王一亭成为了上海商界领袖级人物。

辛亥革命爆发后，到二次革命的一段时间，王一亭投身于革命工作中，他成为了同盟会会员。上海光复后，王一亭前后担任过上海交通部长、沪军都督农工商务总长、国民党上海分部部长等职。他还担任过上海总商会协理，对于该职务的重要性，沈文泉在《海上奇人王一亭》一文中称："实际上掌握了全国商会联合会的领导权，他也随之成为执全国工商界牛耳的商界领袖之一。"

在此期间，宋教仁被刺杀。王一亭与沈缦云召集上海总商会会议，提醒商界赞同上海独立，但参会人大多反对这个提议。此后由于战争的失败，时局的变幻，令王一亭对政治逐渐心灰意冷，于是他在1913年7月28日的《申报》上刊登了《王一亭启事》："近日各报登载关于鄙人之事不一而足，蒙总商会分别函请各报更正，并登鄙人致各报主笔函，度邀公鉴。鄙人素性和平，从未稍涉非分。此次南北二军开战，南市因遭糜烂，而租界亦必大受影响，故一意主张要求双方免战。不意众商自兵燹之余，元气未复，一旦兵戎再见，愤恨无极。鄙人力求和平解决，转启群疑，奔走呼号，适成多事。茫茫四顾，难索解人，可胜浩叹！兹将七月二十三号鄙人致国民党、总商会函照登于后，以明此心无他，知我罪我，听之而已。"

王一亭宣布退出国民党党籍和辞去总商会协理职务，自此之后，专心致志于绘画和慈善业。对于慈善之事，在此之前王一亭就多有参与，比如在光绪三十一年（1905），他就跟沈缦云等人出资创办了上海孤儿院，四年后，该孤儿院又在龙华建造新院，改称龙华孤儿院，为上海早期最重要的孤儿院之一。对于他在这方面的贡献，张大千在《王一亭先生书画集》的序言中有着高度评价：

> 先生器宇闳阔，坦诚豪迈，性好佛而隐于商，以普济群生为己任。海上之有孤儿院、残废院、平民习艺工厂，固为先生首创，而国内慈善诸会，亦得先生之募集以奠其基。民初水旱兵燹灾厄

频频,凡有筹议,必慷慨解囊以先倡。即以民十二日本关东大震言,先生亦力为奔走,募集物费,运往救济,活人无算,彼邦朝野感德,尊之"王菩萨"而不名。民国二十年左右,国府聘为赈务委员会常委,中央救济准备金保管委员会委员长,而上海国际救济会及慈善团体联合会又推为会长等职,终日遑遑,惟救人济世为务,虽囊橐无余,亦怡然自乐。

在此后的岁月里,王一亭依然不遗余力地参加各种慈善团体,按照《上海特别市慈善团体一览表》中的统计,当时国内有三十个慈善团体,这其中由王一亭任主持的团体就达十二个之多。对于那些年他捐款的数额,陈祖恩、李华兴在《白龙山人王一亭传》序言中有如下统计:"十余年中,王一亭先生先后募捐赈款逾一亿元,救助了江、浙、皖、鲁、绥(绥远)、察(察哈尔)、滇、黔等十五个省的灾民。"

如此巨大的捐款数额,在那个时代令人惊骇。他除了出资直接捐助外,还同时参与大量的绘画义卖赈灾,将售画之钱全部用于救济他人。这种做法并不仅仅是因为他是个有钱人,沈文泉在《海上奇人》一文中记录了王一亭之孙王忠荣先生的一段话:"王一亭从来不花画画得来的钱,因为他知道人们将他的画买去后,往往张挂在大堂中央,而这个地方往往又是中国人供奉祖先神位的地方,他们在跪拜祖先的时候,也跪拜了他的画作和签名,他认为这是罪过。为了赎罪,他把这些钱放在一个口袋里,随时赠给需要帮助的人。这固然与他的财大气粗有关,但更体现了他的佛心和慈悲情怀。"

这种解释倒颇为有趣,王一亭为什么会有罪过感呢?其实更多乃是因其信奉佛教,为此他还画了大量的佛画,比如陈定山在《王一亭晚节弥坚》一文中写道:"一亭笔如大椽,作丈八罗汉,达摩渡江,无不气势磅礴,张之寺院,十丈外观之,无不欲离纸而出。"

《和合二仙图》 收录于《王一亭书画集》

看来王一亭的佛画极有气势，而王一亭的佛画除了描绘出佛教人物形象外，他还喜欢在上面写长题，比如民国九年他在所绘《一苇渡江》上写道："折苇过江胜杯渡，道成只履西归去。十年面壁空山中，影入石中坐禅处。我今想像一写之，虬髯古貌心慈悲。易筋经法真传少，技击空言游侠儿。庚申年九月，白龙山人王一亭写于海上海云楼。"

关于王一亭参加的绘画赈灾活动，各种史料多有记载，1911年8月9日的《时报》上载有《题襟馆书画助赈》，该文的前半段为：

东南各省，水旱频仍，往者淮徐巨灾，流亡遍野。去岁江皖泛溢，灾区尤广。今民困未苏，而湘皖水灾又见告矣。上下筹济，备极忧劳，外人募义，特复斋粮相救。昔人云：一命之士，皆当以泽物。为时势日艰，游灾未已，见闻所及，能无隐恫于中乎！沪上题襟馆书画会同人，前因淮徐灾赈，各分任书画数十件，合集彩券，名曰福引券，凡集资数千元，除经费外，悉皆助赈，一时称为盛事。兹议踵行斯举，拟将书画千件，分配福引券千张，每张售洋二元，期无虚券，以餍售者。其中名人之件，润格有须十元数十元者，庶早日集数速寄灾区。明知稊米勺浆，无济于事，但多得若干捐，即可多救若干命，亦各尽下士之心而已。为海上一隅，集件未能充数，尚望海内外大书画家以及闺秀名媛，共襄义举，广结善缘，各认捐助若干，早日赐下，研田分润即是馈食之粮，墨宝同传，更成种福之券，并拟择佳者用珂罗版印成一册以为记。发起人：汪渊若、何诗孙、黄山寿、黄克明、李平书、陆廉夫、倪墨耕、何熙伯、王一亭、毛子坚、狄楚青、哈少夫等公启。

《菩提达摩面壁图》 上海博物馆藏

题襟馆书画会与豫园书画善会是清末民初最具影响力的两大书画团体，然王中秀在其专著中称，豫园书画善会的相关史料颇为清晰，题襟馆却缺乏相应资料。1947年出版的《美术年鉴》谈及题襟馆书画会成立于光绪中期，为成立最早的书画团体，但王中秀称却找不到一手材料来支持这种说法。王中秀注意到中国《美术年鉴》对题襟馆书画会的活动有如下描述："一到晚饭之后，大家都聚在会里，一张可容纳二三十人的长方桌，总是坐得满满的，一直要等到十点钟才散。他们谈话的资料，除了有关金石书画等等问题之外，很多清季的政治掌故，因为每天经常到会的几位中坚社员，多数是亲身经历清末政治生活的，正像白头宫女，闲话往事，要是当时有人把他笔记下来，确是一部很好的史料。会员常把收藏的珍贵书画，到会里去陈列，供彼此的观摩。书画掮客也每晚拿大批的书画古玩去兜售。会里备有各会员的润格、代会员收件。新到上海行道的书画家，总得请人引见这班先生们，替他们代订润格和介绍吹嘘。"

而后，王中秀又引用了上海书画研究会的总宗旨，经过比较，他发现两者之间描绘的内容颇为相像，为此，作者得出了这样的结论："再看两个书画会的组织体系，题襟馆书画会十二位发起人中，除了黄山寿、黄克明以外，都是上海书画研究会的中坚分子，相隔一载，上海书画研究会没有必要在组织结构上重起炉灶。以此观之，题襟馆书画会仅是上海书画研究会的易名布局，其章程就是上海书画研究会的章程。"

王一亭不仅参加了上海题襟馆的活动，同时也是豫园书画善会的会员，而正是在后者，他结识了著名画家吴昌硕。王中秀将二人第一次见面的日期认定在了1913年："3月21日春分，到豫园书画善会筹办画展，与吴昌硕相会，吴昌硕画芍药，为之补石。此为'王、吴'结缘之始。"这种说法的佐证乃是吴昌硕在另一幅画上的题跋："芍药

《芙蓉双鹭》 中国美术馆藏

一名点妆红,一名西施面,草率点成,予之故态。一亭画石,兀然不动,置之沧海横流中可也。癸丑春分,吴昌硕时年七十。"

转天,豫园书画善会就举办了金石书画展。3月13日的《时报》中有《金石书画展览会之开会期》一文:"邑庙豫园书画善会于阴历二月十二日举行金石书画展览会,先于十一日在会所布置一切,陈列金石书画,任人观览,至十二日上午十时正式开会,下午六时止。凡购有展览券者,凭券入观,赠以画件或书件。闻此次开会备有书画五百余件,高邕之、陆廉夫、倪墨耕、黄山寿,王一亭诸君无不兴高采烈,佳作如林,诚雅集也。"

但那时的吴昌硕并不欣赏王一亭,他在1925年6月写的《白龙山人小传》中称:"余于甲寅秋国变后,移家海上,始晤山人,意一经商巨擘耳。"初识时吴昌硕仅把王一亭看作一位大商人,故两人没有太多交往,直到王一亭退出政坛后全心全意作画,两人的交往才密切了起来。不过,关于两人的交往也有另外的说法,比如陈祖恩、李华兴在《白龙山人王一亭传》中称:"从上海发函到苏州,邀请吴昌硕到上海来卖画。起初,吴昌硕担心上海生活费用高,无法赚钱维持家计。而王一亭在上海已有地位,经济情况较好,就再三邀请说,到上海的生活不要愁,可以设法为其谋生计。吴昌硕才有勇气到上海,卖画为生。有时画卖不出去,王一亭就暗中收购。"此处明确称,那时的吴昌硕住在苏州,是王一亭去信邀请他来上海卖画。

郑逸梅在《吴昌硕画派的继承人赵子云》一文中也有类似的详细描写:"昌硕觉得子云羽毛已丰,可以任意翱翔了,就敦促他试往商业中心兼文化中心的上海鬻艺,以谋发展,且备了一封介绍信,交子云带给王一亭。子云到达上海后,首先拜访了王一亭,深蒙一亭推爱。子云又四出谒见同道前辈,请求指教。一方面印了润例单,分发各笺扇庄及装池铺。"郑逸梅说吴昌硕是先派弟子赵子云来上海发展,经过王一亭的推举,赵子云售画情况不错,吴昌硕得知这个好消息方来到了上海。郑逸梅在该文中写道:"经过半载的努力,结算除去一切食宿开支及交际费外,尚积余二百多银元,买了些食物和日用品返苏一次,向昌硕老师汇报了情况,老师亦为之色喜。子云在家逗留了半个月,再来上海,求画者川流不息。翌年,即1911年的夏天,昌硕也来作海上寓公,赁屋北山西路吉庆里十二号。当时昌硕敦促子云赴上海鬻艺,是含有试探性质的,先锋队去了很顺利,他老人家的大军也就长驱直入了。"

究竟真相如何,如今难以查到相应的史料,但王一亭与吴昌硕的强强联手,可谓相得益彰。在王一亭的努力下,到民国六年,吴昌硕当上了海上题襟馆书画会的会长。1917年3月28日,《申报》载《海上题襟馆开会纪》中称:"四马路三山会馆隔壁海上题襟馆画会创设有年,久为名人荟萃之处。辛亥以还,萍踪星散,顿失旧观。今春同人等重行提倡会务,举吴昌硕为该会会长,哈少甫、王一亭为会董,吴待秋由京来沪,留驻会中。日来各书画名家如何诗荪(孙)、黄旭初、商笙伯、叶指发、沈墨仙、吴郯卿、伊峻斋、王梦白、王亦石、胡伯翔、严涌三、徐竹贤诸君常川到会,兴至挥毫,并由吴昌硕加以题句,悬挂四壁,任人登楼展览,不取分文,洵雅集也。"

正是因为这种密切关系,使得后世研究者将王一亭视为吴昌硕的弟子,这其中原因之一,乃是两人的画风有相似之处,比如清道人在给1927年1月西泠印社出版的《王一亭画册》中写道:"王一亭先生画大拟吴仓翁,翁画寄古而一亭超健耳。此册乃戏橅顾山人者。"

早在1914年7月,王一亭在任伯年所绘竹画上为吴昌硕补像,吴在此像旁写道:"画中之竹,廿年前伯年先生所作,一亭王君为余画像其中,呼之欲出。一亭,余友也。先生,在师友之间也,道所在而缘亦随之。"吴昌硕明确地称,他跟王一亭的关系是朋友,他跟任伯年的

《庞虚斋抱兔图》 上海博物馆藏

关系是师友。当然这种说法也可能是客气之词，比如1922年，日清公司董事田边华来中国旅游，在上海时受到了王一亭的接待，而后他写出了《王一亭招饮，同吴缶老、玉井画枯木寒鸦》一诗：

> 一亭画格太崚嶒，修洁清斋气自澄。
> 人说缶翁门下秀，逸情欲趁石涛僧。
> 戏描枯木供清娱，竹石相依一幅图。
> 尤爱王君飞动笔，枝头添得黑头乌。

王一亭招待田边华时，吴昌硕也在场，而田边华说王一亭为吴昌硕的门下。因此，王、吴两人是否为师徒关系，也只能任人猜想。吴昌硕在1922年底所作《白龙山人传》中，对王一亭极其夸赞，该传中首先称："余于辛亥秋，橐笔至沪，书画交获一吴兴王君，名震号一亭，别字白龙山人，为人豪迈，相与接谈，若和风之拂几席者。其书画用笔雄厚，醇茂之处，更寓虚灵，天池、复堂不是过也。每至兴酣时下笔，瑟瑟有声，若惊风之扫落叶，转瞬即成，作巨幛尤能见其磅礴气概，书亦如之，真似颜、柳，虚实兼到。"对于王一亭的乐善好施之心，吴昌硕在《传》中当然会有所提及："性好佛，乐施予，人有急难乞之者，靡不周给。四方多难，灾害频仍，沪上公益慈善诸会，纷如林立，山人以普济群生为己任，辄有筹议，必首先慷慨解囊金为诸公倡，更为之筹募，以期多多益善，无倦容，无吝啬。"

关于王一亭经商的原因，以及其经商不忘绘画创作，吴昌硕在本传中有如下说法："山人以家累，经商于沪，外虽扰扰，而内则寂寂。暇则书画，布局结构，似不甚思索者，而天然高雅，盎然于缣素间。世有以商目山人，其人乃失之乎识山人矣！余与交最密，故知之最稔，是为其概略。"

王一亭的一些做法甚至影响到了吴昌硕，比如1923年9月1日，日本关东发生特大地震，王一亭与多个团体参加赈灾活动，当年9月15日《时报》载有《赈济日本赈灾之昨讯》："海上书画会劝募日赈：海上题襟馆书画会吴仓老、王一亭、哈少夫、唐吉生等发起劝募书画赈济日灾会，邀同停云社、豫园书画善会、宛米山房、有美书画社、上海书画会、西泠印社在功德林集议，此番扶桑浩劫，各团体本救灾恤邻之旨，分头募款，凡我各书画会，每遇偏灾，素抱热忱，务请各会劝募海内书画大家，慨助书画，赈我东邻云云。"

可见海上题襟馆的吴昌硕、王一亭等一起邀请多家书画会共同参加赈灾义卖活动，这些亦可看出吴昌硕、王一亭往来之密切。而吴昌硕在民国十四年又为王一亭重定润例："作书作画一而二，骨重由来不取媚。躬比阳冰入篆室，笔化鲁公争座位。明岁六十杖于乡，大好精神虑憔悴，求者踵接进不得，加润商量苦蝘臂。乙丑秋七月为一亭先生书于禅甓轩。画润：整张三尺三十元，四尺四十元，五尺五十元，六尺六十元，八尺八十元，丈疋一百元。屏条视整张减半，横幅加半，扇册每件八元。人物山水加倍，走兽加半，泥金加半。书润：楹联三尺五元，四尺五元，五尺六元，六尺八元，八尺十六元。屏条同上。扇册每件三元。堂匾十五元，斋匾十元。安吉吴昌硕时年八十有二。"

王一亭给予吴昌硕很多帮助，1927年12月18日《上海画报》所载《吴缶老之遗产》一文中写道："缶老笔耕墨耨，岁入甚丰，数十年来，积资累万，足为穷酸文人吐气。惟究有若干，传闻各异，有谓达念余万金者，有谓因交易所而损失不赀者，都非事实。愚昨晤缶老知友，询及此事，据云缶老遗产，十五万有余，廿万则不足。曩年交易所损失仅二三万，且已不在此数中矣。现金今由王一亭先生经手，存日清轮船公司者六七万，余为不动产。缶老在时，凡存折契据，皆秘庋保险箱中，而亲司其钥，不知几许腰襟。当弥留时，犹佩诸身，经家人解下,交朱古微、王一亭二老,暂为保管,即保险箱中各物,亦由此二老检点加封,以免遗失。"

晚年吴昌硕名气极大,积累下大量的财产,吴将这些资金拿给王一亭投资日清轮船公司。当其弥留之际,老人将各种单据全部交给朱祖谋、王一亭来管理,可见他对王一亭是何等之信任。

但正是因为这么一大笔遗产,在吴昌硕身后引起了其嫡孙、庶孙等人大闹灵堂之事。华振鹤所写《〈吴昌硕行述〉引发的家庭风波》一文中记载颇详,王一亭闻讯后立即赶到予以调和:"王一亭到吴家后,面对四兄弟的质询,首先承认行述的说法不妥,吴昌硕的孙子应是五个,每人都有资格继承遗产。至于如何分配,他建议等到丧事料理完毕,大家再心平气和地坐下来商量。由于王一亭的话在理,他在吴家的威信又高,事态总算暂时缓和了下来。遗产分配是在王一亭主持下进行的。志鸿等人专门从苏州聘请了律师参与其事。恰巧那位律师久仰王一亭大名,不愿造次行事,又见他这个'老娘舅'做得还算公平,就没有故意作梗,基本上按照他提出的方案来解决。""在王一亭的调停下,众兄弟皆大喜欢,一场家庭风波平静地化解了。"

关于王一亭与吴昌硕的关系,该文中又写道:"他早年师从任伯年,后来又跟吴昌硕学画,对吴昌硕服膺有加,画风为之大变。时人把吴、王称为'海上双璧'。当年日本人极爱王一亭的画,大量购买,还请他在日本人开的日清公司担任买办(指外资企业雇用的中国经理)。通过这层关系,王一亭竭力推荐吴昌硕,把他的书画篆刻介绍给日本人,又设法让吴昌硕做'小货'生意,凡日清公司有保赚不赔的买卖,就用吴昌硕的名义去做,从中获得差价。吴昌硕在上海很快富裕起来,相当程度上靠了王一亭的帮忙,两人遂成为非同寻常的莫逆之交。如北山西路吴宅,房产的业主便是王一亭的侄媳妇。"

吴、王二人确实有着很深的交情,吴昌硕去世六年之后,王一亭还梦到这位亦师亦友的长辈，醒来之后创作了一幅《缶翁遗像》，并在上面题诗如下：

> 昨梦缶翁翁加老，风采依然形不槁。
> 相见洒爽如饮醇，娓娓清谈非常道。
> 七年前共一角楼，读画敲诗多研讨。
> 海滨遯隐聋于官，风格峨峨持幽抱。
> 取譬松柏老弥坚，胡遽长辞岁丁卯。
> 平生知己信无多，往迹重扪怒如捣。

吴昌硕的绘画风格对王一亭影响很深，王琪森在《王一亭的艺术人生及历史贡献》一文中写道："从王一亭后期的书画创作来看，吴昌硕对其的影响是十分明显的，而其中最突出的笔墨展示就是金石气与诗化性。综观王一亭中后期的书画，运笔金石气浓郁，线条质感劲挺，气势内涵而朴茂老辣，笔墨厚重华润而凝练强悍。特别是其书法更是笔调开张豁达，点画爽辣恣肆，提按顿挫抑扬起伏而节奏强烈。"

如前所言，吴昌硕晚年常跟王一亭合作书画作品，他们的合作方式大多是由王一亭来绘画，吴昌硕在上面题字，故"王画吴题"成为那个时期的固定词组。谭少云在《忆吴昌硕》一文中称："日本人最喜欢王画吴题，一时蔚为风气。"郑逸梅在《吴昌硕画派的继承人赵子云》一文中称：

> 题襟馆书画会，差不多每天有人在那儿对客挥毫，尤其王一亭更为健笔，大都以四尺整幅宣纸作画，画成后，辄由昌硕为题，相得益彰，引起了日本人纷来参观。有一次，一亭陪了日本前首相伊藤博文，偕着两位议员同来。一亭对伊藤凝视了一下，便运

笔如飞，点点染染，不到半小时，伊藤的容态跃然纸幅间，伊藤大为惊奇。一亭请在旁的昌硕加以长题，昌硕略一思索，针对画像，成一古风，非常得体，这更使伊藤及两位议员称叹不已，认为在他们日本，这样敏捷的才艺是罕见的。他们回国后，宣传这幅画像的经过，举国上下，都认为这是两国文化交流的史迹，应当在这基础上不断发扬和光大。

伊藤博文回国后大力推举王画吴题，使得他们的合作作品供不应求。也许正是因为这一点，1922年爱因斯坦夫妇前往日本讲学时路过上海，特意到王一亭家来看画。有此之行，显然是经日本人刻意安排的。1922年11月14日的《民国日报》刊发了这个消息，而那时的爱因斯坦被译为恩斯坦，故该文的题目为《恩斯坦博士过沪之招待 于右任先生演说 十一龄女子诵诗》，此文写道："德国相对论大家恩斯坦博士偕其夫人，昨日十时乘北野丸到沪，同行者有前同济大学校长威斯特氏及其夫人。登岸后，博士至德总领事署一行，即由日本改造杂志社假一品香为博士洗尘，餐用中菜。继至小世界聆昆剧，后游邑庙豫园一周，皆从博士之意，欲领略我国烹调、戏剧与园林之胜也。午后六时，又假王一亭君寓邸设宴，除博士夫妇及威斯特夫妇外，日人有改造社代表稻垣夫妇、大阪每日新闻社村田君。我国人有上海大学校长于右任君、前北大教授张君谋博士、浙江法政学校教务长应时博士及其夫人张淑女士、女公子慧德。又王一亭、曹谷冰、张季鸾诸君。博士先纵观金石书画，然后入席。"

在日本人的安排下，爱因斯坦先去听了昆剧，后来又游览了城隍庙的豫园，晚上赴王一亭家宴。当时有于右任等人陪同，爱因斯坦在王一亭家参观了金石书画，还在答谢词中特意提到了王一亭的画作："博士答辞，谓今日得观多数中国名画，极为愉快，尤佩服者是，王一亭君个人作品。"

但是，11月15日的《时报》在刊载《恩斯坦过沪之情形》时，却谈到爱因斯坦吃不惯王一亭家的中国餐："二时入城内，徒步移时，即赴中国名士王一亭宅拜访，即在王宅晚餐，吃中国菜。博士评中国菜用脂油太多，恐不易消化。直至晚十时，宾主尽欢散去。"

虽然这位科学家觉得中国餐太油腻，但在此还是兴致勃勃地观看了王一亭的藏品及画作，直到晚上十点才尽兴而去，只是不知道后来的爱因斯坦是否在国外也推举过王一亭的画作。

王一亭的故居位于上海市黄浦区乔家路113号，如今的名称是梓园。2019年2月20日，我乘上海文艺出版社发行中心张守栋先生之车，在刘晶晶老师的带领下前去寻访王一亭故居。这天正赶上连绵阴雨，而故居处在一条颇窄的小巷内，故只能请张先生将车停在路口，而后我跟刘晶晶打伞在小巷内寻找。因为地面湿滑，我在拍照时不小心撞倒了一辆停在路边的电动车，车篮中所盛放的蔬菜洒了一地，刘晶晶立即前去捡拾，商店内出来一位中年妇女，我立即向其致歉，她却连称没关系，说是自己停车的位置不稳当，她只是将车支在了路牙子上。如此通情达理，让我以前对上海妇女的成见得以改观。

前行不远就看到一座造型奇特之楼，我猜测这应当就是王一亭故居所在，走到近前，果真是乔家路113号，此号牌下还有"梓园遗址"小金属牌，只是上面没有写出楼主的大名。穿入门洞，可以感受到该楼跨度之大，在楼洞的墙上有梓园文保牌，级别仅是区级文保单位。

进入院中，正前方是一座西式小洋楼，虽然楼前横七竖八拉着电线，有些部位做了改造，但整体外貌改变不大，应当是留存状况较好的名人故居。从外观看过去，一楼有几扇窗户亮着灯，看来这里仍然住着多户人家。沿着小楼转到后方，这一带已经变成了大杂院，主体部分被一家工厂占用，以此楼的位置来看，这些都应在梓园的范围之内。

雨中的大门口

门洞内的文保牌

楼体外观基本完好

当年的楼梯

水泥栏杆完好

沿着这家工厂外墙继续前行,看到隔壁仍有中式古建,而工厂这一带却无法穿行,不知道那处古建是否也为梓园的一部分,然梓园乃是西式建筑,似乎又与这处古建风格不协调。于是转向另一侧,从一个小窄巷内穿到了小洋楼的后方,但因为私搭乱盖,无法围着小楼转一圈,然从侧方的百叶扇看,其精细程度应为当年原物。在楼的侧旁,还看到几个圆形的通气孔,想来室内是木地板,以此孔来散发地面蒸发的潮气。

从侧旁找到了登楼的入口,楼梯的扶手依然精美,而地面的水刷石已有深深的磨痕。沿此登上二楼,几户人家都锁着门,三楼则有通上露台的木门,在此可以看到当年的水泥护栏基本保持完好。

这么难得的一处名人故居,真希望有关部门能将其腾退出来,建成一处纪念馆,因为无论在艺术上还是社会影响力方面,王一亭都是那个时代的佼佼者。更何况,他做了那么多的慈善事业,今人不应忘掉他当年的所为。

陈衡恪（1876年—1923年）

现代美术界，可称第一人

陈衡恪字师曾，以字行。关于他在中国美术史上所做出的贡献，清华大学美术学院教授陈池瑜在《陈师曾中国画进步论之意义》中称："陈师曾（1876—1923）是中国现代美术史上一位杰出的画家和美术史论家，他在诗文、书法、篆刻、花鸟画、人物画、山水画以及中国绘画史与理论方面的研究均取得了突出成果，特别是在中国画创作与绘画理论研究方面，产生了深远影响。"

陈衡恪在中国艺术史上有着多方面的贡献，不但有艺术创作，同时在艺术理论方面也有重要作品，可惜这样一位艺术天才，却英年早逝，在其四十八岁时因病去世了。陈池瑜在文中感叹道："陈师曾的主要创作与美术研究及美术教育与美术活动，主要是在四十多岁这一年龄段，而齐白石、黄宾虹的创作活动和变法主要是在六十岁以后，如果陈师曾再多活四十年如齐、黄那样活到九十多岁，无论是在绘画创作还是美术史论研究方面的成就都将是巨大的，将与其弟清华国学研究院导师史学泰斗陈寅恪一样，成为二十世纪中国艺坛泰斗。"

陈衡恪出身世家，祖父陈宝箴虽仅是举人出身，然而由于才干超人，官至湖南巡抚，在此任上与黄遵宪、谭嗣同等人共倡新政，为此受到光绪帝的嘉奖。陈宝箴曾经是曾国藩的属下，才干同样受到了曾的赏识，之后他又跟随席宝田南征北战，因为业绩卓著，一路受到提拔。

陈宝箴有两个儿子，长子陈三立，次子陈三畏。陈三立是光绪十二年（1886）贡生，后补殿试成为进士，在此期间，他参加了强学会。光绪二十一年（1895），陈三立放弃吏部主事一职，前往湖南协助父亲推行新政，由于能力超群，陈三立与谭嗣同、徐仁铸、陶菊存并称为"维新四公子"。光绪二十四年（1898），戊戌变法失败，陈宝箴、陈三立被朝廷即行革职，永不叙用。陈三立同时也是清末著名的诗人，他在诗学上的影响力甚至超过了在维新事业上所做出的业绩。

陈三立有五个儿子，其中以长子陈衡恪和三子陈寅恪在后世最具名气。光绪二十八年（1902），陈衡恪时年二十七岁，他带着十二岁的三弟陈寅恪随同清政府派送的留学生，乘日轮大贞丸号自费去日本留学。陈衡恪到达日本后就读于东京弘文学院，两年后转入日本高等师范学院攻读博物科，在日本留学时间长达八年之久。在这个阶段，他结识了在美术学校学习油画专业的李叔同。在来到日本前，陈衡恪就学过中国画，有一定的美术基础，而他与李叔同的交往，使得他对油画和水彩画的知识及技法有了进一步的了解。

清宣统二年（1910），陈衡恪回到中国，在一间师范学校担任教员，教授的范围主要是博物科和绘画科，后来受到教育部的邀请担任图画编审员，于是他来到了北京。他在北京参加了一些画会，渐渐与京城的绘画界有了密切交往。1921年5月，陈衡恪跟金城、周肇祥等创办了中国画学研究会，转年他又与金城前往日本东京，在那里举办第二届中日绘画联展。

此次陈衡恪赴日之前，在琉璃厂的一家画店看到了齐白石的作品，颇为欣赏齐的画风，于是他通过朋友与齐白石相识，并劝说齐改变画风，由此而促使了齐白石在晚年的创新，绘出红花墨叶的新技法。然后，陈衡恪带着齐白石的绘画前往日本参加联展，使齐白石一举成名。陈衡恪还带去了吴昌硕、王梦白、陈半丁等人的画作，使得这些画家在日本更具影响力。

1917年，齐白石来到北京，这时的他已经五十五岁。关于齐来京的缘由跟状况，胡适所撰《齐白石年谱》中称："丁巳，避乡乱，窜入京华。旧识知诗者樊樊山、知刻者夏午诒、知画者郭葆荪，相晤。璜借法源寺居之，卖画及篆刻为业。"但是，初到京城的齐白石并没有打开销路，他在《白石老人自述》中称自己的绘画风格"是八大山人冷逸的一路，不为北京人所喜爱"，当时他所画的扇面仅标出两元的低价，但即便这样也少有人购买，正是因为遇到了陈衡恪，他才逐渐走出了这种困境。《白石老人自述》中写道："他对于我的画，指正的地方很不少，我都听从他的话，逐步地改变了。他也很虚心地采纳了我的浅见，我有'君无我不进，我无君则退'的两句诗，可以概见我们两人的交谊。"

陈衡恪确实在绘画技巧方面对齐白石有指导，而齐白石也会对陈衡恪提出自己的建议，使得陈衡恪的绘画技法也有所提高，两人的关系算是相互帮助的益友。《白石老人自述》中还写道："师曾劝我自出新意，变通办法，我听了他的话，自创红花墨叶的一派。我画梅花，本是取法宋朝杨补之（无咎）。同乡尹和伯（金阳），在湖南画梅是最有名的，他就是学的杨补之，我也参酌他的笔意。师曾说：工笔画梅，费力不好看。我又听了他的话，改换画法。同乡易蔚儒（宗夔）是众议院的议员，请我画了一把团扇，给林琴南看见了，大为赞赏，说：'南吴北齐，可以媲美。'他把吴昌硕跟我相比，我们的笔路，倒是有些相同的。"

从这些记载可以看到，陈衡恪不仅有发现艺术家的眼光，同时还能够指导对方在技法上变得更为完善。而对于王梦白，陈衡恪同样予以了较大的帮助。如果从师承来说，王梦白和陈衡恪也算同门，因为他们都曾经师从吴昌硕，陈衡恪还是吴昌硕弟子中最有成绩者之一。

《山水图》 故宫博物院藏

陈衡恪对老师也极其尊崇，他有一个堂号名叫"染仓室"，就是本自吴昌硕的别号"仓石"。陈衡恪到京任职后，王梦白也来到北京以卖画为生，但是他的画名在京城少有人知，画作同样卖不出去。潘渊若在《忆梦白画师》中称："先生之来京也，拟鬻画于厂肆，润格尺一元，扇亦一元，肆主以其非名画家，仅收其润格，拒悬其画，以是无人过问，先生殊懊恼。后遇师曾，诧其画为近代罕见，因揄扬之，并介入美校（艺院前身），由是声誉雀起。"

与发现齐白石的过程类似，在王梦白最困难的时期，他的画作偶然被陈衡恪看到，陈对王的作品大为欣赏，到处夸赞王梦白的画技，还将王梦白介绍到了美院，使得王梦白的画作渐渐被世人所知。在此后的交往中，陈衡恪还跟王梦白在一些画会上进行合作，以此让更多的人了解王梦白。《余绍宋日记》1919年6月15日记载：

> 今日开画会，到者汤定师、陈师曾、林宰平、胡子贤、杨劲苏、王梦白、刘静先、廖允端。定师、静先各作画一纸，梦白与师曾合作不下十余帧，而所画又皆他人不画之物，如蛇、如龟、如猪等类，皆甚奇特。自上午八时至下午六时半始散。盖近年来画社无此畅快者。

一场雅集，陈衡恪就能跟王梦白合作十几幅画作，可见两人在绘画上十分默契。更为奇特的是，他们所画的动物都不是常人常作的题材，可见两人在绘画思路上也异于常人。姚华在《罗雁峰集寿苏和陶虺芗先生又字韵》中写到为了纪念东坡诞辰885周年，北京一些画家举办了罗园雅集。在此次聚会上，王、陈二人又进行了合作："王梦白写一猪，师曾以竹补之，用东坡'宁可食无肉，不可居无竹'事也，造想最奇。"以这样的谐音来暗合苏东坡的诗句，这样的画作令人称绝。

民国初年有段时间,整个的社会风气都倾向于社会变革,绘画界也有这样的声音。1915年创刊的《青年杂志》,后来改名为《新青年》,成为了新文化运动的舆论基地,一些激进人士强烈号召放弃国学,学习西洋文化,《青年杂志》创刊号上就发表有汪叔潜所撰《新旧问题》一文,该文中称:"所谓新者,即外来西洋之文化也;所谓旧者无他,即中国固有之文化也……二者根本相违,绝无调和折衷之余地。"

这种非此即彼的观念,在当时的社会上颇有影响力。在1917年12月15日,早年留学日本学习绘画的吕澂给《新青年》的主办者陈独秀写了一封信。陈独秀收此信后大感高兴,转年将该信刊发在了1月15日的《新青年》6卷第一号上。吕澂在此信中写道:"窃谓今日之诗歌、戏曲,固宜改革;与二者并列于艺术之美术,(凡物象为美之所寄者,皆为艺术 Art,其中绘画、建筑、雕塑三者,必具一定形体于空间,可别称为美术 Fine art,此通行之区别也。我国人多昧于此,尝以一切工巧为艺术,而混称空间、时间、艺术为美术,此犹可说;至有连图画、美术为言者,则真不知所云矣。)尤极宜革命。"这段话谈到了中国艺术在立体空间上的缺失,吕澂认为应当在此进行改革:

> 我国今日文艺之待改革,有似当年之意,而美术之衰弊,则更有甚焉者。姑就绘画一端言之:自昔习画者,非文士即画工,雅俗过当,恒人莫由知所谓美焉。近年西画东输,学校肄习;美育之说,渐渐流传,乃俗士鹜利,无微不至,徒袭西画之皮毛,一变而为艳俗,以迎合庸众好色之心。驯至今日,言绘画者,几莫不推商家用为号召之仕女画为上,期自居为画家者,亦几无不以此类不合理之绘画为能。(海上画工,唯此种画间能成巧;然其面目不别阴阳,四肢不称全体,则比比皆是。盖美术解剖学,纯

《鹦鹉图》 故宫博物院藏

非所知也。至于画题，全从引起肉感设想，尤堪叹息。）充其极必使恒人之美情，悉失其正养，而变思想为卑鄙龌龊而后已。

吕澂在此信中说民国初年的有些绘画只是蹈袭了西画的皮毛，由此而变得艳俗，这种做法乃是迎合俗众，同时使得中国画变得缺乏艺术性。陈池瑜在文中客观地称："吕澂的文章是对中国传统美术肯定的，批评的只是当时媚俗艺术而并非文人画，陈独秀收到吕澂来稿后是借题发挥。必须指出吕澂毕竟是一位美学家，他对中国艺术的总体看法是较准确的，不能同陈独秀混同起来。"

但是，那时的陈独秀却想借此来推动艺术界的革命，于是他在同一期的《新青年》上发表了《美术革命——答吕澂》一文。陈独秀在此文中写道："若想把中国画改良，首先要革王画的命。因为改良中国画，断不能不采用洋画写实的精神。这是什么理由呢？譬如文学家必用写实主义，才能够采古人的技术，发挥自己的天才，做自己的文章，不是抄古人的文章。画家也必须用写实主义，才能够发挥自己的天才。画自己的画，不落古人的窠臼。"

陈独秀提出了中国画的改良方式，认为首先要放弃"四王"画派的技法，而后他讲述了自宋代以来国画的衰落："中国画在南北宋及元初时代，那描摹刻画人物、禽兽、楼台、花木的工夫还有点和写实主义相近。自从学士派鄙薄院画，专重写意，不尚肖物；这种风气，一倡于元末的倪、黄，再倡于明代的文、沈，到了清朝的三王更是变本加厉；人家说王石谷的画是中国画的集大成，我说王石谷的画是倪、黄、文、沈一派中国恶画的总结束。……像这样的画学正宗，像这样社会上盲目崇拜的偶像，若不打倒，实是输入写实主义，改良中国画的最大障碍。"

按照陈独秀的观点，中国画到了民国时期已经成为了恶画，他甚至认为倪瓒、黄公望、文征明一派同样是恶画，而王石谷更是这一派恶画的集大成人物，必须要打倒这样的画风，所以他的观念已经远远超出了吕澂所言。而那个时段，这样的声音不仅是陈独秀一家，徐悲鸿也认为应该放弃中国绘画技巧，来学习西方的写实技法。1920年6月，徐悲鸿在北大《绘画杂志》上再次刊发了他所写的《中国画改良论》一文，他在此文的开篇就提到了中国画的倒退：

> 中国画学之颓败，至今已极矣！凡世界文明理无退化，独中国之画在今日，比二十年前退五十步，三百年前退五百步，五百年前退四百步，七百年前退千步，千年前退八百步，民族之不振可慨也夫！夫何故而使画学如此其颓坏耶？曰惟守旧，曰惟失其学术独立之地位。画固艺也，而及于学。今吾东方画，无论其在二十世纪内，应有若何成绩，要之以视千年前先民不逮者，实为深耻大辱。然则吾之草此论，岂得已哉！

其实早在两年前，徐悲鸿就发表过《中国画改良方法》的演讲，刘海粟也发表过《画学上必要之点》，以此来批判中国画。面对这种状况，陈衡恪发表了多篇文章来反驳这样的说法，他首先写出了《中国画是进步的》一文，在此文中亮明观点："我常听着有些人说中国画退步，不进步，所以我却以为不尽然，要说点证据来完满我的意见。"而后他在《东方杂志》第18卷第17号上发表了《中国人物画之变迁》一文，他在此文的结尾中再一次重申这样的观念：

> 现在有人说西洋画是进步的，中国画不是进步的，我却说中国画是进步的。从汉时到六朝的人物画，进步之速，已如上述；自六朝至隋唐，也有进步可见；不过自宋朝至近代，没甚进步可

言罢了。然而不能以宋朝到现今几百年间的暂告停顿，便说中国画不是进步的；譬如有人走了许多路，在中途立住了脚，我们不能以他一时的止步，就说他不能步行。安知中国绘画不能于最近的将来又进步起来呢？所以我说，中国画是进步的；但眼下的中国画进步与否，尚难为切实的解答罢了。

对于陈衡恪此文的重要性，陈池瑜在文中给出了如此高的评价："1920年前后，可以说中国画的进步论是陈师曾对绘画研究与思考的中心问题，他针对中国画的退步论，鲜明提出中国画的进步观，无疑是给当时新旧论争中的中国画艺坛打了一剂强心针，以正视听，给中国画画家们鼓舞了士气。此外，陈师曾还从中国绘画发展史，人物画之变迁，清代山水画、清代花卉画之成就，用事实说明中国画的进步，揭示出中国画发展的某些客观规律，从而也启示了中国画今后发展的方向。"

针对陈独秀反感"四王"画派的言论，1920年的《绘学杂志》上陈衡恪发表了《清代山水之派别》一文，文中谈到了"四王"在绘画上的成就和影响力："一、四王之画，气魄沉雄，风韵悠远，源远流长，诚足楷模一代，此其一也。二、当时言书法者，皆宗松雪、香光，言诗者率崇梅邨、渔洋、牧斋、竹垞，而四王之画可与成联络之势，可知文学、美术关系之故，亦风会使然，此其二也。若夫前之所谓帝王提倡于上，徒党号召于下，遂使靡然从风，此其下焉者也。"

陈衡恪在1921年1月出版的《绘学杂志》第二期上又发表了《文人画的价值》一文，这篇文章主要是回击康有为等人对中国文人画的贬斥："夫文人画又岂仅以丑怪荒率为真邪！旷观古今文人之画，其格局何等谨严，意匠何等精密，下笔何等矜慎，立论何等幽微，学养何等深醇，岂粗心浮气轻妄之辈所能望其背哉！……呜呼！喜工整而恶

《读画图》 故宫博物院藏

荒率，喜华丽而恶质朴，喜软美而恶瘦硬，喜细致而恶简浑，喜浓缛而恶雅淡，此常人情也。艺术之胜境，岂仅以表相而定之哉！"

要想论述文人画的内在价值，首先需要界定何为文人画，陈衡恪在文中写道："何谓文人画？即画中带有文人之性质，含有文人之趣味，不在画中考究艺术上之工夫，必须于画外看出许多文人之感想。此之所谓文人画。……殊不知画之为物，是性灵者也，思想者也，活动者也。非器械者也，非单纯者也。否则直如照相器，千篇一律，人云亦云，何贵乎人邪？何重乎艺术邪？所贵乎艺术者，即在陶写性灵，发表个性与其感想。而文人又其个性优美、感想高尚者也；其平日之所修养品格，迥出于庸众之上，故其于艺术也，所发表抒写者，自能引人入胜，悠然起澹远幽微之思，而脱离一切尘垢之念！"

但是世人为什么对文人画有偏见呢？陈衡恪认为，乃是因为欣赏主体的艺术修养不够："世俗之所谓文人画，以为艺术不甚考究，形体不正确，失画家之规矩，任意涂抹，以丑怪为能，以荒率为美；专家视为野狐禅，流俗从而非笑，文人画遂不能见赏于人。而进退趋跄，动中绳墨，彩色鲜丽，搔首弄姿者，目为上乘。虽然，阳春白雪，曲高和寡，文人画之不见赏流俗，正可见其格调之高耳。"

可见陈衡恪认为，文人画有其特殊的价值在，而世人眼中的文人画其实并非真正意义上的文人画。而那时也有人提出真正的文人画太过曲高和寡，不能让一般大众所接受，为了绘画的普及，所以应当将文人画降格。针对这种言论，陈衡恪提出，文人画的普及方式不是降格而是应当升格，只有这样才能提高人们的审美情趣：

或又谓，文人画过于深微奥妙，使世人不易领会，何不稍卑其格，期于普及耶？此正如欲尽改中国之文辞以俯就白话，强已能言语之童而学呱呱婴儿之泣，其可乎？欲求文人画之普及，先

《墨荷图》 故宫博物院藏

须于其思想品格之陶冶；世人之观念，引之使高，以求接近文人之趣味，则文人之画自能领会，自能享乐。不求其本而齐其末，则文人画终流于工匠之一途，而文人画之特质扫地矣！若以适俗应用而言，则别有工匠之画，在又何必以文人而降格越俎耶？

有人将这段话解读为陈衡恪在绘画理念上的保守主义，其实他所言只是针对当时普遍否定中国画的社会思潮，并不等于他反对西洋画。恰好相反，陈衡恪也曾谈到西洋画的价值，其在《文人画之价值》一文中说："西洋画可谓形似极矣！自十九世纪以来，以科学之理研究光与色，其于物象，体验入微。而近来之后印象派乃反其道而行之，不重客体，专任主观。立体派、未来派、表现派联翩演出，其思想之转变，亦足见形似之不足尽艺术之长，而不能不别有所求矣。"

在这里，陈衡恪谈到了西画中的一些现代派也同样不注重形似，所以他认为"形式有所欠缺，而精神优美者，仍不失为文人画"，因为"文人画的不求形似，正是画的进步"。对于这样的比较，周牧在《湖社理论家陈师曾的美学思想及现代意义》一文中评价说："在中国美术史上，陈师曾可能是最早以西方现代眼光审视中国传统绘画的理论家、美学家。"

应当如何理解中西画的异同呢？陈衡恪在《欧洲画界之最近之状况》一文中称："东西画界，遥遥对峙，未可轩轾。系统殊异，取法不同，要其唤起美感、涵养高尚之精神则一也。"陈衡恪认为中西绘画各自独立成系统，无法比较出谁优谁劣，但就美学修养而言，这两者没有区别。其实陈衡恪也能看到"四王"的优点与缺点，后世对"四王"的批判，乃是一些画家仅学到了缺点而未能继承其优点。俞剑华在《陈师曾》中引用了陈的观点："'四王'的画并不是不好，但好处不容易学，却很容易学出毛病来。王画何尝只有软的，不过是把硬来藏在软中，所谓'百炼钢化为绕指柔'。后人只看见它的秀媚柔软，便一点笔力都没有，堕入甜熟恶道，就不可救药了！"

从总体而言，陈衡恪认为中国画有弊端在，故要对其进行改良而不是全盘否定，改良方式则是取古人之长，同时也借鉴西画的长处，他在《对于普通教授图画科意见》中说：

> 是美术者，所以代表各国国民之特性，其重要可知矣。但研究之法，宜以本国之画为主体，舍我之短，采人之长。其法大略如此，例如我国山水画，光线远近，多不若西人之讲求，此处宜采西法以补救之。风景雨景，我国画之特长，宜保守其法，而更加以深心之研究，使臻于极佳境界而后可。他如树法、云法，亦不若西法画之真确精似，故观察方面当更须留意。

对于兼收并蓄的绘画观念，陈衡恪没有只停留在理论方面，他也进行过中西合璧式的创作。姚华在《在师曾先生追悼会上演说》中称："至其用笔之轻重，颜色之调和，以及山水之勾勒，不知者以为摹仿清湘，其实参酌西洋画法甚多。总括言之，师曾之画，取途渊博，用笔得之于书法，参之以西洋画法，于其作品中，随处均可寻出。"

对于这种中西合璧式绘画的具体表现，应该是他所绘的《北京风俗画》，画面上仍然能够看见残存的用铅笔起稿的痕迹，而这种方式在中国的传统绘画中是绝对不会出现的。陈衡恪为什么要画这样的风俗画作呢？刘曦林在《陈师曾与〈北京风俗〉》一书中，录有《北京风俗画》册页后面南州王蘧所写跋语：

> 北京旧为帝王都，典章冠冕今成陈迹，唯民间风习未尽变易，犹有足资存纪。师曾能曲状其情，传神阿堵，更使人如置春

《北京风俗图册页》 收录于《中国近现代画家·陈师曾画集》

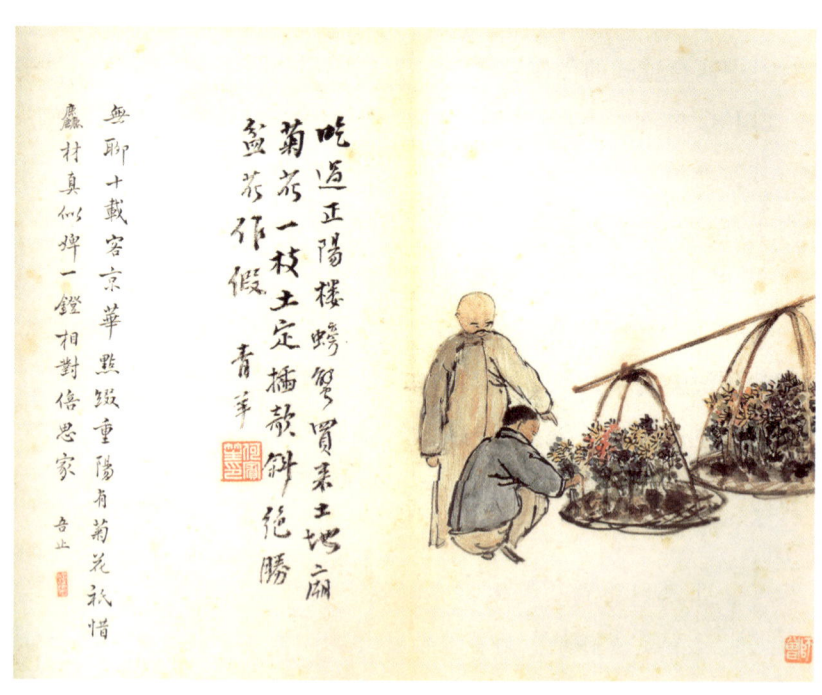

《北京风俗图册页》 收录于《中国近现代画家·陈师曾画集》

明，耳目恍接，真有长安弈棋之感。曩见师曾绘时妆景物眇肖，雅有士气，时髦漫画讵可齐观。盖其书浑淳厚，笔简而意工。史痴翁未得专美于前也。此虽燕京采风小景，直可作民俗图志观。

由此跋可知，陈衡恪描绘这些风俗图案乃是有着存史的意识，而他在日本留学时，所学到的博物学对他的绘画构造也有很大的帮助。凌文渊在《在师曾先生追悼会上演说》中讲道："先生以为二十世纪研究画学者，非先知物体内容之生性与构造，就不足讲画学，先生所以专攻博物学。因为画的范围，不外属于矿物、植物、动物之三者，既然专攻博物学，则矿、植、动内容之生性构造，无不了然于胸中，故能一举笔即驾前贤而上之。先生的画乃系创造的，而非属于因袭的，完全产生于先生的文学之中、思想之中。"

由上述可知，陈衡恪在绘画技巧，尤其在绘画理论方面有着很高的创造力，正如陈池瑜所言，他去世得过早，否则能创造出更多的成就。关于他的离世，2001年第1期的《南方文物》发表了署名经富所写的《白墓青山一徘徊——杭州九溪谒陈三立、陈衡恪父子墓》一文，该文中简述道："俞夫人于1923年6月沉疴不起。衡恪从北京赶回金陵侍疾，治丧期间辛劳过度，染上伤寒，逾一月亦逝，得年四十有八。两个月不到，陈家失去两个重要成员，散原老人伤心惨怛，被家人护送到杭州明盛湖上静养。俞夫人与衡恪柩先厝西湖净慈寺，三年后择地九溪十八涧的牌坊山下葬（在墓地预留散原老人生圹）。散原老人撰挽联：'一生一死，天使残年枯涕泪；何聚何散，誓将同穴保湖山。'"陈衡恪的离世在社会上引起很大反响，梁启超在陈衡恪追悼会的悼词中说道：

无论何种艺术，不是尽从模仿得来。真有不朽之价值，全在

《墨梅图》 故宫博物院藏

个人自己发挥创造之天才。此种天才，不尽是属于艺术方面，乃个人人格所表现，有高尚优美的人格，斯有永久的价值。试看过去美术家，凡可以成为名家，传之永远，没有不是个人富于优美的情感，再以艺术发表其个性与感想。过去之人且不论，如今有此种天才者，或者甚多，以所知者论，陈师曾在现代美术界，可称第一人。

由此可见，陈衡恪在艺术上受到时人何等之夸赞，而对于他的绘画成就及理论成就，梁启超又说道："无论山水花草人物，皆能写出他的人格，以及诗词雕刻，种种方面，许多难以荟萃的美才，师曾一人皆能融会贯通之。而其作品之表现，都有他的精神，有真挚之情感，有强固之意智，有雄浑之魄力。而他的人生观，亦很看得通达。处于如今浑浊社会中，表面虽无反抗之表示，而不肯随波逐流，取悦于人，在其作品上，处处皆可观察得出。又非有矫然独异剑拔弩张之神气，此正是他的高尚优美人格可以为吾人的模范。"

2012年6月29日，我曾前往杭州九溪景区内的古茶园去寻找陈三立、陈衡恪墓，寻访经过后来写入了《觅诗记》中，这是缘于陈三立是晚清同光派的代表人物。如今写到陈衡恪遗迹时，我不想使用重复的照片，于是决定有机会再次造访。

2018年9月1日到9月5日，《北京青年报》青睐读书会组织了一场浙江人文遗迹寻访之旅，而我们此程的第二天就来到了杭州。在当天的下午，我与众人乘大巴再次来到九溪景区，前来朝拜陈衡恪。

此次所乘大巴因为体积过大，方师傅说无法驶入景区之内，故我们在景区的停车场下车，在旁边看到了旅游路线图，上面清晰地画着陈三立、陈衡恪墓的标识点。虽然六年前来过此处，但那次找得颇为曲折，此番前来，我还是找不到正确路径，于是在旁边的警亭内请教警察，他告诉我等沿此路前行，见到第一个桥后左转上山。但旁边的警察却说在第二个桥左转，他们的争论让众人不知所从，但既然打听到了大致的方向，于是决定走入景区内再行寻找。

沿着九溪路一直上行，右侧有一条小溪，因为天气太热的原因，溪水里有不少人在玩耍。炎热的天气让团员们也有进水内降温的想法，但此时天色渐晚，我担心找到陈墓时无法拍照，于是跟大家说等返程时再来这里玩水。然而按照警察所说，穿过第一座桥和第二座时都未曾看到陈墓指示牌。其中一位团员用手机导航，她认为走到第三个桥才应当左转。这些年的寻访中，我好几次上了导航的当，故对这个方便之物缺乏信赖，但她坚称导航很准确，于是按其所言，真的找到了陈三立墓指示牌。

这条路的前半段有一个陡坡，登上此坡对于当天的我来说颇有难度，好在几位团员有的帮我拎相机，有人推也有人拉，总算登了上去。眼前所见，是那片熟悉的茶园，我感觉这片茶园的面积在几百亩以上，视野十分开阔。那两日浙江天气炎热无比，而茶园中没有任何荫凉，走在阳光下的茶园，一路上流汗不止，但因为目标就在前方，大家还是一边鼓励着自己一边前行。

沿着茶间小路走出约二百米，来到了山坡上的陈三立、陈衡恪父子墓前。这里的状况与六年前基本没有变化，总体感觉保护良好。队员们一一走到近前，瞻仰这两座墓，陈国华老师命我给大家讲述这两位大师的故事。虽然这一带地势很开阔，但却没有一丝风，众人流汗不止，我只好说等回到酒店后再聊他们的故事。我在这里向两位先贤分别鞠躬，而后跟随众人又原道下山。

关于陈三立、陈衡恪之墓，陈寅恪在 1951 年旧历八月初十日散原老人的忌日那天，写了一首名为《有感》的诗：

在指示牌上仔细查看

陈三立墓指示牌

茶园

二陈墓全景

> 葱翠川原四望宽，年年遥祭想荒寒。
> 空闻白墓浇常湿，岂意青山葬未安。
> 一代简编名字重，几番陵谷碣碑完。
> 赵佗犹自怀真定，惭痛孤儿泪不干。

对于陈寅恪的感慨，经富在其文中做了如下的解读："全诗回环首伤感凄苦之音，蒋天枢先生谓'痛心之作也'。其第四句'岂意青山葬未安'，蒋先生谓'审诗意，疑杭州有令迁葬之举'。据说当时某部为了修建疗养院，看中陈墓这块宝地，限令迁移。散原诸子得此讯，震惊不安，乃函告李一平先生。李老联合在京有影响的名流向政府要求制止此举。后经上层批示，令某部撤销占用墓地的计划，并批准在陈墓若干距离范围内，不准建造任何建筑物。日后陈氏后裔曾多次谈到，杭州祖墓主要赖李一平之力得以幸存，至1986年重修。"

看来陈三立、陈衡恪能够安眠于此也并非易事，幸亏有识之士的保护，才使我等有了寻访之地。

陈衡恪墓　　　　　并立

远处的建筑

高剑父（1879年—1951年）

雄肆逸宕，如黄钟大吕之响

高剑父是岭南画派的代表人物，而岭南画派则是现代中国最具影响力的画派之一。岭南画派最初被称为折衷派，1935年6月5日的《中央日报》刊有丁衍镛所撰《中西画的调和者高剑父先生》一文，该文首先称："素称岭南派画宗高剑父先生，是一位革命的画家，又是调和中西艺术的折衷派的画家。"

上世纪七十年代之前，简又文对高剑父及岭南画派进行了系统的研究，所撰《濠江读画记》中引用了画评家颖公的《春睡画院访问的印象》："此种画派，社会上称之为'折衷派''新派'，实则'新国画'耳。其笔法赋色，以宋院派为基础而参以各国艺术之特长，及近代科学之新方法，如'远近法''透视学''光学''色彩学''空气层''写生法'，都尽量采入。西法之外，近更将印度、埃及、波斯等各画法冶为一炉，于心灵锻炼表□而出。这派画实从旧国画变化而出，旧国画是长于精神的感觉，西洋画长于形理之表现，新国画则兼而有之，既有哲学的精神，又有物质的形理，真美合一。印度诗哲泰戈尔称之为进化的中国画，又为进化的西洋画。"

看来折衷派的概念乃是融合西方绘画技巧于中国传统画法之中，故而被称之为"净化了的西洋画"。而这种画法拓展了中国的绘画体裁，因此简又文在《高剑父画师苦学成名记》中给出如下评价："岭南

《烟瞑酒旗斜》 中国美术馆藏

烟瞑酒旗斜
但倚楼初日时见悔
鸦就荒古刺壁下
剑父

画师高剑父先生,画学自成一派,基于古画,而兼东洋、西洋、印度、埃及、波斯,各种美术之长,时人曾号其为'折衷派'(eclecticism)。其实则为'新国画'开纪元也。"

岭南画派有着这样的独特性,其创始人是否为高剑父呢?1936年6月,王祺在《从艺术批评到春睡画展之评价》一文中称:"岭南派之兴,居古泉实开其端,居先生以花鸟虫鱼胜,新清隽逸,拟以庾、鲍之诗律;剑父、奇峰、树人皆出其门,其后又留学东洋美专,所染东洋画风与西洋色彩者,颇多,岭南派之特色在此,而其去中国法度精神之渐远亦在此。"

王祺认为岭南画派的创始人乃是居廉,而"岭南三杰"高剑父、高奇峰、陈树人都是居廉的弟子,此后这些人又到日本专学绘画,故而融合了东洋美术的画风,渐渐形成了岭南画派的独立面目。

关于高剑父拜师居廉学画之事,可以参见1927年广州《国民新闻》上刊载的《高剑父君小传》,该篇小传的前半段为:

> 高剑父名仑,童时学画于居古泉廉之门,后专用功于宋元各家,一变师法,因悟古画千余年不变必有穷期,毅然以革命艺术自任,乃习西洋画于法人麦拉之门,继而东渡留学,习西洋画及雕塑于东京白马会、太平洋画会,研究美学于东京美术院,此高君研究艺术之基础也。二十年前,国内未闻有提倡艺术者,而以旧派画家出洋研究,君为第一人。有人知高君为大艺术家矣,而尤有人知高君乃革命巨子也……

这篇小传的作者未曾署名,而李伟铭在其所撰《高剑父"留学"日本考》一文中认为:"在高氏的手稿中可以发现,许多宣传高氏生平业绩的文稿,大都先由高氏以第三人称起草。据此显然可以肯定,这篇未署名的高氏小传，如果不是出自高氏手笔，就是学生据高氏口述资料整理成文。"

李伟铭认为，无论这篇小传是否为高剑父起草，这篇小传在公布之前曾得到过高氏本人认可是确定无疑的。这篇小传中谈及高剑父幼年之时拜居廉为师，后来他将自己的眼光上溯到宋元时期，由此而改变了师法，之后他又学习西洋画，到日本留学，参加了一些日本的艺术团体。小传中还称在高剑父出国留洋之前，未曾有中国传统画家学习西洋绘画者，因此在这方面他自称为第一人。高剑父的名字，又常常与革命家联系在一起，正如徐悲鸿在《谈高剑父先生的画》一文中对他的评价：

> 其艺雄肆逸宕，如黄钟大吕之响，习惯靡靡之音者，未必能欣赏之。顾其鹰隼雄视，高塔参天，夕阳满眼，山雨欲来，耕罢之牛，嬉春之燕，皆生命蓬勃，旗帜显扬，实文艺中兴之前趋者。陈树人先生言：当年之高剑父，曾身统十万大军；轰动一时之凤山案，其炸弹实制诸剑父画室者也。被推为革命画家，宜矣！

时人称高剑父为革命画家，跟他奇特的人生经历有很大关系。谢文勇在《读高剑父〈我的现代国画观〉》一文中综合了简又文所撰《革命画家高剑父——概论及年表》中的记载：

> 当孙中山自美国到日本，剑父和廖仲恺往横滨迎接，由中山主盟加入同盟会。因少年气壮胆豪，被孙中山派回广东组织同盟会广东分会，并担任会长。回广州后，在广州的河南鳌洲外街担竿巷开设守珍阁裱画店为全会机关，主编《平民画报》作间接提倡革命之喉舌。还到香港与刘思复组织"支那暗杀团"，剑父任

副团长,于他所设立之"博物商会"秘密制造炸弹。革命志士林冠慈之炸清军水师提督李准,李沛基等谋杀广州将军凤山,均为该暗杀团所策划。公元1911年,革命党人黄兴组织"三·二九之役",大举起义,高氏任支队长,担任在外接济及运输军械工作,迨失败,高氏与黄兴等幸得脱险。同年9月,粤中革命军纷纷起事。剑父在新安组"东新军"兼统率各路民军克东江、虎门,威胁广州,清吏尽逃,全省和平光复,共议推举高氏为广东都督,剑父力辞不就,后由胡汉民出任此职。际兹革命胜利,高氏则毅然退出政治,提倡艺术革命,专心致力于推行新国画运动。

年轻时的高剑父跟随孙中山出生入死搞革命,后来虽然退出政坛转而全心全意搞艺术创作,但他的绘画观念并未脱离革命思想的影响。比如他在《我的现代国画观》中明确宣称:"艺术既是生活的形象,现实的反映,一方由于革命的人生观使画家站在现实的前头,他的反映含有善意的诱导作用,那作品必须是大众化,使无论何人,一见理解,衷心接受,被影响于不觉,起共鸣于行动;而社会生活由是而知所取舍,由艺术大众化而进至大众艺术化,方为现代新国画的最高目的。"

综合高剑父的这段话,可以看出他认为绘画必须服务于大众,同时他认为自己所处的时代绘画体裁并没能做到这一点。高剑父把中国的绘画史分为四个时期:"大概自有巢氏至陶唐以前,为实用时期;三代至汉,为礼教化时期;魏晋至五代,为宗教化时期;两宋至明清,为文学化时期。"这种分期的下限讲到了清代,而清之后进入了中华民国时期,高剑父认为当时中国的绘画并没有跟上时代的变化,因此他呼吁:

到了革命的新中华民国,全国的画风,除西画外,都是守住千百年来的旧作风。即使千百年来,古人最新最好的东西,难道到现在都不应该改变一下吗?这些变,虽不敢谓将二千年来的国画改观,也想大胆地把五百年来的画史转一下,最低限度,也要成一种新中华民国的国画了。

这样的呼吁是否会被人视为蔑视传统呢?对于这一点,高剑父有着自己的解释:"我并不是要打倒古人,推翻古人,消灭古人。在表现的方法上我们要取古人之长,舍古人之短,所谓师长舍短。弃其不合现代的,不合理的。是以要把历史的遗传,与世界现代学术合一来研究。更吸收各国古今绘画之特长,作为自己的营养,使成为自己血肉,以滋长我国现代绘画的新生命。"

由此看来,高剑父并不反对传统,他只是想从传统中汲取精华抛其糟粕,最终形成全新的绘画面貌,而这正是他开创岭南画派的主要思想动机。

孙中山从美国来到日本时,高剑父与廖仲恺前往横滨迎接,为什么会是他二人在日本迎接孙中山呢?对于这件事,简又文所撰《高剑父画师苦学成名记》中有详细记载,这件事仍然需要从他的绘画经历讲起。

清光绪五年(1879),高剑父出生于广东番禺,高剑父的祖父高瑞彩是位中医,喜欢习武和绘画,这两样爱好都对高剑父及其五弟高奇峰有影响。当时高家很穷,高剑父需要出外谋生,在一位名叫高祉元的族兄介绍下,拜居廉为师学习绘画。在那时,居巢、居廉兄弟通过研习恽寿平的没骨画法,形成了自己的风格,尤其他们所画的花鸟鱼虫有着自己独特的面目,他们发明出了"撞水"法和"撞粉"法。对于这两种绘画技巧,高剑父在《居石泉先生的画法》中描绘说:"古人写花向无撞粉之法,自宋院至南田时,用粉法皆系抹粉、挞粉、点粉、

《柏树》 中央美术学院美术馆藏

钩粉而已，未尝有撞粉法也。有之则始自梅生（居巢），吾师继之。"

对于"撞粉"法的具体操作方式，高剑父在该文中有如下简述："即以粉撞入色中使粉浮于色面，于是润泽松化而有粉光了。在一花一瓣当中，不须著意染光阴，惟以浓淡厚薄的粉的本身为光阴。"对于"撞水"法，他又在该文中写道："师（居廉）写叶，则以水注入色中，从向阳方面注入，使聚于阴的方面。如此则注水的地方淡而白，就可成为那叶的光线，且利用光线外不匀的水渍，干后或深或浅，正所以见叶面之凹凸也。不须刻意渲染，而一叶中的光阴凹凸毕现，撞水的奥妙在此。"

用这种技法绘制出来的作品颇受社会人士喜爱，而后居廉在十香园内广收门徒，培养出的弟子达几十人之多，这些人在同治、光绪年间活跃于广东画坛，被人称为"居门一派"。

1900 年，高剑父前往澳门的格致书院去读书，这是一所由美国人办的教会学校。高剑父在上课之余跟法国画家麦拉学习炭笔素描和油画技法，由此掌握了西方绘画技巧，为他今后的"折衷中西"打下了基础。后来高剑父返回广州在述善学堂做教员，而当时的述善学堂内还有一位名叫山本梅涯的日本画家，此人觉得高剑父有很好的绘画基础，劝高前往日本留学，以便进一步提高绘画技巧及拓展眼界。

于是在 1906 年，高剑父去到香港，再乘轮船前往日本。简又文在《高剑父画师苦学成名记》中写道："先生并不以此初级成就自满，求学问、求深造之欲之志益炽益坚，乃从事于储薪金以备游学东洋之费用。翌年，即辞职东渡，尽留其蓄积于奇峰以作养病之资（奇峰体弱多病），仅囊三十余金只身赴香港，转轮渡赴日；盖其曾闻东京有留日同乡会之设，能助祖国学生来求学也。"

看来高剑父也认为自己有前往日本深造的必要，经过一年的准备，凑到了一些费用后，他便辞职东渡，临走前还留下了一些蓄积给弟弟高奇峰，以便让弟弟安心养病。然而来到日本后，现实远比他的想象要艰难得多，简又文写道：

> 抵东之日，值天气严寒，残雪满地；先生以款绌，行囊未多备，上岸仅布衣一袭，奇冷难受，几至冻僵，乃援其幼稚的日本话雇人力车往留日同乡会，孰知此会适已解散，先生顿觉绝望，深夜彷徨于大风雪中，不知何所去从，仍饬车夫沿路访问华人住宅或店铺，又不料是夕适为除夕，人家皆闭户守岁。至是先生举目无旧，饥寒交迫，而囊款又几告罄，真是困苦万状。辛乃得到一中国旅馆，暂为住宿。翌日，姑出门寻找机会，幸遇故友廖仲恺先生，乃为之倾吐心事，时廖抵日仅旬日耳。廖先生于是挈之返家，廖夫人何香凝女士殷勤招待。先是，廖夫人出国前亦习绘事，先生间或从旁加以指导，故交谊甚挚。自是先生常到其家做客。

高剑父原计划到同乡会去寻找帮助，没想到该会在他到达日本前已经解散，幸而在饥寒交迫时遇到了贵人，此人就是廖仲恺。廖了解到高剑父的遭遇后，将其带回了家中，而廖仲恺的夫人何香凝也喜欢绘画，正是这个缘由，使得高剑父与廖仲恺成为了莫逆之交。在日本期间，高剑父还想办法通过卖画来维持生活，同时加入了日本的几个绘画团体，以此来提高自己的绘画技巧：

> 抵东未久，门路渐熟，先生即从事绘画卖诸日人及华侨以维持生活，几经艰苦挫磨，始得加入白马会、太平洋画会及水彩研究会等，潜心研究东洋西洋画学。留日年余，以事返国，在粤垣任两广高等工业学堂教席。又二年，先生再行东渡，考入东京美

术院作高等研究，此院为日本艺术之最高学府，吾国留学生之能考入者先生实为第一。至是时，其艺术已到炉火纯青之境，变成"折衷派"新国画家。

正是因为这段经历，高剑父的绘画渐渐显现出了个人特征，也正是因为遇到了廖仲恺，在廖的引荐下，他见到了孙中山，由此成为同盟会广东分会会长。之后高剑父进行了一系列的革命活动，他在黄花岗起义中被子弹打伤了腿部，应当是他渐渐退出政界转而从事艺术的直接原因之一。也是因为这段历史，使得他被称之为革命画家，如下罗家伦在《高剑父绘画展览会特刊》中所言：

> 设三月廿九日之役，高剑父先生偕黄花岗诸烈士而死，今日固无剑父之艺术；设剑父不参与三月廿九日之役，则亦无今日剑父之艺术。盖剑父艺术系革命热血经锻炼而美化者也。

高剑父不但自己形成了独特的绘画面目，还带出了弟弟高奇峰。在高奇峰很小的时候，他就教其绘画，为了加强弟弟的创作欲望，高剑父常常自己掏钱来买弟弟的画，然后告诉弟弟说这是帮别人所买，鼓励高奇峰在绘画方面更加努力。高剑父在日本期间，有一度回国，然后带上高奇峰一同前往日本。高奇峰在日本拜田中赖章为师，学习西洋绘画技法，这期间他跟着哥哥加入了同盟会，逐渐也在绘画上崭露头角。

"岭南三杰"的另一位重要画家陈树人十六岁就拜居廉为师，由此而得以结识了高剑父与高奇峰。陈树人在绘画上的用功颇受居廉所喜爱，居廉将侄孙女居若文嫁给陈树人为妻。1905年，孙中山从欧洲前往日本组建同盟会，途经香港时受到阻拦不能登岸，陈树人听到后

《渔港雨色》 中国美术馆藏

　　特意上船去见孙中山,并当场加入了同盟会。转年陈树人也来到日本,考入了京都美术学校。1913年,陈树人再次前往日本,就读于日本立教大学文学系。

　　陈树人两度前往日本,这段经历对其思想以及绘画都产生了较大影响。王坚在《认识岭南画派》一文中写道:"两渡东洋,正值东洋绘画处于融合中、西绘画长处的时期,二高一陈恰恰是富于改革精神的革命画家,首先受到日本画家广采博收、善于吸取外来艺术之长处收进本民族绘画的精神启迪,他用这种精神去改进传统中国画。他们正是把画学看成是革命在艺术领域的延伸，是进行美育、提高国民质素的有力武器，而不是为了功利目的或者聊以自娱、以遣闲情逸志的方式。"

相同的师承、相同的人生经历以及相同的政治主张，使得二高一陈有着颇为相像的绘画面貌，所以他们三人被绘画界并称为"岭南三杰"。而他们的市场影响力也因参与革命而得以彰显。王坚在其文中写道：

>二高一陈的创作受到了孙中山先生赞赏，认为"足以代表革命精神，具新时代的作品"。民国十五年（1926），由国府出重金购高奇峰的《秋江白马》《海鹰》《雄狮》，高剑父的《雷峰夕照》和陈树人的《岭南春色》等作品，陈列于刚落成的中山纪念堂中。

岭南画派吸收西洋与东洋绘画技巧的同时，对中国传统也有着观念上的继承。比如高剑父就对中国画中所讲求的笔墨颇为肯定："旧国画之好处，系注重笔墨与气韵，所谓'骨法用笔''气韵生动'，笔法如何雄健、豪迈、秀健、苍润、浑厚、高超、野逸、古拙、气韵、灵活、古拙、力透纸背，如印印泥，如锥划沙，这是用笔的要旨，也是笔法的最高峰。用墨，用色，要淋漓、润泽、光彩、鲜丽、文静、雅淡、古厚、艳冶，总括起来，实以用笔为重，用墨、用色次之。"（高剑父《我的现代绘画观》）

然而，也许是岭南画派融汇了太多的元素，又并没有让它们处于和谐的状态，因此也受到了绘画界的一些批评。比如张少侠、李小山所著《中国现代绘画史》就对该派有如下看法："岭南画派既没有使自己的作品真正富有'写实'的生活气息，也丢掉了文人画传统中的情趣表现，而落入一种'扬短避长'的尴尬局面。"而对于岭南画派的后

《林荫桥影》 广州艺术博物院藏

世传承,该书中又有进一步地批评:"在他们(指二高)的门生那里,所有的缺点都成倍地放大了。无论是在用色、勾勒、渲染等技巧上,还是在构思、布局等画面的整体上,几乎脱不了一个'俗'字。"

总体而论,岭南画派受到更多的还是褒奖,毕竟在中日交流方面起到了承前启后的作用。比如黄宾虹在《美展国画谈》中夸赞岭南三杰说:"高奇峰氏、剑父氏、陈树人氏皆具聪明俊伟之才,究心绘事,游居东瀛,得见收藏美富,尽能窥其秘奥……"潘天寿在《域外绘画流入中土考略》一文中也关注到了该派的独到之处:"较有力量而可注意者,则为广东高剑父一派。高氏,于中土绘画,略有根底,留学日本殊久,专努力日人参酌欧西画风所成之新派,稍加中土故有之笔趣;其天才工力,颇有独到处。其作风,与清代郎氏一派,又绝不相同。近时陈树人、何香凝,及高剑父之弟高奇峰等均属之。……"

相比较而言,"岭南三杰"中以高剑父贡献为最大,因此丁衍镛在《中西画的调和者高剑父先生》一文中,对高剑父在绘画史上的贡献有着如下定评:"在前数十年的高先生,就毅然以调和东西美术为己任,本他革命的精神,来从事中国的艺术革命,经数十年的奋斗和修养,成功了一种新兴的中国画,这种伟大的成功,在中国美术史上是不可磨灭的。"

1951年6月22日,高剑父病逝于澳门镜湖医院,终年七十三岁。2007年3月26日,高剑父的骨灰迁葬于广州银河公墓。2012年的12月,我到广州寻访时,特意前往燕岭路的银河公墓寻找他的墓。

我从资料上查得,收藏家容庚的墓也在银河公墓内,故来到此处首先打听的是容庚墓。然而此墓园之大超出我的想象,让我不知向哪个方向寻找,在路上遇到一位工作人员,她对我的问话以一副公事公办的口吻回答说:"我不知道。现在中午大家都在休息了,你两点以后再来吧。"

《笋樱图》 天津博物馆藏

《红柿小鸟》 中国美术馆藏

高剑父墓

高剑父像

然而此刻才刚到十二点,我怎么可能坐等两个小时,于是走到前面的办公大楼去碰运气。站了好一会儿,才有一位身穿西装的男士出现,忙上前打听,先问他是否为公墓里的工作人员,他说是,再请问容庚墓,他停下脚步指了一下,然后说你跟我来吧,我给你一个地图就知道了。于是我跟着他进入办公大楼,大楼里很暗,似乎没有什么人上班,仅一个年轻姑娘在里面,见到他马上恭恭敬敬地站了起来。男士取出一张公墓简介,详细告知容庚墓在最后面。看来这位男士应该是公墓的高层管理人员,联想起最开始遇到的那位妇女,忍不住想起一句俗语:"大鬼好说,小鬼难缠。"

找到统战区,发现这一区修造得极具艺术性。每一座墓的上方有着造型不同的塑像,并且是按照墓主的身份,做出与之符合的造型。更意外的是高剑父之墓居然就在容庚墓的后面,附近又有黎雄才、何耀光及郭佩珍夫妇合葬墓、陈树人夫妇合葬墓、画家余本夫妇墓等,原来岭南画派中有多人都是安葬于此处,这样的安葬方式倒颇为符合人性,想来他们在地下也会其乐融融地谈艺论画。

容庚夫妇墓上面塑的是容庚胸像,相对于其他艺术家墓冢上的造型，容庚胸像可谓中规中矩。然容庚墓的用心不在于墓碑上面的胸像，而在于旁边的围栏。围栏分为两个部分，一部分是简述容庚生平的碑记，另一部分是线装书页形式的《金文编》卷首，以及甲骨文对联。容庚先生一生之最高成就尽在其中，不可谓造墓者不用心矣。

高剑父之墓在容庚墓的左后方，墓碑由三块立石组成。中间一块上有高剑父浮雕像，他戴着那个时代流行的圆框眼镜，以手托腮做思考状，也许正在想着如何处理东西方绘画技法的不同。两边立面之顶面分别为高剑父印文一方，左为"剑父无恙"，在我拍照的时候，正巧一只蝴蝶飞来，停在"恙"字上久久不去。右边石面上的印文是"高仑"。

我正在这些墓冢中拍照时，一位管理人员走了过来。大约是长年徘徊于墓冢之间，没有生人与之对话的原因，他极热心地与我闲聊起来。他说今年来的人少了，去年这里来了好多人，那个热闹，他感慨了几声，听上去极为怀念。我想起去年是2011年，正好是辛亥革命一百周年，而统战区的人物多是民国时期的风云人物。管理员又说，去年还有人专门来这里拍电影，拍一个名叫"肖福"的人，如何如何。我对电影不感兴趣，也没怎么接话，一直到听见他说"肖福"是个女人，才醒悟过来，他说的应该是"萧红"。可是印象中萧红似乎是在香港，怎么会到这里来呢？他见我略有怀疑，马上急起来，在我的小本本上详细画了一个图，告知我萧红墓在哪个位置："你不信去看！就在那里，就在那里！"

我按照他画的地图，走了没多远，果然看到了萧红之墓，墓碑上嵌有萧红黑白小像一张，下写"女作家萧红同志之墓"，于1957年迁骨灰于此银河公墓。

金城（1878年—1926年）

精研古法，博采新知

中国画学研究会于民国初年在北京成立，该会在中国绘画史上有着巨大的影响力，而该会的关键人物之一就是金城。云雪梅在《金城和中国画学研究会》一文中称："本世纪初期，金城是一位很有地位的美术家，被称为北京美术界的'教主'，中国画学研究会则是金城等一手创立的美术社团，持续活动近三十年之久，影响遍及国内外。在建国后的三十年里，金城和大多数中国画学研究会的成员被视为画坛'保守派'。"

对于该会的创建背景，燃犀在《东方绘画协会原始客述》中有如下描述："民国七八年间，我国总统府顾问板西利八郎氏屡欲介绍日本画家来华开会，与周肇祥、金绍城、颜世清等谈过多次，只因我国画家散漫无团体，而又不宜终拒，周、金二人遂与同志组织中国画学研究会，一面联合画家，一面训练人才。"

日本绘画团体要来华进行学术交流，中国却没有与之对等的相应机构，正是出于这个原因，促使周肇祥和金城共同创建了中国画学研究会。对于该会的出资人，以及该会后来的发展情况，日本画家渡边晨亩在1927年来中国给金城授瑞宝章时，正赶上的《湖社》半月刊创刊，渡边写了篇悼念金城的文章发在该刊上，该文中提及："爰于民国九年，广集同志，并承徐大总统之赞助，创设中国画学研究会，与周氏同就会长之任。在政变多端民心摇动之漩涡中，毅然谋美术之发展，对于吾人曩昔所提议中日艺术提携，极为赞成。因商及日本国同志，协同研究东洋美术，穷其蕴奥，借以发扬神妙精华，虽值民八（1919年）以来，排日思想澎湃之际，进行诸多困难，终以不挠不屈，竟能于十年（1921年）十一月，在北京欧美同学会开第一次联合绘画展览。"

由此可知，中国画学研究会的开办资金是由时任大总统的徐世昌所提供，此会成立后，跟日本绘画界相互间进行了展览交流，而后产生了广泛的影响力。对于该会创办的原因，渡边晨亩在此文中却说："先生夙以尊主权存国体为念。常倡同胞共荣共存之说。以谋东洋艺术向上之发展。昔游学英法，兼研究洋画。深有所悟。见现时泰西艺术倾于物质至上主义者，确信不及东方理想之高深，慨近代画家争奇竞新，崇拜西洋画法，徒事模仿，致数千年以来东方艺术之高深雄浑之妙趣，有逐渐颓靡之叹。"

渡边认为金城振兴国画的原因是为了抗衡西方物质至上主义，那时部分中国画家崇尚西洋画法，贬低中国绘画艺术，这种观念在中国绘画界影响极大，金城反对这种全面西化的思潮，为此而创立该会来振兴国画。对于当时中国绘画界的整体局面，周棉等所著的《中国留学生论》第十四章中，在谈及留欧画家金城的画论与实践时称："世纪前期的中国内忧外患，在西方强势文化的冲击下，美术领域引发了艺术观念、范畴、旨趣的变革，各种美术观点和风格应运而生，呈现出多元共生、丰富多彩的局面。'一方面是对传统文化的维护与颂赞，另一方面是反传统势力的冲击与抗争，还有彼此的退让、转化和融合。'"

面对这种思潮，社会上出现了两种不同的声音，该专著中写道："面对西画的涌入，中国现代画坛发出全盘西化和改良中国画的两种声

《秋山雨后》 中国美术馆藏

音,主张改良的有识之士又具体分为两种观点:一种观点主张以西润中,即以西画改造中国画,观念相对激进;而另一种观点则力主从传统中寻找中国画改良的方法,对中国传统的绘画艺术采取精研古法的态度,在对传统绘画深入研习的基础上广泛吸收、'博采新知',以此回应时代变革的要求。当时活跃在京津画坛上的留欧著名画家、美术理论家金城,就是后一种观点的代表人物之一。"

金城有着逆势而上的勇气,在这种浪潮下,毅然发出恢复国粹的号召,从理论和实践两个方面来阐述和展现国画的重要价值,故陈传席所编的《中国绘画美学史》中称:"在一片变法、革命、改良和输入西洋画法之声浪中,亦不乏保守之士出面反对革命、改良者,他们坚持守旧,自称'谨守古人之门径,推广古人之意',因而也可以叫他们是'守古派'。他们以保存'国粹'为己任,谓之'莫谓绘素微事,国粹之精华在焉'。'国粹宜保存'云云,也可以叫他们是'国粹派'。这一派以金城影响最大,其坚持古法,反对艺术革命和输入西洋画法的态度也最鲜明最坚决。"

可见当时跟金城有同样观念者并不在少数,而金城是其中态度最坚决的一位,并且有着重要的影响力。在那个时段,持中国画无用论者有几位重要人物,最早提出这种观念者就是在西方游历多年的康有为,他于1917年在《万木草堂藏画目》序中指出:"中国画学至国朝而衰敝极矣,岂止衰敝,至今郡邑无闻画人者。其余二三名宿,摹写四王、二石之糟粕,枯笔数草,味同嚼蜡,岂复能传后,以与今欧美、日本竞胜哉!"

1918年5月,徐悲鸿在北京大学画法研究会上发表的讲演中称:"中国画学之颓败,至今日已极矣!凡世界文明理无退化,独中国之画在今日,比二十年前退五十步,三百年前退五百步,五百年前退四百步,七百年前退千步,千年前退八百步,民族之不振可慨也夫!夫何故而使画学如此其颓坏耶？曰惟守旧，曰惟失其学术独立之地位。画固艺也，而及于学。今吾东方画，无论其在二十世纪内，应有若何成绩，要之以视千年前先民不逮者，实为深耻大辱。然则吾之草此论，岂得已哉！"当年十二月，吕澂提出了"美术革命"的主张，不久陈独秀在回复吕澂的文章中提到"不能不采用洋画写实的精神"。

面对这种局面，金城等人成立了中国画学研究会，同时创办了《艺林旬刊》，该刊每月三期，于当月的一日、十一日、二十一日出版，此刊后来又改为了《艺林月刊》。金城去世后，其子金开藩又创办了《湖社月刊》，在该刊连载金城所撰《画学讲义》。这份讲义中的很多内容都是反对绘画界的西化思潮，比如金城在讲义中明确说道："吾国数千年之艺术，成绩斐然，世界钦佩。而无知者流，不知国粹之宜保存、宜发扬。反觍颜曰：艺术革命、艺术叛徒。清夜自思，得毋愧乎？"

显然，这段话是直指某些国画改良论的思潮，因为金城坚定地认为："即以国画论，在民国初年，一般无知识者，对于外国画极力崇拜。同时对于中国画极力摧残。不数年间，所谓油画水彩画，已无人过问，而视为腐化之中国画，反因时代所趋而光明而进步，由是观之，国画之有特殊之精神明矣。"

金城说西画在中国只是风行一时而已，并且衰败速度很快，只有中国画符合中国人的精神，故必然会长期受到人们喜爱。其实从整体观念上来说，金城并不反对西方其他的先进技术，仅就绘画而言，他认为中国画的境界远超西画：

世间事务，皆可作新旧之论，独于绘画事业，无新旧之论。我国自唐迄今，名手何代蔑有？各名人之所以成为名人者，何尝鄙前人之画为旧画。亦谨守古人之门径，推广古人之意。深知无旧无新，新即是旧，化其旧虽旧亦新，泥其新虽新亦旧。心中一

> 存新旧之念，落笔遂无法度之循……总之作画者欲求新者，只可新其意，意新固不在笔墨之间，而在于境界，以天然之情景真境，藉古人之笔法，沾毫写出……则艺术自然臻高超矣。

应当如何来传承中国绘画技巧呢？金城认为必须通过临摹古人的作品，才能学得中国画的精髓："尝谓学画，有常有变，不师古人，不足以言画。泥守古人成法，亦步亦趋，亦不足以言画……画不师古，千篇一律。"

但中国画有着各种各样的流派，绘画者应当以哪派为师呢？他在《画学讲义》中认为应当临摹宋画，因为"不习宋人之繁难，又岂谙简易之妙哉"。而在绘画创作上，金城反对轻易创新，认为这样的创新只是一种急功近利之举，只有常年临摹古人的作品才能体味到古画的精髓所在：

> 学莫患喜新厌故，习画亦何独不然。习画而欲矫古人之意，惊眩世人以为新创，此实钓名沽誉之徒，不足以言学，更何足以言学画。究其极其不为刻鹄类鹜者，吾未之信也。古来画家之成名，何尝以前人之规范为不足法，而离奇独裁，以为千古未有之特创。不知画学一道，本系文人学士寄怀适性之艺术，前者之绝大画品，依据于古人之法，穷变而通之。即今日之伟大画品，何莫非由前人努力造成之基础而来也。如无所依据，遂可谓之特创，则儿童之胡乱漫涂，亦可号为特创大家，有是理哉。

但要学得古画的精髓，单纯临摹也不够，因此金城认为"欲摹古人之墨迹，须兼读古人之画论"。金城不仅在理论上对改革派予以反击，还将自己的观念贯彻到了实际行动当中，对此周牧在《在时代狂

《仿陈汝言山水图》 天津博物馆藏

飘袭来后的坚守——中国画学研究会和"学衡派"文化保守主义理念比较》一文中，将中国画学研究会的具体活动总结为三点："（1）招收学员，通过临摹教学的方式，为中国画的创作和鉴赏培养人才。（2）通过画展传播中国画，扩大中国画的影响。每年举行一次展览，到 1945 年画会解散共举行二十五次展览。（3）编辑出版《艺林》月（旬）刊，从 1927 年开始出版，刊载传统的中国画作品和画论，以宣扬中国的传统绘画。"

正是因为金城以及他所主导的中国画学研究会所做出的努力，使得国画西化的倾向得以遏制。周牧在文中称："中国画并没有被西化大潮所湮没，西方美术最终也未能取代中国画而独尊画坛，只成为中国现代美术的重要组成部分之一。"对于该会的社会影响力，此文中总结道："就在这中西画孰胜孰劣的激烈论争中，中国画学研究会坚持了二十多年，成为民国时期京津地区存在时间最长、影响最大的绘画社团，从而对维护中国传统的美术艺术做出了重要贡献。"

金城如此坚定地反对国画西化，并不是因为他对西画的不了解，从他个人的经历来看，情况恰恰相反。金城，字巩北，原名绍城，号北楼，又号藕湖，出生于湖州南浔巨富之家。他的祖父金桐早年在上海经商，专做蚕丝生意。金桐之子金焘继承父业，继续经营丝业，金焘有七子六女，金城是长子。金城在幼年就喜欢绘画，陈宝琛所撰《清故通议大夫大理院推事金君墓志铭》中称："自幼奇慧，嗜绘事。"《湖社月刊》上所刊载的《金拱北先生事略》中，对于这一点讲得更为详细："生有夙慧，幼即嗜丹青。课余握管，辄迥异常人。其乡里士绅富收藏，偶假古人卷册临摹，颇有乱真之概。其作画虽无师承，而动笔即深得古人旨趣。山水花鸟，无一不能，兼工篆隶镌刻，旁及古文辞。"

看来金城在绘画上属于无师自通。维新变法失败后，金城的父亲感到国内政局不稳，于是将子女们送到了欧美去留学。陈宝琛在《墓志铭》中写道："怵于世变，七子五女，尽遣游学欧美。"光绪二十八年（1902），金城赴英国留学，他在伦敦国王大学（King's College）学习英语、政法、哲学、历史等课程，留英三年期间，他看到了许多西方的美术作品，后来还到法国、美国等各大美术馆、博物馆去参观。

光绪三十一年（1905），金城回到中国，先在上海公共租界内任职，后来前往北京去任大理院刑科推事、监造法庭工程处会办等职。五年之后，他被派遣出国前往欧美等十八国考察监狱情况，为此写下了《十八国游历日记》。从日记中可以得知，他在这个过程中又参观了多家欧美的美术馆和博物馆。游历回国后，民国成立，金城出任众议院议员、国务院秘书等职。在他回国任职后，对文物展览也做出过贡献，陈宝琛所撰的《墓志铭》中称：

> 宣统二年，法部派充美洲万国监狱改良会代表，并赴欧洲考察监狱，年余始归，则国体已变。当事既辇致盛京内库及热河行宫所藏金石书画于京师。君为议员，倡议就武英殿陈列，餍众观览，中多名迹，为世所希见。君日携笔研，坐卧其侧，累年月，临摹殆遍。画益大进，尝进画禁中，御书"模山范水"扁额以赐，盖异数也。

那时热河行宫所藏宝物运到了故宫，金城提议将其中的绘画作品陈列在武英殿内进行公开展览，而其本人则时常到武英殿临摹这些古画。他还曾将自己的画作进呈给已退位的溥仪皇帝，为此得到了御书匾额。

由这些经历可知，其实金城对西方绘画十分了解，而正是因为其了解之深，才更能体会到国画的妙处，这也正是他坚持传统画法，创办画会、举行展览的原因。对此,《墓志铭》中写道:"每病当代风行西画,古法浸湮。创立画学会,聚徒讲授,所成就綦众。日本画家闻声就访,购其画以归,遂有中日绘画联合展览会之设,间岁一举。适日本值年,君与同人连袂东渡,应求甚盛,乞画踵接,日不暇给。"

中国画学研究会正式成立于 1920 年的 5 月 29 日,成立地点是在北京西城石达子庙的欧美同学会,参加的会员几乎都是时居北京的著名画家,如陈师曾、萧谦中、贺良朴、徐燕荪、徐宗浩、吴镜汀、陈半丁、胡佩衡、陈少梅等二十余人,画会确立了"精研古法,博采新知"的宗旨,制定了定期观摩古代名画、招收学员、集体辅导的活动方式,并选举金城、周肇祥为会长。吕鹏所著的《湖社研究》中,对这一段历史记载更为详细:

> 1920 年 5 月 29 日下午三时,中国画学研究会于南池子大街的石达子庙欧美同学会召开成立大会。而据金城本人在为其妹金章的《濠梁知乐集》序中所介绍画学研究会应成立在"社稷坛",经考证欧美同学会也没有发现任何关于中国画学研究会活动的资料,可以推测该会的成立地点是在石达子庙,但是根本没有在那里办公,在 1922 年就迁入设置在社稷坛(中央公园后称中山公园)内的董事会——"来今雨轩"。该会的会址先后在宣武门内温家街甲一号、中南海流水音和北京前外虎坊桥 114 号越中先贤祠院中等处办公,而展览的地址一直是在中山公园水榭、董事会的餐堂和中山堂(又称大殿)三处举行。

尽管有着这样详细的记载,但是对于该会的首任会长究竟为谁,各种资料却有不同的说法。徐燕荪在《历史思想自传》中说:"在 1920 年,徐世昌私人创办了中国画学研究会,会长周肇祥(幕府、官僚），副会长是金巩伯（会长、买办），我当时参加该会为研究员。"

徐燕荪明确地称徐世昌是该会的创办者，周肇祥为会长，金城为副会长。王𢘆昌在《中华民国三十六年中国美术年鉴》中称，该会的会长是周肇祥。然民国三十六年已经是1947年，早在此前的二十一年，金城就已经去世了，故该年鉴的记载无法说明早期的情况。在1920年5月30日的《晨报》上，刊登过如下一则消息：

> 中国画学研究会于前日（29日）下午三时在石达子庙开成立会。到会者约三十余人。皆有名画家。由野振北君主席，并选定金君为会长。闻该会定于三、六、九等日开会。会场悬挂名人字画，供大众研究并资参考云。

对于这则消息，云雪梅在其文中分析称："报道说金城为会长，应是可靠的。因为此前的3月及此后12月，《晨报》都有关于周肇祥在东北督办葫芦岛开埠事宜的报道。可见周肇祥当时的主要精力不在组织画会上。徐燕荪在其自传材料中所说，'周肇祥为正，金城为副'，以及后来出现的徐世昌是名誉会长之说，也没有理由说是假。本文推论，中国画学研究会的实际创办人和首选会长，应是金城无疑，但由于画会经费问题，金城将会长谦让给与徐世昌关系密切的周肇祥，并请徐挂名为名誉会长。"

且不论金城是否将会长之位让给了周肇祥，但他确实是该会的实际推动人，并且在该会成立之初，就定下了十六个字作为本会的宗旨："提倡风雅，保存国粹；精研古法，博采新知。"这个宗旨后来贯彻始终。

金城去世后，中国画学研究会自然由周肇祥全盘主持，然而金城的长子金开藩却因观念不同，在其父去世三个月后，带领金城的一些弟子脱离该会，另外组建了湖社画会。该社名称的来由，乃是因为金城别号藕湖，为此金城的弟子们也大多以"湖"为号，比如金开藩号荫湖、惠孝同号柘湖、刘子久号饮湖、陈缘督号梅湖、李达之号五湖等等。湖社画会也成立了董事会，该会设在中山公园内，每隔一周开会一次，这样的活动一直持续到了1947年，在中国绘画史上同样有着重要的影响力。

金城在创建和组织画会的同时，也努力从事着绘画创作，他的绘画实践主要是临摹古代名迹。他的弟子秦仲文在《近代中国画家与画派》一文中称其："最喜摹古，每遇名迹必精意临摹副本。有时一两遍不止，一生力学孜孜不倦，去世时不到五十岁。所遗摹古精心之作有二三百件之多。"

对于金城画作的评价，郎绍君在《二十世纪山水画》中称："金城是一位诗书画兼擅，山水、花鸟、工笔、写意兼能的艺术家。他不以画谋生，而是把振兴传统绘画，看作是一种文化责任。其山水画，多临仿或综合前人，丘壑严整，笔墨繁复，著色清丽；其花鸟画，临仿与写生创作兼而有之，以工为主，间或写意，比山水更具个人风格。"

台湾学者邱敏芳在《金城绘画研究》中，却对金城画作有着另外的看法："题材的选择，尝试将异国景物入画，在大家所熟知的仿古临摹作品之外，由于他个人积极的观察，处处师造化，创作时能融合国外所见的景物，经由各人笔法的转化注释，画出极具中国传统文人趣味，而又别具新意的中国画。"

如此说来，金城在坚守传统的同时，也受到了西画的影响。从技法上说，也许他的笔墨完全本自传统，但在画作所表现的题材上，却融入了西方事物。金城曾在国外留学，又曾考察过许多国家，参观过多个美术馆和博物馆，他的这些经历不可能对他的绘画没有丝毫影响。既然如此，那么为什么金城要坚持传统技法呢？周棉在《中国留学生

一抹寒烟山伍半林生雪溪桥寄语
寻诗驢背莫教踏破僵痕
乙丑穀日快雪时晴寫此寄興 金城

《雪景山水圖》 朵雲軒藏

论》中有着这样的总结：

> 金城认为国内盛行的西画潮流，也在一定程度上融合了中国传统元素的特点，汲取了东方美学的优良因素。从这个角度看，国人应该对传统绘画充满信心，尤其要重视古代绘画的精粹。对于国内西画至上和中西调和的论调，金城都不赞同。他站在维护传统的立场，主张从中国画内部寻找更新的资源，反对将"复古"和"更新"对立起来；对于西画元素的借鉴，金城并不反对，而是主张在师法传统的基础上灵活运用。

金城故居位于浙江省湖州市南浔镇东大街38号。大概在四年前，我曾到南浔寻访，在嘉业堂藏书楼郑宗男主任的带领下，我在当地寻访到多处遗迹，其中的一个寻访点就是金城故居。当时该故居正在维修之中，然不知什么原因，当时所拍照片后来无论如何也找不到，无奈只好再次前往。这一次依然麻烦郑主任，他在电话中告诉我，虽然几年过去了，金城故居仍然没有对外开放，更为不巧的是，我即将前往的日期正赶上他在外地办事，而我此行也无法改期，故无法等到郑主任返回后再去探看。

郑兄闻听我言，立即帮我联系了当地的朋友陆剑先生。郑兄说陆剑原本任南浔图书馆馆长，现在已经调到其他政府部门工作，但这些年来陆先生却一直在研究南浔历史名人，故对当地名人掌故十分熟悉。能有这样的朋友带领前往探看历史遗迹，当然最为惬意，于是我在2019年2月18日乘高铁前往湖州。

我原本想从湖州站乘车直接到南浔，但此前的一天偶然跟中华书局总编助理俞国林先生谈到了自己的出行计划，他告诉我说这段时间江浙一带一直阴雨连绵，担心我出行不便，于是他联系了湖州的朋友刘正武先生。俞兄介绍说，刘先生现在湖州党校任职，对湖州当地的人文历史十分了解，更为难得的是刘先生也有藏书之好，由他带我前去寻访，自然会有很多共同话题。

到达湖州站后，见到了刘正武先生，其高大英俊的身姿完全不像南方人，果真，在聊天中得知他是山西忻州人。我借机卖弄自己对忻州人文遗迹的了解，而刘先生颇有涵养地任我发挥。一路上听其讲述藏书经历，果真他对很多问题都有着独特的看法，而更为巧合的是，刘正武也认识陆剑。他告诉我说，湖州当地有四位年轻人在研究乡邦文献方面都有较大成果，他将此四人称之为"湖州四公子"，而陆剑为四公子之一。

因为我报错了到达南浔的时间，故我们赶到约定地点时陆剑还未到，刘正武在电话中问明地点，而后带我直接前往金城故居门口等候。此时的雨忽大忽小，东大街乃是一条古老的步行街，我二人打着伞走在这无人的老街之上，心境也瞬间穿越到遥远的过去。走到金城故居门前时，我回忆起前几年郑宗男带我来到此处探看时的情形。郑兄说该故居修复之后，相关部门动议要将此宅打造成相关的文化品牌，希望我能来此旧居恢复起藏书楼。当时我对他的提议颇为动心，而今又看到这精美的砖雕大门，早已平和的心态又有了瞬间的波澜。

金城故居门前没有避雨之处，此时雨越下越大，刘先生带我到旁边的一家商店去避雨。这条古老的步行街看来想要恢复当年的繁华，但街边的店铺大多关着门，一路走来仅有几家店开着，我们所进的一家店名叫"野荸荠"。从名字上我不知道此店的经营范围，进内视之，所售商品是当地的一种小食品，墙上的招牌则显示这些商品是当地的十大品牌之一，我本想买来品尝，正在此时刘先生的电话响起，他说陆剑已赶到门前，我二人立即走出商店，在金城故居门口看到了一位打着伞的年轻人。

修复后的金城故居正门　　　　　故居对面的码头

　　陆剑看上去也就二十多岁，我忍不住赞叹他如此青春，他说自己已是三十多岁年纪。而后他带着我二人走过金城旧居门前，前往庞莱臣故居，他说这两处旧居未曾开放，房管所聘请了一位看守人，而此人住在庞莱臣旧居内，故我们先来到庞氏故居。在此我们见到了看守者沈师傅，先参观了庞氏故居，而后由沈师傅带领我等又来到金城旧居，他用钥匙打开门，而后由陆剑带领我们参观。

　　开门之后，陆剑并没有径直走入，他先带我二人走到故居对面的一条小窄巷，穿过窄巷眼前是一条宽阔的河道，他介绍说这里是金家的码头。这么宽的河道当然就是古人的高速公路，而私家码头也是有钱人的标配。陆剑对当地的人文历史了解得十分清楚，他的讲解简明扼要，能够让听者瞬间明白事物之间相互的关联。

　　陆剑带着我们走入院中，因为他参与了这两处旧居的恢复，故对旧居内的格局了如指掌。他边走边介绍，讲述着旧居的历史演变过程。墙上残存的标语说明这里曾经被经济部门所占用，陆剑说在修复之时，这些标语也是有意保留下来的。他说修复时尽量保留历史痕迹，这才是文物部门所强调的修旧如旧原则。此处正厅的高大给我留下深刻印

高大的正厅

翻看展板

象,陆剑介绍说,这间正厅乃是南浔地区私人建筑中最为高大的一间,高度超过了九米。

在一个小院落内,我看到了金城家的书楼,其二楼的门窗设计颇为巧妙,从外观看上去,像是一扇扇的门,打开后在里侧有雕花木栏杆,这样既利于通风又便于防潮,可见当年建楼时就已经考虑到了使用功能上的便利。

在另一间厅房内看到了多个展板,陆剑介绍说,这是当年举办专题展时所制作的。他将这些展板一一拿开,向我讲述着金家的历史。我在这里看到了王世襄先生的介绍展板,王世襄乃金章之子,而金章乃是金城之妹,这让我感慨这些大家都有着不凡的出身。我在展板上还看到了金城留学时的照片,照片中的神态与刚刚见面的陆剑有神似之处,想想他二人虽然姓氏不同,对传统文化的执着却完全一致。

跟着陆剑一直穿行到后院,这一带可能还没整修完毕,地面上长满了芳草。陆剑介绍说,金家曾在这里设置了小型的观象台,陈设着他们从欧洲带回来的先进设备,可惜这些设备如今已经没有了痕迹。此前我在郭则沄所编的《洞灵续志》中看到过一则《金北楼降乩》,该

阔大的制衣处　　　　　　　　　当年钟楼的位置

文中讲道：

> 近时画家颇推金北楼，摹内府所藏名迹尤神肖。中年而卒，其家请乩，北楼即至，至则处分家事，训迪儿女，不异生前。自是每夕皆然。有时令具食，斥其失饪，不稍假借。英人安格联为总税务司，与金善，闻而往视，手自扶乩与问答，犹不信，更令两英人不识华文者扶之，亦运掉如飞，乃信非伪。金自云供职于泰山府君，府职颇繁，乘公暇始得返。徐蔚如闻金婿刘某言，盖其目击者。

这段记载真可谓神神鬼鬼。金城去世后，其家人做法事请他，金城每次都能回来，并且还能安排家中事务。金城生前有位英国朋友，闻听此事后也前去一试，扶乩时果然请到了金城。即使这样，这位英国朋友仍然不信，又请来两位不懂中文的英国人来扶乩，居然还是有问有答。如何解释这样的神奇现象呢？也许不能单纯以"迷信"二字来概括吧。不过令我好奇的是，金城的一生坚持传统，又广泛接触过西方科技，当他在自己的庭院里以西方设备来观察星象时，会是什么样的心态呢？

而后我们参观了金城旧居的最后一间院落，这里是一间大厅，厅房内空空如也。陆剑介绍说，这里当年是金家的制衣处，原本有多人专门在这里为金家人制衣服。以此可见，这个大家族人丁何等之兴旺。陆剑介绍说，此院后面也是一条河，当年金家的旧居跨在两条河之间，其规模之大令人艳羡。

参观完毕后原路返回，在第一进院落的左墙上看到一个天圆地方的孔洞，陆剑介绍说，这里原本安放着一口自鸣钟，这口钟是金家人从欧洲带回来的，该钟每次鸣响时全镇都能听到。由此再次印证，金家当年接受了很多西洋的先进事物，也许正是因为眼界开阔，才使得金城更加看重传统的价值，而我在雨中的金家旧居内探访一番，对他的绘画理念又多了一层了解。

汪采白（1887年—1940年）
与古人并辔艺林，各擅胜场

汪采白是新安画派的正传，正如罗长铭在《洗桐居士墓表》中所言："三百年来，僧渐江与吾友洗桐居士，皆写黄山。渐江以笔，洗桐以墨，遂与古人并辔艺林，各擅胜场，无分轩轾。此非余一人阿好之言，画苑之公言也。……铭曰：造化在手，天无功兮。前有渐江，后洗桐兮。城阳佳气，郁葱葱兮。化为二鸟，鸣幽宫兮。"

后世研究者常将汪采白与渐江并提，认为汪采白乃是继承和发展了渐江的画风，正是因为有着这样的认定，所以当汪采白去世之后，弟子与家人将其葬在了渐江墓的附近。也正因为如此，我在寻找到渐江墓后，很容易就找到了汪采白之墓。

汪采白的墓址位于安徽省歙县城郊的披云峰。2013年的秋天，我来到了歙县，在寻找渐江墓时费了一番周折，但因为已经知道汪采白墓距此不远，故瞻仰完渐江墓，就在附近寻找汪采白墓。沿途看到几座烈士墓，这些烈士墓的形制与普通墓有一定的区别。在寻找的过程中，无意间还看到一座造型别致的墓，墓前由大青石砌成一道短墙，墙上一半嵌着黑色墓碑，另一半嵌着夫妇二人偎在一起的白色雕像，在这荒郊野岭之间，黑、白、青以及周遭的绿荫，突然显现出一种奇异的氛围，诡异中透着温馨，阴森中又显出恩爱，让我如坠聊斋，顿时引起了我的好奇心，细看了一下，原来是许士骐、贝聿昭夫妇合葬

许士骐和贝聿昭夫妇合葬墓　　　　　汪采白墓文保牌

墓,再看落款,居然是"弟贝聿铭敬书"。

这太让人意外了。贝聿铭乃是享誉世界的建筑设计大师,他竟然在这荒僻之地设计了如此奇特的一座墓碑,不知道这个设计是否会收入他的设计集中。至少我今日所见,乃是第一次知道作为建筑大师的贝聿铭还设计过墓碑。

瞻仰完贝聿铭所设计的墓碑,继续前行,走出不远看到了一块风化严重的文保牌,中间的大字是"汪口口墓",显然剥落的两个字就是"采白",文保牌是由歙县人民政府一九八八年一月所立,上面一行小字刻着"县级重点文物保护单位"。在文保牌后方不远处,我看到了一块竖着的墓碑,碑石上刻着"洗桐居士汪采白先生之墓"的字样,立碑的时间是中华民国三十三年四月吉日,下款是"张宗良敬题"。墓碑的前方略呈扇形的墓围,正前方刻着"山高水长"。从整体上观察,此墓看不到坟丘,已然与山坡融为一体。

距离墓碑不远处,有一个简易的四角小亭,走近细看,上面悬着牌匾,写着"采白亭"三个字,显然与汪采白墓为一组建筑。本想看清楚牌匾上的小字,然而此时天色已晚,实在看不清楚,只好作罢。

小亭的名称　　　　　　　　　　　　墓的四围已经没有了刻石

其实汪采白墓原本不是这样破敝的状况。石谷风在其所写《再访汪采白纪念亭》一文中，首先谈到他在1957年秋前来寻访汪采白墓的情况："郑药畦先生追述了汪先生病故后，甚是萧条，灵柩浮厝三年多，才由生前好友筹金移葬于歙县西干名胜区披云峰麓的经过。汪采白先生墓与渐江墓邻近，前立有《墓志铭》、鲍光豹《汪君采白传》碑刻及汪采白先生纪念亭。亭中立有汪采白子克劭、克宽摹刻的汪采白先生肖像，还有先生遗作《风柳鸣蝉》的刻石和郑药畦撰《合建汪采白先生纪念亭记》刻石。"

据石谷风所述可知，郑药畦先生乃是汪采白生前好友，了解汪采白生前故后的一些详情，而后讲述给石谷风听。文中称墓前有汪采白纪念亭，亭中有刻石及肖像等，如今我在墓旁果真看到了一座小亭，然而此亭乃是用现代手法建造，并且十分简陋，也看不到石谷风在文中所提到的刻石。显然原亭早在"文革"中被拆毁了。

1968年，石谷风再次来瞻仰渐江墓和汪采白墓，他将眼前所见写入了文中："1968年秋，我再去歙县，至西干一带，已是满目荒凉。汪采白墓、纪念亭及渐江墓均被毁，墓碑及纪念亭碑刻，或被弃之野外,或被'古为今用';自太白楼至长庆寺塔下的沿山路面上,间或可见采白亭碑刻,如《风柳鸣蝉》《墓志铭》等。路上还有歙县太白楼收藏的《馀清斋》《清鉴堂》法帖等石刻。由此可见,十年动乱对历史文物的毁灭是何等残酷,实在令人痛心。幸好我曾拓有拓片!"

一代名人墓,竟然被如此践踏。而今我站在采白亭前,只能靠想象来填充那些风流往事,同时感叹于汪采白意外去世之不幸。

关于汪采白去世的原因,他的女儿汪允清在《我的父亲汪采白》一文中有如下描述:"1939年夏,烽火漫天,全国抗日救亡运动,风起云涌,父亲积极参加工作,日夜作画,举行义展。不幸被毒蚊所咬,以致细菌感染,患处红肿溃烂,又为庸医注针所误,而血液中毒,病情加剧。翌年春,全身溃肿,痛苦万状,后由姚文采先生等急送屯溪市民医院(即今之徽州地区医院前身),医治无效,遂于1940年7月23日过早地离开了我们。"蚊虫叮咬本是很小的一件事,竟然被庸医所误,因此而痛苦离世。一代绘画名家,居然是以这种方式离开世间,怎能不令人唏嘘。

汪采白在很年幼时就拜了黄宾虹为师,其中因缘乃是黄宾虹为汪采白祖父汪宗沂的弟子。汪宗沂自幼由母亲授以《尔雅》《毛诗》,而后又跟随仪征刘文淇研究汉学,跟同城方宗诚学习宋学,在清光绪二年(1876),他又拜翁同龢为师,有这么多名家的传授,汪宗沂成为了新安地区的著名学者。对于他的这些经历,刘师培在《汪仲伊先生传》中写道:"先生三岁能诵四子书,四岁母授以《尔雅》《毛诗》,均寓目成诵,长益嗜学。建不疏园以藏书,居园数年,手披口诵,以夜继昼,好经世之学,著《礼乐一贯录》。于九流百家之学莫不旁推交通,以究得失。然所学仍在经,治《易》考订逸文有新说,精于音律。"

汪宗沂同时也是藏书家,这些丰富的藏书给他打下了深厚的国学功底。他还因为家人患病,又系统地研究了医术,并且还喜欢剑术。

陈明哲所撰《汪采白研究》一书中，有张汪宗沂手持宝剑的像，文人气质武人打扮，这倒是很有意思的一种结合。而他这把剑的来由，黄宾虹在《汪仲伊先生小传》中有如下说法："歙县汪仲伊先生宗沂，为近代国学家巨子……尤好剑，于唐人遗留之《舞剑赋》中，求得剑法。得一古剑长三尺有咫，终身自随不暂离。"

汪宗沂的有意思之处不仅如此，黄宾虹在小传中还载有这样的事："乃撰《红楼梦》全八十回，托言林黛玉化为男子，明习高强之武艺，缔造国家。此遗稿尚未刊行。"看来，汪宗沂的想象力十分丰富，居然能够重写《红楼梦》。但不知为什么他却将林黛玉改成了男人，这样的跨越估计让黛迷难以接受。其实不仅如此，汪宗沂还跟马克思有间接的关系。马克思的《资本论》中仅提到了一位中国人，此人叫王茂荫，而这位王茂荫正是汪宗沂的岳父。

汪宗沂有五个儿子，长子名汪福熙，正是汪采白的父亲。汪福熙曾经跟黄宾虹共同应歙县院试，并列高等，可见汪、黄两家有着密切的关系。关于黄宾虹拜汪宗沂为师之事，《黄宾虹年表》中有如下记载："1886年，遵父命问业于西溪汪宗沂，兼习琴、剑。1889年，仍问业于汪仲伊，并习弹琴、击剑之术。1891年，仍问业于汪仲伊。"黄宾虹拜汪宗沂为师乃是尊父命，然而如其所言，他主要是跟汪宗沂学习弹琴和击剑，其中并不包括绘画。到了下一辈，他又反过来教授汪采白绘画。

关于汪采白为什么要跟黄宾虹学习绘画，鲍义来在《汪采白传略》中有如下说法："黄宾虹十三岁考秀才，和汪采白父亲汪福熙一起文列高等，以后黄宾虹即和汪福熙、汪鞠友、许承尧在汪仲伊老进士指教下，切磋学问。汪仲伊去黟县、南京授教，汪福熙和汪鞠友也出外谋事，五岁的汪采白就由黄宾虹教授古文，学习绘画，长达十多年。尽管黄当时家境清寒，仅以授馆为业，然黄宾虹的学问、人品极得乡里乃至汪家赞赏。后黄宾虹就教芜湖安徽公学，汪采白入了城里唐俊贤办的崇一学堂。一年后黄宾虹又返歙和许承尧主办新安中学堂，时汪采白还常去黄宾虹处请教古文。"

汪采白的祖父和父亲都出外谋事，那时汪采白年仅五岁，带着他四处奔波似乎不妥，于是汪家人就把年幼的汪采白交给了黄宾虹，汪采白跟着黄宾虹不仅学习绘画，同时也学习古文知识。

其实就绘画观念来说，汪家人在这方面大多有着特长。汪允清在《我的父亲汪采白》中说道："曾祖父仲伊公，光绪六年进士，家有'韬庐'，为其著书处，著作宏富，世称韬庐先生。祖父吉修公，工书法，临池之兴，至老不衰，八十二岁高龄时，还为我们作隶书长幅。叔祖鞠友公，曹佐李氏筦两江师范多年，工诗词，兼精山水、花卉，有逸致，亦为新安派画师。"

家中有这么多人喜爱书法与绘画，这样的氛围当然会影响到汪采白，而他绘画才能的展现与其后来的经历也有很大的关系。他跟随黄宾虹学习了十余年之后，进入郡城崇一学堂学习，之后考入了南京两江师范学堂手工图画科。清宣统二年（1910），汪采白从两江师范学堂毕业，而后去参加清廷部试，被奖给举人出身。

汪采白在两江师范学堂手工图画科的学习，对他绘画技巧的培养起到了至关重要的作用。此图画科乃是由李瑞清创建于清光绪三十二年（1906），对于该科在中国绘画史上的重要作用，陈明哲在《汪采白研究》一书中称："为我国培养了第一批艺术教育师资，开创了我国高等师范学校设立艺术专科的先河，是中国美术教育史上第一个新型高等美术师范系科。"

李瑞清为什么要创建这样一门学科呢？姜丹书在《两江优级师范学堂与学部复试毕业生案回忆录》中写道："由于李监督（李瑞清）自己爱好美术，又一向重视艺术教育，且曾亲往日本考察教育，知东京高等师范学校有图画手工科，乃主张仿办。"

李瑞清认为朝廷废科举兴学堂，当然需要大量的师资，为了培养师资，朝廷花了大笔银两向国外派遣留学生。李瑞清认为，与其如此费时费钱，不如聘请国外学者来中国教学，于是他向朝廷提出了创建手工图画科的申请，朝廷批准之后，他就在两江师范学堂内开办了手工图画科。相应的师资，主要是从日本聘请而来，总教授是松本孝次郎，总教习是菊池谦二郎，教授西洋画的老师乃是盐见竞，教授用器画者则为亘理宽之助。

在这样的氛围下，汪采白系统地学习了绘画知识，同时也学到了西方的绘画理念，故洪波在《略论汪采白对新安画派精神延续所起的作用》一文中称："他在国立中央大学艺术系任教期间，徐悲鸿、潘玉良等留法画家带来了西方现代艺术思想。汪采白与徐悲鸿、潘玉良和善相处，在接触中深受西方艺术理念的影响，故而他的一些绘画作品中带有一定的西式写实主义倾向。"再加上他的天分以及后天的实践，使其创造出了独特的绘画风格。

民国十年，汪采白来到北京，此年他三十五岁。他来京的原因，是应聘北京高等师范学校的教职。两年之后，该校更名为北京师范大学。在北京期间，汪采白常到故宫去临摹历代名画，同时也结识了不少绘画大家。

民国十八年，汪采白从北京来到了南京，任教于南京国立中央大学艺术系。其实此校的前身就是汪采白曾经就读的两江师范学堂，该校几经组合，于民国十七年定名为国立中央大学。当年这所学校乃是中国最重要的高等学府，设有西画组和中国组，由徐悲鸿担任西画组主任，吕凤子则任国画组主任。民国十九年，汪采白出任该校艺术系主任。

在这个阶段，南京国立中央大学艺术系内有多位大画家担任着教

《半山寺》 收录于《艺苑珍赏·汪采白》

职,比如高剑父、张大千、潘玉良、陈之佛、黄君璧等,可谓群星璀璨。故姚启安在《忆名画家汪采白》一文中说道:"当时在南京知识界的人们,都知道汪采白先生是当代著名的国画家。他担任过国立中央大学美术系国画室主任。其时徐悲鸿先生是中大美术系西画室主任,他俩中西并列,相互辉映,在南京举行过多次个人画展,轰动南京的艺坛,并构成中大美术系的黄金时代。"

汪采白是歙县人,距离黄山很近,黄山理所当然就成为了他最好的写生之地。早在民国元年,汪采白就跟人进入黄山做过实地测量,这个活动历时三年之久,乃是由上海地产大亨程霖生出资赞助。这次活动虽然不是为了采风,但却让汪采白对黄山的山山水水更加了解。故而,他在民国二十四年和二十五年又两次进入黄山寻找创作灵感,而后将自己在黄山所创造的绘画,精选出三十六幅,交给上海华东照相平版印刷公司进行出版,此画集定名为《黄海卧游集》。

汪采白对黄山有着本能的偏爱,他在题画诗中明确地表达出黄山给他带来了无穷的绘画构思:"吾乡黄山,到处皆可入画,且奇致横生,超越常规,迥非寻常山水所可比拟。能识其趣,画稿可无枯竭之患。"

虽然说汪采白此前也出版过自己的画集,但鲍义来认为《黄海卧游集》才是汪采白最重要的艺术展现。鲍在《汪采白传略》中写道:"汪采白早在1926年就出版过《采白画存》,但真正代表他风格的成熟之作是1936年出版的《黄海卧游集》。这时他已与山水画大师黄宾虹齐名,他的青绿山水画铺色明快,章法完整,层次丰富,不落前人旧套。他笔下的山石、松林、屋宇、野渡形真意切,得文人画之妙味。尤其是他的黄山图,堪继新一派,于三百年来传其法乳。"

对于《黄海卧游集》的出版,汪采白也很重视,因为他在该书出版前,分别请了许世英、胡光炜和胡适三位大家来给这本画集撰写序

《黄山图》 收录于《艺苑珍赏·汪采白》

《小壑幽栖》 收录于《艺苑珍赏·汪采白》

言。许世英在序言中评价汪采白的绘画风格：

> 采白之画，落笔沉着，而气息清新；布局灵警，而意境超远。耿介之性，冲淡之怀，固已见画，如接其人。此册写黄山实景，一一逼真。余从事开发黄山，于兹二载。春秋佳日，不废登临。自从去国，无忘梦寐。展视此作，恍若置身三十六峰、云涛雪浪间，闻松声鹤唳，悠然忘其在万里外也。今采白年甫五十，所造已如此。他日当与二石瞿山并传。识者当知余言之非谬。

而胡适所写序言则称：

> 近人作山水画，多陈陈相因，其层峦叠嶂，不是临摹旧本，即是闭门造山。汪采白先生此册，用青绿写他最熟悉的黄山山水，胆大而笔细，有剪裁而无夸张，是中国现代画史上的一种有意义的尝试。

可见胡适很在意汪采白通过实地观察来进行创作，他反对中国传统山水画中的不断临摹，而这也正是汪采白的绘画有着独立面目的主要原因。

从相应的记载来看，汪采白在其当世就广泛受到人们的喜爱。陈明哲的《汪采白研究》中录有汪的学生程应鸣所说的一段话：

> 当其每作画时，同人围案，有如逐鹿，皆志在必得。于是有换水者，有磨墨者，有牵纸者，有递烟者，有拂扇者，有叹赏者，有笑谑者。后必问所属，众皆自承不让。师则怡然不辩。盖不知鹿死谁手，陆有闲者多得焉。故当时以胡君植夫得最多。后竟有

《狮林精舍》 收录于《艺苑珍赏·汪采白》

要求先落款而后作画者，如吃定心丸然。师胸有丘壑，而无城府，与人乐易，不为町畦。

由此可见，汪采白的绘画是何等受欢迎。为了避免彼此间的争抢，竟然有人要求汪采白先在空白纸上题款，而后再开始创作。这样的场景想一想都令人觉得有趣。

汪采白在绘画上的成就也影响到了他的家人，但不知什么原因，汪采白的几个儿子大多不幸。姚启安在《忆名画家汪采白》一文中说道："采白先生有四子二女，由于上辈的教诲，子女都能继承绘事。大儿子汪勖予，擅绘花卉、鸟禽、山水，曾在浙江美术学院任教，1946年病故于杭州，惜早逝。次子克宽，画山水有才华，解放初期，病故于家乡。幼子承侃，已读到高中，1938年夏季，在家乡小河里游泳，不幸堕入水磨附近的漩涡中灭顶。采白先生老年殇子，悲痛异常。"

汪采白本人也如前所言，竟然因为蚊虫叮咬为庸医所误，一代大画家，就这样离世而去。他去世后，跟随在他身边的汪世清填了一首《高阳台》，该词的下阕为：

  一针打下终天误，便身罹苦楚，枕伏缠绵。强压辛酸，忍听片语床前：来朝体健西征日，汝偕行，好执教鞭。最伤心，梦断渝州，永负遗言。

汪采白去世后的第三年，亲朋好友将其葬在了渐江墓的附近，同时朋友们筹资建起了采白亭。郑韶九撰写了一篇《汪采白先生纪念亭记》，将此记刻石竖在亭内，可惜此碑在"文革"中被砸毁。好在该碑的文字流传了下来，郑韶九在此记中写道：

平生逸宕之气恒发为诗画，每多立理，得年五十有四，以俾于明遗僧渐江大师品节同、造诣同、际遇同、修短同，而四方会葬卜地西干亦无不同，抑何奇也。西干古名胜地，两代画人后先辉映，山川何幸，草木知名，是则朋好今日之来所以告慰先生者如是，若以先生素性恬澹，不求显赫，传与不传身后亦何极，于是因意造境，触景怀人，逸韵流风，渺不可即。

朱屺瞻（1892年—1996年）
拓胜景于潇湘，参油画于巴黎

　　以长寿论，朱屺瞻堪称中国古今画家第一人，他生于1892年，去世于1996年，在世105个春秋。以如此高龄辞世，想来在全球绘画史上也能排到前几位。《上海人情》一书中有篇《齐白石第五知己——朱屺瞻》，文中作者向屺老叩问长寿之道，朱屺瞻的回答是："手一抓笔画画，烦恼全丢光。画一画，少一少，心宽无烦恼，可以长寿矣。"

　　只要一抓画笔就能忘掉所有烦恼，无烦恼方为长寿之道，可见朱屺瞻并不是没有烦恼，而是可以通过绘画将烦恼消融于无形。从他一生的经历来看，朱屺瞻的确是位通达之人，他出生于江苏太仓浏河镇一个富商家庭，祖父经营酱园生意，其家所开办的酱园遍布太仓周边市县以及上海，而他的祖父和父亲都有藏画之好，想来这对他很有影响。但真正对其有影响者，乃是他的私塾老师童颂禺，朱屺瞻九岁入私塾，而童颂禺对书法绘画都有喜好，这位老师的个人喜好对朱屺瞻很有启发。他在《癖斯居画谭》中讲到了这件事："我时常想念那位幼年时从学的私塾老师，他平时爱画兰竹。我对读书无兴趣，当时无上的快乐是看老师作画，为他磨墨换水，洗笔洗砚。如此，从八九岁起，我开始手痒，自己动起笔来，也喜欢画兰竹。直至十四岁，私塾学业结束，老师并没有特地教我画画，但他的三言两语，给了我无限的启发，对我日后选择艺术道路起了极大的作用。"（下文中所引朱屺瞻自

言，若未注明出处者，均出自于《癖斯居画谭》）

第二位对朱屺瞻产生影响的人，乃是他的表叔唐文治。朱屺瞻十七岁时考入邮传部上海实业学校，该校为上海交通大学的前身，当时的校监也即今日所说的校长是国学大家唐文治。他看到朱屺瞻喜好绘画，就告诫他说："习字作画，点划皆须着力，切记浮滑。"（章涪陵《草堂常春》）这句话对朱屺瞻很有影响，此后的绘画之路都本持着这种观念。那时候朱屺瞻为了求学长期居住于上海，而那时的上海乃是中西方文化碰撞交流之地，这样的环境让朱屺瞻开阔了眼界，接触到了西画，并由此而爱上了西画。他自称："我二十一岁开始学西画，基本原因是时代求新的风气。但促成的机缘亦颇偶然。当时上海望平街各书店多售木炭画，遂生兴趣，进美术学院后专学画像，后认识关良、周碧初等，才想认真学西画。"

1912年朱屺瞻考上了上海图画美术院，该校后改名上海美术专科学校，朱屺瞻在此学习，半年之后，他就被该校任命为铅笔擦笔画和函授部教师。1917年朱屺瞻东渡日本学习油画，此时他二十六岁，在日本东京川端美术学校学画，师从日本著名油画家藤岛武二。朱屺瞻说："在川端，藤岛武二是我的教师。我才真正的开始正规的学画。"

藤岛武二曾先后留学法国和意大利，1910年回到日本，画风主要是印象派风格，这种观念对朱屺瞻影响很大，他说："学西画，接触到各派画家。始则喜欢塞尚、凡·高，色彩好，用笔爽快。后来兴趣转到马蒂斯，觉得他笔调朴质，且能突破物体的本来形象，有东方绘画的作风。"尤其欧洲野兽派创始人马蒂斯的风格令朱屺瞻十分迷恋，他对这种画的色彩最为敏感："马蒂斯早年作画，亦有以调和色为主的，这些作品静谧和润。他的后期作品，鲜明饱满，看来神采奕奕。他还运用了黑线条，给人以浑厚之感。"

马蒂斯的风格使朱屺瞻得到启发，致使他喜欢色彩的强烈对比：

《山峡急流》 收录于《朱屺瞻画集》

用色有二种：和润与强烈。强烈法不是一味浓厚，要利用鲜明的对比。冷与热对比，明暗的对比，面积大小对比，再加上有力的运笔，庶几得之。画应有时代感，现代的潮流，趋向强烈的色调，我的个性喜爱强烈。

即使有着这样强烈的喜爱，但朱屺瞻毕竟是从国画学起，对中国传统绘画依然有着强烈的兴趣，因为他对西画了解越多，"益觉中国画不逊于西洋画"，而他尤为喜欢中国传统文人画，"画商知我所好，遇有八大、石涛之作，必留与我"。由这段话，即可以知道朱屺瞻的喜好，也可以了解其家财力之雄厚。

正因为对这两者不分伯仲的喜爱，使得朱屺瞻开始思索中画与西画的各自特点，比如他说："西画以'色相'胜，丰富为佳。满幅色与光，绘天空亦不例外。中画喜空灵，幅必留白，基本不画天空，就纸白以为用。"同时，他也留意到了中国水墨画跟书法之间的关系："中国画写兰竹多以墨代色。这虽与书法有关，究也有'冲淡色相'之旨在。前贤论墨，更进而有'墨分五色'之说，无色之色，空而不空。"

中西方艺术既着相通，也有相异，如何来调和相互之间的关系呢？朱屺瞻通过佛教传入中国而后形成了本土化概念的现象，来让这两者之间进行概念上的交融：

> 佛像来自于印度，经数百年的雕绘，不知不觉中取得了中国的民族精神。这种"中国化"的过程，值得研究。如何创出"中国化""民族化"的油画，与如何汲取西画的优点融入国画的问题上当有所启发。
>
> 对西画，须多看。得其神，得其意，移来体现于国画，何尝不可。只是不宜在技巧和形式上做死工夫。

朱屺瞻在日本师从藤岛武二之后，对他的绘画观有着强烈的影响，遗憾的是，他在日本留学不到一年就收到了父亲的来信，于是匆忙返回家乡。后来朱屺瞻又到上海任教，蒋频在《九十变法朱屺瞻》一文中写道："1931年，四十岁的朱屺瞻出任新华艺专的校董。为建立绘画研究室，他不惜将家产抵押，筹得款项增购设备与图书资料，并亲任主任兼导师。那时的新华艺专人才荟萃，集中了诸如黄宾虹、徐悲鸿、潘天寿、关良、丰子恺等中国画坛一大批重量级艺术家。"

回国后的朱屺瞻依然致力于油画创作，到 1930 年他三十九岁时，上海艺苑真赏社出版了他的第一部画集《朱屺瞻画集》。这部画集由蔡元培题写书名、唐文治给他作序：

> 昔东坡论画，以为山石、花木、水波、烟云，虽无常形而有常理，非高人逸士不能辨，洵读画之审也。屺瞻表阮，熟娴国画、西画，气韵超凡，随宜点染，拓胜景于潇湘，参油画于巴黎。艾竹茅梅，兼施六要，殆摩其形而得其理者欤。吾浏地地介东海，得扶舆清淑之气者，类多雅逸。屺瞻乃后起之秀，岂仅小道可观云尔。

唐文治在序中点出了朱屺瞻绘画的中西交融特点，此后的"一·二八"淞沪之战对上海美术界产生了很大影响，朱屺瞻留在了上海继续作画，为此还举办了两次个展。1932 年 7 月 15 日出版的《申报》刊登了他第一次个展的消息，题目为《淞沪战迹油画展览会》。该报道中称："画家朱屺瞻自淞沪停战后曾在闸北、江湾、吴淞镇、狮子林、庙行、大场、真如、类塘、淞河、嘉定等地描写战后遗迹数十幅。"

可以想见朱屺瞻对战争的痛恨，他用自己的画笔来描绘战争给中国社会带来的破坏，1933 年 2 月他还参加了"全国艺术家捐助东北义勇军作品展览会"，将出售画作所得的款项全部捐给东北义勇军，而在这个时段，他所画均为油画。

这样的民族观念也影响到了朱屺瞻的收藏，他开始花重金购买明末清初抗清英烈的墨迹，比如他买得了史可法、黄道周等人的扇面一百二十幅，1940 年，他将这些扇面装裱为六个册页，起名为《忠节扇册》。另外他还将历年收藏的钱谦益、吴梅村等人的扇面装裱为两册，起名为《贰臣扇集》。而后他将两者都出示给唐文治看，唐为此写了如下跋语：

> 天地之间，正气与邪气迭为消长而已。正气盛，则国治且兴；邪气炽，则国弱且亡。……及门朱生屺瞻，余表侄也，笃志嗜古，富于收集，一日持其所藏明季忠节、贰臣扇面见视，共数十叶，嘱为题辞。夫屺瞻之志，岂好搜藏而已哉！晚近以来，士大夫品诣不修，名节不讲，脂韦软媚，随俗迁移，而世道人心，遂如江河之日下。夫骨气者，立身之根本也。其处也，有气骨自立于宇宙之中；其出也，乃能立国于世界之内，宋文信国所谓地维赖以立，天柱赖以尊是也。屺瞻之辨别薰莸，意在斯乎！意在斯乎！

在这个时期，朱屺瞻请齐白石刻章之事广为人津津乐道。关于此事，张增泰在《齐白石为朱屺瞻刻印考》一文中称："1929年，朱屺瞻在全国美展上见到一幅山水，笔墨奇崛，有大家气，署款'白石'。当时他不知道'白石'为何人。不久，他访晤徐悲鸿，见齐白石为徐悲鸿刻的印，遒峭雄逸，以为神品。徐与齐早已相知，见朱激赏齐印，愿为介绍索刻。朱屺瞻唯恐齐白石因徐悲鸿介绍不收润金，便按润例请荣宝斋上海分号代办，很快如愿以偿。齐朱订交从此始，时为1929年冬。此后数年，两人不时翰墨往来，谈诗论艺，成为忘年神交。"

对于这个故事，蒋频在其文中有另外一种说法："那时，上海书画家或爱好印章的人都还只欣赏吴派风格系统的篆刻，另一部分人则喜欢印风规整的赵叔孺。朱屺瞻的审美眼光独特，他敏锐地感觉到齐白石的篆刻风格是印史所没有记载的，具有一种沉着痛快的爽利之美。他按报纸广告上所示地址写信，商妥所要创刻的印章后，身在上海的朱屺瞻马上汇款，北京的齐白石不久就寄来了印章。"

无论哪种说法更接近事实，齐白石的确为朱屺瞻刻了一批印章，关于刻印的数量，也有几种说法，张增泰在文中称：

> 至1944年，朱屺瞻已积聚白石刻印六十方，拓出后装订成册，并画了一张《六十白石印轩图》，一并寄呈齐白石。齐白石收到后十分高兴，精心刻制了"六十白石印富翁"一印相赠，边跋曰："屺瞻仁兄最知予刻印。予曾自刻'知己有恩'印，先生不出白石知己第五人。"另四位"知己"究竟是谁，失考，大约都是上世纪三十年代以前的相知者。

朱屺瞻则在《题梅花草堂图》中自言："白石老人与余交游三十余年，前后为余刻石七十三方，余甚珍之。丁未春，呈交文物保管处，近由画院发还。余欣幸兴奋之余，写此志亡友之深情，并庆形势之焕新。"

看来齐白石给朱屺瞻所刻之印不只六十方，可能后来还有刻治，故朱本人有七十三方之说。为此，齐白石将朱屺瞻引为第五知己。抗战胜利后，张道藩请齐白石前往南方办画展，上海书画界推举汪亚尘到南京迎接齐白石，齐对汪说他到上海最希望见到三个人：梅兰芳、符铁年和朱屺瞻。当齐白石所乘飞机降落在龙华机场时，他想见的这三个人已经等候于此。

新中国成立后，朱屺瞻放弃了油画创作，改为专攻国画。对于这种转变，朱屺瞻自称："解放后，党提出'民族形式'的号召，使我决心回到国画这条道路上来。深深感到是心灵还乡！这是我创作生涯中的一个决定性的转折！"对于这个转变给他带来的心理感受，其有着这样的说法："到了解放以后，我全力以赴地专攻国画，与其说是开新端，不如说是遂初志，很有'归去来'的快感！"

《四君子图》 朱屺瞻艺术馆藏

但也有人说，这种转变是因为油画材料价格高昂，那时的朱屺瞻手中并没有多少余钱，故他转而画国画。还有的文章中称，那时国家号召全国人民要向英雄模范学习，美术界也积极响应，掀起了绘画劳模的高潮，因此绘画界提出了"新国画"的概念。无论怎样，这一时期朱屺瞻似乎都有着被迫转变的成分，而他的主动转变则跟其在"文革"中的一段经历有较大关联。章涪陵、张纫兹所著的《世纪丹青——艺术大师朱屺瞻传》中谈到"文革"初期时写道："朱屺瞻被抄家、批斗、关'牛棚'，年近八十高龄被送到五七干校从事农业劳动；他的作品被挂在'黑画展'里示众……"

也许不同的艺术之间确实有着相通之处，朱屺瞻的绘画还曾受到过音乐的启迪。1972至1975年之间，他病休在家，借了全套的《故宫周刊》回来，在家里临写唐、宋、元、明、清各时期的名家作品，《癖斯居画谭》中记有朱屺瞻的自述："一九七二年一夕，我屏息静听芬兰作曲家西贝利乌斯的几首交响曲，不觉为之一惊，奔腾雄壮的旋律，在我眼前展现出一幅幅画面。使我激动不已，当晚回家画了一幅山水赠给张老……"

关于这件事的细节，孔玉在《生命的华彩与微茫——张纫慈谈朱屺瞻的艺术与人生》一文中写道："某日他在张教授家中听到芬兰作曲家西贝柳斯的交响乐，乐曲中的排山倒海的气势和狂飙式的旋律令屺老受到极大震撼，连呼三声'要放''要放''要放'！似乎要将自己从以前的思想桎梏中解放出来，当晚，朱屺瞻展纸挥毫创作出一幅大写意山水，次日仍感意犹未尽，又作泼色《高山流水》一幅赠与张教授。此画尺幅不大，但气势恢宏，相较于屺老之前的作品，运笔、用色在以往的浑厚凝重中增添了一些灵动的因素，整个画面荡漾着音乐般的韵律感。"朱屺瞻发现了音乐与绘画的相通之处：

《山不人烟水不桥》 收录于《朱屺瞻画集》

乐中有抑扬顿挫，轻重缓急，有紧张与松弛，画中亦然。在耳为音，在目为色、为线、为形。究其归，都是节奏，是旋律。

说作画须有"音乐感"，也就是说要有节奏感，旋律感，此其一。

说作画要有"音乐感"，也就是说打破空间的究竟约束，笔在纸上要除尽拘束之感，转运自如，放手画去，此其二。

画理即是乐理，音乐绘画其理相通！宇宙间万千事物，本质不二。

在解放初期，朱屺瞻的生活其实十分拮据。谷苇在《"梅花草堂"世纪春——朱屺瞻百有五岁纪事》一文中称："有一段时间，为了解决家庭经济的难题，朱屺瞻的夫人陈瑞君不得不远赴吴淞的一家酿造厂去当会计。吴淞距南市颇远，交通不便，陈瑞君只能每星期回家一次。于是，在蓬莱路一条老式弄堂的'过街楼'上，一家五口——包括朱屺瞻与嗷嗷待哺的四个子女的日常生活琐事，柴米油盐种种问题，无法回避地推到了画家的面前。朱屺瞻虽是书画行家、丹青能手，但对百姓家常的衣食住行却是一窍不通的十足外行。于是，在蓬莱路一条老式弄堂的'过街楼'上，就经常弄得大哭小叫，一团乱糟。而窘迫的生计也越来越严酷起来，有一次街道里弄干部到朱家'家访'，只见全家老小围而食之的，竟然只有一碗'酱油汤'。即使如此，朱屺瞻还是安之若素，讪讪地说'好在白米饭还是有得吃的'。"

一家五口人靠喝酱油汤来生活，可见生计艰难到何种程度。夫人陈瑞君则称："日脚再苦，老先生好像一点勿晓得。他这个人啊，一门心思想的就是书画艺术。他一生一世，想的、追求的就是他的艺术。"

想来，能够安贫若素，正是朱屺瞻长寿的原因之一，他除了对绘画感兴趣，似乎对一切事情都不介意，无论生活有多大落差，他均能坦然面对。张仃在《默默耕耘的国画巨匠——朱屺瞻》一文中讲道：

一九八一年七月，屺老在上海锦江饭店画六尺兰石，围观者叫好，屺老自称"瞎搞"，一连七句，文艺评论家柯文辉在场有感而赠以短歌：

瞎搞瞎搞，横七竖八。横藤穿云，竖江劈峡。墨浪滔滔，笔风飒飒。画师意气，电驰风发。怪石峥嵘，怒兰峻拔。云林啸石，廉颇贯甲。鲜健灵逸，质朴生辣。有意无意，破法有法。

当时在场者无不称绝。

《山花烂漫》 朱屺瞻艺术馆藏

也许正是因为这段掌故，使得陈传席在《画坛点将录：评现代名家与大家》中称："在他的两类画中都有一个问题，太率意，太散漫，缺少文气。他自己经常说自己画画是'瞎搨搨''白相相'。'瞎搨搨'是胡乱涂抹的意思。'白相相'据说是一句上海方言，有一位通上海方言的人告诉我是'玩玩'的意思。"

陈传席所说的两类画，一是指朱屺瞻所绘大写意花鸟画，是吴昌硕、齐白石一流的画风，第二类则是水墨山水画中加入了西方绘画的方式。陈传席认为："两类画风格不一，但反映出的个性却一致，都是粗犷、雄浑、苍老、狂放。这些画都不错。""第二类画加入了油画成分，但加得好，肯定的成分应多一些。"而后才说出了那句"瞎搨搨"的评语，陈传席在文中又提到："朱屺瞻说自己画画是'瞎搨搨''白相相'，也许有谦虚、调侃之意，但他的画大部分确实是'瞎搨搨'，不十分用心（古人说的'不用心'指的是技巧极高，身心放松，即达到'散''淡'之境，朱的'不用心'非是）。"

但即便如此，陈传席还是认为："朱屺瞻的画是不错的，绝不差。我所评的画家的画都是值得肯定的，只是在高标准下看他还有哪些不足。"对于朱屺瞻画作的优点与缺点，陈传席总结说："文化底蕴不足，笔下缺少内涵，缺少韵味。既无黄宾虹的功力，也无齐白石的清新；既无吴昌硕的雄浑，也无潘天寿的骨力。留下的只是率意、粗简、苍老，但尚不流俗。有的画比较认真，不太简粗、苍老，但又没有太强的特色，显得一般化。虽然一般化，但也不俗气，这是他的可贵之处。"

相比较其他题材，陈传席更欣赏朱屺瞻晚年的山水画："我很欣赏朱屺瞻的山水画，尤其是他晚年的山水画用笔有变化，沉着率意，有金石味，其淡彩泼墨，很雅致、单纯。浓淡兼泼，借鉴油画的方法，更有特色。而且他的山水画用了很多花鸟画的笔法，也很别致。他晚

《山气日夕佳》 收录于《朱屺瞻画集》

年的一批山水画确有很高的成就,值得注意。"

朱屺瞻真的在绘画上只是"瞎揭揭"吗?陆康等人合著的《上海人情》中谈及:"屺老晨起通常在画室中创作,房门背面是他画毕之后张挂画作的地方。他坐于画桌之侧椅,缘意接目,审视再三,有时竟拔地而起,收团此画,卷入纸篓。我们在旁见此情形者,无不扼腕惋惜不已,他连连自言道:'不行,不行,有毛病,再画。'"

看来朱屺瞻在搞创作时,对自己也有着高标准要求,凡是他认为不满意的画作都会揉成团后丢进废纸篓中。他在八十年代初期出版的

《癖斯居画谭》一书，其中有不少所写乃是他对画理的经验总结以及相关的所思所想。比如他晚年的画作被称为"耋年变法"，他的绘画变得简易厚实，然他在《画谭》一书中写道："数笔写意者，贵不在其简，贵在简之外，写出无限的宇宙物情，人间事态。此种简最难，为简而简，不足以立于画道之林。"

看来笔画简并不等于意韵简，而做到这一点其实并不容易："愈老愈觉简之不易，难在疏而不漏，恰到好处。"他强调："作画要善变，不要千篇一律。我内心总有此希求。章法有变，用色有变，然观其笔意，仍可于百变之中看出自己的面目，笔意是主要特征。"

朱屺瞻除了大量临摹古代画作，同时也经常写生，他认为大自然能给予自己很多的启迪："前些年，意外看到一丛兰花，花为赭石色，吾亦就放胆以赭石色写花，焦墨写叶，野谷中的兰花，花腴叶长，盎然茁壮，得自然间正气，凭其茁壮之姿，放笔涂去，不亦快哉！"

中国画尤其是文人画最讲究题款，朱屺瞻对此也特别讲究："题款是个艺术，亦是章法的一个组成部分，字体的风格，须与画面协调。墨色的轻重，题款的长短，位置的高低，都要斟酌，长题穷款，各有所宜。"除此之外，他认为印泥的颜色及印章的大小也是画作的重要组成部分："印章的色彩，有醒目提神的功能。水墨画配上一枚丹章，尤为惺忪可爱。""印章的大小，用印的多少，钤印的位置，都与画的章法有着密切的关系，起产生均势的作用。"

而这一切都可看出，他在绘画方面有着自己的思考，并非像他自己说的那样，只是画着玩。这正如陈从周在《朱屺瞻年谱》序言中所言："至于画必存气，画须见人，人存画中，先生能有之也。其气淳穆，仿佛硕峰深洞，浑若太古，叩之若钟磬，真元音也。"

关于朱屺瞻晚年画作的面目，陈绶祥所著《遮蔽的文明》中有《朱屺瞻画序》一文，此序中讲到了朱屺瞻融汇中西的绘画观念，而后

《大地春意浓》 中国美术馆藏

又称:"先生之画恣意纵横,不以形色貌之,不以境界目之,不以工巧论之,不以题材限之。野重雄奇,自是一路。其心可求而迹不可师,其艺可赏而法不可袭,其途可鉴而路不可复也。大匠之作,后学不可不慎。"而张仃对朱屺瞻画作也给予了极高的评价:"屺老的艺术,充分体现了雄浑、沉着、劲健这最高美学境界。他以百炼成钢的生辣笔墨,大刀阔斧地在水墨画领域探索着。有时以印象派强烈色彩与大写意线条或泼墨相结合。如山水画'千山青翠''落日溶金'等,其辉煌灿烂程度,在中国水墨画中从未出现过,加以立意新奇,笔墨酣畅,源于生活而又高于生活,达到'天人合一'境界,把中国文人画提到一个更高层次。"

2019年2月22日,乘上海文艺出版社张守栋先生之车,我与刘晶晶老师共同前往太仓去参观朱屺瞻纪念馆,该馆位于江苏省苏州市太仓市郑和南路65号。其实此处就是他的出生地浏河镇,我从网上查得该纪念馆就是在朱屺瞻梅花草堂旧址上建成的。朱屺瞻曾经自称:"梅花草堂先后有三处:一在太仓浏河老家。'一·二八'战争,日本人侵略炮火把老家毁了。战后,重新收拾故居,在屋外空地上叠土为山,种了一百多株梅花,这才有了'梅花草堂',我也才自号'梅花草堂主人'。"

从上海开往太仓有不短的一段路,好在当天连绵阴雨得以暂歇,故开到此处并没费多大周折。在一个街口看到了朱屺瞻纪念馆指示牌,我原本以为他的梅花草堂应当在浏河镇的老城区内,然眼前所见却建筑稀少,按照指示牌所示路径,我们进入了一个公园内。

顺着公园内的甬道前行约一百多米,在公园的右侧看到一组仿古建筑,门口的大红横幅上写着"海上兰亭2019米匠酒文化诗词楹联迎春展"。走近细看,才注意到横幅的上面悬着黑底蓝字的纪念馆匾额,门口的标牌上显示纪念馆免费开放。

走入其中，里面有两进院落，因为下雨的原因，纪念馆内没有游客，一位工作人员看我们走进来，一一打开室内照明，这样友好让人心暖。室内悬挂着一些当代名人书画作品，可能就是大红横幅上所写的迎春展。由此穿行到第二个院落，在院中看到了朱屺瞻塑像，老人始终是一副慈祥的面容，不疾不徐，这样的性格最令我叹羡。我真希望也能改改自己性急的毛病，以便能追赶他的年龄。塑像的背后有几株含苞待放的梅花，梅花乃朱屺瞻生前之最爱，我从资料上看到，他每到一地只要有条件都会种上梅花，爱生活爱自然，这些都是能够长寿的重要因素。

第二进展厅悬挂着"梅花草堂"的匾额，该匾出自齐白石之手。室内有多个展板，都是老照片集锦，由此可以看到朱屺瞻的人生经历。这个展厅的影壁墙也装饰成了中西合璧的式样，以此符合朱屺瞻的人生经历以及他的绘画理念。我在展厅内还看到了他生前用过的拐杖及紫砂壶，这些生前用品都很简单，没有多余的花饰，这同样符合他晚年的绘画思想。展柜内还摆放着一些他用过的文房用品，我看到那些笔墨及用具十分普通，同样也不讲究。

梅花草堂内展览着一些朱屺瞻的画作及书法作品，同时还有他出版的一些画集，由此可以看出，他的绘画的确是越老越简。

参观完毕后，谢过工作人员，我向他请教为什么院中的有些梅花树顶部都剪得齐刷刷的，他笑着说自己也不明白。以我的理解，朱屺瞻应该更喜欢梅花的自然姿态，想来他定然会欣赏龚自珍的《病梅馆记》，而该馆管理员给这些梅花剪成小平头，应该不符老先生所愿。我们边聊天边往外走，而走到公园的入口位置，方看清这个公园的名称——清廉法治文化公园。

免费参观

朱屺瞻塑像

文房用品

被剪成平头的梅花

颜文樑（1893年—1988年）
细致凝练，色彩响亮

颜文樑在中国绘画史上最重要的贡献乃是创办了苏州美术专科学校，他与刘海粟、徐悲鸿、林风眠并称为"民国美术学校四大校长"。

颜文樑的父亲颜纯生是"清末海派四杰"之一任伯年的入室弟子，擅长绘人物画，在他那个时代小有名气。颜纯生是遗腹子，从小就体会到了生活的艰辛，颜文樑的出生给他带来了欢乐，因为希望儿子将来能够成为栋梁之材，于是他给儿子起名文梁，字栋臣，乳名二官，后来又觉得此子命中缺木，于是在儿子的名字中加了木字旁，写作樑。

正是因为父亲的影响，颜文樑从小喜欢绘画，父亲让他临摹《芥子园画谱》，他仅临摹了一年就对国画有了很好的把握。某天，颜文樑临摹了一幅胡三桥的《钟馗》，后来被吴昌硕看到了，对此颇为夸赞，还特意在这幅《钟馗》的右上角题写了一段跋语："画稿出三桥胡君手，栋臣世兄仿之，益见高深独到。昔人云唐抚晋帖，非同工，仿佛似之。老缶。"

清末时期，有些中小学设有军训课，年幼的颜文樑对此颇感兴趣，中学毕业后很想报名参军，父亲以命中缺木为由没有答应他的要求。为此事颜文樑颇不开心，于是父亲决定带他到上海去看外国的马戏。1909年7月，父亲带着文樑乘火车来到上海，而此时商务印书馆正在招考艺徒，父亲让文樑前去报考。对于此事，颜文樑在《回顾我的艺术生涯》一文中写道："后来我父亲叫我到上海去玩，其时上海中日合办的商务印书馆在招考艺徒，父亲叫我去考考看，记得作文题目为《积财千万，不如薄技在身论》，同时画一张铅笔画《猫》，当时四百人报名应考，录取四十人，其中包括了我。厂址在宝山路，宿舍在北福建路，早上七时上班，晚上七时下班，每月除供给食宿外，还津贴零用钱一元。学习铅笔画半年之后，分派在刻铜板车间。在刻铜板车间期间，他们见我图画画得好，又调我到画图车间，主任是松冈正识。"

自此之后，颜文樑在商务印书馆学习绘画两年，最为重要的，乃是他结识了日本画家松冈正识。颜文樑对松冈的水彩画最为喜爱，尤其喜欢松冈画的葡萄，松冈也会借一些日本画册供颜文樑临摹，这使得他对西画兴趣渐浓。颜在《回顾》一文中写到了他买到的第一幅印刷的西画："有一次在四马路（今福州路）上看见镜框中有一幅印刷品画的是葡萄和桃子，形象真切诱人，我见了十分喜爱，但身边只有一块银元，我就问店中是否可以只买画不买镜框，店中人说可以，我就出了四角钱将画买回来临摹。父亲告诉我这是油画，不是水彩画。这引起了我对于油画的极大兴趣。"

颜文樑开始对油画大感兴趣，但那时的他却买不到油画颜料，于是只有想办法自己调制。经过了多次失败，他还是从某个漆匠那里得到一些启发，用熟桐油来调和白面粉，后来又改用鱼油来调制，终于画出了自己的第一张油画作品《石湖穿月》，后来他又试着用亚麻油调制，画出了第二张油画《飞艇》。当时见过油画的人很少，故当颜文樑把自己的这两张画装框后挂在苏州观前街上展览时，竟然吸引了很多人来观看，这让他对油画创作兴趣更浓。

然而父亲却不希望他在商务印书馆长期工作下去，两年之后父亲命其回到了苏州，颜文樑经朋友何筱农介绍，前往钱业小学做美术教师，然后逐渐在苏州绘画界有了名气。他在《回顾》一文中写道："后来韩金涛介绍我到振华女学教画,经过辗转介绍,认识了金松岑,帮他画了十二帧水彩画。(金松岑是当时上海《时报》主笔,后来又做了苏州美专的校董)他要送钱给我,我没有接受。后来他介绍我到吴江中学任教,之后我和金松岑、杨左匋(匋)、徐咏(泳)青(清)、葛莱(赉)恩、潘振霄等六人发起组织'苏州美术画赛会',在1919年1月1日起举行我国首次画展,一时轰动艺坛。"

举办画展之后的转年,颜文樑又组织了几次画展活动,到1922年1月,由顾公柔提议,他们借怡园为会址,扩充了美术会,当时会员达七十余人。该会每月举行一次例会,并且刊印美术半月刊以扩大影响。1923年,该会搬到了铁瓶巷,此时会员已达三百余人,于是颜文樑等人将该会分为绘画、雕刻、音乐、诗歌、刺绣、演讲六部。

回到苏州的颜文樑仍然痴迷于油画创作,这个期间他绘出了《画室》《厨房》《肉店》等著名作品。对于《厨房》的创作灵感,尚辉在《颜文樑研究》中写道:"一次,文樑偶尔经过邻家厨房的门口,他为空旷的厨房所特有的古旧感和沧桑感深深地打动了——被烟熏成黝黑色的梁柱、食油浸透了的台面、发出光泽的杯盏壶碗和悬挂着的古铜色的菜篮,仿佛每件实物都挽留了一寸历史的光阴,也都会诉说出一段主人的故事。他花了数个下午的时间,临景写生,再现了这一特定空间的安详、静谧。这就是日后获得巴黎春季沙龙荣誉奖的作品《厨房》。"

同样给颜文樑带来声誉的《肉店》,也有着创作上的小曲折,尚辉在专著中写道:"一九二一年夏天,他以观前街老字号的陆稿荐肉铺为对象,开始写生创作《肉店》一画。不料次日陆稿荐老板忽暴病而亡,店门紧闭。开业后,出于迷信,店铺后人不允文樑继续写生。后经学生张德铨介绍,以其叔父所开设的'老三珍'肉铺代替,写生位置就设在对门'朝天禄'糖果店内。当时古城苏州还很少看到画家写生,

《厨房》 收录于《二十世纪中国西画文献·颜文樑》

因此,数日以来,观者如堵,'朝天禄'糖果店门庭若市,生意骤增。《肉店》以翔实的笔致重现了二十年代苏州市民的夏日生活场景。"

此前的一些年,刘海粟已经创办了上海图画美术院,之后各地又办起了一些私立美术学校,受此影响,颜文樑也想在苏州创办这样一所学校。1922年7月,颜文樑跟朋友胡粹中、朱士杰、顾仲华、程少川经过一番商量,他们先试办暑期学校,当时的招生办法乃是上街贴广告,没想到报名者达到一百多人,于是他们几人分工来教不同的画种。颜文樑、胡粹中、朱士杰教授素描和水彩,顾仲华、程少川教授山水和花鸟。

暑期学校办了两个月,各方面影响力均超过颜文樑等人的预期,这促使他们要办一所真正的美术学校。经过一系列联络,最后他们得

《肉店》 收录于《二十世纪中国西画文献·颜文樑》

到了苏州县立中学校长龚赓禹先生的支持,龚校长同意借给他们九间房屋做校址,于是"苏州美术学校"的校牌终于挂在了县立中学的旁边。

苏州美校第一期招得十四名学生,该校学制两年,每位学生每月交一元学费。这个费用显然难以支撑学校的各方面开支,那时的颜文樑在五所学校兼课,他将所得的收入几乎全部都投入到了苏州美校之中。那时上素描课没有石膏像,于是颜文樑从旧货摊花四角大洋买到一个日本浇筑的石膏狮子,以此作为教具。当时学校的所有教师全是义务教学不拿薪水,但为了抬高学校声誉,有些老师对外自称月薪三十元大洋。

借用校舍毕竟不是长久之计,因为之前的几次搬迁,令颜文樑体会到了没有自己地盘的苦恼，故而他想尽各种办法，希望能找到永久校址。机会果然来了，1927年北伐革命成功后国民政府成立，苏州也成立了新政府，颜文樑的学生蒋靖涛担任了公益局长，颜文樑在第二中学时的同事徐孟贻成为了公益局秘书，也许是因为这两人的关系，颜文樑被公益局聘任为沧浪亭保管员。那时的沧浪亭年久失修房屋倒塌，庭院也已荒废，有人提出要重建这处名胜，但因无人负责，此事一直停留在议论层面。颜文樑当上沧浪亭保管员后，觉得这个地方可以利用，于是他在这块地上筹建苏州美术馆。转年美术馆正式建成，颜文樑也将苏州美术学校迁建于此，同时他们还成立了校董会，由苏州富豪吴子深任校董会主席，校董会推举颜文樑为苏州美术学校校长。

但是，要将废弃的沧浪亭改成美术学校的校园，显然要花费大笔的资金，从哪里弄到这些钱，当然是颜文樑最为头疼的事。他举办了一场演讲，讲述美术对社会文化的巨大作用，那时的颜文樑仅三十五岁，然而他慷慨激昂的演讲却感染了到会的每一人，杨寿祺首先提出愿意每年赞助该校六十元，吴子深则当场表示鼎力支持该校，在现场就签署了千元支票。大家看到这种情况，纷纷为该校捐款，由此而筹得了建校的第一笔资金。

施工完毕后，美术学校迁入了沧浪亭内，后来吴子深又为该校多次捐献大笔款项，为此颜文樑撰写了一篇《重修沧浪亭记》来感谢吴子深的义举，该文刊发在1928年9月蒋吟秋所编的《沧浪亭新志》中，文中写道："文樑于去岁五月担任沧浪亭保管之职，提议捐修，事不果行。子深盡焉伤之。既立美术专门学校于其中，以主其事，复独立输银四千，庀材鸠工。阅一载之久，于是看山楼、翠玲珑、面水轩、明道堂、闻妙香室、见心书屋、清香馆、藕花水榭，向之凡百废弛者，今得而一新之。"

吴子深为苏州美术学校捐献了四千大洋，颜文樑用这笔钱修复了沧浪亭内的多处景致，这些景致的名称直到今天仍然保留着。两年前我到沧浪亭内寻访时，这些房屋基本也都看到了。如此说来，当年的苏州美术学校几乎占用了沧浪亭全部面积，而我们今日所看到的沧浪亭之景，其中大部分乃是由吴子深捐款、颜文樑主持修复而成。正是因为吴子深的慷慨之举，才有了今日沧浪亭的格局，当时美校为了答谢吴子深，还特意刻了一块功绩碑安放在沧浪亭内，可惜我两到沧浪亭均未寻得此碑。

1929年，该校仍然在扩建，同时建造了一所图书馆，为此吴子深捐赠了一部两千多册的《四部丛刊》，同时订购了一部大部头的《万有文库》。那时颜文樑正在法国留学，吴子深又汇巨款给颜，让他购买国外的艺术书籍、杂志和一些教具。可见吴子深对苏州美术学校的支持并非一时兴起，正是因为有着这样的有识之士，才使这所美术学校办出了名气。

颜文樑到法国留学跟徐悲鸿有直接的关系。1928年5月，颜文樑邀请徐悲鸿及其夫人蒋碧薇来苏州美校讲演。那时的徐悲鸿从法国留学归国不足一年，受聘于中央大学艺术教育专修科，在那里做美术教授。此前徐悲鸿看到过颜文樑所画的《厨房》和《肉店》，他夸赞颜是"中国的梅索尼埃"。他认为颜文樑应当到法国去深造，这样才能打下坚实的西画功底。颜认为徐悲鸿的建议很有道理，于是他将苏州美术学校校长的职务委托胡粹中代理，而后乘船前往法国。颜文樑拿着徐悲鸿给他写的介绍信，先去拜见了徐的恩师达仰，此时的达仰因年迈体弱，无力授徒，介绍颜文樑去了巴黎国立高等美术学校拜访罗朗斯教授，正是因为有达仰的推荐，罗朗斯同意颜文樑进自己的工作室。

颜文樑在法国努力学习绘画，他生活节俭，想尽办法买到更多的书籍，他在两年多的时间内买到了近五百件石膏复制品，并陆续托运回国。尚辉说颜文樑买到的石膏复制品数量"超过当时全国用于美术

《苏州卧室》 收录于《二十世纪中国西画文献·颜文樑》

教育的石膏总和还多"。1930年12月，颜文樑在巴黎高等美术学校学习期满，按照该校的规定，外籍学生的年龄上限为二十七岁，超过年龄就要退学，而颜文樑在赴法之前经过朋友的点拨，出国护照上的年龄比实际年龄改小了十岁，但即使如此，此时也超过了二十七岁的上限，他只好回到了离开两年零三个月的苏州美校。

颜文樑在出国之前已经与校董会商议过，准备购买下沧浪亭东侧四亩土地，以此来扩大校舍。当时这块地归徐姓所有，后因颜文樑出国而未能买下。在此期间吴子深前往日本考察教育，看到东京美术学校校舍建造得十分漂亮，故其返回苏州后，立即召开校董会，当众宣布将出资三万元买下徐姓的这四亩地，以此来扩建校舍。颜文樑回国后，开始进行建筑招标。1931年8月破土动工，一年之后，在这片土地上矗立起了一座雄伟壮观的西式建筑。尚辉在其专著中描绘道："一九三二年八月，一座宏伟壮丽、坚卓朴茂，有十四根巨柱的罗马宫殿式校舍，终于落成在恬静幽美的沧浪亭畔。这座列柱横廊、宽敞明亮的建筑，共有三层五十余间画室、办公室、自修室、休息室。墙壁上画着富丽堂皇、彩色绚丽的壁画。西面的展厅内，陈列着文樑在巴黎诸大美术博物馆临摹的油画作品，东面是法国式的素描大教室，暗红色的墙面衬托着四百六十尊石膏雕像。楼上是天光人体写生教室和油画专业教室；底层则为理论课教室及自修室。其规模之大，造型之美，一时成为全国美校校舍之冠。"

罗马大楼落成后，在社会上有了广泛的影响力。《艺浪》第一卷第七期上刊载的《校闻》中写道："教育部代表徐悲鸿、吴县县长邹敬公、吴县教育局代表潘皆雷、苏中校长胡焕庸、振华校长王季玉以及学生家属，对美专的建设及师生作品都给予较高的评价。《苏州明报》又于十二日为文祝贺，名为《美专之美》，对美专前途寄予极大的希望。"

正是因为有了这样宏大的校舍，该楼建成两个月后，中央教育部批准苏州美校以大专院校立案，正式定名为苏州美术专科学校。批准立案后，苏州美专每年得到国家拨付的补助经费，第一年得到六千元，第二年则为一万六千元。颜文樑原本想以此款再建造一座教学大楼，与这座罗马式大楼隔水相望，后因抗战全面爆发，计划就此搁浅。

抗战期间，苏州美专辗转多地，办学状况异常艰难，而苏州美专校舍因为宏伟壮观，日军占领苏州后，这座大楼成为了日军的司令部。吴子深为避战乱也离开了苏州前往上海，租住在威海卫路慈惠南里的一幢房子内，他在大门口挂上了"吴子深医室"的招牌，靠行医来生活。但他仍然对绘画十分痴迷，后来渐渐放弃了行医，专注书画创作，几年之后，他也成为了上海有名的画家，与吴湖帆、吴待秋、冯超然齐名，被人并称为上海的"三吴一冯"。

日本投降后，吴子深回到苏州，目睹弹痕累累的罗马式大楼的破败状况，他又一次慷慨解囊，拿出自己这些年来卖画的收入，用来重修校园。如此挚爱美术教育事业，又如此慷慨，这样的人后世应当永远记得他。

抗战胜利后，颜文樑带领学生回到了沧浪亭校区，面对满目疮痍的校园，颜文樑下定决心要予以重建，但此时的吴子深因为战争原因，已不再像以前那样富有，故颜文樑需要另想办法筹集资金恢复校园。一年之后，罗马式教学大楼修复完毕，校园内刻了一块纪念碑，以此来铭记为该校的复建慷慨解囊者。在捐献名单前，纪念碑上刻有这样一段话："我母校自对日抗战后，全校损失不可估计。校舍部分虽尚完整，唯新旧舍内部，百孔千痍，满目萧然，尤以新厦屋顶为甚。若不急加修葺，前途恐有倾倒之虞。爰于三十七年十月，由校友商启迪、钱定一、张念珍、杨宏才、俞成辉、钱家骏、萧家奎及觉寺等发起募捐，作紧急之呼吁。历时二月，鸠工庀材，将旧日之玻璃屋顶部分改成斜坡式瓦顶，俾天雨出水较畅，不使积致成罅漏。总共收到捐款计金圆肆仟伍百壹拾叁圆整，支出金圆陆千捌百玖拾叁圆壹角伍分，收支相抵不足金圆计贰千叁百捌拾圆零壹角伍分，除校董吴子深先生补助义卖画款金圆壹千捌百肆拾圆外，尚不足金圆伍百肆拾元零壹角伍分。业经呈请颜校长特准，在母校经费项下拨垫。兹将捐款校友台衔勒石于后，永志纪念。中华民国三十七年十二月二十日黄觉寺记，钱定一书。"

1952年9月，全国高等学校进行院系调整，苏州美专与上海美专、山东大学艺术系进行合并，重组成了华东艺术专科学校。该校即是南京艺术学院的前身，由刘海粟担任校长，从此苏州美专结束了它三十年的历程。美专原有的教授有的分配到了华东艺专，颜文樑没有去该校，而是前往杭州任中央美院华东分院副院长，该校即是现在的浙江美院。

《红海》 中国美术馆藏

关于颜文樑绘画的分期问题，陈志华在《颜文樑教授的美学观》中写道："先生的艺术成就，三个时期各有不同的侧重：早年期是着重透视与构图；中年期和晚年期是着重明暗与色彩；特别是晚年期，色彩丰富善变，绚丽极致。"对于他的画风，沈柔坚在《画艺常青》中称："他的画风向以细致凝练和色彩响亮著称，工中有写，笔色间见深度，厚实而有韵味，形成颜文樑绘画艺术的独特风格。"

然商桦在《颜文樑绘画"求真至美"美学趣味初探》一文中则称："还有学者认为，颜文樑一生的绘画创作仅以旅欧阶段的画作艺术水准为最高，风景写生的整体风貌深得印象派大师绘画之精髓，他也是二十世纪民国留洋油画家中在色彩运用上较为成功者之一。"但不知什么原因，颜文樑却不承认别人给他贴的标签，商桦在文中又写道："然而，颜文樑在归国后陈列展示留欧作品时明确表示自己并不喜欢印象派，认为自己是写实派。颜氏对自身学脉传承的表态不仅为了说明其

《普陀风景》 中国美术馆藏

一贯以来标榜的求'真实性'绘画观,也可视之为在当时持续不断的学派论战情境下选择站队伍的立场表述。"

对于颜文樑作画的方式,费以复在《颜文樑的油画技法》中首先谈到了颜对油画材料的深入研究,而这一点应当是缘于他早年自制油画材料的经历。正是这样的经历使他在用笔方面也与其他画家略有不同,费以复在该文中有大段的描述,我摘录其中一段如下:

  他作画第一步先用大笔蘸色,用拍打的笔法在画面上形成扇形和鳞状的色点,薄薄地形成一个色调,使得不同的色块在拍打之下自然地、参差地混和而成为一个统一的调子,然后用线把有些建筑、树枝等具体地钩划一下。在大色调完成后,有的接着画下去达到一次完成。有时画了个大色调,等干后再画下去。有些

《重泊枫桥》　中国美术馆藏

地方拍打时，颜料拉得又尖又高，乃用砂纸磨一下。他前期的作品大都是一次完成的，近期的作品，要写生五六次，或更多些。以求画面能表现得更提炼、概括、突出，色彩也更鲜丽。在拍打大色调时大都是采取从中间调子开始。拍打是使画面发毛，以后的颜色加上去好粘得牢，不会脱落。这种用拍打、揉粘、挑点等笔法，使色彩也逐渐加厚。

对于颜文樑在绘画史上的地位，张少侠、李小山在《中国现代绘画史》中从各个角度予以评价，其中有这样一段话："在现代绘画史上，颜文樑的活动有着不小的影响。尽管他缺乏创造性，在艺术上没有多少建树，但他提倡新艺术运动和倡办教育的热情是值得赞赏的。颜文樑被人尊称为'颜老夫子'，他为人谦和，处世平稳，顺着自己选定的艺术路子，不辞劳苦追寻着成功的梦幻。他耗费了一生的心血，为了他的学生以及更多地为了自己的艺术追求。很难说他的创作有什么突出的优点，因为无论从他对艺术的理解，还是他的作画技巧，都没有达到很高的境地。"

颜文樑在绘画观念上有着自己的见解，比如他在《法兰西近代之艺术》一文中极力强调艺术的重要作用："鲁佛尔为巴黎最大之美术馆，亦为世界最大之美术宫。世界最伟大之艺人，最名贵之杰作，鲁佛尔悉收罗俱备。吾谓法兰西之最足以骄人者，不在利炮飞机；不在储备最充分之黄金；此巨宫所存，足以骄天下而有余。'伟矣哉，艺术！'凡曾涉足巴黎，莫不都有此同感。"因此，他认为："吾谓英雄事业，气壮山河，惟无杰出之艺术家，为之留一遗痕，每不足以示久远，吾于国内历史上有名人物，每不够一般人之信仰，或信仰之如敬鬼神，此畸形之现象，艺术力之不振，实为最大原因。"

正是这样的观念，使得颜文樑费尽千辛万苦来开办美术学校，他在《谈文与野》一文中讲述了爱斯基摩附近的特殊风俗，据说在当地，父亲上了年纪后儿子要设法把父亲弄死，因为这么做是一种义务，颜文樑对此评价说："在食人风俗盛行的地方，把人当作食品，视为天经地义，当然的道理，无可非议的。"在这样的社会中显然不存在艺术："艺术更哪里谈得到，一个艺术家要产生在这些地方，无异自己成了一匹羔羊，供人咀嚼。是故在野蛮的社会里，不会有艺术，不会有艺术家，即有，亦无非吃人的艺术，美丽的陷阱而已。"

从这一点可以看出颜文樑执着于艺术的原因所在，因为如果没有艺术在，社会就会倒退到人吃人的地步，他在美术教育思想中首先提出了"忍、仁、诚"的做人道德规范。对于什么是美，他在1928年所写的《怎样批评绘画》一文中称："究竟美的评判，怎样决定？那么就要先明白美的特质。大概美的特质有二：第一，美是离去一切关心，

《天鹅湖》 收录于《二十世纪中国西画文献·颜文樑》

而给我人以快乐;第二,美的中间,是和'真''善'伴在一起。所以我见了一幅图画,如果要下断语,亦要从'真''善''美'三方面,评判入手。画面的构图、色彩、调子,能不能正确,就是'真'的判断。画的内容,能不能引起高尚的思想和道德的效果,就是'善'的判断。综合以上两种判断,再因自己个性的相近,能不能得到一种愉快和同情,这就是'美'的判断。"

而对于艺术,颜文樑明确地回答说:"什么叫艺术?凡是通过对某一种事物的再现,创造出既真又善且美的形象,这形象能激动人们的感情,启发人们的思想,给予人们以美的享受,这就是艺术,我主张真实。先有真实,后有美,没有真就没有美。美要附在真实上面。美不会悬在空中,美不能独立。"

从以上都可看出,颜文樑是一位有着独特思想和人文关怀的美术教育家,故而他对中国美术史的贡献不应该被人们所忽略。

水面对岸就是那座罗马大楼

门楣上嵌着"颜文樑纪念馆"字样

  2019 年 9 月 13 日，借上海开会的空档，我去了苏州一日游。因是从上海开车而来，故我一路按导航前行，未成想导航又把我带入了一条死胡同。这条胡同越走越窄，走到顶头位置是一座石拱桥，而拱桥对面的小路无法行车，在这里艰难掉头，一番折腾后，总算掉转回来。然巧合的是，原本停在一个车位上的车恰在此时驶离，我庆幸这份好运气，赶紧把车停在了那个车位内。停好后才看到地上写着车号，说明这里是私人车位，但即便如此，我也不想再开车兜圈子了，于是拎着相机下车，此时方注意到这里是沧浪亭后 2 号。

  跨过石拱桥，眼前是一片不小的水面，前行十余步，隔着水面就看到了那座至今看上去仍然宏伟的罗马大楼。沧浪亭我已经来过多次，以前却未曾留意到这里有一座西式建筑，看来导航所导之路没错，因为停车位置距此楼不足五十米远，只是制作导航的人并未考虑到车无法跨桥也无法跨湖。

  隔着湖一路向前走，边走边看这座大楼的一些细节，更加让我感叹当年颜文樑等人是何等之有眼光，他们请上海工部局建筑师吴希猛按照罗马爱奥尼亚廊柱的建筑格局进行建造。以我看来，这座建筑的确做到了一百年也不过时，如今这座大楼门楣上嵌着"颜文樑纪念馆"几个金光闪闪的大字。

沿湖一直走到了沧浪亭门口，于此购票入内，而后沿着左路向罗马大楼的方向走去，但穿过了多个厅堂，始终找不到通往大楼的路径。沧浪亭内除了一队队的游客，还看到有许多学生在那里写生，于是我向一位学生请教如何能走到颜文樑纪念馆，他迷茫地看了我一眼说："颜文樑是谁？"这句回答令我斯文顿失，忍不住地回了他一句："你真是学艺术的吗？"我的这句唐突，令这个男孩跟他的同学们互望了几眼，竟然没人怼我。

天气炎热，但游客仍然一队队地进入，于是问其中一位老人，他竟然也不知道，无奈我原路退回，准备到售票处打问路径。快走到入口时，无意间看到一个很窄的小门洞，我本能地觉得这是一条正路，沿此路前行三十米，果然走到了罗马大楼前面的广场。

广场正中立着颜文樑的胸像，下面的简介写着他的生平与生卒年，他去世于1988年，享年九十六岁。如此之长寿，应该跟他宽厚的心胸有重要的关系。

走入罗马大楼中，我先直接穿到了后院，在这里又看到不少写生的学生，看来这是学校组织的绘画实践课。然而这些学生们三三两两坐在台阶上玩着手机，画具随意摆在一旁，仅有一位同学用铅笔勾画了一支树杈。我在罗马大楼右侧的墙基上看到一块嵌石，上面用小篆体写着"中华民国二十年十月一日苏州美术专科学校舍奠基纪念"，后面的落款为"吴子深、颜文樑"，奠基石的侧旁立着江苏省文保牌。

看完后院，重新回到楼内，沿楼梯登上二楼，能够感觉到木楼梯及扶手仍是当年原物，只是重修涂了油漆。我先参观了右侧展室，这里是颜文樑生平史料陈列室，此处以展板的形式介绍着颜文樑的生平，同时还有一些老照片。墙上挂着一些颜文樑创作的油画，其中就有那

颜文樑凝视着这座大楼

奠基石

颜文樑生平史料陈列室

《厨房》

幅著名的《厨房》。另一间小的展室内则摆放着一些石膏像，从颜色看，应当不是颜文樑从欧洲带回来的，有一个画架上挂着介绍牌，上面写着"颜文樑使用过的画架（由家属提供）"。面对此架，我顿时感觉到亲切，当年颜文樑在法国购买了两家倒闭学校的石膏像，但他并没有购买画架，他仅是把画架描绘下来，并标出尺寸，回国后再原样复制，不知道这个画架是不是当年的复制品之一。

转到另一间画室，这里陈列的全是颜文樑的油画作品，这些画作的尺寸都不大。因为这间展室内有冷气，故有很多学生在此席地而坐，但每一位学生都在那里玩着手机。看到这种场景，我的心中有股没来由的愤怒，想想颜文樑当年创办学校的艰苦历程，而今的年轻人有这么好的学习环境，却完全不知珍惜，不知颜文樑看到后会有怎样的心痛。但转念又想，他能享有如此高龄，应该有着广阔的胸怀，不会再随便动怒，接着我又想到自己，年轻时不也调皮捣蛋吗，只是那时没有手机可玩罢了。一念及此，怒气顿消。当我拿出相机拍照时，其中一位学生抬头看了我一眼，我马上向他挥手说："没关系，继续玩。"他果然低下头继续孜孜不倦地盯着手机屏幕。

吴湖帆（1894年—1968年）
醇厚苍润之致，已达神化之境

民国年间的苏州画坛有"三吴一冯"之称，分别为吴湖帆、吴待秋、吴子深和冯超然。王叔重、陈含素编著的《吴湖帆年谱》前有郑重所撰序言，序言中又提到吴湖帆与其他绘画大家的并称："湖帆先生一生书画创作之丰，梅景书屋庋藏书画、碑帖、词集之多，门人弟子之众，雅道师友交游之广，堪称海上画坛之冠。在二十世纪三十年代，湖帆先生即与溥心畬、张大千同享画坛盛名，有'南吴北溥'和'南吴北张'之誉。学者、诗人冒广生先生曾有诗云：'南张北溥东吴倩，鼎足声名世所钦。'南北三家，画坛鼎足，此是当年纪实之言，而非过情之辞。"

对于吴湖帆的绘画风貌，徐建融在为《吴湖帆年谱》所作序中称："吴湖帆先生是近代中国画坛重振晋唐宋元传统的代表画家之一。此外的代表画家还有溥儒、张大千、贺天健、陆俨少、谢稚柳、陈佩秋等。吴湖帆与诸家的不同特色，在于由晚明以降的正统派上溯宋元。"

汤哲明则以《万里江山供燕几——吴湖帆画学论纲》一文作为《年谱》的代序，此文详细分析了吴湖帆绘画风貌的变化，其中提及："吴湖帆早年曾师法吴门画派，这既是受家庭收藏的影响，亦是集大成观念的体现。吴对唐寅师法尤勤——唐画是标准的北宗，也即为南北宗论不取的北宗——这就令吴氏绘画具备了跨越四王的基础。从故宫

《云表奇峰》 收录于《中国历代名家画集·吴湖帆画集》

回来后，吴湖帆在取法唐伯虎乃至南宋院体的同时，开始上追宋元的三赵，即赵大年、赵千里和赵孟頫。学此三家，既体现了他对四王传统的不满足，更把他原来所接触到的吴门画传统又上推一步：《云表奇峰》石法明显受唐寅影响，树法则取王蒙、董其昌，而其设色，则在筑基恽南田清逸冷艳的基础上，取意三赵青绿的古厚。"

对于吴湖帆在海派的地位，此文中又称："吴湖帆寓沪前，上海画坛已出现了任伯年与吴昌硕两代盟主，他们传承的是浙闽、淮扬一带的画风，这些原本在明清时活跃于江南，大多以'野逸派'画人的绘画传统，也因他们的脱颖而出，成为海上画坛的主流。吴湖帆寓沪时，吴昌硕正如日中天，吴湖帆的到来，则开启了由'前吴'吴昌硕领衔的淮扬派独占鳌头，向由'后吴'吴湖帆领衔的江南'吾吴'一系山水画强势崛起的进程。"

吴湖帆的绘画成就在民国年间就已然形成，1935年1月1日的《正论》中载有署名公肃所撰《论吴湖帆之书画》一文，此文中称：

> 吴湖帆姻丈，家学渊源，禀赋又复过人，博览群书，工于艺事，所为书画，并臻精妙。画中尤以青绿山水为近世所宗，落笔处自有古人气息。初学董香光、王麓台一派，近更追溯元四家而入宋人之堂奥。作画不用柳炭，信手拈来，即成奇境。尝见其尽一日之力，竟册页十六纸，其挥毫神速，尤为可惊。近作如《晴岭飞泉》《茂林石辟》《桂树瑶华》《秋山萧寺》《松溪云树》诸幅，用笔奇横，而醇厚苍润之致，直能熔南北宗于一炉。盖已达神化之境，非拘牵迹象者所能望其项背。北溥南吴，洵非虚誉。

公肃称吴湖帆的绘画风貌乃是熔南北宗于一炉，而1943年10月10日《太平洋周报》第84期刊载的王诚所撰《沪地文人画四家相》

《庐山东南五老峰》 中国美术馆藏

一文中，谈的第一位就是吴湖帆，王诚认为："山水画在便利上往往可以分成南北宗的二大系统，吴氏的风格，可说是南北宗的折衷而偏于南宗的，又可以说他是承袭唐寅的作风，完全是努力于技巧，但在画面上除技巧之外，毕竟还重视着神韵，这也可以说苏派作风之不同于宋明院体的一点地方。"

可见，吴湖帆的绘画风格乃是以南宗为基础，而后借鉴了北宗技法，由此而形成了独特的绘画风貌。他能够这样的融会贯通，跟其家丰富的收藏有直接关系，公肃在文中写道："湖丈收藏宏富，尤以碑帖为最精。以藏有宋拓欧阳询《化度》《九成》《虞公》《皇甫》四碑，故榜其室曰'四欧堂'。生平冲淡爽真，蔼然可亲，绝无所谓名士气，亦无所谓艺术家之落拓浪漫气，晤对之际，若饮醇醪。"

吴湖帆有着丰富的收藏，这些藏品的来源，既有得自家传，也有他个人的收藏。吴湖帆原本是吴大澂之兄吴大根的孙子，而吴大澂是著名的金石收藏大家。甲午战争时吴大澂领兵与日本人作战，战败之后被革职，回到苏州时，正赶上吴湖帆出生，吴湖帆之父吴讷士就将吴湖帆过继给吴大澂为孙，故吴大澂的收藏后来大多归了吴湖帆。吴湖帆的外祖父沈树镛也是收藏大家，有不少的藏品也到了吴湖帆的手中。陈巨来所著《安持人物琐记·吴湖帆轶事》中写道："其岳父潘仲午，清尚书潘祖荫（伯寅）之胞弟也。妻名树春，字静淑，四十后亦擅画花卉，神似清女画家陈书南楼老人。岁辛酉，静淑女史卅生日，仲午先生以家藏宋版宋器之所作《梅花喜神谱》二册赐之，湖帆遂又署其斋曰'梅景书屋'矣。"

吴湖帆之妻潘静淑亦是大收藏家之后，潘静淑的曾祖潘世恩是乾隆年间状元，道光时做到了大学士，相当于宰相之职。潘静淑的伯父潘祖荫是咸丰年间探花，光绪朝的军机大臣。潘静淑的父亲潘祖年曾任刑部云南司郎中，潘、吴两家原本就有着密切的交往，故吴湖帆在

《石壁飞虹》 收录于《中国历代名家画集·吴湖帆画集》

三岁时就与潘静淑定亲。民国四年,吴湖帆二十二岁时与潘静淑结婚,当时潘祖荫将慈禧太后赏赐的一件宋汤叔雅所绘《梅花双鹊图》作为陪嫁,后来在潘静淑三十岁生日时,潘祖年又送给女儿宋刻本的《梅花喜神谱》作为礼物。这两件珍宝令吴湖帆极为喜爱,由此特意将堂号起为"梅景书屋"。《吴湖帆文稿》中载有吴的自言:"光绪己丑,与孝钦皇后临本一幅同时赐潘文勤公,后由外舅仲午公付静淑袭藏,今与宋刻《梅花喜神谱》同贮,名吾居曰'梅景书屋'。"

如此丰富的收藏,既给吴湖帆以滋养,也为他在绘画上能有如此成就做了铺垫。原本居住在苏州的吴湖帆,后因战乱移居到了上海。在此阶段,他一边绘画一边扩大着自己收藏,后来夫妇二人将家中所藏书画整理出来,编为《梅景书屋书画记》,他为该书所写的《自叙》刊载在了1944年4月16日出版的《古今》第45期上,其中写道:"玩物丧志,贤者相戒,然生丁乱世,以避兵厄而友蠹馋,窃已自幸。况一艺之成,孰非精灵结撰,于恒河沙数中共岁月而长存,视蛄菌春秋为何如耶?吾于几千百年后遇之护之不勤而可乎?岂敢玩物云乎哉!"

吴湖帆认为古人的精品之作乃是重要的艺术结晶,他能够收藏这些精品,又岂能不用心珍护,所以不能将他的收藏视为玩物丧志。而后他讲到了家族中几代的收藏,自称:"余年十三,课读之暇,辄好弄笔,渐知古人一点一画,咸是心血中来。"

可见,吴湖帆将古人的画作视之为心血结晶,所以他遇到名人字画十分珍惜。二十余年来,他用卖画之资来搜罗名家画作,再加上家族中的传承,而后编为《梅景书屋书画记》。该书中还有其妻潘静淑所作《自叙》,此叙的前半段为:

> 吾家自尚书公通金石,擅书画,名震海宇,而外子湖帆,又以能传祖研鸣于时。余结褵时,湖帆年才二十二,日夕熟视其伏

案不倦，习书临画，未尝一日辍，或撄小恙，亦不释卷，真所谓寝馈于斯者也。其嗜书爱画，出于至性。自甲子避乱迁沪后，所见名迹日多，因此嗜书爱画之心亦日深。顾以先人遗藏，除金石之外，书画已散，摩挲有限。乃就鬻艺所得，悉以搜罗，法书名画，每至倾囊，甚或典钏不惜也。

潘静淑谈到了潘家的收藏，同时也提及丈夫吴湖帆每日里刻苦作画，在他们避难来到上海后，又倾其所有努力藏画的经历。可见，吴湖帆、潘静淑移居上海后，在收藏和绘画创作方面都有较大的提高。他们移居上海后的住处，王叔重、陈含素编著的《吴湖帆年谱》在1924年中载："9月25日，直系军阀江苏督军齐燮元与皖系军阀浙江督军卢永祥为争夺上海，兵刃相见，史称江浙战争或齐卢战争。吴湖帆为避兵祸，自苏移居沪上。冯超然为其代赁望衡对宇的嵩山路88号三层西式洋楼。画室及卧室置于楼上，一楼与陈子清合办书画事务所。"

《年谱》中还引用了郑逸梅在《三吴一冯——冯超然》中所言："当甲子齐（燮元）、卢（永祥）之战，吴湖帆在苏，为避兵祸，拟迁地为良，那淮海草堂，亦即梅景书屋，和嵩山草堂望衡对宇，便是超然为湖帆代赁的。"

吴湖帆来到上海，住的地方是由冯超然代为租赁，两人毗邻而居。为此，还闹出了不少的趣事。《春申旧闻续集》中载陈定山所记《冯超然请客赚湖帆》："冯超然、吴待秋、吴子深、吴湖帆四人均肖马，论年辈则超然、待秋为长。子深、湖帆均甲午生。待秋，超然则壬午生，艺苑称为'三吴一冯'。超然、湖帆皆住嵩山路，同里巷，洛阳女儿对门居，超然门牌八十，湖帆八十一也。二人皆用'嵩山草堂'署名。……吴湖帆至上海，超翁画名已噪南北，及湖帆得名，二人居对门,画同名(嵩山草堂),人号'嵩山二老'。湖帆尝请客,署嵩山居士而不名,门牌误书八十号,客至皆赴超翁,湖帆久待客不至,闻悉在超翁处,遣人促之。超翁乃让客曰:'敝舍湫隘,席设吴家。'客过门大嚼,超翁数言:'今天小菜不好。'席散,客皆谢超翁,而辞湖帆。湖帆大异,谓超翁曰:'你也请客?'超翁出示之。始知门牌误书。不觉相对绝倒。"

《吴湖帆年谱》中注明这段话中所说的吴湖帆和冯超然家的门牌号都有误,但当年吴湖帆有时确实会将家中的门牌号写错,故其所邀客人会聚集到冯超然家中,而有时冯家的客人也会来到吴家,以至于闹出请错客的趣事。关于他们所租房屋的房东,石莉在《清末民初上海新兴商人阶层对艺术家的赞助》一文中写道:"龚子渔,任汇丰银行买办时,挣下万贯家产,于是辟弄构屋,营建居所。1913年,在上海嵩山路上建弄堂。这条弄堂由两侧共四幢连体建筑构成。右侧由外而内是86、88号洋楼。左侧由内而外是90、92号石库门,虽然家居安全,消闲解闷也可足不出户,但奢华有余而文雅不足。为补此憾,龚氏请文人墨客共享此弄。冯超然受龚之邀,于1919年入住90号。苏州战乱,吴湖帆离乡初来上海,便住进了88号洋楼。冯、吴二家对户而居,为龚氏房产带来了无限风雅之气。"

以此可见,当年吴湖帆跟冯超然做邻居,两家关系处得相当不错。吴湖帆还劝外甥朱梅邨去跟冯超然学画,冯天虹在《闲话"草堂"与"书屋"》中载有此事:"吴湖帆侄子(甥)朱梅邨要从吴湖帆学画,该年吴刚从苏州移居上海嵩山路不久,冯超然即住在对门。吴湖帆劝朱梅邨从冯超然学画,并说'山水画曲高和寡,如果山水画家不能卖出他的画便会潦倒落魄,故谓之饿死山水',而画工笔人物故不然,稍有钱之人均需要画像,活着时此像称为'行乐图',倘若此人去世,此像又称'喜神图',故为生计考虑以学人物画为上。但朱梅邨感到有舅父可教画再拜他人为师不合情理,仍决定从师舅父,不过常去冯超然处求教。"

潘静淑也在绘画方面颇有成就,她来到上海后时常临摹家中的收藏,可惜在 1939 年,也就是她四十八岁时却因病突然去世了。去世之前,她正在临摹明代王穀祥花卉卷《群英图》,王穀祥在此长卷中绘有二十二种花卉,潘静淑画到第十种荷花时因病而逝,剩余的部分由吴湖帆补完。吴补完后在跋语中写道:

> 己卯之春,门弟徐生邦达持酉室《群英卷》来,静淑见而爱不能释,乃商易为己有。每日展读,喜不自胜。于是发奋临摹,迄钩摹方已,忽谓余曰:恐力不能竟。乃于四月某日,始点染,间日作一花,实其时已内病矣。因心爱是卷,勉力为之而,适及半,至荷花竟不支而卧,是为五月初十也,至十七日而竟仙去,噫嘻痛哉!长夏迢迢,怅惘无已,余遂补完,以弥夫人遗憾。地下有知,即以为他生缘合之券云。衡山引首、酉室款识皆余书矣,七月望日,距夫人长别时二月矣。湖帆和泪识。

吴湖帆在上海期间,逐渐形成了自己的绘画风格,名声愈响,润例也渐高。郑逸梅在《吴湖帆的画及鉴赏》中写道:"甲子年,江浙启衅,湖帆避乱迁沪,鬻艺为生。山水画订润很高,每尺三十元,在各画家之上。这时黄金每两三四十元,那么三十元,差不多等于黄金一两了。"

对于这个时期润例的横向比较,常乃青在《民国(1920—1937)上海书画家润例和生存状态探微——以吴湖帆为例》一文中写道:"根据疏理吴湖帆 1920 至 1930 年间在上海地区刊发润例的情况,可计算得出其 1920 年书画价格是每平尺 4 元,1921 年是每平尺 9.1 元,

《仙髻拥新妆》 收录于《中国历代名家画集·吴湖帆画集》

1923年是每平尺14元，1930年是每平尺36.7元，在此期间，吴湖帆的书画价格呈上升趋势，反映出民国上海书画市场的繁荣。"而对于那时的普通画家，该文中又写道："普通书画家的书画价格则更低，如就普通画家的山水画例来看，1922年盛叔青每平尺1元，孙绿冰每平尺0.375元，1925年屈尚渔每平尺2.2元，陈松夫每平尺2元，虬庵每平尺0.56元，耿逸仙每平尺2.4元。可以看到，普通书画家的书画价格相比顶尖和精英书画家有着天壤之别，均价相差数十倍。"

对于吴湖帆的画价，陈巨来在《吴湖帆轶事》中亦有描绘："甲子始迁居沪上嵩山路八十八号，与当时名画家冯超然（迥）为比邻，冯长于吴十二岁，二人至相契，朝夕不离。是岁吴定润例，价奇昂，每尺卅元，扇同之。乙丑冬日，余在叔师（赵叔孺）案头获睹其润例，认为从未见过。叔师谓余曰：'此人乃愙斋之孙，画山水超过其祖也。'余闻之印象颇深。"

吴湖帆能有这么高的画价，当然与其眼界之高有很大的关系，吴远菊在《从〈云表奇峰〉看吴湖帆山水画风格之变》一文中写道："吴湖帆早期的传世作品，基本上不出正统派的藩篱。如在一九三零年他的重要作品《临董其昌山水册》，是他这一时期的代表作。紧随董其昌的《课徒画稿》也逐一临摹，然其临摹对学习中国画无疑是相当有用的，况且是董其昌的手笔。在这本画谱里，可谓把董其昌之前的名家全部习摹了，如'荆关董巨''宋四家''二米''元四家'等等。通过这一画谱的临习，他已经把历代画法风格谱写于笔下。"

吴湖帆在临摹的过程中，既会吸取前代大画家的所长，也会避其所短，而吴远菊又将吴湖帆的绘画成就与黄宾虹做了相应的比较："黄宾虹是当代中国画创作转型期的重要画家之一，是中国近现代山水画创作大家。然而黄宾虹在继承研习传统绘画的同时重在笔和墨，尤其是墨法的创新，其山水画以积墨见长，重套墨复叠，浑厚华滋，山石

《秋岭横云》 收录于《中国历代名家画集·吴湖帆画集》

历来以黑、密、厚、重浑然一体的面貌使他拥有'黑宾虹'的美称。吴湖帆山水画风格的转变在色彩的运用上是绘画的一大特色，尤其是他的山水画，把'青绿'和'笔墨'融合得相得益彰，这样一来他看似在黄宾虹的绘画基础上又彰显了一条新的绘画风格。"

对于吴湖帆的绘画方式，郑逸梅在《吴湖帆的画及鉴赏》一文中有如下描绘："山水画以云气蓊濛胜。有见他挥毫的，先用一枝大笔，洒水纸上，稍干之后，乃用普通笔蘸着淡墨，略加渲染，一经装裱，观之似出岫延绵，不可方物，这是他一种神妙熟练的技巧，任何人都学不像的。"

如此高的润例，显然只要动笔，就会财源滚滚而来，然而吴湖帆却并未整日忙着作画，郑逸梅在此文中又写道："湖帆很风趣。他既负盛名，求他书画的，纷至沓来，致积件累累，难以清偿，但他宁可客来谈笑终日，客去自摆棋谱，作为消遣。有人劝他多画多博润资，浪费时间，不是很可惜么！他回答说：'人还是人，不能和机器等量齐观。'"

潘静淑去世三年后，吴湖帆娶顾宝珍为妻，吴湖帆觉得此名太俗，为其改名为抱真，"文革"期间，顾抱真还替吴湖帆去接受了批判和强迫劳动。2013年2月24日《姑苏晚报》刊发有李嘉球所撰《吴湖帆娶了光福妻子》一文。文中谈到了顾抱真的生平以及她到吴家的过程，婚后吴湖帆悉心教她读书写字，后来顾抱真也能写一手端庄小楷，但后来她的遭遇却令人唏嘘："一次在强迫扫街劳动中，顾抱真突发脑溢血，当场昏厥而倒地。急送医院，因属'牛鬼蛇神'，又交不起医药费，医院不给住院抢救，只得回家卧床。此后昏迷不醒，滴水不进，每天由吴湖帆的儿媳许厚娟为她擦身，不多日即随吴湖帆而去，终年五十四岁。"

其实吴湖帆晚年的经历同样很悲惨，他一生所藏的心血全部被抄走了，2014年12月24日《东方早报·艺术评论》中刊发有《专访吴湖帆之孙吴元京：他走的是一条背着时代而行的路》一文，此文中写道："'文革'时我们家当时是中国画院第一家被抄的，正楼、副楼全部抄走，一个板凳都没留下……来抄家的人像接力棒一样，车水马龙，楼上运到楼下，外面的人再把东西送出去，装了整整十七辆卡车。临终前，爷爷从华东医院回到家，看到家徒四壁，也不想活了。"

所有的收藏被全部抄走了，而那时的吴湖帆正在华东医院住院。1966年12月26日，吴湖帆因为是地主身份，被华东医院赶了出来，此后的情形，冯天虹在《吴湖帆的最后岁月》一文中写道："未隔几天，只见老人家外厢房的昏暗八瓦特小日光灯每晚重新亮起，因为他被诬为'大牛鬼蛇神'而被赶出医院。他的病情当时已十分严重，喉头插着两根管子：一是食管不能进食而赖插管补液维持生命；二是被切开的气管插入管子而引流排痰。老人家不能动弹，整天只能在藤椅上斜躺，照料他的也就是夫人顾抱真和儿媳许厚娟，还有心地善良的保姆顾凤仙，尚有一些好心的医院护士亦常来为他做消毒护理。由于笔者住房与他老人家的厢房仅是数米之隔的对窗，出于对这位吴家公公（我辈对老人家的尊称）的敬意和同情，白天和晚上自然而然地常常向他眺望。不时会看到突然现身的'造反派'对这样一个已经丝毫不能动弹、纯属拖延生命的病人大声呵斥，还经常动手动脚。有一次甚至看到几个灭绝人性的兔崽子在老人的藤椅周围召开'现场批斗会'时，还竟然朝无一点动弹能力的老人家掌耳光，实乃士可忍，孰不可忍！"

经过这样的折磨，1968年7月7日，吴湖帆病逝于嵩山路88号的家中，享年七十五岁。关于他的墓址，戴小京在《画坛圣手——吴湖帆传》中写道："吴湖帆下世后，正是四逆遏凶登峰造极之际，以致丧事草草，终于连骨灰都未能留存。为此，'梅景书屋'弟子俞子才诸

吴湖帆之墓

人将于先生的故乡苏州建吴湖帆衣冠冢,以供后人对这位中国现代史上的绘画艺术大师作永远的纪念和瞻仰。"

虽然是衣冠冢,但我也要去祭拜这位大画家。2016 年 11 月 30 日,经马骥先生安排,由其同事温治华、缪鑫磊两位先生,以及无锡爱书人百合女士陪同,我们一起乘温先生的车前往苏州郊外小王山去探访吴湖帆墓。此处如今被称为苏州文化名人墓园,因为墓园的入口处没有任何标志,几经折腾,方找到正确路径。在此墓园,还看到了吴梅、费新我等人之墓。这一带的墓园规划得颇为整齐,故吴湖帆之墓与其

嵩山路 88 号门牌

他名人并无区别,虽然我知道这是他的衣冠冢,但我还是向他鞠躬致意。

2019 年 2 月 20 日,我又来到上海市区内寻访,其中一个寻访点就是嵩山路 88 号,这里曾经是吴湖帆作画之地,也是他去世的地方。带我寻访的乃是上海文艺出版社的张守栋、刘晶晶两位老师。张先生告诉我,近期上海已经连续下了一个多月的雨。我们冒雨前去探访名人故居,在情感上倒是与天气很相符。

跟着导航来到了嵩山路,这一带已经看不到老的建筑,但我在《吴湖帆年谱》一书中看到过嵩山路 88 号洋房的照片,那座洋房建造得颇为精美。我们在雨中打着伞,查看着附近的门牌号,嵩山路 88 号已经变成了一座现代化的大厦,入口处是一家酒店,我还是不死心,沿着嵩山路四处探看。88 号斜对面有两栋红砖老楼,但可惜外观跟我看到的照片完全不同。

如此说来，吴湖帆在上海的故居已经拆得没有丝毫痕迹，而刘晶晶恰好与吴湖帆后人相识，她打电话给对方了解情况，问得的结果令人十分沮丧，因为吴湖帆故居拆除后就建造了眼前的这座大厦。但对方又称，在拆除这处旧居时，他从中捡拾了一些有纪念性的构件，并请艺术家苏畅用这些旧构件创作出一尊废墟建筑雕塑。刘晶晶问我是否想看此艺术品，但吴湖帆故居已经拆除，我去看那个模型又有什么意义呢？于是我请刘晶晶婉拒了对方的美意。

徐悲鸿（1895年—1953年）
吞吐融浑，自成一家，开创一代新画风

　　清光绪二十一年（1895），徐悲鸿出生在江苏省宜兴市屺亭桥镇。徐达章颇有才艺，擅长绘画，又精于书法和篆刻，在宜兴一带颇有名气，而他的这些才能也都传导给了儿子徐悲鸿。徐悲鸿后来回忆父亲时说："无所师承，一宗造物，故其新作，鲜Convention（俗套）而特多真气。"

　　关于徐悲鸿学画之始，王震所著《徐悲鸿研究》中称："悲鸿六岁开始读书，七岁学习写字，九岁时，父亲正式教他学画，当时吴友如的《点石斋画报》风行全国。一到午饭后，他就临摹一张吴友如的人物画。当他后来回想起童年学画的经历时，总是感叹地说：吴友如是我的启蒙老师。"

　　光绪三十三年（1907），宜兴发大水，徐家种的庄稼颗粒无收，父亲只好带着徐悲鸿外出谋生。父亲靠给人画肖像、刻图章、写对联等维持生计，同时也给庙里画神像，这些都对年幼的徐悲鸿有很深的影响。王泽庆在其编著的《徐悲鸿评传》中称："1912年父亲身染重病，返回故乡，十七岁的徐悲鸿便独自肩起全家生活的重担。只身担任宜兴女子师范、始齐小学和彭城中学三个学校的图画教员。这些学校之间相距往返五十余里。他为生活所迫，每天黎明便得起身赶路上课，中途两过家门而不入。虽是水乡，船舶四通八达，他宁愿步行，不怕

吃苦，就这样一年四季，风雨无阻。1914年父亲去世。老画师临终时拉着悲鸿的手说：'我们是两代画家了，后来居上，你应当赶上和超过我，超过我们的先辈。要记住，业精于勤……生活再苦，也不要对权贵折腰，这是你祖父说过的。……'"

正是因为父亲的嘱托，使得徐悲鸿决心在绘画方面闯出一片天地来，王震在其专著中写道："悲鸿十七岁时，为了学习西洋画，寻求半工半读的机会，曾经去过上海。但因不得其门，几个月后盘缠用尽，败兴返乡。后应本县和桥镇的彭城中学聘请，任图画教员，靠此支撑家境。同年，由家庭包办完婚，娶了一位农家姑娘。"

此后不久，徐悲鸿听说他的中学同学徐子明已经在上海中国公学任教，徐悲鸿把自己的绘画作品寄给他，希望徐子明帮助自己找个职业。徐子明将悲鸿的作品推荐给了复旦中学校长兼中华书局外文部主任李登辉，李对徐悲鸿的作品颇为欣赏，同意给徐悲鸿安排工作。于是徐子明立即写信给徐悲鸿，催其前往上海。然而当徐悲鸿再次来到上海时，李登辉看到徐悲鸿太过年轻，又改变主意没有聘用徐悲鸿。

徐悲鸿身上仅有的盘缠很快花光，他过了一段十分艰苦的日子，在这种困境下，徐悲鸿画了一匹马投寄给省美术馆的高剑父和高奇峰，几天之后高剑父给徐悲鸿回函，同意出版徐的这幅骏马图。徐悲鸿接信后十分高兴，前去拜见高奇峰，并讲述了自己的遭遇。高奇峰对此表示理解，但同时告诉徐现在工作难找，然后又请徐悲鸿画了四幅仕女画，并付给了徐二十元钱。

正是这个时期，徐悲鸿在上海认识了油画家周湘，周湘鼓励徐悲鸿坚持下去，定能有成名成家的一天，而徐悲鸿也得以欣赏到周湘收藏的大量画册，由此对欧洲各派绘画大师的作品和生平有所了解。想来这是他日后一定要到欧洲留学的起因所在，为此徐悲鸿报考了法国天主教会主办的震旦大学，在此攻读法文，准备有机会去法国深造。

而他在学校的费用,主要是由朋友黄警顽代付,徐悲鸿省吃俭用,努力学习。

在这个阶段,徐悲鸿意外得到了一个机会。在暑假期间,上海哈同花园的仓圣明智大学在报纸上公开征求画家来画仓颉像,黄警顽注意到这个消息后立即转告徐悲鸿,让他创作一幅画像前去应征。徐悲鸿经过苦思冥想,花了几天的时间画出一幅他所认为的仓颉像,没想到他的作品竟然脱颖而出,被仓圣明智大学选中了。黄警顽带领徐悲鸿前往哈同花园见到了该园的女主人罗迦陵,罗看到徐悲鸿带去的山水画后颇为满意,故此后不久,哈同花园总管姬觉弥就通知徐悲鸿搬进园中居住,并请他担任园中的美术指导。

哈同可谓是当时的上海首富,其妻罗迦陵创办的仓圣明智大学请了很多名流前来讲学,康有为、王国维、陈三立等人均在此任教师,正是这个原因,徐悲鸿得以结识康有为,而他的才气也受到了康的青睐,同意收徐悲鸿为弟子。1916年,徐悲鸿在黄警顽的陪同下,前往康有为家中举行拜师仪式,徐悲鸿在地毯上给康有为磕了三个头,正式成为了康的入室弟子,这个情形在《悲鸿自述》中记载为"乃执弟子礼居门下"。

康有为的很多观念对徐悲鸿有较大影响,比如康有为最看不上四王,这个观念也被徐悲鸿所本持。康有为主张的"合中西以求变,开拓中国绘画新纪元"的观念,也给徐悲鸿以很大震动,康有为劝徐悲鸿一定要出国,这样才能开阔视野。徐悲鸿在康有为那里又看到了许多善本碑帖,使得徐悲鸿眼界为之大开。徐悲鸿对康有为十分敬佩,他在《悲鸿自述》中称:"南海先生,雍容阔达,率直敏锐。乍见觉其不凡。谈锋既起,如倒倾三峡之水。相与论画,尤具卓见。"

在哈同花园工作期间,徐悲鸿结识了住在附近的宜兴同乡蒋梅笙一家,当时蒋在复旦大学当教授,因为有同乡之谊,徐悲鸿常去蒋家做客，由此结识了蒋梅笙的女儿蒋碧薇。当时蒋碧薇十八岁，已经许配他人，然两人在交往中互有好感，于是徐悲鸿决定带蒋碧薇私奔。蒋碧薇趁母亲离家打牌，留下一封信后乘黄包车直奔徐悲鸿所住客栈，而后一起乘船前往日本。他们在日本东京住了半年，花光了徐悲鸿在哈同花园赚取的工资后，又从东京回到了上海。

1918年3月初，徐悲鸿应北大校长蔡元培之聘，前去任北大画法研究会导师。徐悲鸿在此会教授人物画和水彩画，每周授课一次。这一年的5月14日，徐悲鸿做了题为《中国画改良之方法》的著名演讲，他在演讲的开头即称：

> 中国画学之颓败，至今日已极矣，凡世界文明理无退化，独中国之画在今日，比二十年前退五十步，三百年前退五百步，五百年前退四百步，七百年前退千步，千年前退八百步，民族之不振可慨也夫！夫何故而使画学如此其颓坏耶？曰惟守旧，曰惟失其学术独立之地位。画固艺也，而及于学。今吾东方画，无论其在二十世纪内，应有若何成绩，要之以视千年前先民不逮者，实为深耻大辱。然则吾之草此论，岂得已哉！

徐悲鸿意识到了中国当时的绘画水准与西方的巨大差距，认为这是由于绘画界的故步自封，而他提出的具体问题有：

> 夫写人不准以法度，指少一节，臂腿如直角，身不能转使，头不能仰面侧视，手不能向画面而伸。无论童子，一笑就老，无论少艾，攒眉即丑，半面可见眼角尖，跳舞强藏美人足，此尚不改正，不求进，尚成何学？既改正又求进，复何必云皈依何家何派耶！

徐悲鸿点出中国绘画不讲求骨骼结构，致使画出的人物失真。而在景物描绘方面，中国画同样有弊端在：

> 天之美至诙奇者也。当夏秋之际，奇峰陡起乎云中，此刹那间，奇美之景象，中国画不能尽其状，此为最逊欧画处。云贵缥渺，而中国画反加以钩勒。去古不远，比真无谓，应改作烘染。
>
> 中国画中，除松柳梧桐等数种树外，均不能确定指为何树，即有数家按树所立之法，如某点某点等，终不若直接取之于真树也，尤宜改节，因中国画中所作之树节，均凹癞者，无瘿凸者，树状全失，允期必改。其余如皮如枝，均当一以真者作法。

那时的徐悲鸿还未去过欧洲，只是凭借在日本半年的学习，以及在朋友处看到的画册而了解到中国画的弊端，为此他主张："扬中外之长，弃中外之短，吞吐融浑，自成一家，开创一代新画风。"

这些观念都可看出徐悲鸿对中国绘画传统做了仔细的疏理，又加上受康有为的影响，故他对中国画的弊端有着清醒的认识。当然他还是希望能够前往欧洲去深造，以便学得西方绘画的精髓所在。恰好这个时期，徐悲鸿听说教育部委派在北大任教的朱家骅赴欧美考察，徐悲鸿马上提出愿一同前往，后经蔡元培写信给教育部长傅增湘，最终傅批准了徐悲鸿以官费生资格赴法国留学。而后徐悲鸿带着蒋碧薇在1919年5月10日到达巴黎，在欧洲留学八年，他在此临摹了大量的名画，不但开阔了眼界，也练就了过硬的技法。

1927年秋，徐悲鸿由法国回到上海，他找到田汉与欧阳予倩，一起将南国电影剧社进行改组后定名南国社。1928年1月26日的《新闻报》刊发了此消息："文学家田汉氏，名画家徐悲鸿氏，戏剧家欧阳予倩氏所组织之南国艺术学院，筹备经月，业已大致就绪，院址设法租界西爱咸斯路3712号（拉都路西）转角洋房内，现正布置其精美画室，与其新宿舍，已经正式办公，开始报名。该院目的在配置艺术运动人才，做新时代的先驱者，院内采自由研究制，分文学、绘画、戏剧三科，并设图书室、画室、出版部、小剧场、摄影场。"

1928年10月，徐悲鸿接到北平大学校长李石曾的聘书，请他出任该校艺术学院院长，11月中旬，徐悲鸿前往任职。在此期间，他前去拜访了齐白石，同时提出请齐白石担任该校教授，齐白石回绝了徐的美意，说自己没有进过学堂，而后徐悲鸿提出他只请齐在课堂上作画示范不用讲课。为此，齐白石很感激徐悲鸿的美意，赠送给徐悲鸿一幅山水画，并题诗一首《答徐悲鸿并题画寄江南》：

少年为写山水照，自娱岂欲世人称。
我法何辞万口骂，江南倾胆独徐君。
谓我心手出异怪，鬼神使之非人能。
最怜一口反万众，使我衰颜满汗淋。

然而那时的北平学潮汹涌，令徐悲鸿颇为心烦，再加上政界党争问题，徐悲鸿觉得在北平大学再难施展自己的思想，于是不久就辞职返回了上海。1933年初，徐悲鸿偕同蒋碧薇和滑田友携带一批个人作品前往法国、意大利、苏联等国举办画展，而后又转道日本，并于当年8月17日返回上海。在1935年初，徐悲鸿利用寒假期间特意前往北平，为傅增湘画了一幅肖像画，以此感谢傅增湘派他赴法留学一事。

在前往北平之前，徐悲鸿与蒋碧薇在南京傅厚岗盖了一处新居，1932年他们搬到了此处，而盖此新居时，乃是由民国元老吴稚晖垫付了三千大洋。此处新居盖得颇为漂亮，至今仍在。2018年7月23日，我在薛冰先生和张静女士的带领下，前往傅厚岗探看此故居，遗憾的是，这里已经大门紧闭，门前设起了高高的施工围挡，按照告示所言，这里要重新整修，故只能在门口拍两张照片而后离去。

在傅厚岗生活期间，徐悲鸿与蒋碧薇因为感情问题时常吵架，故徐悲鸿离开南京前往广西阳朔去写生，后来又到了新加坡去举办画展。1938年6月，徐悲鸿应印度著名诗人泰戈尔和中印学会及印度国际大学中国学院院长谭云山之邀前往日本游学。转年，他在印度国际大学艺术学院和印度东方美术学院分别举办了画展，在此期间，他开始创作著名的代表作《愚公移山》。

1942年6月下旬，徐悲鸿返回重庆，而后利用中英庚子赔款筹办了研究性质的中国美术学院，而后通过考试，在桂林招聘了廖静文女士为该院的图书管理员，后来廖静文成为了徐悲鸿的妻子。1946年6月，徐悲鸿被派往北平前去接管北平艺术专科学校，8月初，徐悲鸿任该校校长。徐悲鸿在任此校长期间，对该校进行了彻底的人事调整，杨惠涵在其硕士论文《从精英文化到大众艺术——徐悲鸿艺术体系的转变》中写道：

> 1946年，徐悲鸿始担任北平艺专的校长，这个时期，是徐氏的教育主张得到贯彻的关键一年，也是决定"徐悲鸿绘画体系"得以发挥作用的关键转折。徐氏任职的一年内，对整个北平艺专进行了一场大刀阔斧的改革，对艺专的教授做了一场几乎完全的换血，1947年以前在北平艺专任职的中国画教授全部被裁去，其中有溥忻、溥佺、吴熙曾、关广志、钱鼎、曾一橹，作为教务长的秦仲文则由专任教授转为兼任。只有雕塑王静远、篆刻寿石工、陶瓷叶麟趾得以保留。主要教学人员则均由徐悲鸿常有往来的友人或学生担任，如吴作人、孙宗慰、艾中信、李苦禅、冯法祀、董希文……其使得艺术倾向发生了巨大改变。

在北平期间，徐悲鸿还组织了北平美术作家协会，由齐白石任名誉会长，徐悲鸿任会长，吴作人任理事长。该会时常举办画展，同时还出版刊物，在社会上产生了较大的影响力。1950年4月，北平艺专与华北大学三部合并为中央美术学院，徐悲鸿被任命为院长。他特意给毛泽东主席写信，请主席为中央美术学院题写校名。1952年7月，徐悲鸿患脑溢血被送往医院，1953年9月26日，因脑溢血复发去世，终年五十八岁。

关于徐悲鸿的绘画观念，因为他既受传统画技的影响，同时又有浑厚的西画功底，故而他既能明白中国绘画中的独特性，又能点明中国绘画中的问题所在。总体而言，他反对画家专为市场而搞创作，例如1944年他在《艺术周刊献辞》中称："艺术之动机未有不美者，因此艺术之动机皆为非功利的，纯真的，热情的表现，迨艺术之成熟可供利用，则艺术渐失其纯真与热情，成为滥调。其例在东方有中国从文人画产生之《芥子园画谱》；在西方则有巴黎国际画商操纵之各种新派。"

由此可知，徐悲鸿认为《芥子园画谱》误人不浅，他在1947年的《艺术周刊献辞》中指出："由《芥子园画谱》出身之中国画家，类皆性灵汩没，对于造化之奇，生活变态，俱熟视无睹，惟知抄袭摹仿而离真艺术日远，不特在文化上汉唐盛业无法追踪，即距元明作家亦每况愈下，驯致画虎不成，即画狗亦不能，惟知抄袭，四王以下一派庸俗浮泛木石，号为山水，称为低能并不太过。欲求艺术中兴，配合国家复兴大业，如何可致，此吾人为欲纠正国人对于本国美术之观念为任务之一。"

他在1950年所撰《漫谈山水画》一文中又强调了这种观念："到了李笠翁，便纠合画家，编了一部三个月速成的《芥子园画谱》，让当时那些念书人学几笔画，附庸风雅，于是扼杀了中国全部绘画，不仅山水一门，亘三百年，因为有了《芥子园画谱》，画树不去察真树，画山不师法真山，惟去照画谱模仿，这是什么龙爪点，那是什么披麻皴，驯至连一石一木，都不能画，低能至于如此！可深慨叹。"

那么中国画哪些画种为世上独有呢？徐悲鸿在1933年《因〈骆驼〉而生之感想》一文中称："吾国绘事，首重人物。及元四家起，好言士气，尊文人画，推山水为第一位，而降花鸟于画之末。不知吾国美术，在世界最大贡献，为花鸟也。"在1944年的《中国艺术的贡献及其趋向》一文中，他进一步解释道："可是中国的花鸟画，在世界艺术的园地里还是一株特别甜美的果树。也许因为中国得天独厚，有坚劲而纯洁的梅花，飘逸的兰草，幽秀的水仙，这些在世界上都要算奇花异卉，为他国所无而又确实能表现中国艺人的独特品性，中国民族的特殊精神。因此中国产生了许多伟大的花鸟画家，如宋徽宗、徐熙、黄筌、黄居寀、崔白、赵昌、滕昌祐等，作品均美丽无匹，直到现在全世界还没有他们的敌手。"

相比较而言，徐悲鸿极为推崇中国唐宋时期的绘画风貌，他在1947年所作《当前中国之艺术问题》中点出了这些大画家的名字："吾国自唐迄宋，为自然主义在艺术上最昌盛时代；在山水上自王维脱离印度作风建立真正之中国画；后有荆、关、董、巨、李成、范宽、米芾、郭熙等大画家之外，尤有徐熙、黄筌、黄居寀、易元吉、崔白、滕昌祐、徽宗等大花鸟画家；其所造记录，至今尚能保持。此举世之人，咸感觉敏锐；故一切制作，皆美妙高雅；如宋代瓷器、织物，千变万化，无一不可作后来取法者！"

但是徐悲鸿同样能够意识到中国风景画的衰落，以及欧洲的后来居上，他在《趋向》一文中明确地称："中国自然主义的绘画，从质和量来看，都可以占世界的第一把交椅，这把交椅差不多一直维持到十九世纪。欧洲才产生了几位伟大的风景画家，能够把风雨晴晦，朝雾晚霞，表现得非常完美。过去中国所能做到的，他们已能用另一种面目来完成；而我们自己，倒反而贪恋着前人的成就，逐渐消失了对自然的兴感，和清新的独创精神！"

为什么会出现这样的结果呢？徐悲鸿将其归罪为董其昌、四王等人的闭门造车，他在1948年所作的《复兴中国艺术运动》中说道："在此方面，检讨吾人目前艺术之现状，真是惨不可言，无颜见人！（这是实话，因画中无人物也。）并无颜见祖先！画面上所见，无非董其昌、王石谷一类浅见寡闻，从未见过崇山峻岭，而闭门画了一辈子（董、王皆年过八十）的人造自来山水！历史之丰富，造化之浩博，举无所见，充耳不闻，至多不过画个烂叫花子，以为罗汉；靓装美人，指名观音而已。绝无两人以上之构图，可以示人而无愧色者，思想之末落，至于如此！中国三百年来之艺术家，除任伯年、吴友如外，大抵都是苏空头，再不自觉，只有死亡！"

徐悲鸿认为："吾国最高美术属于画，画中最美之品为花鸟，山水次之，人物最卑。"（1926年《在大同大学演说词》）可见徐悲鸿认为人物画是中国画中的最弱项，出现这种结果的原因，乃是缘于中国画缺乏西方的素描训练。1925年的《悲鸿画集序》中称："吾学于欧既久，知艺之基也惟描。大师无不善描，而吾尤笃好普吕东描之雄奇幽深，坚劲秀曼。"

转年，他在《在中华艺术大学讲演辞》中进一步强调："研究绘画者之第一步工夫即为素描，素描是吾人基本之学问，并为绘画表现唯一之法门。素描拙劣，则于物象都不能认识清楚，以言颜色更不知所措，故素描工夫欠缺者，其所描颜色，纵如何美丽，实是放滥，几与无颜色等。"1928年他在《在中央大学讲演辞》中再次指出素描乃是绘画之基础："素描在美术教育上的地位，如同建造房屋打基础一样。房屋的基础打不好，房屋就砌不成，即使勉强砌成了也不牢靠，支撑

《柳鹊图》 故宫博物院藏

《晚秋喜鹊图》 天津博物馆藏

《秋桐猫蝶图》 故宫博物院藏

不久便倒塌。因此学美术一定要从素描入手，否则是学不成功的。即便学了会画几笔，也非驴非马，面目全非。"

1947年，徐悲鸿在《新国画建立之步骤》中再次强调素描的重要性，同时谈到了素描对于中国画改良的借鉴意义："素描为一切造型艺术之基础，但草草了事，仍无功效，必须有十分严格之训练，积稿千百纸方能达到心手相应之用。在二十年前，中国罕能有象物极精之素描家，中国绘画之进步，乃二十年以来之事。故建立新中国画，既非改良，亦非中西合璧，仅直接师法造化而已。"

徐悲鸿对于自己的画风，认为是写实主义，他曾直言："大家都说我是写实主义者，不错，至少我承认，我于艺术，决不标新立异以自欺欺人，从事绘画的人，应该从造化，和人的活动上仔细观摩。这当然包括一切宇宙间事物神态的变化来说，多画，不要放松，然后会有真正的艺术发现。"

何谓写实主义，徐悲鸿在《趋向》一文中说得很明确："绘画的老师应当不是范本而是实物。画家应该画自己最爱好又最熟悉的东西，不能拿别人的眼睛来替代自己的眼睛。在四川，峨眉山极其雄伟，青城山极其幽秀，三峡极其奇肆，四川人应当能表现它们，何必去画江南平淡的山水；广西人应当画阳朔；云南人应当画滇池洱海；福建有三十多人不能环抱的大榕树，有闽江的清流，闽籍女子有头上插三把刀的特殊装束，都是好题材。而林琴南先生却画那些八股派的山水，岂不可惜！还有一位甘肃人画竹子找我看，我告诉他从甘肃走一千里还看不到竹，为什么要画和自己那样疏远的东西呢？一个人宁愿当豆腐店老板，不要当大银行的伙计；因为老板有主张有自由，才谈得上表现，伙计丝毫没有自由，只是莫名其妙，胡乱受人支配而已。"

杨惠涵在其论文中对徐悲鸿的各种观念进行了疏理。此论文其中一章的题目即为"夹缝中的生存：徐悲鸿思想的矛盾与艺术地位"，杨惠涵在此节中明确地说："他并不是一个优秀的理论家,他的改革也非常的不彻底。"而后文章引用了几段徐悲鸿的言论,以此说明徐悲鸿批判传统,但同时:"虽然他对于中国画的态度颇有不定,对于国画中写实一部分的赞赏却是从不吝啬的,他所赞扬的中国古画,无不与写实主义相联系,直至晚年也没有改变。"

之后该论文引用了徐悲鸿在《答杨竹民先生》中所言:"中国绘画,虽是自然主义,但花鸟画,保有写实精神为多,故凡北宋之花鸟,几乎一半是好作品,但北宋人之山水,只有写实功力好的文人,方能产出少量好的作品。"徐悲鸿认为只有写实主义能救中国之弊,他在《美的解剖——在上海开洛公司演讲辞》中说道:"故欲振中国之艺术,必须重倡吾国美术之古典主义,如尊宋人尚繁密平等,画材不专上山水。欲救目前之弊,必采欧洲之写实主义,如荷兰人体物之精,法国库尔贝、米勒、勒班习,德国莱柏尔等,构境之雅。美术品贵精贵工,贵满贵足,写实之功成于是。"

然而从另一个角度而言,徐悲鸿又批判现代派,为此还跟徐志摩展开了几番辩论,他在信中明确点明塞尚等现代画家画作的拙劣,而徐志摩在回信中予以了回击。此后不久,徐悲鸿又与刘海粟进行了辩论。上世纪三十年代初,刘海粟留学欧洲,归国后举办画展,其画展在上海美术界颇具影响力。展览之后,曾今可在其所写《刘海粟欧游作品展会序》中提到徐悲鸿曾经是刘海粟的学生,为此引起了徐悲鸿的不满,他在报纸上刊发启事,直接指斥刘海粟。

对于徐悲鸿这些观念上的矛盾之处,杨惠涵在其论文中做出了如下总结:"徐悲鸿的这些对待现代派观点,已经完全没有任何转圜的余地,彻底地在自己的价值观中否决,他一心想要革旧画,却并不彻底;创新画,却又过分保守。因此可以说,徐悲鸿的艺术,是在纯艺术与功能艺术、传统艺术与革新艺术的夹缝中,一意孤行地抱着写实主义这一信念一条道走到黑。徐悲鸿尽管可以说是早期留洋的艺术家中西画基础最为扎实的艺术家，但他的固执己见却很有可能为自己的艺术道路堵上一面墙，在他身上遗留着强烈的守旧情结，只是在时代的冲击中以一种较为激进的方式表达了出来，倘若任由艺术的自由发展，写实主义的盛行极有可能很快成为中国历史上的惊鸿一瞥，逐渐淹没在东方新国画与西方现代派的浪潮中，但是，徐悲鸿显然是幸运的。"

徐悲鸿在中国绘画史上的重要地位，尤其他对绘画教育所做出的贡献，受到了后世广泛的夸赞。1984年刘汝醴在《徐悲鸿先生的艺术道路》一文中总结说："徐悲鸿先生是我国现代的艺术大师，又是杰出的艺术教育家。如果综合他的崇高品德，卓绝的艺术造诣，对振兴民族艺术的宏伟抱负以及在艺术教育方面所作的四个巨大贡献来认识先生，不由我们不承认，'五四'以来，一人而已。"关于这一点，谢里法在《从中国近代画史看徐悲鸿的绘画》一文中亦称："一九二七年徐悲鸿留欧归国，到一九五三年九月因病身亡，前后二十七个年头里，不论是在中国的画坛上，还是美术教育界里，他均稳稳地占据着最崇高的一个席位。"

但谢里法在文中也谈到了一些画家对徐悲鸿的攻击："西画家对他的攻击，多数出自私人的恩怨，谈不上有什么较明显的关于路线的争论。至于保守派的国画家，当然要以千百年来一脉相传的古有法度来衡量徐悲鸿的水墨画，于是认为他的布局和笔韵均无法达到传统文人画精神里的超然意境，结果流为对表面形似的完整性的掌握，也就是说他欠缺了文人画所拥有的古拙和含蓄，画格也就低落了。这是一九二九年间的事，徐悲鸿为了答辩，曾向报刊的记者发表书面声明，以阐明他在国画上的主张；他认为在艺术的进展过程中，虽必须不断吸取古代艺术的精华，学习古代艺术家的创作精神，但万不可以摹仿古人为满足。"

《立马》 徐悲鸿纪念馆藏

关于徐悲鸿在绘画技法上对传统的借鉴，冯法祀在《我的老师徐悲鸿》一文中称："他对我国古代绘画有浓厚的兴趣，下了切实的功夫进行钻研。从汉、魏、唐、宋直至明、清的艺术中，吸收了丰富的营养。他运用国画的线描勾勒的传统技法于西法素描中，他的线描勾勒如春蚕吐丝，连绵流畅，灵活多变，气韵生动，和西洋画中的线条不同。有些画虽无线描勾勒，但其边缘仍有线的节奏感，使线条与明暗兼用。他的画形体结构明确，符合中国人民传统的欣赏习惯。他的明暗处理颇有中国画渲染的意趣，有诗意，具韵味，达到了优美的境地，具有独到的民族风格。"

对于徐悲鸿借鉴西方技法的问题，冯法祀在此文中又写道："徐悲鸿运用色彩，在继承古典传统的基础上吸收了印象主义色彩之长。他在人物、肖像和人体习作中，运用紫色或绿色勾线打底子。他称紫色和绿色为'中立色'，暖色的皮肤边缘与之相碰，产生透明色，由于在肖像和人体上大胆使用紫与绿的色调，使画面光彩夺目。他为了解决在人体上使用紫色的问题，曾多次至博物馆临摹普吕东（Prud'hon）的作品。"

宗白华在《徐悲鸿与中国绘画》一文中认为，徐悲鸿的画作其实是糅合了中西技法之长："徐君以二十年素描写生之努力，于西画写实之艺术已深入堂奥；今乃纵横其笔意以写国画，由巧而返于拙，乃能流露个性之真趣，表现自然之理趣。昔画家徐鼎尝自跋其画云：'有法归于无法，无法归于有法，乃为大成。'徐君现已趋向此大成之道。中国文艺不欲复兴则已；若欲复兴，则舍此道无他途矣。"蒋兆和在《徐悲鸿彩墨画序》中也持这样的观念："悲鸿先生在民族绘画传统的基础上，吸取外来的艺术技巧，丰富了中国画的表现方法，并突破了单从笔墨趣味出发的文人作风。坚持师法造化的写实传统。"

2019年7月26日我前往宜兴寻访徐悲鸿遗迹，在此前的几年，

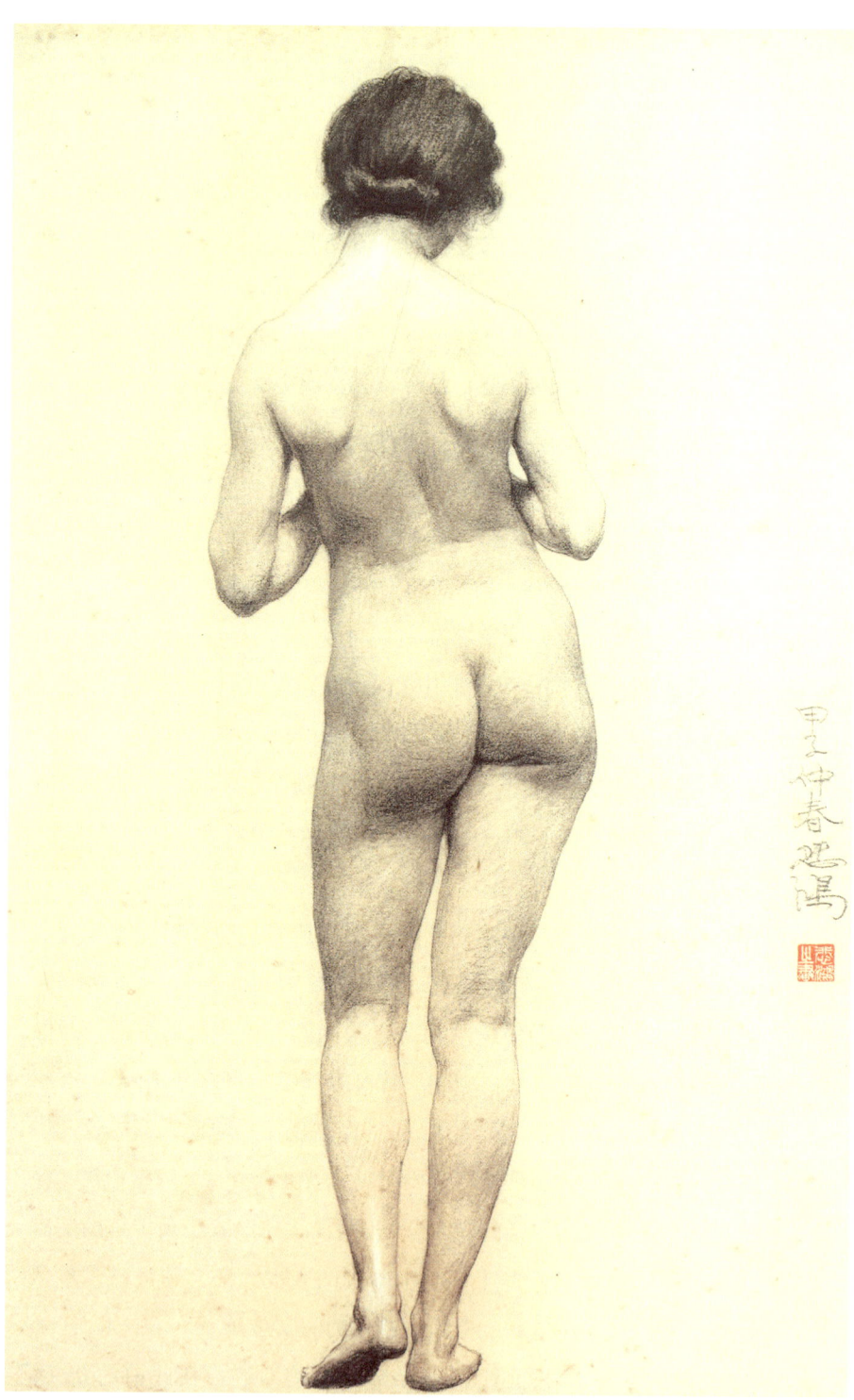

《女人体背部》 徐悲鸿纪念馆藏

展出画作

宜兴市博物馆立面

我几次前往北京徐悲鸿纪念馆,那里始终未曾开门。近期通过布衣书局的胡同先生,与该馆馆长取得了联系,对方答复说重新建起的徐悲鸿纪念馆还未进行内部装修,故入内拍照也仅是一个空房子。细想一下,还是决定前往宜兴一趟,去探看那里的徐悲鸿故居。此前的几天,我正在安徽境内寻访,几经查询,安徽都没有直达宜兴的高铁,于是转道南京,而后到达宜兴。

天气大热,再加上正处暑期,到处都是拥挤的人潮,但我到达宜兴市博物馆时,里面却空空荡荡没有看客。门卫要求刷身份证,而后打出了一张电子票,我问他纪念馆所在,他告诉我可直上六楼。

纪念馆总计两间展室,里面挂着不少徐悲鸿的画作,其中有多幅徐悲鸿所绘之马。就社会影响力而言,世人几乎将徐悲鸿目之为画马专家,而叶浅予在《徐悲鸿画马》一文中谈到了他所画之马之所以绝妙的原因:"徐先生因为有近代科学的写实基础,善于观察生活,所以能掌握造型的科学性。徐先生鉴于近代中国画,忽视物象的解剖、透视、结构、体积等多面关系,在创造形象和处理画面时严格注意尺寸比例和透视关系。这可以拿马腿骨的强调处理作为一个例子。但是单

一面墙都是马

故居正门

纯地追求科学性,也很容易把形象表现得像标本模型,失去形象的生动性。徐先生的作品并不忽视这一方面。他在观审对象的时候,很注意对象的神气姿态的特征。他所画的马,除了形象的真实,同时也传达出一种英俊的气概,使看画的人对那匹马发生爱慕之心。"

在此处还看到了徐悲鸿最为珍爱的《八十七神仙卷》仿制品,而在另一间展室内,则看到了徐悲鸿的许多老照片,以此可以看到他与许多大家之间的交往。

参观完纪念馆,接着前往屺亭镇去探访徐悲鸿故居。此镇距离宜兴市约有二十公里的路程,司机按照导航把我送到了一个院落门口。走入院中看到了"悲鸿故里,翰逸神飞"的墙画,然而这里面怎么看都像一个办公场所,转身看旁边的介绍牌,原来这里是屺亭街道办事机构。看来这里已经并入了宜兴市,不再是一个独立的镇。

也许是中午太热的原因,我在院中找不到打问之人,只好走出此院。继续前行,看到附近有一个新建的牌坊,走到牌坊的正前方,看到上面挂着"悲鸿故居"的匾额,于是沿着牌坊下面的路一直向内走。这条小街上没有一棵树,几百米的路走下来晒得脸颊生疼,而在路边的侧墙上,还看到一些用木板复制的徐悲鸿书法作品。

路的顶头位置就是屺亭镇的塘河,河上不断有船只驶过,道路的右手则是徐悲鸿故居所在。在这里依然仅我一位游客,门口的收发室也未看到管理人员,于是径直走入院中。在影壁墙前立着两座雕像,介绍牌上写明这是徐悲鸿与其父亲徐达章。

转过影壁走入故居内,这里大约有十几间老房屋,房屋盖得颇为简陋,里面摆着徐悲鸿胸像,墙上挂着一些老照片。从房间内一一穿过,而后来到了楼的前方,从外观看上去,这是一幢二层小楼,如果是当年原有的格局,那么说明当年徐悲鸿的祖父徐砚耕的收入还不错。

穿过灶间来到后院,在此看到了廖静文所书"澹我斋"匾额。此

澹我斋

宅乃二层小楼，一楼的面积不足十平方米，然而这里就是徐达章教私塾之处，后面则是徐达章的卧室。转到后院，这里盖起了二层的仿古小楼，其精致程度跟前面的旧居形成鲜明对比，此处关着门，想来这是相应的办公场所。

　　走出故居，在门口遇到了工作人员，他告诉我说，对面的院落也扩充为徐悲鸿故居的一部分。按其所言，我走入此院，里面却是一个很大的草坪，草坪的正中立着一匹雕塑马，然马的身姿与悲鸿所绘颇不类。除此之外，旁边的一栋房子不知是作何用处，但屺亭镇相关部门能够拿出这么大的面积来扩建徐悲鸿故居，足见他们对这位大画家的重视。

潘玉良（1895年—1977年）
以欧洲油画雕塑之神味入中国之白描

说到中国第一位中西合璧的女画家，人们大多会想起潘玉良，并且会马上联想起与她相关的一系列传奇。

清光绪二十一年（1895），潘玉良出生于扬州，据说她的父亲姓陈，以制作毡帽为生，潘玉良出生后给其起名为陈秀清。陈秀清出生后不久，有一位外地商人来陈家商谈一笔较大的毡帽生意，未承想这是一个骗局，陈家为此而破产，父亲一气之下，在陈秀清不到一岁时就病逝了。转年，陈秀清的姐姐也因病去世，母亲只好靠做一些手工刺绣来养家糊口。然而在陈秀清八岁时，母亲也因积劳成疾离她而去，陈秀清只好跟随舅舅生活。大概是这个阶段，她改名为张玉良。几年之后舅舅染上了吸食鸦片的习惯，也有人说是因为舅舅嗜赌成性，因缺钱将陈秀清卖入了芜湖的一家妓院。

张玉良在妓院中生活了四年，在她十八岁时，遇到她人生最重要的贵人潘赞化。潘赞化是安徽桐城人，光绪三十一年（1905）到日本留学，在此期间结识孙中山，由此而参加了同盟会，回国之后跟同乡好友陈独秀一起参与反清的革命活动。对于这段经历，张珊编著的《辛亥安徽人物传系列：群英传》中有如下描绘：

1905年7月，孙中山、黄兴等在东京组织同盟会，倡导种族革命，他兄弟二人都参加了。当时孙中山计划在江浙一带发展革命势力，图谋举事，兄弟二人被派回安庆。瑨华和徐锡麟取得联系，而徐当时深得安徽巡抚恩铭的信任，于是瑨华被任命为徐锡麟所在的安徽巡警学堂总教习，而赞化则入陆军小学教日语。1907年7月，徐锡麟起义失败，壮烈牺牲。清政府大肆搜捕革命党人，而继任巡抚冯煦是汉人，不愿株连太多，故潘氏兄弟未遭毒手。

1908年春，潘赞化潜逃至日本，欲入振武学校继续完成学业，但该校知道他与徐锡麟刺杀恩铭事有牵连而婉言拒绝，他便进入早稻田大学学习牧畜兽医专科。学习期间，他曾到蒙古草原考察牧马、养马、驭马之术，以期为将来的革命骑兵队服务。辛亥革命前，他回到安庆，与表妹方世善完婚。

对于潘赞化后来的经历，该书中有如下简述：

> 1911年辛亥革命时期，柏烈武收编江南十九镇散兵及其他队伍，合编为镇军，潘赞化前往，投其麾下，柏氏大喜，命他参加组织训练。次年，镇军到达江北，攻占浦口，又攻入南京进入两江总督署内，为后来孙中山先生建立国民政府奠定了基础。可见，潘赞化对于柏氏亦有汗马功劳。
>
> 1912年，安徽革命政府成立，孙毓筠为安徽都督，潘被任命为安徽新军招待所所长，收募散失的新军。
>
> 同年（1912），柏烈武任安徽都督，主政安徽，委潘赞化以重要职务，为芜湖海关监督。

1912年潘赞化任芜湖海关监督，当地官员请潘吃饭，而后叫张玉良前来弹唱助兴，潘赞化对张玉良所弹之曲颇为欣赏，而饭桌上的马会长看出了潘赞化对张玉良的欣赏，于是转天就将张送到潘的住处。潘对张的人生遭遇颇为同情，出资为张玉良赎了身，而那时的张玉良几乎不识字，在潘赞化的安排下，张玉良到教会学校去学习，她在那里还学习了外语。

后来由于工作变动，潘赞化与张玉良来到上海，邻居正好住着当时上海美专的老师洪野先生，由此而使得张玉良对绘画有了兴趣。在潘赞化的安排下，张玉良得以拜洪野为师学习绘画，在这个过程中，洪野发现了张玉良在绘画方面的天赋，向潘赞化建议应当让张玉良专门去学习绘画艺术。潘赞化为人十分开明，经过一番努力，正式纳了张玉良为妾。那时陈独秀也是潘赞化的邻居，两人有着密切交往，故潘赞化跟张玉良结婚时请陈独秀作为唯一的证婚人与来宾。自此之后，张玉良改姓夫姓，名潘张玉良，又称为潘玉良。

1918年，潘玉良进入上海美专学习绘画。关于她进入该校的原因，石楠在其所著《一代画魂：潘玉良》的附录中有《刘海粟谈潘玉良》一文，该文中这样写道："他还告诉我，发现潘玉良的绘画天才并建议潘赞化送她进入上海美专学习的，是当时的中国共产党总书记陈独秀。陈独秀和潘赞化一起办过报，当潘玉良脱离虎口和潘赞化来到上海结婚时，陈独秀是他们唯一的来宾和证婚人。入学考试时，潘玉良的成绩最好，可当时的教务主任考虑到美专为画模特儿已引起过一次风潮，受到社会上的攻击，再接受一个出身青楼的女子入校，可能会把学校的牌子砸了，竟没有录取潘玉良。刘海粟听到后，马上拿起毛笔赶到榜前，在第一名的旁边添写了'潘玉良'三个大字，并亲自去通知潘玉良，告诉她已经被录取了。"

在以上这段引文中，刘海粟的这段话显然是追忆，他说1918年陈独秀就已经是中国共产党的最高领导人。但实际上，那时中国共产党还未成立。石楠所写的《一代画魂：潘玉良》原名为《张玉良传》，该书乃是一部小说，故书中的叙述乃是小说体，有很多演绎的成分。简繁在《沧海三部曲·背叛》中引用了写过《艺术大师刘海粟传》的柯文辉先生所言："《张玉良传》是我一手策划编辑的，主要的情节都是虚构的，但（刘海粟）老先生把它们都变成真的了，好像都是他亲身经历的一样！加工到后来，把陈独秀也扯进去了，潘赞化也成了他的好朋友，这根本就是八竿子打不到的事情嘛！"

而《沧海三部曲·见证》中又引用了香港著名导演李翰祥的观点："《画魂》这部小说本身就是不真实的，因为我是学美术出身的，所以也曾经想过要拍这个题材……首先，《画魂》的作者说，是刘海粟亲自去榜上加了潘玉良的名字，刘海粟自己说，是陈独秀向他推荐的潘玉良，这两种说法都是子虚乌有的。真实的情况是，刘海粟原来根本不认识潘玉良，是去杭州旅行写生，晚上演出，潘玉良唱了一段京戏，感动了大家，也暴露了自己的身份，此后很多学生闹着要退学，在这种情况下，刘海粟为了挽留学生，稳住学校的大局，亲自签署布告，开除了潘玉良。"

无论是谁介绍潘玉良进入上海美专，她在这里学习过一个时期确是事实。陈天白在其博士论文《潘玉良绘画研究》中统计出潘玉良在上海美专学习了十个月（于1920年9月入上海美专，1921年7月退学）。能够给出这样确切的日期，乃是因为陈天白翻阅了上海市档案馆所藏《上海美专档案》，档案中载："1920年第一学期至1921年第一学期西洋画科学生学籍表"，而此表中有"潘世秀"之名。陈天白在论文的小注中列明潘玉良一生共用过五个名字：杨秀清、张玉良、潘世秀、潘玉良、潘张玉良。

陈天白未曾提及潘玉良原本姓陈，然而，姓陈的说法我也未曾查到原始出处，故潘玉良早期经历大多都是传说，也许是受石楠小说的影响。但简繁的《沧海三部曲·见证》中又引用了石楠如下一段话："在我的《潘玉良传》出来之前，刘海粟从来没有在任何时候任何地方对任何人和在任何一篇文章里，提到过他跟潘玉良有什么交情。他跟潘玉良这段事情是我创造的，因为我写的是小说，小说是允许创造的。"

但是，潘玉良跟陈独秀是的确有过交往。陈天白在论文中讲到陈独秀为潘玉良的画作写跋语之事，同时也认为陈是潘、张二人结婚的唯一证婚人这种说法是可信的：

> 1932年10月，陈独秀因反日、反国民党而被捕判刑，于1933年入江苏第一模范监狱，并于1937年8月23日出狱。根据陈独秀的题跋"廿六年初夏"可知此时正值陈独秀出狱前夕，在狱中为潘玉良题的款。潘玉良能够从青楼走出来，接受新式的教育，发现美术并且从事美术，不得不受益于其夫潘赞化与潘赞化的友人陈独秀。潘赞化与陈独秀少年相识，由于两人性情相投，志向相同，对封建体制、思想都愤然不满，遂往来频繁，经常在一起抨击时弊。1902年共同组织"青年励志社"，一同进日本成城学校（日本士官学校的预备学校）学习陆军军事，1903年在安庆藏书楼发起爱国演说会，陈独秀创办《青年杂志》后，潘赞化在杂志上发表文章。两人长期共事，有着深厚的友谊。陈独秀在当时是具有先进思想，有革命精神的进步人士，所以当潘赞化有意与"身份不好"的潘玉良结婚时，陈独秀对此大力支持，并且作为"唯一的来宾和证婚人出席了他们的婚礼"是可信的。

在潘玉良的作品中，有三件白描作品上面有着陈独秀的题跋，其一是写在《俯首背立体》："以欧洲油画雕塑之神味入中国之白描，余称之曰新白描，玉良以为然乎？廿六年初夏。独秀。"第二则跋语是写在《侧卧女人背体》画面的右上角："余识玉良女士二十余年矣，日见其进，未见其止，近所作油画已入纵横自如之境，非复以运笔配色见长矣。今见其新白描体，知其进犹未已也。"第三段跋语则是写在《侧坐女人体》画面的同一位置上："玉良女士近作此体，合中西于一冶，其作始也犹简，其成功也必钜，谓余不信，拭目俟之。廿六年夏，独秀题于金陵。"由此可见，陈独秀对潘玉良中西合璧的绘画风格是何等推崇。

关于潘玉良在上海美专学习时间如此之短的原因，石楠在《刘海粟谈潘玉良》一文中有如下简述：

> 潘玉良终于进入了上海美专读书，学画，成为旧中国第一批男女同班学习的女学生。有一次，美专师生去杭州旅行写生，晚上在西子湖畔开游艺会，同学们能唱的唱，能跳的跳，各显其能。忽然，有人提出要潘玉良唱一段京戏。刘海粟见潘玉良还在犹豫，就鼓励她道："会唱你就放开嗓子唱嘛！"于是，潘玉良清了清嗓子，唱了一段《李陵碑》。歌声凄凉、缭绕湖岸，老师和同学们都听得呆了，唱完后好久才想起鼓掌。然而，有几个人出于嫉妒，打听到潘玉良的出身，便故意散布秽言污语。有一个富家小姐竟为此退了学。为了使潘玉良摆脱这个令人窒息的为封建势力所包围的恶劣环境，当然，也是为了让她艺术上有更大的长进，刘海粟劝她去法国留学。在她学成之后，又毅然聘请她回美专担任绘画研究所系主任和教授。

原来，是社会的偏见使得潘玉良无法在上海美专继续学习，于是她在1921年7月考取了法国里昂中法大学，很快就到法国去留学了。

简繁在《沧海三部曲·见证》中写道:"我调查过台湾成功大学 95 岁的退休教授苏雪林,1921 年,她与潘玉良是一起去法国留学的同学。她说当年在去法国的博德斯海轮上,同学们就在背后对潘玉良指指点点,说这个人是风尘女子,在上海刘海粟的美术专科学校学画,因为报纸上揭露了她的根底,刘校长为了维持学校的名誉,把她给开除了,所以她才与我们同船去法国留学。"

在前往法国的轮船上,仍然有人议论着潘玉良的出身,其压力之大可想而知。但也正因为如此,一切来之不易,潘玉良在欧洲留学期间学习得非常刻苦。苏雪林在《看了潘玉良女士绘画展览以后》一文中写道:"记得她在里昂国立艺术学校学画时,课余之后,另外租赁石膏人体模型来练习,整天坐在屋子里,对着模型眯着眼,侧着头……打一个草稿,或者要费去几天光阴,必定要弄到没有丝毫的差讹,方肯罢手。有一回,她写生一枝菊花,因为是在晨曦影里画的,每天只好等晨曦来时画一点。一天不能画完,分作几天画。恐怕菊花于画前枯萎了,半夜里还起来用冷水喷它,定要取那一刹间的正确的光影。"

那时的里昂中法大学只是一个大学预科学校,学生们在这里只是学习法语,专业课则要到别的学校去学习。一个月后她就考取了里昂国立美术学校,潘玉良在这里学习了两年的油画。1923 年,她又前往巴黎,在那里结识了徐悲鸿,经徐悲鸿的介绍,潘玉良进入吕西安·西蒙教授的工作室。1925 年底,潘玉良又考上了意大利罗马皇家美术学院,在该院学习油画和雕塑,毕业之后她返回了祖国。而在此之前,潘玉良将她在欧洲留学时的作品运送回国,不幸的是,因船舱失火,她的作品全部被烧毁了。对于此事的细节,左志英编著的《冰雪梅林:苏雪林》一书中有如下描写:

1925 年苏雪林回国时,玉良承诺两年后学成(指取得文凭)

归国，1927年她终于从意大利康洛马蒂教授手中拿到文凭，并打算择期回国。恰巧这时中法大学同学邱代明与未婚妻林宝权返国结婚，潘玉良将其留学法、意期间所绘大小油画数百幅托邱、林二人先携回国，她订购一只大号木箱，将所有画品装入箱中，并预付一笔不菲的运费。万万不曾想到，天有不测风云，邮轮行到半途，突遇一货仓失火，可怜玉良数百幅心血结晶，全被火神收去了。无奈之下，玉良只好在国外淹留一年，夜以继日，拼命作画。苍天不负有心人，这一年里她画了不少水准很高的作品，如《裸体》《酒仙》等还入选了意大利美术展，其中《裸体》获展览会金奖。1928年潘玉良结束七年留学生涯回到上海。稍事调整后，她准备再画一些，开个画展。为赶在年底开画展，她又画了许多幅。她把苏雪林领到她的画室，请苏雪林看她的作品。

1928年11月，潘玉良在上海的宁波会馆举办了留学归国作品展，总计展出了八十幅作品。苏雪林看完这个展览后，写了一篇名为《看了潘玉良女士绘画展览以后》的文章，该文在各大报纸争相转载。苏雪林在文中这样评价潘玉良的画作："玉良的画优点极多，我不及一一讨论，我对于她成绩的总批评只有两点：第一，气魄雄浑。第二，用笔精确。女性文艺的作品，大都偏于细腻、温柔、幽丽、秀韵，魄力两字是谈不到的。虽然是女性作品的特别美点，不必矫揉造作，勉强去学男子。但女性的作品，丝毫不露女性，也不能不说是难能可贵的。玉良的画，色调沉深，气魄雄浑，表现力极强，大幅的画，充满了生命的跳动，热烈情绪的奔放，万不像是纤纤弱女子的手笔。"

正如苏雪林所言，潘玉良的作品没有女性绘画的阴柔，而绘画正是作者本人性格的表现，潘玉良的学生郁风在回忆中称其："有男性性格，像条硬汉子，很少流泪，并不柔弱娇美、多愁善感。她说话很粗

《戴花执扇女郎》 安徽省博物馆藏

犷,一口扬州口音,为人豪爽,不拘小节,有时是不修边幅……"常任侠则称她:"豁达大度,性格豪爽,说话大嗓门,能喝酒,会划拳,爱唱京戏,女唱男,唱黑头、须生……"(常任侠、郁风、吴冠中《我所知道的潘(张)玉良》)

潘玉良形成这样的性格,当然跟她年幼时的遭遇有直接关系,也许她是靠着这样的坚强来掩饰自己内心的弱势感,她的一系列自画像也同样表现出与其内心不同的另一面。陶咏白、李湜在《失落的历史——中国女性绘画史》中写道:"她的系列自画像,都画得极有个性,无丝毫女性的娇柔与妩媚,端庄大方,一身傲骨和豪气,其眉宇间透出一股对社会、对人生的愤懑与哀怨。在这些表现女性的作品中蕴涵着强烈的女性意识,深刻地揭示了黑暗的旧社会中女人的生存状态和命运。"

潘玉良回国后,先后在上海美专、上海美专绘画研究所、中央大学艺术科、艺苑绘画研究所等部门执教。在此期间,她举办了多次个展,为此受到了社会广泛的关注。但在此同时,也引起了一些人的嫉妒,他们继续拿潘玉良的出身大做文章。比如1936年在潘玉良举办第四次画展前,她的作品《人力壮士》被人割破,并且留下纸条讽刺潘玉良说这幅作品乃是妓女歌颂嫖客。此前的潘玉良一直靠勤奋努力,希望改变卑微出身给她带来的压力,但不承想无论她怎么努力,人们都会揪着她的过去不放。这种处境令潘玉良感到绝望,于是她在1937年再次前往欧洲,直到她逝世,都再未返回祖国。

潘玉良第二次来到欧洲后,常出入巴黎的大茅屋画院,在这里结识了许多画家,吴冠中在回忆中写道:"大茅屋画馆……全世界来巴黎学艺的、冒险的艺术家,同法国贫穷的艺术家在此一同工作……常玉、潘玉良、吴大羽、庞薰琹等等我国前辈留法画家们也都经常出入此门庭老屋。"(何艳屏《吴冠中画韵美文》)

《自画像》 收录于《安徽省博物馆藏潘玉良作品精选》

这样的氛围也影响到了潘玉良的画风,她的很多油画作品出现后印象派和野兽派的风格,她同时也开始创作中西融合画风的作品,法国巴黎东方美术馆馆长叶塞夫在《潘玉良纽约个展图录》的荐文中写道:"在当代艺术流派方面,她的贡献和成就也使其跻身于风格最丰富者之列。无论是抽象还是写实,都是她的挚爱,不走极端,利用中国画线条技法的生命力和灵性来描绘我们这个世界多姿多彩的表象和丰富内涵,体现了其丰富的内心世界。"

潘玉良用中国画线条技法来搞西画创作,对此,曹子达在《潘玉良绘画中的装饰性元素与审美风格研究》一文中有详细描述,该文首先写道:"在潘玉良的绘画作品中,代表了传统东方绘画具有韵律和节奏感的线与西方表现主义自由张扬的色彩是可以和谐统一在她的画面中,为整体风格与审美主张来服务的。其中,利用线条的变化来传递装饰语言的画作多为潘玉良具有中国传统笔墨特征的油画和白描。"而对于潘玉良线条的特点,曹子达在文中又称:"自潘玉良1937年二次赴欧起,她的绘画风格受到了不同艺术流派的影响,创作阶段由'古典写实主义'向'表现主义'过渡。"

这个时期,潘玉良的绘画中有不少运用线条与西画相结合的方式进行创作,而这种表现形式在那个时段颇为流行,只是每位画家所用技法各有差异。这正如谢里法在《青楼画魂——潘玉良的艺术生涯》中所言:"大约在四十年代末期流寓巴黎的东方画家们,大都善于运用极细的墨笔表现东方的格调,这种趋势几乎成为一时风尚。像藤田嗣治有意将勾画裸女的线拉得又细又长,几不间断;赵无极吸取克利画法,线条疏疏松松,不继不离;常玉的素描流畅自如,落笔之后恨不得一笔勾到底;潘玉良的细笔白描,衬以又点又染的墨彩,别有妙趣。"

对于潘玉良在绘画上的独特面目,赵彦威在《中西合璧——潘玉

《花摊》 中国美术馆藏

良的人体艺术》一文中称:"她的创作以人体画居多,画面多以流畅的黑线勾勒轮廓,再以淡彩点染塑造人体的结构和肌肤的质感,后用点彩和短线作背景,具秀美灵逸、坚实饱满之趣。创作形式多样,以油画、素描和中国画为多,有时也会以水彩先画出形体,再用墨线勾勒姿态的动感。在构图方面,她发扬中国画留白的概念,改用西画点描或交错的笔法进行塑造。寄情于对女性裸体的歌颂,在一具具饱满的躯体中,看到的是生命的力量和女性自我颂扬的尊严。"

除了她擅长的油画创作外,潘玉良也有国画作品,比如她在1952年创作的彩墨画《豢猫图》,上面就有张大千所写跋语:"宋人最重写生,体会物情物理,传神写照,栩栩如生。元明以来,但从纸上讨生活,是以每况愈下,有清三百年而又无进者。今观玉良大家写其所豢猫,温婉如生,用笔用墨的为国画正脉,尤可佩也。"

张大千对潘玉良的国画成就给予了如此高的夸赞,而法国巴黎东方美术馆馆长叶赛夫评价她说:"她的作品融合中西绘画之长,又赋予了自己个性色彩。她用中国书法的笔法来描绘万物,对现代艺术已做出丰富的贡献。"

2019年5月20日,我前往安徽芜湖寻访,此次得到了当地书友汪华先生的大力协助,他开着车带我跑了两天。为了能够让我了解到更多的信息,汪华还请来了当地书友许进先生以及《芜湖日报》记者郭青先生。在三位先生的带领下,使我顺利地看到了多处难以进入的历史遗迹寻访点。

本次寻访地点之一是芜湖老海关,因为那里跟潘赞化与潘玉良有着重要关系。三位先生告诉我,那里对外开放,最便于探访,故将此处安排在寻访的最后一站。未承想人算不如天算,因为芜湖要举办一场重要会议,我们前往老海关之路被封堵了起来,好在三位先生均为本地人,熟悉地理,我们将车放在停车场,而后步行转来转去,终于

《双人扇舞》 安徽博物院藏

来到了目的地。

芜湖老海关是典型的民国建筑,从外立面看,这座建筑属于中西合璧。郭青告诉我,其实潘赞化和潘玉良并未来过此楼,因为该楼建成时他们二人已经离开了芜湖。但郭青同时称,建造这座大楼的规划及相应的费用却是潘赞化在离开之前安排好的。我事先查得,老海关大楼旁边有他们两人的雕像,果真我们在大楼的右侧见到了那组雕像。

两人的雕像接近真人大小,潘玉良坐在一把椅子上,潘赞化站在身后用臂肘挂着椅背,看上去既亲切又端庄。按照各种资料描写,潘玉良并不漂亮,潘玉良的好友林霭在《苦命画家潘玉良》中把潘玉良形容为"相貌奇丑,画技高超",但林霭撰写该文的目的,主要是替潘玉良的青楼出身进行辩解,她强调潘玉良是青楼中的婢女而非妓女,也许她如此

潘赞化、潘玉良雕像立在这里

伉俪情深

介绍牌

夸张形容潘玉良长相之丑,是想说明潘并无姿色来做妓女。

年轻的潘玉良并没有林霭形容的这般奇丑,然而晚年的潘玉良因为疾病的原因,鼻子做过几次手术导致变形,看上去确实不怎么美丽。从流传下来的照片看,年轻时的潘玉良也无法用漂亮二字来形容,但是,她的不漂亮却更加凸显了潘赞化的伟大,而芜湖当地能将二人雕像立于此处,正表明了当地人的开明:英雄不问出处。

在雕像的左侧,立有一块石板,上面写着潘赞化与潘玉良的生平介绍,对于潘赞化的介绍是:"毕业于日本早稻田大学,同盟会会员,民国元年(1912)任芜湖海关监督,1913年与张玉良结成伉俪,张玉良改名为潘玉良。"对于潘玉良则写道:"潘玉良出身于青楼,毕业于上海美术专科学校和法国巴黎国立美术学院,任中央大学等校教授。1937年旅居法国,获法国多尔烈奖,意大利政府金奖等多项奖项,是国际著名画家和雕塑家。"从青楼走到国际著名的艺术家,这中间有多少艰辛，应该只有潘玉良自己知道吧。

在我们参观雕像期间，旁边有人正在拍摄婚纱照。汪华说，这里是很多人拍婚纱照的必选之地。这其中有着怎样的寓意呢？我无法猜透这些新人们的心思，是因为这座民国老建筑的美丽，还是潘氏夫妇的情深呢？海关的正前面，有一段玻璃地板，向下望去，里面是石台阶，看来这是当年船只停泊登上海关的地方。正前方是宽阔的长江，虽然这里不是江面最宽阔处，然而水天一色的辽阔感，还是令我身心为之一爽。

参观完老海关，三位先生带着我进入芜湖老城区，到那里去探看潘玉良当年所在妓院的位置，如今那里已经变成了繁华的商业区，看不到任何的旧迹。如今潘玉良的画作大部分回归到了安徽博物院，斯人已去，作品长留，幸与不幸任由后人评说吧。

刘海粟（1896年—1994年）
目光之远、魄力之大、抱负之宏

刘海粟出生于光绪二十二年，即公元1896年，去世于1994年，一生经历了清代、民国、新中国，赶上了一系列巨大的社会变革，他在绘画史上最著名的事件就是开办了上海美专，而这个学校乃是中国早期美术学校中的名校之一。

刘海粟原名季芳，因喜欢苏轼《前赤壁赋》中的"渺沧海之一粟"，故而改名为海粟。他六岁就读于家学中的蒙馆静远堂，八岁时开始练习书法，当时临摹的是欧阳询的《九成宫》、颜真卿的《颜家庙碑》等，他在书法方面颇有感悟力，绳正书院举办书法表演时，他曾被老师称为神童。后来他又对绘画感兴趣，最初学习的临本乃是《芥子园画谱》，在此期间，他家园中的红梅也吸引了他的注意力，后来创作了一系列跟红梅相关的题材作品。

少年时期，刘海粟从家乡来到了上海，关于其来上海的具体原因和年龄，各种文献上所载不同，有的资料上说刘海粟十四岁的时候母亲去世了，此事对他有很大的心理打击，为了平复心态，他来到了上海学习油画。他就读的学校当时叫布景传习所。刘海粟是该传习所里面最年轻的学生，他在这里结识了几位不错的朋友。

而后刘海粟创办了上海图画美术院，对于他创办此院的原因，马来西亚的李家耀在其所撰《刘海粟是东方的毕加索》一文中这样写道：

"在十七岁那年，由于反对父母为他撮合婚姻，要跑到日本去，结果给他的父亲追踪拦截，无法成行，只好跑到上海去。和几位同好联手创办上海图画美术院，该院为'上海美术专科学校'的前身。"这种说法他文未见，然李家耀在该文中又称："1920 年，上海美专设在老西门外斜桥路，一座旧楼房，分设高等师范、西画、国画三科，我从北大转到美专学画，常听刘校长讲学。"既然撰文者是该校的学生，并且听过校长刘海粟的讲学，想来他所言无误。

关于上海图画美术院早期的情况，该校学生刘抗在《刘海粟与中国的近代艺术》一文中首先称："我十六岁那年进了上海美术专科学校，便拜受海粟先生的教诲，他是这间中国历史最久、规模最大的艺术学府的校长；他给我的头一个印象是头大，嘴阔，声如洪钟，目光锐利，脸庞含有一股沉毅坚决的表情。身材魁伟但不巨大，走动时健步缓移，显示稳重端庄的仪态。"

刘抗颇为形象地描绘了当时的校长刘海粟的外貌特征，而后他在文中称："当 1911 年他创设上海美专（最初叫作上海图画美术院）的时候，学生才十余人，所授课程，也以中西画为限，过了二十多年，到我在校任教的那段时期，学生数已超过八百，科系也增至中国画、西洋画、音乐、雕塑、工艺图案、图画音乐、图画手工七组，师资除国产外，有来自欧西及日本者，名画家如黄宾虹、潘天寿、谢公展、诸闻韵、汪亚尘、张弦、倪贻德、陈人浩等，均曾分别担任中西绘画教席。文学界如傅雷、滕固等则讲述艺术理论。其他各系教师，多系贤能之士，各挟所长，各尽所能，并行不悖。自由研究风气，盛极一时，设非海粟先生海涵，何能至此，所以后起人才辈出，散布五湖三江。南洋各属，凡是华人聚居者，莫不有美专校友插足其间，形成艺术拓荒者一股洪流，对中国，对东南亚之文化，起无比之推动作用，人谓海粟先生系伟大导师，信不虚也。"

由此可见，刘海粟所办的学校乃是由小渐大，逐渐发展，而后在社会上产生了广泛的影响力，有不少的大画家都在该校任过教。刘海粟对自己所办的学校也极具信心，1924年刘海粟在《上海美专十三周年纪念感言》中说道：

> 吾国宣传新文化之始，无美术之地位；吾国创行新教育之始，亦无艺术教育之地位。新美术在文化上占一有力之地位，自上海美专始；艺术教育在学制上占一重要之地位，亦自上海美专始。故上海美专为中国新兴艺术之中心，此国人所公认，非余之私言也。上海美专创立之纪念日，亦即中国新兴美术之诞日也。

刘海粟认为上海美专开创了中国新美术，同时艺术教育也是由该校来发起。1932年11月24日的《申报》上刊发了蔡元培在上海美专创校二十周年的纪念大会上的讲话："二十年前，中国本无美术学校。直至民七，国立北平美专始创立；至民十七，国立西湖艺校方成立。故吾校实为首创。在吾国美术史上，有旋转时代之势力。"

蔡元培直称上海美专比其他艺术学校成立得都早，但也有人认为这种说法并不准确，因为在此校之前，周湘就开办有中西图画函授学堂。封钰在其博士论文《刘海粟早期美术思想解读》中，对中国早期美术学校的创办做了相应的疏理，文中称："创建于1902年的南京两江师范学堂（即南京大学前身），最先设立了美术课，并于1906年开始设美术师范专科。这是国立学校美术专科之始，亦是中国美术教育现代化之始，因为在新式教育体制中，中国画的教学由过去的师徒制转变为近代学校制教学。"关于周湘所办学校，封钰明确写道："1911年夏周湘在上海建立的中西图画函授学堂，这是我国最早创办的私立美术学校。"

刘海粟上过的第一个美术学校布景传习所，其实也是周湘所办。此校的学生乌始光、刘海粟等后来创办了上海图画美术院，传习所函授学生丁悚也参加了上海图画美术院的创建。既然如此，布景传习所算不算是中国最早的美术学校呢？若论社会影响力来说，这句断语可以成立。关于上海图画美术学院成立的时间及创办人，丁悚在《上海早期的西洋画美术教育》一文中写道："上海美专的前身图画美术学院。该院是1912年成立的，创办人为乌始光、刘海粟等人（乌并非文艺工作者，稍有资产，刘海粟当时没有财力，利用乌的资金作创办费，后乌脱离该校）。刘海粟任校长，乌始光主持经济。我是在第二学期被邀加入的。其时我的作品，已为全国读者所稔。张聿光由我介绍到校，被聘为正校长时，刘自居其副，我则任教务长。"

由此看来，刘海粟等人创建的图画美术学院比周湘的那所学校要晚一年，但这跟刘抗所说的创建于1911年相差了一年，同时也跟其他文中谈到的他十四岁进入布景传习所不相符，因为各种文献上都说，他是十七岁创办的图画美术学院。无论时间上有着怎样的差异，这所学校的开拓力和社会影响力超过了以往所有的私立美术学校，因为他们在创校之初就提出了这样的宣言：

第一，我们要发展东方固有的艺术，研究西方艺术的蕴奥；

第二，我们要在极残酷无情、干燥枯寂的社会里尽宣传艺术的责任。因为我们相信艺术能够救济现在中国民众的烦苦，能够惊觉一般人的睡梦；

第三，我们原没有什么学问，我们却自信有这样研究和宣传的诚心。

上海美专成立的前几年，刘海粟始终任副校长。1919年5月，第二任校长张聿光辞职离开,刘海粟方接管了该校的管理权。其实在此之前,上海美专经济发生困难时,都是刘海粟垫钱用于支撑。比如1917年12月27日的《申报》上《提倡美术之热心》的文中写道:"西门图画美术学院日昨开教职员会,会议当由院长张聿光君报告开会宗旨,次由副院长刘海粟君宣布本学期所办之事业,并讨论七年分进行之方法。但该院经济向系私人筹措,今因种种改良,开支益形浩繁,计半年来应缺银一千余元,刘君素具热忱,虽有此种巨亏而积极之志并不稍衰,一面规划进行,一面设法垫补,足见其提倡美术苦心孤诣,诚为难得也。"转年的3月14日《申报》上又称:"报告去年收支相抵不敷银七百余金,均系刘海粟私人筹填。"可见刘海粟对该校的生存和发展起到了至关重要的作用。

就观念而言,上海美专可谓最具开拓精神。在上海的高等学校中,上海美专是最早接受女生就读的专门学校,最有名的事件则是在国内首先使用裸体模特。叶圣陶在《刘海粟论艺术序》中称:"西洋画的基本功注重写生,描绘人体模特儿,来源极古。我国人对人体模特儿写生,大概是李叔同先生最早。他在日本的时候画过一幅极大的裸女油画,后来他出家了,赠与夏丏尊先生。"这是中国人在国外画人体模特,而关于国内,叶圣陶在此序中则称:"其次注重对人体模特儿写生的就是刘海粟先生。"

对于此事,刘抗在文中写道:"上海美专创办于1911年,起初课程简单,只是画些石膏模型静物之类,到了第三年,为使学生有实际的人体描写能力,就雇用真人来作裸体写生,头几次用小孩做模特儿,倒没什么,后来用男子做对象,就引起物议,说是'丧心病狂,崇拜生殖器'。"

上海美专最初的裸体写生,是用小孩子来做模特,后来改用成年男子,为此受到了咒骂,再后来又用女模特,社会上的诅咒之声即刻蜂拥而来。刘抗写道："1920年，首次雇到一位女子模特儿，实为中国用裸女来描绘的端倪，各地美术学校相继效尤，可是一般无赖市侩，亦乘机托艺术美名，进行春宫淫画贩卖，影响所及，引起那些无知官吏绅商，借维护礼教之幌子，横施攻击，什么'蛊惑青年，引起肉欲之冲动；丧失本性的羞耻，禽兽不若'，种种不堪入耳言词，全盘使出。"

裸体模特事件越闹越大，该校被相关部门要求取消人体写生，作为回应，刘海粟在报纸上发表了《致孙传芳的公开信》，他在公开信中写道：

> 敝校置人体模特儿资学理之参考，已历八载，呈部有案，其目的在明察人体构造，生动历程，精神体相，表现人类之伟大生命力，事极平常。远者著诸史册，近者定为学制，稍读文化史者莫不知有希腊奥令比亚祀典之裸体竞技，以及艺术家所造之裸体神像。自罗马时代经中世纪至文艺复兴，关于宗教上绘画雕刻之大作，绍述希腊遗意，亦多裸体之作。盖以男体象征人类刚毅之节概，女体象征人类纯洁之天性，命意深长，令观者肃然起敬，上感神明，下图奋励。……

公开信的结尾则是要求当局收回成命。很快，刘海粟收到了孙传芳的复函："生人模型，东西洋固有此式，惟中国则素重礼教，四千年前，轩辕垂衣裳而治，即以裸裎袒裼为鄙野。道家天地为庐，尚见笑于儒者。礼教赖此仅存，正不得议前贤为拘泥。凡事当以适国性为本，不必徇人舍己，依样壶芦。东西各国达者，亦必不以保存衣冠礼教为非是。模特儿止为西洋画之一端，是西洋画之范围，必不缺此一端而有所不足。美亦多术矣，去此模特儿，人必不议贵校美术之不完善。

亦何必求全召毁？俾淫画淫剧易于附会，累牍穷辩不惮繁劳，而不能见谅于全国。业已有令禁止，为维持礼教，防微杜渐计，实有不得不然者，高明宁不见及，望即撤去，于贵校名誉有增无减，如必怙过强辩，窃为贤者不取也。"

对此，刘抗在文中写道："以握有无上军符，操生杀之权的孙传芳，用如此柔和的口气来婉劝，照一般情形看，海粟先生应顺水推舟给他个面子，了却一番麻烦才对，可是，他认为争的不是意气，而是学术的尊严；不是个人的利益，而是真理的神圣。"

刘海粟再次回信坚持自己的观点，他的态度令孙传芳恼怒，下发了通缉刘海粟的密令，而关于后来的结果，刘抗在文中写道："后来军阀自身塌台，地方恶霸，无由施展毒害伎俩，一场斗争也告结束。现在中国各地美术学校之能自由雇用模特儿，不能不拜海粟先生之赐。"然而杜哲森在《生命在搏击中闪光》一文中却称："最后是以判罚刘海粟五十元大洋收场。"其实，我好奇于在那个时段，哪位女子敢去该校做裸体模特，杜哲森也讲到了当时少有人敢当众脱衣服，所以女模特十分难找："美专费尽周折，才雇到一位俄国妇女。"

徐建融在《海粟之狂——刘海粟艺术论》一文中写道："早在1917年，上海图画美术学校举行成绩展览，陈列有人体习作，城东女校校长杨白民观后大骂：'刘海粟是艺术叛徒，教育界之蟊贼！'为此，刘海粟写了篇《艺术叛徒》，该文首先夸赞凡·高是天纵之狂徒，刘自称：'吾爱此艺术狂杰，吾敬此艺术叛徒。'而后他又称：'非性格伟大，决无伟大的人物，也无伟大的艺术家。'"因此他认为："伟大的艺人，只有不断的奋斗，接续的创造，革传统艺术的命，实在是一个艺术上的叛徒！"接着刘海粟号召大家共同来做艺术叛徒："现在这样丑恶的社会，浊臭的时代里，就缺少了这种艺术叛徒。我盼望朋友们，别失去了勇气，大家来做一个艺术叛徒！什么主义的成功，都是造成虚幻之偶像,所以我们不要希望成功,能够破坏,能够对抗作战,就是我们的伟大!能够继续不断的多出几个叛徒,就是人类新生命不断的创造。"

蔡元培是上海美专的坚定支持者,袁志煌在《刘海粟与蔡元培》一文中称:"1919年12月,上海图画美术院组织校董会,聘请蔡元培、梁启超、王一亭、沈恩孚、黄炎培等二十余人为校董。翌年公推蔡先生为校董会主席。"可见蔡元培、梁启超等名人乃是上海美专的校董,1920年蔡先生又荣任为校董会主席。

蔡元培对刘海粟个人的艺术成就也十分欣赏,早在1918年7月,他就请刘海粟在北大美术研究会讲演欧洲近代艺术思潮,后来刘海粟又在北大举办了第一次作品展。1922年,刘海粟再次来到北京,在北京高等师范学校举办了个展,为此蔡元培写了篇《介绍艺术家刘海粟》,此文中称:

> 他的艺术纯是直观自然而来,忠实的把对于自然界的情感描写出来,很深刻的把个性表现出来,所以他画面上的线条里结构里、色调里都充满着自然的情感。他的个性是十分强烈,在他的作品里处处可以看得出来。他对于色彩和线条都有强烈的表现,色彩上常用极反照的两种调子互相结构起来。线条也总是很单纯很生动的样子,和那细纤女性的技巧主义是完全不同。他总是绝不修饰,绝不夸张。拿他的作品分析起来,处处又可看出他总是自己走自己要走的路,自己抒发自己要抒发的情感。就可知道他的制作不是受预定的拘束的。

1929年2月至1931年9月,刘海粟在欧洲访问两年半,这段游历对他的艺术概念的转变起到了很大促进作用,林木在《20世纪中国画研究》中认为刘海粟是"我国介绍西方艺术最早、最多、最系统也最深入的不多的几个人之一"。而在此之前，刘海粟所主持的上海美专主要是以西画为主，欧游回国后，原本就有着国画功底的刘海粟在观念上有了新变化，傅雷在《现代中国艺术之恐慌》一文中称："1924年，已经为大家公认受西方影响的画家刘海粟氏，第一次公开展览他的中国画，一方面受唐、宋、元画的思想影响，一方面又受西方技术的影响。刘氏，在短时间内研究过了欧洲画史之后，他的国魂与个性开始觉醒了。"

其实早在1919年，刘海粟在《画学上必要之点》一文中就做过相应的探讨：

> 以余所见，凡西人之所谓印象派、新印象派、实写派、自然派，其施色之一种自然配合，用笔之特具创造，无不各本其天性所感触自然之景象而来，故几无相类者。设以中国画师处此，将非呵斥唾弃之不可。盖以自由绘画，即所谓背"六法"本旨也。然其所得自然界之精神相同，而表彰其真美的精神亦相同。

通过比较，刘海粟看到了中国传统绘画的问题所在，他认为解决方法乃是要借鉴西方的绘画理念："数年来所谓美术者，渐震于吾人之耳。不佞忝居美术界诸君之后，自应上下探究，而勿敢辞劳。顾以此身羁于校事，致不能出国门一步，窃以为憾。但教授之余，尝殚精竭虑，以研究欧西画学方法，及参考彼邦画史，并证以我国古来画派之沿革，而观于今日我国美术界之现象，岂能无惧？"

经过一番思索，到了1925年，刘海粟写出了《昌国画》一文，关于他提倡国画的原因，封钰在其博士论文中认为，这是刘海粟重新检讨自己对中国传统的态度："例如他对上海美专办学实践的不足（缺乏国画科目）进行了辩护和弥补。"刘海粟在此文中简述了从秦汉以来中国的著名画家，而后谈到石涛等人对中国绘画的巨大影响，他夸赞八大山人的作品光焰万丈，以及讲到清六家对中国绘画带来的负面影响："乾嘉而后，画人多受帝王显宦所役使，愈趋愈下，绝无艺术生命之可言！画人皆摹四王吴恽之糟粕以显赫于时，是以画为取荣博利之具，宜其滔滔而不知返矣！清末有画匠而无艺人，通都大邑，公然捐丹青招牌以卖技者，比比皆是。故人皆以游戏耽玩态度以视艺术，非人之轻视画人也，实画人自身之堕落耳！即是以国画之衰敝至今为极矣，岂止衰敝，且将灭绝！吾人能不大声疾呼以图救之乎？"

刘海粟认为再这样下去，中国的绘画就成了死亡艺术，正在这种困难时期，上海美专成立了，刘海粟认为自己参与创办的学校堪称中国的文艺复兴："民国肇造，上海美专亦随之呱呱下地，而中国新艺术亦肇其端焉。顾美专过去乃以倡欧艺著闻于世，外界不察，甚至目美专毁国有之艺学者，皆入谬之也。美专之旨，一方面固当研究欧艺之新变迁；一方面更当发掘吾国艺苑固有之宝藏，别辟大道，而为中华之文艺复兴运动也。"

接下来刘海粟在文中谈到欧洲艺术打破中世纪的束缚是何等不易，他把民国初年中国绘画界的状况比拟成欧洲的中世纪，所以他认为应当效仿欧洲文艺复兴，以此来开创中国绘画的新局面："今也国画颓蹶，拟之欧洲中世，有过无不及，群匠滔滔，江河日下。斯时也，欧风东渐，艺学一途，我美专充其量以自承，责无旁贷，意亦东罗马帝国之容纳东方情调乎？于是乃设国画科以继先民之轨迹，拓发未垦之邃美，意亦欧人思古人之幽情乎？夫容受外来之情调，以辅佐其羸弱，实利于揭发古人之精蕴，以启迪其新机也。我所谓大昌国画之途者，如是如是。"

欧游后的刘海粟对他以往激进的观念产生了改变，林木在其文中指出:"中西比较的研究方式,构成了刘海粟的传统研究的一大特色。……由于刘海粟对西方现代美学和西方美术有着深透的了解,所以他在对东方绘画进行研究的时候,也自然带上了当今所谓'阐释学'的意味,他努力发掘传统绘画中那些与当代个性解放、主观精神表现相沟通相一致的因素。"

刘海粟将这种观念也融入到他的绘画之中,故其绘画风格被视之为中西结合。如前所言,刘海粟最早是学习国画,后来改画油画,到其晚年,他又用国画的形式来画油画。惠蓝在《刘海粟的自然观及其油画的融合形态》一文中总结道:"刘海粟的油画以风景为主,成就最高。他的油画融合中、西的形态用'民族化'来说是十分贴切的,因为油画越来越富有中国画的意韵。他在晚年竟直呼为'中国油画'。"对于这种画法,惠蓝在文中又称:"二十世纪'融合型'绘画的典型代表莫过于世称三大师的徐悲鸿、林风眠、刘海粟。他们分别以客体、本体、主体为着眼根本形成本世纪前半叶三种主要融合类型。"

早在1943年3月15日,徐悲鸿在《时事新报》上发表文章《新艺术运动之回顾与前瞻》:"艺术家树立新风,披诸久远。而学校之设立,亦为传播艺事之工具。其开风气者,如南京之高等师范,所设之艺术科。今日中央大学艺术系之先代也。至天主教之入中国,上海徐家汇,亦其根据地之一。中西文化之沟通,该处曾有极珍贵之贡献。土山湾亦有习画之所,盖中国西洋画之摇篮也。其中陶冶出之人物,如周湘,乃在上海最早设立美术学校之人。张聿光、徐咏青诸先生,俱有名于社会,张为上海美术学校校长,刘海粟继之。而刘氏尤为蔡元培、叶恭绰诸氏所赏识。其画学吴昌硕、陈师曾,亦摹仿法国女画家Rosa Benheus作品。汪亚尘画金鱼极精,设新华艺术学校,亦上海艺术家集合之中心也。"

徐悲鸿明确地称,刘海粟原本学吴昌硕、陈衡恪等人的画路,后

《外滩风景》 上海刘海粟美术馆藏

《戴帽女孩肖像》 上海刘海粟美术馆藏

来改学西方油画。刘海粟和徐悲鸿之间的恩怨乃是业界长久乐道的话题，杨时旸在《徐悲鸿 VS 刘海粟：两封信引出的世纪恩怨》一文中讲到他见到了徐悲鸿夫人廖静文，廖静文拿出两封徐悲鸿没有寄出的信，这两封都是写给周扬的，而周扬当时任文化部党组书记和常务副部长，两封信的内容都是徐悲鸿斥责刘海粟的汉奸行为。杨时旸在文中谈到徐悲鸿的学生杨先让对其所言："汉奸，就是《新华日报》里的那个事，汉奸第六名啊。"而杨先让认为徐悲鸿给周扬写信之事的性质为："但这是徐悲鸿按照组织程序反映问题，绝不是'文革'中的那种小汇报。"

杨先让所言的"第六名"，乃是指 1945 年 8 月 23 日《新华日报》刊登的"文化汉奸名录"，此名录："第一个是周作人，第六个就是刘海粟。那时，《新华日报》由周恩来主持，事后，研究者多以此作为刘海粟充当汉奸的证据。"但杨时旸认为："而实际上，此汉奸名录均为读者提供的资料。报纸发行人潘梓年在《致读者》中写道：'我们希望知道各方面汉奸的朋友，都把他们提出来。'"

其实在抗战爆发初期，刘海粟画过几幅画来支持抗战，但到 1939 年底，汪精卫的助手褚民谊邀请刘海粟担任教育部长，杨时旸在文中引用了简繁所撰刘海粟传记《沧海》一书中的刘氏自道："褚民谊也是我非常好的朋友。当初他陪我去见汪精卫。汪精卫问我，你看我会做汉奸吗？我说你当然不会，你也是爱国的！……这个人的演讲能力好极了，样子又长得漂亮，老实说我被他打动了，答应做一些教育方面的事情。"而杨时旸接着写道："但这之后，刘海粟发现，凡为日伪政府做事之人，大多遭遇不测。故此，他决定趁赴印尼举办展览之事，避走南洋，并未在汪伪政府内任职。1939 年末，刘海粟将在雅加达的全部卖画所得捐给抗日官兵。在其继续辗转于新加坡时，上海沦陷。而此后关于刘海粟生活的记录模糊不清。根据石楠女士所著《海

《甲秀楼》 上海刘海粟美术馆藏

粟大传——沧海一粟》记录,刘海粟藏身某油坊,后暴露身份,被日军押上飞回上海的飞机。"对此,刘海粟的说法是:"1943年5月,日本人用军用飞机把我从南洋送回上海,我一直是很倔强的,这是斗争啊!……当初日本军部派军用专机送我回来,有许多人不理解,以为刘海粟一定是卖身投靠做了汉奸了。误会很多,我不管的,随他们去说。"

然而刘海粟回上海不久,即与印尼富商之女夏伊乔完婚,婚礼主持人是知名汉奸陈彬龢,同时日军高官川本芳太郎和高岛阙次郎也前来祝贺,因此有些事情确实难以说得清楚。

但徐悲鸿为什么要给周扬写信提及此事呢?其实这件事情早在三十年前就打下了伏笔,问题的关键在于徐悲鸿究竟是不是刘海粟的学生。杨时旸在文中记录了廖静文的说法:"悲鸿看到广告说,上海图画美术院有很好的师资和设备，就去了。但是后来悲鸿告诉我，一共有不到十个学生，连石膏模型都没有，就拿个印出来的画挂在墙上让他们临摹。因为什么都学不到，不到两个月，悲鸿就走了，学费也不能退。他根本就没见过刘海粟。"

到了1932年11月3日，徐悲鸿在《申报》上刊登个人启事，斥责上海美专为野鸡学校，并且说他不认这所学校的任何人为师："该院既无解剖、透视、美术史等要科，并半身石膏模型一具都无……时吾年未二十，来自田间，诚挚之愚，惑于广告……今有曾某者，为一文载某杂志，指吾为刘某之徒……鄙人于此野鸡学校固不认一切人为师也。"

刘海粟看到这个启事后十分生气，随即在《申报》上发表了《刘海粟启事》，以此来予以回击："……引起徐某嫉视，不惜谩骂，指图画美术院为野鸡学校。实则图画美术院即美专前身，彼时，鄙人年未弱冠，苦心经营。即以徐某所指石膏模型一具都无而言，须知在中国之创用'石膏模型'及'人体模特儿'者，即为国图美术院经几次苦斗，为国人所共知，此非'艺术绅士'如徐某者所能抹杀。"

两人的矛盾直到1949年后仍然没有完结，据说周恩来总理为此做了调解，但也没有结果。1953年徐悲鸿去世，此事仍然没有完结，凡是刘海粟担任任何行政职务或者举办展览时，廖静文都会写信表示抗议。直到刘海粟去世，廖静文才不再写这样的抗议信。

在"文革"期间，刘海粟也受了不少苦，石楠在《刘海粟与南洋艺术家》一文中写道："'文革'一开始，海粟即遭厄运，后又戴上了'反革命'的帽子。家被抄了二十四次，挨批挨斗是家常便饭，每日握着竹丝扫帚在凛冽的寒风中扫街，他的人生坠入了最低谷。"

受到如此的摧残，还有如此旺盛的生命力，可见刘海粟有着强大的内心力量。改革开放后，刘海粟又开始大量搞创作，"文革"的经历

《墨竹图》 刘海粟美术馆藏

完全没有影响到他对艺术的热烈追求，比如他在1978年中国美术馆演讲《中国画的继承与创新》时称："我画的红梅很多，画这两枝梅花，讲章法，讲不出特别的章法来；作对轴线的交错，直幅的画面，章法比较不同的是以前古人没有这样画梅花的。突出一个'狂'字，梅花的神似与花的层次。"

刘海粟很敢于讲出自己的狂，他在自题《墨竹》中也有这样的狂言："文与可画竹，胸有成竹。郑板桥画竹，亦不能说胸无成竹，因其多得于纸窗粉壁、日光月影中耳。刘海粟画竹，确胸无成竹，浓淡疏密，随手写去，笔墨在意象之外，气味又在笔墨之外。此非刘海粟之狂言也，乃神会耳！"

其生命力与艺术力之顽强，的确令人叹服，故郑昶在《中国画之认识》中给予刘海粟以很高的夸赞："及近世欧化东渐，西画传入，曾鲸吴历辈先受其影响，顾亦限于个人的艺术，于时代的艺术，无甚关系。迄于清季，列入教课，尊为专艺，西画乃益昌，中国画风，又为大变。其提倡之最有力者，实推海粟，海粟不惜以'艺术叛徒'自号，于沉寂暗淡之中国艺术界振以宏远的呼声，施以活泼的运动，十余年来，与军阀斗，与万恶的旧社会斗，虽其工作，尚未达完成；而其目光之远、魄力之大、抱负之宏，已足以惊世骇俗，为东方艺术之怪杰。"

2019年2月20日，上海文艺出版社的张守栋和刘晶晶两位老师带我在上海市区内寻访。这天一直下着雨，我们来到复兴中路和重庆南路交口附近，此处无法停车，张先生只能开车四处转悠，我跟刘晶晶下车步行前往复兴中路512号，去参观刘海粟故居。

从外面看过去，刘海粟故居是一座整修后的西式小洋楼，院门的侧墙上钉着黄浦区文化局颁发的文物保护单位铭牌，看来他的故居已经成为了区级文保单位，但是这里的大门却紧闭着，只能隔着围墙向

门牌号及文保牌

隔壁情况

内张望。从总体上感觉，这座小洋楼从中间一分为二，左侧的一半是刘海粟故居，右侧一半则为510号院落，两楼合在一起乃是北方所称呼的双拼别墅。刘海粟这边为三层，510号院落为四层，而故居的二楼亮着灯，隔着玻璃望过去，看不到墙面上是否挂着刘海粟的作品。门口的侧旁钉着一个金属报箱，上面却写着"刘海粟故居资料免费"，看来这是发放资料所用，然里面已空无一物，报箱的锁已有了厚厚的一层锈，看来好久没往里放过材料了。

既然有文保牌，又有资料散发出去，但旧居却并未对外开放，这让我颇感遗憾。刘晶晶给朋友打电话询问后，得到的回答是故居被刘海粟后人借给了外面的机构，那机构暂时还未对外开放。

溥心畲（1896年—1963年）

打破沉寂，北方画坛第一

诸文进在《清宗室后裔画家》中称："清宗室后裔画家，最著名者有所谓'四溥'之称，即溥儒（心畲）、溥忻（雪斋）、溥僴（毅斋）、溥佺（松窗）。后溥心畲赴台，遂增溥佐（庸斋），仍称'四溥'。'四溥'均为爱新觉罗氏。"这"四溥"中，以溥心畲名气最大，溥心畲本名爱新觉罗·溥儒，是清代道光皇帝重孙，恭亲王奕䜣之孙，贝勒载滢之子。后来他以名为姓，字心畲，故后世以溥心畲称呼之。关于溥心畲在清皇室中的辈分，诸文进在其文中简述道："清制，由显祖皇帝爱新觉罗·塔克世（努尔哈赤之父）始，凡塔克世'位下'嫡派子孙称'宗室'，俗称'黄带子'（因身系吉黄色带子得名），塔克世叔伯之裔称'觉罗'，俗称'红带子'（身系枣红带），宗室中为当朝皇帝直系本支者称'近支宗室'。康熙帝择'胤''弘'两字为子孙辈分，乾隆续'永''绵''奕''载'四字，道光又添'溥''毓''恒''启'，咸丰再增'焘''闿''增''祺'。若溥字近支，辈分下后一字必用'亻'旁。同治光绪无嗣，故'四溥'均归道光位下近支宗室。"

关于溥心畲名称的来由，徐玮在《溥心畲：没落时代的精神贵族》一文中称："溥心畲出生第三日，光绪皇帝赐以金帛与名，'汝名儒，汝为君子儒，无为小人儒！'"陈爱华在《两朝风雨多歧路，百年画坛一先生——"中国文人画最后一笔"溥心畲》一文中则称："溥心畲，清恭亲王奕䜣之孙，慈禧亲赐名儒。"在我所看过的文献中，以前一种说法居多，也就是溥心畬出生三天后由光绪皇帝赐名为儒。

但是，2014年8月上海人民美术出版社出版的《溥心畬谈艺录》一书后面所附该社编的"溥心畬艺术年表"中，有着另外的说法：

> 1896年　丙申　一岁
>
> 7月25日（农历）生于北京恭王府。因与咸丰皇帝忌日同，故改为7月24日。出生第三天，光绪皇帝赐名"溥心畬"。兄弟四人，排行第二。
>
> 1898年　戊戌　三岁
>
> 祖父奕䜣病逝。异母兄溥伟袭恭亲王爵位。奉诏入宫谒见，光绪皇帝面谕："汝名儒；汝为君子儒，无为小人儒！"

而曹旅宁在其所著的《溥心畬别传》中又有着另一种说法：

> 溥心畬于清光绪二十二年七月二十五日（1896年9月2日）生于北京后海恭王府。由于这天是咸丰皇帝的忌辰，便把生日改为七月二十四日。《翁同龢日记》中有翁同龢前往恭王府庆贺溥心畬出生的记事。出生第三日，光绪皇帝赐名溥儒，字仲衡，后因与某京剧名角郭仲衡重名，改字心畬。溥心畬自述诗："我生之初蒙召见，拜舞曾上排云殿（自注：儒生五月蒙赐头品顶戴，随先祖恭忠亲王入朝谢恩，三岁复召见离宫，赐金帛）。"《郑孝胥日记》1930年12月21日载："溥心畬来访，自言生时德宗赐名溥儒，其祖恭忠亲王尝曰：'汝为君子儒，毋为小人儒。'请余为作'毋为小人儒'匾。"

究竟他是先名溥心畬,还是先名溥儒,确实难以给出定论,故相关研究者大多将其表述为:"溥儒,字心畬,号西山逸士。"

溥心畬当然是衔着金钥匙出生的,五个月大的孩子就已经是一品顶戴。无数学人数年奔走在科考路上,其中只有极少数能够考取功名,即便如此,大多数幸运儿也是从七品官起步,要想混到头品顶戴,不知要经过多少年的奋斗,看来能力好绝对赶不上生得好。不过,关于他的一品顶戴,也有的文献上说,他在出生当年就被恭亲王抱入宫中,受到了皇帝和太后的召见,是慈禧太后的懿旨赏其头品顶戴。而他在五岁时入宫,又因应对得体,受到太后的夸赞:"本朝灵气都钟于此童。"

关于溥心畬幼年时的情形,《溥心畬先生自述》中有如下描述:"余闲居,有友人来访,问余曰:子有羲皇上人印,又号西山逸士,不知取义何在,且子以前求学如何?亦愿闻之。余告之曰:余自幼年失怙,先母项太夫人守节扶孤,延师于家,下榻园中,师为欧阳镜溪先生,江西宜春县人,官内阁中书,时贵胄子弟,读书法政学堂,因师下榻园中,早起读书至八时,遂赴学校,读法政、英文、数学等课;归家饭后上夜课,每日如是,新旧兼习。曾记余十三岁时,偶然观袁子才《不语》一书,先师见之,责以不应读此等书,命赋一诗,诗好则免责罚,余赋诗曰:'子不语名篇,随园旨已愆,书原同稗史,义显背尼宣,志怪颐堪解,搜奇手自编,莫教评笔墨,终逊蒲留仙。'先师以为论尚得体,遂不责罚。余从七岁学作五言诗,十岁作七言诗,十一岁始作论文。曾记十三岁时,先师命作'烛之武退秦师'论,有数句云:'谓之忠也可,谓之能也可,谓之有纯臣之度也则不可。'为先师所嘉许。是时北京有文社,请耆德之士为社长,京师子弟,每月课余时,将所作课诗、课文及大小楷字,送社中请社长批改,佳者给以笔墨之类为奖。余亦参加此文社,得奖以为荣。"

看来溥心畬早年学习十分刻苦，而学习书本功课同时，他还要学习骑射，因为满人当年是从马上得天下，故作为皇室子弟的溥心畬也要练习。关于其后来的学历，溥心畬在《自述》中说："及十八岁，大学毕业后，留学海上，所以始终研究经史，不敢怠懈者，惧违母教也。"相关文献中，多提及溥心畬曾留学德国柏林大学，比如邵天在《溥儒与戒台寺》一文中就对溥心畬的学习过程有如下简述："自幼沿袭宗室王公子弟旧制，在家塾读书，后就读于贵胄法政学堂（北京法政大学前身）。毕业后经德国亨利亲王（德皇威廉二世之弟、海军大臣）介绍，考入柏林大学，其后又在柏林研究院获博士学位。"

但这种说法存在争议。《心畬学历自述》中有如下一段话："年十八岁，实为逊位后二年（即癸丑年），是时余嫡母长兄皆居青岛汇泉山（在马场前）。余因省亲至青岛，遂在礼贤书院，补习德文，因德国亨利亲王之介绍（亨利亲王为德皇威廉第二之弟，时为海军大臣），游历德国，考入柏林大学，时余年十九岁，为逊位后三年（即甲寅年）。三年毕业后，回航至青岛，时余嫡母为余完婚。余是年二十二岁，即逊位六年（即丁巳年），是年夏五月完婚。六月二十四日回北京马鞍山戒台寺，携新妇拜见先母，后即在寺中读书。明年生长女韬华。秋八月，再往青岛省亲。乘轮至德国，以柏林大学毕业生之资格，入柏林研究院。在研究院三年半，毕业得博士学位。回国时余年二十七岁，是年为逊位后十一年（即壬戌年）。是年为嫡母六十正寿，故由德国赶回青岛祝寿。祝寿后，仍回北京马鞍山戒台寺。"

然而，陈传席在《画坛点将录·评现代名家与大家》中进行一番调查分析后，认为溥心畬的个人学历说法有问题。

溥心畬十五岁时，父亲载滢去世，家中全由母亲项氏来支撑，此后不久辛亥革命爆发，袁世凯派兵包围恭王府，母亲项太夫人带着家人逃出王府，躲避到了北京西山戒台寺。因为这里原本有溥心畬的祖父奕䜣所建庄园，奕䜣为晚清重臣，前后执政达三十余年，曾四次遭到罢黜。光绪十年（1884），因中法战争清军失利，奕䜣遭到第四次撤职，在这个阶段，他在戒台寺修建了一所别院，做为养病避祸之所。民国初年，溥儒的哥哥溥伟将恭王府的前半部分抵押给北京天主教会西什库教堂，后来辅仁大学又从教会手中买得了这处房产，当时溥儒和弟弟溥僡居住于恭王府的后花园，后因时局动荡，溥儒跟随项老夫人逃出王府，前往戒台寺居住。关于其逃出恭王府的原因，孙旭光在《恭王府与溥心畬》一文中称："在祖父老恭王和父亲载滢去世后，府内情势每况愈下，在溥心畬十六岁那年，袁世凯为了铲除异己，兵围恭王府。项太夫人携弱子逃出恭王府，一逃就是十二年。"

溥心畬跟随母亲居住在戒台寺的时间，有十二年、十三年和十五年不同的说法，但"西山逸士"之号当是得于此时。对于当时逃出的经历，孙旭光文中引用了溥心畬入室弟子徐建华女士在回忆中提到的溥心畬所讲：

> 我从未对人提起过，在一个暗夜里，从王府萃锦园一处草丛后的狗洞钻出，这样狼狈地逃离王府；心中未曾料想这会是一生转蓬岁月的开始。后来虽然重回萃锦园，不仅时异世迁，园中景物也面目全非；直到1938年，迁居颐和园之后，萃锦园的景致仍难恢复先祖在世时所经营的旧观。

这样的经历令溥心畬终生难忘。然而就是在戒台寺居住的这个阶段，却让这位旧王孙在绘画方面有很大长进。溥心畬在《自述》中讲到了这段经历：

> 余居马鞍山，始习画。余性喜文藻，于治经之外，虽学作古

文而多喜作骈骊之文。骈骊近画,故又喜画。当时家藏唐宋名画,尚有数卷,日夕临摹,兼习六法及论画之书;又喜游山水,观山川晦明变化之状,以书法用笔为之,逐渐学步。时山居与世若隔,故无师承,亦无画友。习之甚久,进境极迟,渐通其道,悟其理蕴,遂觉信笔所及,无往不可。初学四王,后知四王少含蓄,笔多偏锋,遂学董、巨、刘松年、马、夏,用篆籀之笔,始习南宗,后习北宗,然后始画人物、鞍马、翎毛、花竹之类,然不及习书法用功之专,以书法作画,画自易工,以为余事,故工拙亦不自计。

马鞍山就是俗称的西山,也就是戒台寺所在之山,溥心畲说自己喜欢骈体文,因为这种文体字句优美,读起来如看画一般,故而让他又喜欢看画。当年恭王府藏有大量的历代名画,虽然出售了不少,但手中还有一些名画真迹,于是溥心畲开始临摹这些名画。他明确称自己的绘画生涯是从马鞍山开始,最初学习"四王",后来又转学马远、夏圭等人作品,所以他的绘画风格融会了南北宗的优点。溥心畲认为书法是绘画的基础,字写好了画也就自然有了功底。对于其学习书法的经历,他在《溥心畲先生自述》中又有如下说法:

> 余经史书画,虽无成学,请述梗概,余幼年遵先朝之制,读书必以理学入手,故先学庸,讲求性理,然后及尔雅、说文,至汉儒训诂之学,旁及诸子百家之书,以至诗古文辞。余才非上智,学终无成,固不足称,然以此求学,其途则正。书则始学篆、隶,次北碑、右军正楷,兼习行草。十二岁时,先师使习大字,以增腕力,并习双钩古帖,以练提笔。时家藏晋、唐、宋、元墨迹,尚未散失,日夕吟习,并双钩数十百本,未尝间断,亦未尝专习一家也。画则三十左右时始习之,因旧藏名画甚多,随意临摹,

亦无师承，又喜游名山，兴酣落笔，可得其意。书画一理，固可以触类而通者也。盖有师之画易，无师之画难；无师必自悟而后得，由悟而得，往往工妙。惟始学时难耳！

据溥心畲自称，他在幼年时就开始练习书法，十二岁时已经开始写大字，学画反而是在三十岁才开始。这跟上一段引文的表述虽然略有差异，但两段话中都提到他在绘画方面没有师承，学画方式乃是临摹家中所藏的真迹。恭王府所藏历代名迹的确十分丰富，王彬所编的《溥心畲谈艺录》中有溥心畲的自言，可窥宝库一隅：

> 余旧藏晋陆机《平复帖》九行，字如篆籀。王右军《游目帖》，大令《鹅群帖》，皆廓填本。颜鲁公自书《告身》，有蔡惠、米元晖、董文敏跋。怀素《苦笋帖》，绢本。韩幹《照夜白图》，南唐押署，米元章、吴傅朋题名，元人题跋。定武本兰亭，宋理宗赐贾似道本。吴傅朋游丝书王荆公诗。张即之书《华严经》一纸。北宋无款山水卷，黄大痴藏印。易元吉《聚猿图》，钱舜举跋。宋人《散牧图》，纸本。温日观《葡萄卷》，纸本。沈石田《题米襄阳五帖》。米元晖《楚山秋霁图》，白麻纸本，有朱子印，元饶介题诗。赵松雪《道德经》，前画老子像。赵松雪六札册。文待诏小楷唐诗四册。周之冕《百花图卷》。杜琼《万松图卷》。姚绶《煮茶图卷》。陈白阳《虎丘图卷》。祝枝山草卷。

以上提到的这些真迹件件都是国宝，溥心畲眼界之高他人难及，而他正是凭借恭王府的这些珍藏练出了眼界。但还是有人说，早在恭王府时就有人教他绘画，英国人迈克尔·苏立文所著《20世纪中国艺术与艺术家》一书中有这样一句话："（溥心畲）像堂兄们一样，他由宫廷教师教授绘画。这些教师们小心翼翼地将自己的姓名隐瞒起来。"

迈克尔的书中并没有给出这种说法的出处，不知他是怎么知道这种情形。但即便确实有宫廷画师教授，溥心畬的绘画技能应该主要还是源于他自己的临摹，而这些临摹对象中，给他启发最大的是一件无款的宋人画。启功先生在《启功谈艺录》中有《心畬先生的画艺》一文中称："他的绘画造诣，实在是天资所成，或者说天资远在功力之上，甚至竟可以说：先生对画艺并没用过多少苦功。有目共见的，先生得力于一卷无款宋人山水，从用笔至设色，几乎追魂夺魄，比原卷甚或高出一筹，但我从来没见过他通卷临过一次。"以此可见，启功认为溥心畬在绘画上的成就绝大部分靠的是天分，他本人并没有在绘画上下过多少功夫。

王家诚在《溥心畬传》中谈到他的绘画面目时说："首先是他的'北宗'画法，俨如南宋的马远、夏圭转世，出手便有惊人的气势，见者钦服。"然而，对于给予溥心畬启迪的那件无款宋画，启功先生在《心畬先生的画艺》中写道："用笔灵奇，稍微有一些所谓'北宗'的习气，所以有人曾怀疑它出于金或元明的高手。先不管它是哪朝人的手笔，以画法论，绝对是南宋一派，但又不是马远、夏圭等人的路子，更不同于明代吴伟、张路的风格。淡青绿设色，色调也不同于北宋的成法。"

启功认为这件作品既有北宗面目，又有南宗色调，而溥心畬以此为本，他的画风显然也是融合了南北宗的不同特点。但从总体上看，溥心畬的画风还是偏于北宗，关于他对北宗的态度，可由其所撰《寒玉堂书画论》中所言为证："画山，不难于巍峨，难于博大；不难于清华，而难于古厚。曾见关仝立帧、范宽横卷，山皆有万丈寻云之势"；"惟关仝、荆浩、北苑、巨然、范宽诸贤，气象雄厚，峰峦具千仞之势，虽马、夏犹不能及，况宋元以后乎。"

《风雨归舟》 南京博物院藏

《松径寻幽》 南京博物院藏

而对于提倡南宗画的董其昌,《寒玉堂书画论》中给出的评语为:"董文敏画山,起于淡墨,以深墨破之;秀润之气,洋溢乎笔端,然非古法也。文敏精擅八法,用笔神通,为之则可;后人效之,易于改救,以掩其瑕疵,则邻之下矣。"

溥心畬认为董其昌的画虽然有南宗的秀润,然却缺乏古意。尽管溥心畬在绘画中也融入了南宗特点,但研究者还是愿意将其视之为民国时北宗画风的代表人物之一。故翁福祥在《溥儒先生小传》中给出如下评价:"盖南宗之画盛行于世,而北宗消沉已数百年,先生独起而振之,亦具韩退之文起八代之衰的魄力。"王家诚在《溥心畬传》中亦讲道:"溥心畬到杭州后,先在艺专画廊举办为数三十幅左右的小型书画展,给学生留下深刻的印象;及至到校授课,可算未演先轰动。"

杭州艺专国画科山水组的教授阵容,有来自北平艺专的黄宾虹、金石派大师吴昌硕的好友门生诸乐三和潘天寿,还有位兼教山水画和中国绘画史的郑午昌,阵容相当强大。如今增加了一位擅长北宗山水的北方大师,使学生有了新的启发。

除了绘画外,溥心畬在书法方面也颇有名气,其认为书法乃是绘画之基础,例如他在《寒玉堂书画论》中称:"画云水,草书法也。笔须圆转而无棱角。"溥心畬还认为学画的基础乃是作诗,启功先生向溥心畬请教如何作画时,溥心畬就是让他先去学写诗:"我向先生问书画方法和道理,先生总是指导怎样作诗,常常说画不用多学,诗作好了,画自然会好。"(启功《溥心畬先生南渡前的艺术生涯》)

对此,溥心畬也有相应的自述,刘国松在台湾《艺术家》1996年6期上发表《溥心畬》一文中,记录溥的话说:"若你要称我画家,不如称我书家;若称我书家,不如称我诗人;若称我诗人,更不如称我学者了。"那么,应当怎样评价溥心畬更为恰当呢?启功先生在《溥心畬先生南渡前的艺术生涯》中总结道:"总之,如论先生的一生,说是

《玉花驄》 南京博物院藏

骁骨浑是本不凡 觐光曾入大汉渡龙池
玉花师子与其残种不是 故兔不称骄

良骥嘶风羡绝尘 短辕困伏惜崚峋 有清画马
张擦钱□ 擅俊起王孙笔更神
　　　　　聊园居士谭祖任

瘦骨如山意气雄 尚触奋足立奇功 踈慵忘却髀生月
空负王孙续画工
　　癸酉中秋逸翁题

诗人，是文人，是书人，是画人，都不能完全无所偏重或遗漏，只有'才人'二字，庶几可算比较概括吧！"

关于溥心畬在书法方面的师承问题，启功所著《浮光掠影看平生》一书中称："心畬先生幼年启蒙师是谁，我不知道，但知道对他们兄弟（儒、僡二先生）文学书法方面影响最深的是一位湖南和尚永光法师（字海印）。这位法师大概是出于王闿运之门的，专作六朝体的诗，写一笔相当洒脱的和尚风格的字。"

如果海印法师是王闿运弟子的话，那么他跟齐白石也算是师兄弟关系，因为齐白石亦曾拜王闿运为师。然而从后世记载来看，溥心畬和齐白石几乎没有交往，吴洪亮在《松窗采薇——溥心畬艺术散论》中写道：

> 齐白石与溥心畬最重要的一次接触，当是1946年，两位的南京之行。1946年10月26日，齐白石、溥心畬应国民党宣传部长张道藩之邀赴南京参加"齐白石、溥心畬绘画联展"，随后拜见了蒋介石。这一事件甚至上了当时的《中央日报》。有趣的是，齐白石在他的自述中未提及与溥心畬同往这一事实，只说："先到南京，中华全国美术会举行了我的作品展览；后到上海，也举行了一次，我带去的二百多张画，全部卖出，回到北平，带回来的'法币'，一捆一捆的数目倒也大有可观，等到拿去买东西，连十袋面粉都买不到了。"可见齐白石在主观上更重视乘飞机和卖画的收益，对同一位皇亲国戚一起展览并不甚关心。甚至在胡适为他编写的《齐白石年谱》中，依旧未提及溥心畬，当然也未提及他与蒋介石见面。而在当年的报纸上却是将两人的名字并置的。

两人同去办展，为什么齐白石的自述中却完全不提溥心畬，有人认为这正是两人身份悬殊所致。溥心畬虽然为人儒雅而自谦，但其旧王孙之气亦时时有所表现，王丰著《美丽与哀愁：一个真实的宋美龄》中有如下一段话：

> 据说，最早宋美龄心中属意的老师是溥心畬，可是，当溥心畬听到宋美龄可能要找他当国画老师时，当场就以半开玩笑的口吻说："我们大清帝国就是被你们中华民国推翻的，我岂能教宋美龄作画？"

虽然这样的话只是一种传闻，但亦可看出溥心畬为人之直率，他对辛亥革命后所建立的新政权有着本能的抵触，比如他在《族党论》中写道："辛亥以后，分中国为五，而强名之曰五族，又同之曰共和。虽同之，实异之也。曰族曰党云者，党其同而伐其异耳……国乱之所由生焉。"为此他一生都不用民国纪年，并且他还有一个印章，印文是"旧王孙"。以此可见，他仍然追忆着幼年时的幸福时光。

怀念着过去的时光，这种情绪是否会影响到了他的绘画观念，以至于趋向保守派呢？高勇、邓琦在《移临新意——杭春晓谈溥心畬画学思想》一文中以对谈的形式提及了这个问题。比如高勇问到溥心畬是否是保守画家的问题，杭春晓的回答是："'保守'，是一个带有价值判断的词汇。但实际上，保守的文化姿态不应该被简单地视为价值判断的'保守'。所以，如果剔除了'保守'在价值判断上的指向，我能接受这样的判断，认为溥心畬是二十世纪中国保守主义的代表。"

对于将溥心畬的绘画理念视为保守主义这一问题，杭春晓认为跟他的遗老身份有一定关系，但又并不完全如此："溥心畬之所以否定辛亥之后的社会变化，并不只是源于他的遗老身份，而是因为他有自己的一套思想体系。在这一思想体系中，社会是通过'仁'构建起来的想象系统。这一点,在三十年代他和溥仪的关系中,可以得到体现。如果溥心畬只是一个遗老,他理应接受溥仪的邀请,但他没有。也就是说,溥心畬既没接受辛亥革命之后新的社会变化,也没有继续遗老身份的'忠君'行为,转而坚守了自己'仁'的世界。"

溥心畬在画坛上与不同的人有着多个不同的并称,其中叫得最响亮的当数"南张北溥",其中张是指张大千,最早将这两人放在一起并称的,是1935年北京的周殿侯,后来于非闇在《北晨画刊》中刊出了这种说法:

> 张八爷是写状野逸的,溥二爷是图绘华贵的。论入手,二爷高于八爷;论风流,八爷未必不如二爷。"南张北溥"在晚近的画坛上,似乎比"南陈北崔""南汤北戴"还要高一点儿。不知二爷、八爷以为如何?

张大千行八,所以有张八爷的称呼。张大千和溥心畬在何时相识,文献中有不同说法,两人有着几十年的交情,并且彼此看重对方的绘画成就。尹跃奇的《溥心畬张大千京华相见成知音》一文中,载有张对溥的评价:"我山水画画不过溥心畬。中国当代有两个半画家,一个是溥心畬,一个是吴湖帆,半个是谢稚柳,另半个是谢稚柳的哥哥,已故去的谢玉岑。"而在具体画作方面,张大千认为溥的雪景山水画最具成就,张大千在1956年创作的《大千狂涂雪景》上题道:"并世画雪景,当以溥王孙为第一,余每避不敢作;此幅若令王孙见之,定笑我于无佛处称尊矣。"溥心畬对张大千亦十分看重,他曾写过这样的诗句:"滔滔四海风尘日,宇宙难容一大千。"

关于张大千与溥心畬在画艺上的交往,启功先生在《溥心畬先生南渡前的艺术生涯》中,有一段十分形象的描述:"那次盛会是张大千

《纨扇仕女》 台北故宫博物院藏

先生来到心畬先生家中做客，两位大师见面并无多少谈话，心畬先生打开一个箱子，里边都是自己的作品，请张先生选取。记得大千先生拿了一张没有布景的骆驼，心畬先生当时题写上款，还写了什么题语我不记得了。一张大书案，二位各坐一边，旁边放着许多张单幅的册页纸。只见二位各取一张，随手画去。真有趣，二位同样好似不假思索地运笔如飞。一张纸上或画一树一石、或画一花一鸟，互相把这种半成品掷向对方，对方有时立即补全，有时又再画一部分又掷回给对方。大约不到三个多小时，就画了几十张。这中间还给我们这几个侍立在旁的青年画了几个扇面。我得到大千先生画的一个黄山景物的扇面，当时心畬先生即在背后写了一首五言律诗，保存多少年，可惜已失于一旦了。那些已完成或半完成的册页，二位分手时各分一半，随后补完或题款。这是我平生受到最大最奇的一次教导，使我茅塞顿开。可惜数十年来，画笔抛荒，更无论艺有寸进了。追念前尘，恍如隔世。唉，不必恍然，已实隔世了！"

这样的斗画方式让启功先生感到十分兴奋，经过启功先生的描绘，我读到这段话时，也瞬间脑补出这两位大师当时斗画的现场。

溥心畬曾在北京举办过画展，徐玮在其文中写道："1930年，溥心畬、罗清媛伉俪联合于北京'稷园'举办画展，一时轰动京城。书法家台静农称，溥心畬的作品打破了北宗山水数百年的沉寂，一扫四王空洞陈袭的画风，直取北宗山水的精华，可以称为北方画坛第一了。不久，溥心畬又以《寒岩积雪图》参加在柏林举办的中德画展，获得外国人的高度评价。"

王彬在《略论溥心畬的书画艺术》一文中谈到溥心畬的画风时，写道："溥心畬是以'北宗'山水画驰誉画坛的，他大多数山水画的构图可明显看出是从南宋的'边角'之景变化而出，皴法也多用斧劈、钉头，然而他的画中，大块的侧锋斧劈皴较为少见，画面所体现出的是一股和谐宁静之气，设色淡雅，意境悠远而耐人回味，正是历代文人画家所致力追求的境界。"

这段话主要论述的是溥心畬融会了南北宗，但王彬同时又认为溥心畬的画作中南宗特点较弱："溥心畬此类'南宗'山水画作品同董其昌、'四王'的画相比较，显得层次单薄。董其昌、'四王'等人推崇的'南宗'画重渲染，先由淡墨起稿，反复皴擦，而后在层次不足之处用浓墨补之，于层层渲染之后方见笔墨效果。溥心畬在学习'南宗'山水画的过程中对'四王'的画法产生了不满情绪，他是重勾斫，要求一笔下去效果立现，更多地继承了北宗的传统。故此他作画直接用浓墨起稿，先定山之轮廓，然后用浓淡不一的墨色在山石中皴擦，大局基本一次完成，接着设色，最后在不足之处略做弥补。"

总体而言，溥心畬的绘画风貌也分粗细两种，清平在《荣宝斋画谱》中写道："溥先生早期作品，极其工致，严守前人规范，笔笔交代清楚。晚年笔法洗练，不求近似。画树、画山犹如狂草，于不经意之中，常有出人意料的效果。"

由于溥心畬有着王孙的身份，故其画以名显，购画之人接踵而来，为此他忙不过来，多有代笔之作。赵强著《书画鉴定100讲》中的第98讲题目为"溥心畬山水画的门里货"，该文首先评述了溥心畬融会南北两宗的不同画法："溥心畬的绘画，人物、山水、花鸟无不涉及，尤以山水见长。他开始时兼习南北二宗，以后干脆舍南转北，受宋代马远、夏圭影响较多，并加以变化，勾勒皴擦均求收效得宜。后完全超越南北宗的门户之见，形成自家风范。山水画意境雅淡致远结构谨严，笔法挺劲，并喜绘于绢地，染色层次多且淡雅。"

而后该文又提到："溥心畬成名之后，求画者甚多，完全出自他手的作品为数不多，而代笔画、代笔加亲笔画或伪作占了较大的比重。溥心畬一度寓居上海西铜仁路，与篆刻家陈巨来所居相近，陈巨来经

《池塘秋意》 吉林省博物院藏

常到溥家做客。陈巨来见他每画完一幅后,凡须设色的往往让他的夫人及弟子信笔为之。三十年代溥心畬住在北京颐和园听鹂馆期间,以鬻画支撑全家生计,多半取代笔或代笔加亲笔式流水线作业的办法,故此处曾被戏称为'溥家作坊'。据启功先生讲后来有时应酬太多太忙时,自己勾勒出主要笔道,如山石轮廓,树木树干,房屋框架以及重要的苔点等等，令学生们去加染或增些石皴树叶，我曾经见过这种半成品。"

杨丹霞主编的《书画鉴定》中也提到了这个问题："溥儒的绘画多是临古之作，很少有写生纪实之作，但由于他身份特殊，传统功力深厚，加上门生众多，所以在二十世纪四十年代有'南张北溥'之称，与张大千齐名。但是，至今溥儒的画价也不及张大千、齐白石等人，这主要是因为溥儒传世作品的复杂性决定的。溥儒作品的复杂性主要是指市面上流传的画作真正完全出自他手的为数不多，而代笔画、代笔加亲笔画或伪作占了相当大的比重。溥儒住听鹂馆期间，那里被行内人士戏称为'溥家作坊'，也就是说，三十年代那个时期，人们见到的溥儒绘画多出自门生代笔，有一些只是在完成全画之前溥儒略加点染、修饰，而后亲手款题和钤印而已。因此，这种溥儒画只能算代多真少或半真半假。这些作品一般都是青绿山水，间有楼阁、人物，形式多为立轴，有的画幅甚至有十余尺之巨。"

诸文进在其文中也提到了代笔问题："溥心畬画幅越小越精，笔致工细，法度严谨。如手卷往往高仅三寸以内，立轴也在方寸之间。题跋喜用草书。若用楷书，则往往上款为亲朋挚友，非寻常应酬可比。当然这也并非绝对，因其传世画作中，代笔画和真笔代笔同幅或纯伪作画都不在少数。传溥心畬所居'听鹂馆'有'溥家作坊'之称，这些作品中，以青绿山水掩映楼台人物为多，往往由门生代笔而由溥心畬再事润色，落真款钤真印。"而对于代笔之人，该文中又写道："画与溥心畬极似者，有门生宁砥中、金道五、杨淑贞等。溥心畬夫人号'清媛女史'，学其楷书几可乱真。近年复有天津人伪作'溥心畬'画，业内称为'天津片子'，则山水皴法勾勒散漫，章法不成规矩，款字仅存形似。此等赝品，识者不可不知。"

与溥心畬有关的遗迹，近几年来我总计觅得三处，首先是他隐居

《玉霞摇翠》 吉林省博物院藏

十余年的戒台寺。2013 年 3 月 20 日,我前往马鞍山去探访戒台寺。此寺位于北京市门头沟区马鞍山的一座山峰中段。开车前往此寺,那时高速公路还没修通,只能沿着老路在山间绕来绕去。前行三十余公里,来到了戒台寺山门前,偌大的停车场仅有我一辆车停放于此,花四十五元买门票走进寺内。

早晨出门时，天气还算晴朗，开到山间渐渐阴了下来，而停车入院时，雪花已开始飘落。寺内静悄悄的，看不到游客，也未曾遇到工作人员，我不清楚当年溥心畬居住在此寺的哪个院落，只能在院里面一路探看，我最先进入主殿，参观了那座巨大的戒坛。

从外观看上去，戒坛分为三层，在第一层坛上摆着许多黄色和绿色的花伞，在佛坛上摆伞我还是第一次见到，不明白这其中的寓意，佛前所挂的五彩布幔，上面绣着"诸行无常"，正中端坐着佛祖金光灿灿，在佛祖像前还摆起两座金字塔状的物体，我看不清是什么东西。

从戒坛殿的另一侧山门出来，在台阶上看到了两座经幢状的石塔，外面均罩着八角形的玻璃罩，用树枝划开被雪覆盖的说明牌，隐约看到上面写着，此经幢立于辽代大康元年（1075），是为了纪念辽代高僧戒坛创建者——法均大师而立，为八面石柱体，上刻尊胜陀尼经咒，是北京地区保存完好，也是最古老的古经幢。下面则是对应的英文和日文。沿这座塔下行，在下一个台地上，有两座并立的砖塔，拨开铭牌上的雪，介绍牌上写着：辽塔由法均墓塔（北）和衣钵塔（南），以及墓碑和赑屃组成。从外观看两座塔完全一样，将一个人的墓塔和衣钵塔建在同一地，这在我的寻访中也是第一次见到。

古老经幢的后面是一片几亩大的开阔地，这块平地上种满了牡丹花，虽然已是残冬，但我能够想象出盛夏时的茂盛。以我的感觉，这个院落应当是恭亲王奕䜣当年所建，而院落的旁边就有几排老的房屋，只是无法确认在那十几年的时间内，溥心畬居住在其中的哪一间。

2017年5月6日，我来到恭王府参观，这里是溥心畬的出生之地。恭王府原本是和珅的家院，后几经变迁，成了恭亲王奕䜣的府第。光绪二十四年（1898），奕䜣去世了，奕䜣的长子早在父亲去世前就已经离世，故恭亲王的封号由奕䜣的次子载滢之子溥伟来承袭，溥伟又被称为小恭亲王。1912年，宣统皇帝溥仪退位，溥伟也没有了收入，于是就逐渐将恭王府内所藏的字画、书籍等变卖出去，其中主体部分卖给了日本古董商山中定次郎。这些藏品最终卖了四十万银元。

溥伟通过变卖这些珍藏所得的四十万银元，仅几年时间就用光了，而他所花钱的用项主要是在青岛串联一些遗老遗少组建"宗社党"，想以此来挽救满人失去的天下。从事这样的活动当然需要大笔的开支，他变卖古董所得花完之后，后续仍然需要大笔资金，于是他开始打恭王府府邸的主意。溥伟把恭王府府邸抵押给了北京天主教会的西什库教堂，从那里借得了三万五千大洋，后来无法按期返回本利，这笔借款越滚越大，到最后他欠下西什库教堂二十八万银元，这笔钱根本无法偿还，于是恭王府府邸最终归了天主教会。

民国十五年，溥伟的同父异母兄弟溥儒和溥僡从北京西山戒台寺回京居住，到此时两人才知道恭王府已经不是他们的家了，这个结果令兄弟二人十分生气，于是将北京天主教会告上了法庭。溥儒和溥僡的理由是，他二人也是恭王府的业主，在他们不知情的情况下，溥伟将王府抵押他人致使无法收回，这是不能接受的。

经过法院的一番调解，恭王府府邸最终还是判给了天主教会，但恭王府的后花园却给了溥儒和溥僡。兄弟两人对后花园进行了一些改造，就居住到了那里，可能是因为祖父奕䜣写过《萃锦吟》一书，于是溥儒把恭王府后花园改名为萃锦园。

北京天主教会虽然得到了恭王府府邸，但他们并不知道拿来做什么用，故恭王府其实一直闲置在那里。直到1922年辅仁大学成立，校址选在李广桥西街10号涛贝勒府，经过几年的发展，贝勒府因为房间较少已经不够使用，而辅仁大学有罗马教会的背景，通过这层关系，辅仁大学以一百零八根金条从北京天主教会购得了恭王府府邸。此后辅仁大学校长陈垣请梁思成、刘敦桢、单士元等著名建筑学家对恭王府进行了改造，以便适用于办学。1937年，辅仁大学把恭王府通向萃锦园的三处通道砌死，至此府邸和花园彻底分开，府邸则成为了学校的女生部。

如今的恭王府已经成为了北京著名的旅游景点，院门口站着一队队的游客，售票处也是人海如潮，购票进入院中一路参观下去，看到各个房间内都有陈列展览，导游卖力地用扩音喇叭讲解着这个大庄园内曾经发生的或真或假的故事。我尽量转到游客较少的房间内去探看那里的情形，一路向下走，一直走到了后花园，这里的太湖石之多远超他处，可这里同样是游客满满，已经没有了当年的寂静。

2019年1月27日，这天是星期日，上午前往清华大学探访了陈梦雷的遗迹，在刘蔷老师的安排下，顺利地看到了陈梦雷松鹤山房旧居的遗址。参观完毕后，我准备前往颐和园去探看溥心畬从恭王府搬出后，所住的颐和园内听鹂馆。刘蔷建议我走北宫门，她说那里距听鹂馆较近。开车前往该处，这一带有三个停车场，其中两个车位已满，刘蔷说颐和园周日游客太多，然我却以为现在是冬季，且已近春节，应该不会有那么多游客。这已经是我这一年第三次来到颐和园门前，前两次都因为找不到车位而离去，此次终于停下了车，所以即使人再多也要进内一看。

排队购票，票价二十元，冬季果真便宜一半。颐和园来过多次，之前我从东门、南门和东南门都进过颐和园，唯独没有走过北门。由此进入的游客同样不少，进入院中向工作人员打听如何走到听鹂馆，有一人耐心地告诉我，要从万寿山的西侧翻过。于是我们沿着山路翻过半山坡，终于转到了万寿山的南侧，沿途边走边打听，看到长廊时来到了熟悉的区域，在路边见到两位中年男士，听口音像本地人。我立即跟上去请问他们听鹂馆所在，其中一人说，你真问对人了，而后他指着另一位说，这就是听鹂馆的领导。此人一笑："跟我走吧。"

前行不到二十米，登上台阶，进入听鹂馆前厅，一位工作人员拦

匾额

听鹂馆前厅

听鹂馆正门

住我，问我是否是跟领导一同来的，我一时不知怎样回答。那位领导却说："让他进去拍照吧。"我立即表示了谢意，而后进入院中，心里暗自庆幸，瞬间想起了晏殊《破阵子》中的那句"疑怪昨宵春梦好，元是今朝斗草赢，笑从双脸生"。

听鹂馆的形制近似于大型的四合院，只是中间靠南的位置搭建起了一座精美的戏台，据说这里是慈禧太后看戏之所。戏台的上方搭成了庙宇的形状，这与他处颇为不同。戏台的后影壁墙上有"听鹂馆"的匾额，据说这三个字出自慈禧之手。戏台的左后方摆着一组仿制的古代编钟，这似乎有了时空上的关公战秦琼。院落的后方就是万寿山，院墙之外搭起了施工建筑用的围挡，不知道那里在修复什么建筑。我在院落内四处寻找着可拍摄之处，未曾看到介绍溥心畬居住的相关文字，当年他在这里组织了一大帮弟子们替他代笔，不知道操作的场地是否就在这舞台之上，此台的藻井精美华丽，这些绘画者应该也从中得到过一些艺术灵感。

潘天寿（1897年—1971年）
把传统规范推到边界与险峰

2012年6月30日，我在浙江一带寻访，其中一站是参观潘天寿故居，其旧居位于杭州市南山路212号。前一天的寻访因为太过密集，再加上太阳暴晒，一夜未睡安稳，这一天仍有中暑的感觉。打车来到潘天寿旧居门前，下车之时就感觉站立不稳，在参观的过程中，仍然觉得头昏目眩，于是匆忙浏览一番，让司机把我送回了酒店。

此后的这些年，几乎每年都会来杭州几次，但每次都因为这样那样的原因，未能再入此旧居细细观摩一番，虽然多次从该故居门口经过，但都因无法停车而只是隔窗相望。近六年之后，也就是2018年5月28日，我再次专程到杭州地区寻访，当然想弥补未曾细细参观潘天寿旧居的这个缺憾。

本次寻访的带路人，请的是盼盼女士。在出行的前几天，我将欲访目录发给她，她一一做了具体的落实。当时我提醒她，南山路处在西湖边，这一带停车十分困难，请她想办法找到便于停车之处。她回答我说，早已留意了这一点。故我们开车到南山路时，果真在附近看到了三个停车点，只是前两个已经客满，第三个停车场虽然距潘天寿旧居有几百米的距离，但在这游客如织之地能够找到一个停车位，已经算是幸运。

沿着南山路往回走，在路边看到了一幢老建筑，门楣上写着"恒

恒庐

旧居门前的绿地

庐"二字，侧墙上嵌着"美术馆"的字样，门前还摆放着许多花篮，看样子是有新展开幕。信步走近，向门口的工作人员询问，里面是否能够拍照，得到肯定答复后入室参观，看到长长的展厅两侧挂满了书法作品，一一看过去，竟然一个字也不认识，再回头看到门口挂着的招贴布，原来这里举办的是梵字书法展。

我的收藏中也有梵文刻本，但我只是从印刷术角度来收集此物，其实对这种文字完全不认识。当代人来举办梵字的专场展览，真不知道有多少人能够欣赏得了这种冷门艺术，据传中国印刷术的发明正是因为梵文的传入，尤其是梵文咒语难以翻译，才想出了版刻印刷这种传播方式。但古代的梵文跟我眼前所见有着怎样的区别，显然我没有这么高的辨识能力。

从恒庐走出，前行不远就来到了潘天寿故居门前的小广场。这里的情况跟六年前几乎没有变化：正前方的绿地中央横卧着一块巨型鹅卵石，上面刻着"潘天寿纪念馆"的字样，这块绿地的右侧仍然是那家名为南山书屋的书店。六年前，我来此处时就转过这家书店，印象中当时此店专门出售艺术类图书，而今再次走入该店，里面的氛围比六年前典雅了许多。我仍是向前台的工作人员询问可否拍照，对方的爽快令我大感从容，于是在书店内一一浏览当今的艺术出版物。

从整体上看，近些年出版的艺术类图书，尤其是一些大画册在印刷质量和装帧设计方面都有了不小的进步，只是书价也随着质量步步升高。这样的书店开在美院附近，当然有其针对性。我看到几位学生在那里挑选裱成单页的古画类镜芯，他们挑出几张后到前台询问价格，得知是十元一张后，这几个学生又默默地把镜芯放回了原处。以我的眼光看，那些镜芯制作得颇为精美，售价仅十元一张，我觉得这个价格连装裱费都不够，如果仍然被顾客嫌贵，那此店动辄千元一册的画册是否会更难卖呢？这让我忍不住替店家担忧。意外的是我在此店内

文保牌

潘天寿纪念馆入口处

故居正厅

还看到了几本自己所写之书,而这些书却并非谈艺术的,不知道为什么能够摆进店中。

参观完书店,走进潘天寿故居院落,院中的格局也与六年前完全相同,只是庭院中多摆放了两个拉幅广告。我看到有些参观者径直走到正堂,看来那里建造成了美术馆,而美术馆的左侧就是潘天寿故居。

从外观看过去,潘天寿故居是一座灰色二层小楼,楼前的台阶及其门廊都显示着这是一座典型的西式建筑。登台阶入内，门口处坐着一位工作人员，仍然问他是否可以拍照，对方点头称是，而眼前所见的情形跟我六年前看到的情况基本一样。此处旧居仅一楼开放，其格局为进门是中厅，左右两边各有一间房，正厅挂着几张潘天寿作品的仿制件，一面侧墙上悬挂着故居简介，此段简介的第一段话为：

>潘天寿先生于1957年移居景云村一号，与美院另二位副院长共住此幢小楼。"文革"期间，几经抄家，先生全家被迫蜗居一室。1971年先生含冤而逝。1981年恢复故居。成立纪念馆，画室、卧室均恢复"文革"前之原貌。此画室先生自喻为"止止室"，并琢成一闲章。

如此算来，潘天寿在此旧居内居住了十五年，这处房屋见证了这位大师的荣与辱。对于他在"文革"中的遭遇，卢炘在《大笔淋漓——潘天寿传》中描写道："从此，批斗、逼迫交代、训话以至遭打骂，没日没夜地折腾。没有人能统计出批斗会的次数。因为谁都可以到'牛棚'拉他出来批斗。他被剃光头发，戴上高帽，挂着黑牌，在闹市区湖滨、百货公司门口、人民大会堂……以至于在'牛棚'内部，他也是批斗对象。仅在'牛棚'内部组织牛鬼蛇神批斗他的次数，有记录的就有七十余次，都是由'牛棚'组长领头的。"

那个阶段的潘天寿被打得全身浮肿，经常被人用墨汁涂得满脸黑，而后拉上台批斗。除了身体上的折磨，他还不断受到语言上的羞辱。同他一并被关进牛棚的周昌谷先生，与他同为天涯沦落人，对那段历史有着清晰的记忆，为此专门写过一篇《潘天寿先生的人品和画品》，文中谈到了不少潘天寿受到羞辱的细节，其中有这样一段：

记得1966年9月刚关进"牛棚"的第二天,浙美管"牛棚"的头头为了招待来访者以显示他们的成绩,令牛鬼蛇神按高矮排队,令其自报"牛鬼蛇神×××,犯的是××罪"。潘老是第一名,他报过"牛鬼蛇神潘天寿"之后,就报不出来了。是的,我们都知道,潘老犯的是什么罪呢?后来迫促着一定要报罪状,潘老接着道:"我是中国画创新,创得不好……"管"牛棚"的头头也掩着嘴笑了。

而今,我走进潘天寿故居,看到墙上的这段简介,心情之沉重难以形容。我的神态引起了盼盼的注意,因为在前来的路上,我向她讲述了第一次来此旧居时因中暑而返的往事,她可能看到我脸色不好,问我是不是又中暑了。当天杭州虽然也是晴天,但时不时飘过几块云还滴下了雨点,显然不是中暑天。于是我回过身来,继续参观着旧居中的点点滴滴。

旧居的左右两侧房屋已经布置成了展厅的模样,墙上悬挂着一些图片和老照片。我端详着这些照片,发现潘天寿在照相时从来不笑,这跟他严谨的性格很匹配。1981年潘公凯给刘海粟做了录音访谈,后来整理成《往事依稀怀阿寿——刘海粟老人谈话记录》一文,刘海粟在访谈中也提到了潘天寿的性格:"我当时是校长,但校长不是做官,我们大家都在一起的,有时晚上一起合作写字,谈谈笑笑。阿寿也常在一起合作画画,但他脾气好静,不大响的。当时诸闻韵常常往吴昌硕家里跑,我有时也到吴昌硕那里去。吴昌硕人很好,很爱才,很风趣。阿寿这个名字是吴昌硕称呼起来的,他本来是天授。"

潘天寿这种好静的性格受到了吴昌硕的喜爱,为此还给他改了名字,而潘天寿在绘画方面也从吴昌硕那里学到一些技巧。但潘天寿并未止步于此,刘海粟在《往事依稀怀阿寿》一文中,以这样一段话来

有一组旧书箱

潘天寿遗像

墙上的老照片

用过的书籍

讲述潘天寿的出蓝胜蓝之事:"这时候,阿寿画风很受吴昌硕影响,神气很像。他是大笔头写意,章法很特别,同吴昌硕又像又不像。吴昌硕是最擅于画荷花和梅花的,学他学得很像的也有,我也画荷花,阿寿也画荷花,但我们画的都不同,有自己的面目。历史上要自己站得住,要脱掉前人影响不容易。吴昌硕自己也是学前人而跳出前人,否则就没有吴昌硕了。阿寿是跳出来了,他有自己的风格,他是完全变了。"

潘天寿 317

中国美术学院毕业生展

参观完故居我和盼盼接着走入处在院落正前方的美术馆,我本以为里面应该展览的是潘天寿的作品,然而登上二楼展厅,两间大展室悬挂的画作都是中国美院学生的作品,里面潘天寿的画作一幅也没有。端详这些作品,没有一幅近似潘天寿的风格。如此想来,这正是潘天寿精神所在:他能从模仿吴昌硕起步,而后又能跳脱出来形成独立面目。身为美院校长的潘天寿,想来他在教学时也会向学生们强调这样的观念,而这种观念的传承,一直延续到今日,这让我想到了前人所讲的精神不死。

潘天寿有很多的字号,刘绍唐主编的《民国人物小传》中列出如下:"潘天寿,原名天授,字大颐,号阿寿(为人朴讷,友朋戏呼曰'阿寿',因以为号)、寿者,别署寿、秃寿、潘大、老颐、颐者、颐翁、笨翁、懒秃、懒寿、懒秃寿、懒头陀、懒道人、朽居士、朽木居士、懒秃寿者、古竹园丁、三门湾人、大颐寿者、东越颐者、东越大颐、东越寿者、雷婆头峰、雷婆头峰寿、雷婆头峰寿者、雷婆头峰万丈寿、心阿兰若住持。"

现代画家中，少有人像潘天寿这样，有这么多的字号，但是这段话中括弧内的说明，对于"阿寿"一号的来由，没有归到吴昌硕那里。他多个号中都带有"雷婆头峰"这样奇特的称呼，雷婆头峰乃是他的家乡宁海县冠庄村旁边一座山峰的名称，可见他对家乡有着强烈的眷恋之情。

潘天寿的祖上在元代初年就已迁居到了冠庄，到他的祖父潘期照时期，其家境颇为殷实，潘天寿的父亲潘秉璋在二十五岁时考取了秀才，是冠庄村当时唯一的秀才，故后来被推举为乡长。潘天寿乃是潘秉璋的长子，故从小家中就对他抱有期望。潘天寿也确实是一位读书种子，他报考浙江第一师范学校时，当时的考生达一千两百名之多，而录取名额仅有六十个，结果潘天寿以策论第一总分第二的优异成绩考取了该校。

潘天寿考入浙江第一师范学校是在1915年，当时的校长是经亨颐，此人曾留学日本八年，是颇有名气的教育家，该校颇为重视德、智、体、美，经亨颐还请自己在日本留学时的同学李叔同来任教，因为李叔同在东京美术学校所学专业就是西洋美术和音乐。李叔同的到来，让该校在这方面的教学能力有了较大的提高，他的一些观念当然也影响到了潘天寿。遗憾的是，三年之后李叔同突然出家了，转身成为了名震天下的弘一法师，潘天寿则失去了继续受教的机会。但在那三年的时间内，潘天寿还是从经亨颐和李叔同那里学到了一些艺术概念，《民国人物小传》中称：

> 民国四年，年十九；夏，高小毕业；秋，考入杭州浙江省立第一师范学校，校长经亨颐（颐渊，精于篆刻书画，印有《颐渊

篆刻诗书画集》，凡三册），师长李叔同（息翁，精于西画音乐篆刻书法，民国七年披鬀于杭州虎跑寺，法名演音，号弘一，著有《四分律比丘戒相表记》《李息翁临古法书》等数十种），学有专长，天授自学国画之余，常有请益，深受教诲，诗书画印，得以并进，又常至裱画店观赏古今名家精心杰作。

早在年幼之时，潘天寿就已经喜欢上了书法和绘画，1962年12月15日，陆坚给潘天寿做了一场采访，而后写为《启发·鞭策·鼓舞——访潘天寿先生》一文。潘天寿在采访中谈到了他年幼时的爱好："我生长在宁海北乡一个偏僻的山村里。七岁的时候，进入村里的小私塾念书。当时我就喜欢写字、画画、刻图章。最初学写字是描红格，后来习老师所写的墨写映格，最后练老师所写的墨写空格。每天午饭后写一两页，整整地写了五年。老师对我写的字仅仅在习字簿上圈上几个红朱圈，从来没有告诉我字如何写，帖怎样习，历代书法家的名字也没有听说过，当然不会知道学字的常识，也不知道学字的方法，更不知道自己习了多年的字，有没有一些进步，缺点在哪里。但是我还是欢喜写字。"

看来，写字、画画及篆刻乃是潘天寿从小就有的爱好，他并没有正统的师承，而他学习书法的方式就是临摹碑帖："到了十四岁那年春天，我的父亲将我送入城里的国民小学去念书。那时候，小学里仍有习字课，每周二小时。时间比私塾里少多了，可是老师仍和私塾里一样，不加任何指导。不过，当时城里的纸铺里有石印的字帖卖，黑底白字，令人喜爱。我就买了一本颜平原的《瘗鹤铭》和一本柳诚悬的《玄秘塔》来课余临摹。平时一有空，就到纸铺里去看看，若有新帖，总设法买到手。这样，我的习字才开辟了一个出乎意想的新天地。"

以上乃是潘天寿自述学习书法的过程，对于没有师承的人，只有自己去想办法，而对于绘画，他也像大多数缺少师承的画家那样，乃是从《芥子园画谱》入手："我喜欢画画和喜欢写字是一样的，大概是因为书法和画同是艺术，它们的理法趣味也完全相通的缘故吧。我开始学画是映描《三国志》《七侠五义》的插图人物。私塾里向来没有画画的课程，塾师认为画画妨碍正课而严加禁止。我只得在课余或放学的时间画一些。那时候只是画着玩，并不是真有学画的意图。到城里入国民小学以后，买到了《芥子园画谱》，才知道画的范围很广，分科复杂。由分部的练习，到整体的组成，由简单的基础理论，到高深的原则，都是由浅入深，步序井然。于是，《芥子园画谱》就是我学画的启蒙老师了。并且也逐渐懂得了诗文、书法、金石以及画史、画理与绘画有不可分割的联系。"

简单的临摹显然难以满足潘天寿的艺术追求，而他在浙江第一师范学校毕业前期，听说上海图画美术院校长刘海粟来杭州写生，于是他两次前去见刘海粟，然而都因刘外出未能见到面，而后通过刘的勤务员预约，他们终于见了面。《往事依稀怀阿寿》中，刘海粟谈到他们第一次见面时的情形：

> 一见面，给我的印象是修长个子，很朴实，他讲话不多，只是笑笑。我那时虽然已经做校长了，但其实年纪是差不多的，只比他大一岁。他随身带着几幅画，一看画，我就高兴，他的画气魄很大。一张是牛，半身的，一张是鹰，有一股野气，他那个时候的画，好像有点高剑父岭南派的技法影响。当然高剑父的画也是很好的，现在像高剑父这样功夫的人还没有。所以一看，我就高兴。我是很直爽的，我说："你在这里不行啊，到上海来怎么样？"他只是笑笑，说："好、好。"后来，他师范毕业回宁海教书去了。

潘天寿很想见到刘海粟，见面之后刘对他的画作也很欣赏，于是邀请他前来上海。潘天寿答应了下来，然而刘却说他师范毕业后，回老家教书去了。这是什么原因呢？原来按照当时教育部的规定，师范学校的学生在毕业后必须先任教两年才能继续升学。因此潘天寿返回了家乡任教，后来他又到上海女子工校去担任教职，再之后不久他转入了刘海粟所办之校，此时该校已更名为上海美术专科学校。

在任教的过程中，潘天寿也主动前往吴昌硕家登门求教，于是就有了刘海粟在回忆中所谈到的，吴昌硕给其改名的掌故。那时吴昌硕已是海派画家的领军人物，潘天寿拿出自己的作品向吴昌硕请教，吴很欣赏这个年轻人，并且写了一副对联来夸赞潘天寿的艺术天分。后来潘天寿在《吴昌硕先生》一文中记录了这件事：

> 有一天下午，我去看吴昌硕先生。正是他午睡初醒以后，精神甚好，就随便谈起诗和画来。谈论中，我的意见，颇和他的意趣相合，很高兴。第二天，就特地写成一副集古诗句的篆书对联送给我，对联的上句是"天惊地怪见落笔"，下句是"巷语街谈总入诗"。昌硕先生看古今人的诗文书画等等，往往不加评语。看晚辈的诗文书画等等，只说好，也往往不加评语，这是他平常的态度。这副送给我的篆书对联，自然也是昌硕先生奖励后进的方法，但是这种奖励方法，是他平时所不常用的。尤其所集的句子，真觉得有些受不起，也更觉得郑重而可宝贵。

能得到这样的鼓励，当然令潘天寿大为兴奋，虽然如此，他并没有止步于模仿吴昌硕的画作。正如刘海粟所言，他能从吴昌硕的绘画风格中跳出来渐渐形成了自己的面目。

在上海美专任教阶段，潘天寿开创了中国绘画史课，但那时没有相应的教材，于是潘天寿就自己编写。1924年他编出了《中国绘画史》，对于编写该书的参考书目，潘天寿在自序中称："本书大体以《佩文斋书画谱》及中村不折、小鹿青云所著的《支那绘画史》为根底，辅以《美术丛书》诸书；偏漏的地方，自是不免，还望读者有所指教。"

《中国绘画史》是潘天寿的第一部作品，在那个时代有着广泛的影响力，而此书出版时他年仅二十九岁，到了1935年这部书被列入"大学丛书"，而后潘天寿又对《中国绘画史》进行了修订。其实，潘天寿在编写此书时，同时也写了一部《中国书法史》，不知道什么原因这部书却未能出版。故潘天寿在书法上的见解，只能通过其他的文字来间接了解。

潘天寿能够写《中国书法史》，他不仅在理论上对此有探讨，还把这种探讨用于实践之中。余任天在《一味霸悍——漫谈潘天寿的艺术》一文中称："潘天寿的书法，我认为比他的画更好。没有潘天寿的书法，就没有潘天寿的画。他一辈子学黄道周，从不间断，但他有自己独特风格，他已经超过黄道周。潘天寿的书法有郑板桥的新奇，没有郑板桥的拼凑。潘天寿的书法完全是艺术。所以他说，可以一天不画画，但不能一天不写字。画还可以改，书法一落笔就没有办法补救了。画学十年，可以看看；学十年书法就不一定了。善画者必善书，善书者不一定善画。不懂书法，就不能成为中国画的大家。历代的大画家没有一个不善书法的，潘先生就是一个有力的证明。"

1928年春，潘天寿离开上海来到了杭州，在杭州国立艺术院担任国画主任教授，此校乃是在蔡元培的支持下由林风眠所创建，故林风眠任该院院长兼西画教授。同时，该院聘请了二十余位教授，其中主任教授六位，除潘天寿为国画主任教授外，吴大羽为西画主任教授，李金发为雕塑主任教授，刘既漂为图案主任教授，李树化为音乐主任

《映日荷花图》 潘天寿纪念馆藏

教授,余外该校还聘请了一些外籍教授。

　　潘天寿担任该校教职期间,该校在抗战期间一度转移到了重庆,抗战胜利后他仍然在此校任教,后来又出任了校长,再后来赶上"文革",他受尽折磨,去世于此。因此可以说,潘天寿主要的艺术生涯与这所学校不可分割。国立艺术院后来多次改名,比如先后改名为西湖国立艺术院、杭州艺专、中央美术院华东分院、浙江美术学院,最后改名为中国美术学院,这个名称一直沿用到了现在。

　　虽然说,潘天寿在绘画方面没有正统的师承,但他通过临摹古人的作品,也能够使自己的意境得到提高。他曾说过:"倘摒弃传统,空想人人作盘古皇,独开天地,恐吾辈至今,仍然生活于茹毛饮血之原始时代矣。"这段话既表明了潘天寿坚持传统,又说明了他认为在继承传统的同时要有所创新。

对于在传统的继承方面，吴冠中在《潘天寿绘画的造型特色》一文中写道："潘天寿很喜爱石涛，他早期作品受石涛的影响较深，他也经常要我们多临摹石涛、石谿及弘仁等人的作品。我们同学大都偏爱石涛和八大山人，这与潘师的指导是有密切关系的。后来我慢慢探索潘天寿与石涛之间的关系，找到了他们在造型方面的一个基本共同点。"

隔空向古人学习，这也是一种继承。潘天寿最终还是形成了自己独立面目，而对于这种面目的要点，吴冠中做出了这样的对比："如果将潘画与西方现代绘画中某些精华作品对照研究，可找到其间有许多契合的因素，特别在结构方面与立体派中某些倾向更是不谋而合，尽管东、西方的生活习惯和思想感情有差异，但造型艺术这一视觉形象的科学毕竟有极大的共同性，那是世界语。"

潘天寿的代表画作总能在结构上给观画者以强烈的冲击力，故其构图之独特成为他区别于前人的最主要特色。朱金楼在《论潘天寿的艺术》一文中讲到了这一点："潘天寿画上的造型结构往往化圆为觚，就是为了利用形体上的棱角和错节的兀突、转折和屈曲的强拗，来发挥他的刚劲雄健的笔力。形体上的这种兀突和强拗，即体现他对生命的伦理观，也体现他的'强其骨'的美学观。所以他画石不画玲珑剔透的石头而多画接近方形的磐石。这接近方形磐石的形体有现实依据，它们不是来自画谱上的石法或者花园里、盆景中的假山石，而是来自大大小小的浙江地质上常见的所谓'千里冈砂岩'的岩石和他家乡天台山脉的花岗岩的岩块，或者是他涉足过的武夷山的红色岩层和雁荡山的流纹岩的陡壁。"

潘天寿的画作中时常有一块巨大的岩石成为主图，这种画法貌似简单，其实需要精心布局才不会显得单调突兀。潘公凯在《高风峻骨见精神——谈谈我父亲潘天寿艺术风格的一个基本特征》一文中说

《鹫鹰磐石图》 潘天寿纪念馆藏

《夏塘水牛图》 潘天寿纪念馆藏

道:"他的作品中常画巨大的岩石,特别引人注目。用线表现形体,是中国画的特长,而仅用几条轮廓线条表现这样大的磐石,则是前无古人的画法。弄得不好,轮廓就成了框子,岩石就没有了重量,所以,这几笔轮廓线就是成败的关键。父亲画石,一是用笔特别凝重,力透纸背,以表现岩石的质量感。二是用笔老辣生涩,变化丰富,以表现岩石的粗糙坚硬。三是他画石虽很少用皴擦,但他对石的结构关系最为注意,岩石的凹凸转折、皱裂纹路、前后层次、组织规律,他都表现得一清二楚,毫不马虎。"

潘天寿的这种画法其实是巧妙地处理了虚与实的关系,他曾说道:"画要耐人寻味,就要虚多。虚多者,即告诉人的少,藏起来的多,故人所思的就多。当然,首先要有意境,否则虚而无物。"对于这一点,他在《听天阁画谈随笔》中又有如下强调:

实,有画处也,须实而不闷,乃见空灵,即世人"实者虚之"之谓也。虚,空白也,须虚中有物,才不空洞,即世人"虚者实之"之谓也。画事能知以实求虚,以虚求实,即得虚实变化之道矣。

正是这些从自然、从思索中得来的领悟,使得潘天寿能够突破前人的构图方式,画作呈现出独特的风貌,而他在画坛上的贡献,也成就了他成为一代大师。郎绍君在《近现代的传统派大师——论吴昌硕、齐白石、黄宾虹、潘天寿》一文中写道:"继吴昌硕、齐白石、黄宾虹之后,只有一位可称得起为传统派大师,就是潘天寿。潘天寿不幸于创作高峰期被折磨致死,没有像齐、黄那样在黄金晚岁臻于化境,登上自己艺术的峰巅。但他是诗、书、画、印的全才,业已完成了个性风格的独造,并成为现代中国画坛上把传统规范推到边界与险峰的

《雁荡花石图》 潘天寿纪念馆藏

《露气》 中国美术馆藏

潘天寿的墓碑

大画家。"

  潘天寿在其创作的高峰期含冤而逝,实在是画坛上的巨大遗憾,否则的话,他很有可能创造出更多出人意表的画作,能够有更高的成就。令人略感安慰的是,这位大师在近些年越发受到世人的重视,他的绘画理论也成为了当代专家研究的重点之一,随着时间的推移,世人将会更加认可潘天寿在艺术史上所做出的贡献。

  2012年6月29日,我前往杭州寻找潘天寿的遗迹,第一站就是去朝拜他的墓。潘天寿墓位于浙江省杭州市西湖边的虎跑公园内。此次的寻访乃是乘萧山古籍印刷厂总经理张国富先生的车前行,他的司机也不了解潘天寿墓的具体方位,只能把车停在附近。我向周边的警察了解情况,问过两个警察都称未曾听闻过有这样一座名人墓。而我在网上查得,潘天寿墓位于半山坡上,站在山脚向上仰望,看到不远处有一个现代化的社区。于是步行前往那里,在社区的门口遇到两位中年人，向他们一打听，果真得到了确切的行进路线。

沿着登山的台阶一直向上行，走到半山腰看到有处断崖，而断崖的下方有几亩大小的平台，从断崖的横断面看过去，感觉像是人工劈山而成。在平地的中央有一座超现代建筑，乍看上去有些像现代社区里的会所，而这"会所"的非中心位置，立着现代风格的黑色大理石的墓碑，墓碑是三块并排着，正中间略高一点的刻着"画家潘天寿墓"，右边是"夫人何愔之墓"，左边是"长子潘炘之墓"，我恭恭敬敬地向潘氏一家三口鞠了一躬，觉得这是我所访过的墓中，最具现代特征的墓庐。

鞠躬之后，我开始拍照，这时我才注意到，旁边的空地上竖立着几块黑色大理石拼成的立方体，上面刻着"听天阁"。

王个簃（1897年—1988年）

继承缶庐，洒落酣畅

王个簃是吴昌硕晚年的入室弟子，关于拜吴昌硕为师的经过，王个簃曾经写过一篇《我的艺术生涯》，该文先是讲到了最早教他写字的人："我在南通省立七中读书时，校长缪敏之就写得一手好楷书，人有所求，他总慨然诺之。当时我一有机会，就喜欢跑去看他写字。可以说，他培育了我日后对书法的爱好。"而后王个簃又谈到了李苦李在金石方面对他的培育之功："对我走上艺术道路起过很大影响的是李苦李先生，他是南通的一位名流，吴昌硕先生的得意门生。金石书画，可以说无所不能，当时颇负盛誉。我在南通城北小学任教时，结识了苦李先生，常到他的画室去，论书谈印，受益匪浅。从这时起，我开始用更多的精力致力于书画金石的学习和研究，在苦李先生的画室里，我还结识了不少良师益友。"

而真正让王个簃接触到吴昌硕的，乃是李苦李先生的朋友诸宗元："当我转到自己母校省立七中任教时，手头已积有四大本印稿，约数百方。我请苦李先生的挚友诸宗元先生指教，并托他带到上海去向昌硕先生求教。因为诸宗元先生也是昌硕先生的好友，没有多久，昌硕先生托人把印稿带回来了。我打开一看，很多地方都有昌硕先生的详尽的批语，例如'尚可''此作精妙绝伦，秦印无以过之'等等，这位在艺坛如此深负重望的老前辈，竟然对我这样一个普通中学教员的习作采取了这样认真而又严肃的态度,使我极为感动,鼓舞了我学艺的决心。于是,我辞去了中学教员的职务,借了一笔钱,带着书画,抱一古琴,毅然到了上海。"

如此偶然的事件,让王个簃先生下定决心辞掉工作前往上海学艺,那时他去上海的唯一念头就是想拜吴昌硕为师。但到达上海后,很多问题没有他想得那么容易,因为他首先要解决谋生问题,需要赚钱吃饭,而后每周抽出时间到吴昌硕那里请教篆刻之法。后来王个簃遇到了一个特殊的机会,那就是吴昌硕要给他的孙子吴志源请家庭教师,经过刘玉庵的介绍,王个簃成功应聘,由此进入了吴昌硕的家中。

在吴昌硕的亲授下,王个簃无论篆刻还是书法、绘画都有了长足进步。他所绘的《龙幻》一画受到了吴昌硕的肯定,昌硕老人在该画上题下了这样的诗句:"猛笔个簃临大涤,老缶题诗凝秋毫。涛声浩浩天风落,聊当潭沱一战鏖。"同时,吴昌硕还在该画上写跋一段:"个簃大弟泼墨处,浑穆生动兼而有之,时乎鲜有其人,缶亦当退避三舍。"

这段跋语肯定了王个簃在绘画方面的独创性,吴昌硕还谦称王个簃这幅画中的神来之笔超过了自己。事实上,王个簃在各个方面都受到了吴昌硕的影响,曹用平在《王个簃的艺术》中总结说:"个老篆书深受昌硕老人熏陶,数十年间出入于石鼓、琅琊台石刻,直追乃师,为这一流派一大传人。他用笔熟中有生、拙中有奇。他的篆隶,气骨开张,凝练浑朴,遒劲雄健,富有浓厚的金石气息。画面上题字,或长或短,或篆或行,和画面占让得势,字和画形成了一个有机的整体,深得乃师三昧。"

关于王个簃前往上海拜吴昌硕为师的起因,他本人还有另外一个说法。王个簃还写过一篇名为《春风化雨忆啬公》的文章,专门回忆他见到南通状元书法家张謇的过程。王个簃在此文中写到南通有一位

《飞瀑雷鸣》 南通个簃艺术馆藏

名叫徐贯恂的商人,当地人说他是南通首富,此人在经商之余颇喜吟诗作赋,而王个簃也有此好,于是与徐贯恂有着密切交往。某天,徐贯恂请朋友吃饭,约王个簃一起作陪,来到现场他才知道所请之人乃是张謇。王个簃第一次见到这位状元,不免有些拘谨,但没想到的是这位状元却很随和,王个簃在文中记录下了他们之间的对话:

> 我们的谈话所涉及的都是诗、书、画、印,他对吴昌硕的艺术非常了解。他说:"听说你喜欢画画,刻印,做诗,这很好嘛。"我说:"您的字厚重得很,我向您请教。"他说:"我的字普

普通通，很平常。你看过吴昌硕先生写的《一山楼》匾额吗？真是好得很。你看，一字只一笔，山字笔画也不多，而楼字的笔画这么多，这三个字难写呀，我看，别人是写不好的，只有像吴昌硕先生这样的大家才能写得如此结构严谨，挥洒自如，完美无缺。真不愧是大家风范。"昌硕先生为南通名士刘一山书写的"一山楼"横额我看到过，真是气势非凡，这天，又听到啬公极高的评价，内心更为钦佩。啬公接着说："我也听到你刻的印章吴昌硕先生也评过了，真不简单，我希望你跟吴昌硕先生学下去，你应该走这条路，这条路是对的。"

张謇对吴昌硕的欣赏，给年轻的王个簃以很强的心理震动，该文接着写道："我那时已师从李苦李先生，醉心于缶庐艺术，业已萌动了弃职赴沪追随昌硕先生学艺的思想，啬公的一席话，无异着我背上一鞭，增强了我的信心和决心。不久，在苦李先生的引荐下，我终于来到上海，拜师学艺。今天，能使我毕其一生，遨游艺海，这与当年啬公对我的教导和鼓励是分不开的。"

正是张謇的鼓励，才让王个簃下定决心放弃工作来到上海找机会拜吴昌硕为师。这样的一场冒险，竟然因为家庭教师一事使他梦想成真，看来上天在冥冥中自有安排吧。丁羲元在《〈王个簃画集〉序》中则把主动与被动的关系调换了过来，认为这场师徒缘分是吴昌硕的主动："王个簃当青春年少，崭露头角之时，被吴昌硕发现，并且引王入室，住在家中，吴在辞世前，于西泠观乐楼前，单独与王合影，有衣钵相传之意。"

自此之后，王个簃陪伴在吴昌硕身边三年时间，而此前的两年，他每周去向吴昌硕求教，故前后加在一起，吴昌硕教授王个簃的时间达五年之久。陈师曾此前乃是吴昌硕最喜爱的弟子，可惜师曾去世得早,故丁羲元才认为王个簃是传吴昌硕衣钵之人。王个簃晚年到新加坡举办画展,在那里接受了记者吴启基的采访,为此吴写了一篇《访中国名画家王个簃》的文章。该文的部分内容乃是问答的方式,吴在其中提出这样一个问题:"吴昌硕桃李满门,但他有三个爱徒,特别为后人看重,那就是陈师曾、潘天寿和王先生您,请分别谈谈三人的艺术特色好吗?"对此,王个簃的回答是:

  三人中,吴昌硕最疼爱陈师曾,可惜他英年早逝,死时只有四十八岁,吴缶翁在悼念时曾撰辞曰:"槐堂朽者",暗指"朽者不朽"的含义,后来他老人家还用这四个字做了自己的斋名。吴昌硕形容另一爱徒潘天寿为"天惊地怪是落笔",可见对其艺术评价之高。至于我呢!还在学习之中,我有一方闲章,是这么写的:"学到老,学不了",这方图章,已前后用了二十年。

以此可以体味到,个簃先生为人之谦逊。卢炘在《师出同门,何处着我——谈王个簃与潘天寿的交往和不同的艺术道路》一文中对二人做了比较,卢炘首先谈到潘与王同庚,都出生于1897年,而后谈到两人在1923年就已相识,同样对吴昌硕非常敬重,比如潘天寿认为吴昌硕"是左右一代的大宗师",而吴昌硕的绘画观念对潘天寿也有很深的影响,吴昌硕反对泥古,重视独创,曾言"画之所贵贵存我","古人为宾我为主"。

那时的吴昌硕在花卉用色方面超迈前人,他用夕阳红来替代胭脂,以此解决胭脂着色淡薄问题,画面显现出大刀阔斧的大红大绿,故潘天寿夸赞吴昌硕"是大写意花卉最善于用色的能手"。在布局方面,吴昌硕常常采取对角倾斜之势,并且喜用长题,以此使得画面很有气势。潘天寿拜谒吴昌硕后,曾有一度模仿吴昌硕的用色和布局,但后来他

《葵花》 南通个簃艺术馆藏

很快变法，形成了新的构图方式，用色方面也有所改变。有人将潘天寿的变化告知吴昌硕，吴闻言后称："阿寿学我最像，跳开去又离我最远。大器也。"以此可见，吴昌硕十分鼓励学生有独创性，但他同时也担心潘天寿难以打下坚实的功底，为此特意写了一首长诗赠给潘，此诗的最后一句为："只恐荆棘丛中行太速，一跌须防堕深谷，寿乎寿乎愁尔独。"

对于该诗，卢炘在文中说道："吴昌硕在诗写好由诸闻韵转交潘天寿之后，对王个簃讲过，阿寿的画过于野怪，至少吴昌硕不希望自己身边的弟子都走潘天寿的路，因为野怪与蕴藉正好相反，吴昌硕主张的是后者，前者危险性太大。吴昌硕在告诫潘天寿的同时，更明白地在提醒王个簃等嫡传弟子。"卢炘在该文中又明确地称："在吴昌硕生命最后的四五年里，陪伴大师左右，亲密无间，以至日后被画坛公认为吴派的衣钵传人，又因为陈师曾过世早（1923年），王个簃实际上已取得了吴昌硕大弟子的地位。"

关于自己的出身，王个簃在《王个簃随想录》一书中写道："我原名王能贤，后来去掉了'能'字，便成了王贤。在南通省立第七中学教书时，孙伯龙老师给我取了个'启之'的别名。我又替自己起了个别号，叫'个簃'。所以后来吴昌硕先生给我亲笔手书的名片是：王贤，字启之，别号王个簃。"

对于他为什么给自己起"个簃"这个号，吴启基在采访中问他是不是与喜欢风竹有关，王个簃回答说："是有一点关系。但另外还有一点，我喜欢郑板桥的一句话'江南江北一道人'，个道人，原名丁有煜，他是有名的书法家，我喜欢他，我尤喜其名字中的'个'字，这'个'字的字型，像不像大房子旁有那么一间小书斋呢？我个人画画，有自知之明，认为本身绝非才具很高，在画史上，我正如大房子旁的一个小书斋。"

《石榴》 南通个簃艺术馆藏

《蜡梅水仙》 南通个簃艺术馆藏

从起号这件事上亦可看出，个簃先生为人之谦逊。对于他在绘画方面早年的师承，王个簃在《毕生丹青》中写道："我的祖父和父亲都不会画画，但他们喜欢画。记得家里曾挂有不少乡中名人雅士书画，客堂两边有八幅屏条，上面都画着山水，中间挂一幅中堂，是当时乡里有点名气的画家查嗣韩先生的字。"

原来在绘画方面王个簃并没有家学，只是家中张挂着一些乡间雅士的绘画，正是这些画让王个簃喜欢上了这门艺术。后来又经过张謇的鼓励，王个簃冒险来到了上海。在那个时段，还曾经因为找不到工作，一度靠借贷度日，为了家人的生活，他还需要借钱寄回家中，到后来甚至通过借新债还旧债，有时一天只能吃两个冷馒头，直到进入吴昌硕家当了吴志源的家庭教师后，在吴东迈的帮助下，他才还清了旧债。

王个簃进入吴昌硕家当家庭教师，对他来说不仅能够学艺，同时还解决了他生活上的困难。其实刚开始进入吴家时，吴昌硕并没有教给王个簃绘画技巧，他在《平生师友》中写道："我在楼下忙我的事，除了偶然的机会能偷偷地看到昌硕先生作画，一般我也是不上楼的。我刚到，又不是熟人，因此看不到昌硕先生画画的。而且当着外人的面，昌硕先生是不大动笔的，再者当时他对外号称'封笔'。"

既然是住进了吴昌硕的家里，王个簃毕竟有了很多的机会学习，他在《平生师友》中讲到了一位名叫友永霞峰的日本人请吴昌硕画桃子的细节，这些有趣的故事如果不是亲眼目睹，后人实在是难以知之。而吴昌硕教授王个簃绘画时，也是启发式的传授，王个簃自称：

> 昌硕先生的教学方法，不是一笔一笔地画给我看，而是启发我，让我动脑筋思考。一次昌硕先生画了一幅很大的松树，刚落上款，来了个朋友。昌硕先生就请他看刚才画的那幅松树，并向

《石榴与书》 南通个簃艺术馆藏

他说:"你看要不要加点什么?"那朋友从远近对面端详了一阵,然后说:"可以加上一点树枝!"等这个老朋友告辞后,昌硕先生叫我过去,问道:"启之,你看怎么样,要不要加?"

但是王个簃经过端详,认为不能再添加了,因为绘画讲求盈虚相依,再加就过密,并且会破坏现有的平衡感,于是他大胆地说出了自己的看法,然后受到了吴昌硕的夸赞。

正因为有这样亲密的接触,使得王个簃对吴昌硕的各方面情况都比其他人要了解得详细,为此王个簃写过一篇名为《吴昌硕先生史实考订》的文章,谈到了后世研究吴昌硕时的一些不确之处,比如吴昌硕曾经跟诸贞壮说自己"三十学诗,五十学画"。很多人据此认为吴昌硕是五十岁之后才开始学习绘画，而王个簃说五十仅仅是举其成数，并非是真的五十岁才开始学画。而后他例举出了吴昌硕在五十岁以前的一些绘画作品，比如吴昌硕在三十多岁时就画过梅花册页。

关于吴昌硕是不是任伯年的学生，王个簃在此文中否定了这种说法，他认为二者之间是契友而并非师徒："吴昌硕后来学画也得到任伯年和蒲作英、胡公寿等人的指点，他与任伯年的交往尤深，经常交谈画理，评点画作。昌硕先生对任伯年尤为敬重，平时称任伯年为'伯年先生'，犹如任伯年称胡公寿为'公寿先生'一样。他们的关系并非师生，一开始就是好友。"

另外王个簃还在文中订正了人们认为吴昌硕晚年信佛的误解，以及人们把吴昌硕视为遗老和遗民的问题等等，这些都非他人所能知其详者，他在文中也讲到了吴昌硕逝世前的一些状况。但是吴昌硕去世后，作为弟子的王个簃在无意中也遇到了麻烦，因为在吴昌硕弥留的几天内，王个簃已经提前拟好了《吴先生行述》，此行述讲到吴昌硕的世系时，其中有一句"孙一，志源"。也就是说吴昌硕仅有一个名叫志源的孙子，结果吴家孙辈看到《行述》后大闹一场，因为吴昌硕实际有五个孙子，除志源外，另有志洪、志范、志况、志鲁。按理来说，五个孙子对祖父的遗产都有继承权，但若按《行述》中所言，其他四位都被剥夺了这样的权利，所以他们找王个簃大闹也是情理之中的事情。好在吴昌硕的生前挚友王一亭及时赶来，才将这个风波平息了下来。

王个簃为什么在《行述》中只写一孙呢？华振鹤在《画家王个簃旧事》一文中写道："尽管《行述》由他执笔，许多内容却不得不听命于吴昌硕另一位关系密切的朋友朱古微。"

朱古微就是朱孝臧，他认为写《行述》应当要区别嫡出和庶出，华振鹤在文中写道："吴昌硕的五个孙子，只有吴志源嫡出，其他都属庶出。何况，这四个孙子早就过继给吴昌硕两位早亡的兄长，虽然仅是名义上的，但名分上已不能再算他的孙子。《行述》中的这一句话正是秉承朱古微的意思撰写的。"

通过这件事，也可看出王个簃不但跟吴昌硕生前学艺，在吴昌硕身后也还帮着料理了家事。有人认为，正是在吴昌硕去世之后，王个簃通过不遗余力的努力，才使得吴昌硕所开创的吴派得以在后世发扬光大。范石甫所撰《墨缘鸿爪》中有《由王个簃手札引发的几点随想》一文，该文首先称："王个簃先生出于吴门，然并不因其列于吴门而掩其独自光辉，有人誉称其为当代缶翁，这'当代'二字正说明他与当年的缶翁有和而不同之处。"

但相比较而言，王个簃对吴昌硕来说更多者是继承，陈祖恩撰稿的《颜梅华口述历史》中有一篇题为《翻不过高山的王个簃》，颜梅华谈到不少王个簃向其讲解吴派绘画理念的问题，比如王个簃告诉颜梅华说："吴派从来不画鸟，主要是两个原因。一个原因是吴派花鸟章法构成和其他花鸟不一样。比如说画梅花树枝，线条虽多，但挺拔，章法上不允许你画一只鸟在挺拔的树枝上，这是很难看的。其次是用笔问题，花画得很粗犷，鸟画上去就不好看，不配。"但是颜梅华还是认为："王个老真有点可惜，他为什么脱离不了吴昌硕呢？我们分析，这与他的性格有关。他比较善良本分，不是很有锋芒的人，艺术上比较保守。我和王个老的学生曹用平接触下来，发现他们吴派学生都是一个路子，既有好处，也有缺点。好处就是很虔诚地承继上一代的艺术，缺点就是不能突破。曹用平说，门前这座高山我们没办法翻过去，山太高了，我们没有本事翻过去。"

但也有人不这么看，范石甫在文中写道："王个簃学吴昌硕，有人则责之谓因袭，殊不知流派形成的特定内涵，独木不成林，不流不成派。"有人评价王个簃的艺术成就时称："因袭大于创造，守成大于创新。"范石甫认为这样的评价"有欠中肯,更不够深入",他认为:"流派的鼻祖有开山之功,流派的传人有弘扬之绩,开山者须别创一格,承传者必得其神髓,通过有绪的传承,达到群体的认同,形成整体的风格,凡能立定历史地位的流派,必然是一个完整的体系。"

看来一个门派有开创者就要有继承者,而王个簃正是吴派的继承者,从这个角度而言,范石甫说:"吴派是书画史上根基最深、枝脉最广、影响最大的门派,王个簃作为吴门传人的重要代表,对流派的建设与发展,其功不可没。"

虽然王个簃的主要功绩是对吴门画派的承继,但他仍然有着自己的特色和独创性。范石甫总结说:"缶翁赋色喜于重、浊;个簃用色明朗热烈,富于时代色彩。"潘受在《〈吴昌硕王个簃画集〉序言》中又对两人的画风做了这样的对比:"个簃艺术风格,一如其师,同奉重、拙、大三字为圭臬,所微不同的,缶庐狠些,辣些,跌宕些;个簃隽些,润些,婀娜些。个簃金石,可乱师作,一印刻成,虚实相生,仿佛汉物。论画,缶庐磅礴淋漓,个簃洒落酣畅。书法与诗,个簃流传海外的较少,但就题画的小行书与五七言绝句看,则绝句清雅有法,小行书自得之处多于得自缶庐。偶见个簃一二对石鼓楹帖,亦咄咄逼老师,只是缶庐加恣肆,加郁勃。"

王个簃认为吴昌硕的印章乃是得力于他雄厚的书法根底,于是在昌硕师的指导下发奋用功,每天只睡四五个小时,反复临习《石鼓文》,兼及《散氏盘》《毛公鼎》等,而汉碑中对《张迁碑》用功最深,行楷主要是写王铎、黄道周、倪元璐、张瑞图等,他从二十多岁一直写到八十多岁,对于书法的练习从未间断过。为此他总结出《篆书五法》一文,王个簃在该文中写道:"古人对楷书总结了'永字八法',那末,写篆字是否有法可循呢?我看也有法。根据自己六十年写篆字的体会,我琢磨着把写篆字之法归纳为'横、竖、曲、围、折'五笔,

《蜀葵》 南通个簃艺术馆藏

《松坛紫绶》 南通个簃艺术馆藏

称为'篆书五法'。我认为这五法是可以概括篆书的基本笔法的。这是古人没有说过的,是我自己写篆的经验总结。"为了便于记诵《篆书五法》,王个簃还写了一首四言诗:

> 握管要紧,笔头开通。运腕牢记,笔笔藏峰。回旋曲折,灵活生风。先工后放,奋笔如龙。自成节奏,下笔轻松。能疏能密,气贯长虹。

为什么要强调王个簃在书法方面的成就呢?这是因为他说过"书

法跟中国画有密切的关系",为此他还专门写了《书法与中国画》一文,他在该文中首先谈到中国画本身就讲线条:"线条要有提、按、徐、疾、顿挫、干湿、浓淡、虚实的变化,画家要善于用线条来表现物象,来抒发自己的情绪,表达出自己的艺术个性。这跟书法是完全一致的。"而后他以老师为例,讲到了以书法入画的重要性:

> 昌硕先生善于参用篆隶狂草笔法入画,运笔苍老遒劲,朴茂奇丽,一扫嘉、道以来一般花卉画的作风,竭力矫正平庸妍媚与纤弱的习尚,笔墨淋漓,大气磅礴,堪称异军突起,是我国绘画史上的新的创造。昌硕先生常说:"直从书法演画法。"这正是他自己艺术表现手法的总结,充分强调了中国画创作中书法的重要作用。

除此之外,王个簃还认为中国画跟书法关系最为密切的地方,就是画的题款,他在文中写道:

> 在画面上题诗加跋,这种风气是在宋元时兴起的,并逐步发展为中国画的一种特有的民族形式。我觉得,绝不可轻视题跋,它是一项专门的学问。字写得好的人,题跋落款不一定就好,如果不懂画,不了解题跋落款是画面的有机组成部分,是很难题好的。例如乾隆皇帝就喜欢题古画,他的书法固然不错,但却往往不但不使画面增色,反而起了破坏画面的效果。因为题跋落款的地位很重要,并不是有空白处就可以下笔的,一定要细细推敲整个画面的结构,题得多时,要使人不感到冗长;题得少时,也要使人不感到局促,使字与画起到相辅相成的艺术效果。

《山茶花图》 南通个簃艺术馆藏

以上这些观念都说明了王个簃对于吴昌硕画理的继承，再加上新时代题材的变化，使得王个簃的绘画既有继承也有拓展，而这正是王个簃对于中国绘画史所做出的贡献。

王个簃艺术馆位于江苏省南通市文峰路7号，此处乃是文峰公园北侧，其标志物为文峰塔。2019年9月12日，我从常熟驱车来到南通，按照手机导航寻找此馆，然而导航出了问题，最终我停入了一个饭店的停车场，老板娘很热情地迎了出来，我首先向她表示歉意，称自己吃过饭了，来此仅是打听王个簃艺术馆怎么走。老板娘颇有涵养，丝毫无失望之意，她热情地让我下车，而后把我领到路边，告诉我说如何拐弯，见到哪个标志物后再停车。她同时告诉我，那个院内不允许停车，路边也有警察贴条。我问她这怎么办，她想了一下说："那就把车停在我这儿吧，步行走过去，也就一百米。"

遇到这样的好老板，当然很高兴，于是我把车停好拎着相机前行，果真没走出多远，就在路边看到一座牌坊，上面写着"南通书法国画研究院"。牌坊后面就能看到高高的文峰塔，门前之路也叫文峰路，这条路一侧是河，另一侧是围墙，两者之间连步行道都没有，果真没有停车的余地。

穿过牌坊走入大门，影壁墙上刻着"个簃艺术馆"五个大字，此字出自沙孟海之手。走入院中，看到了路边的介绍牌，看来个簃艺术馆也是南通的一个景点。景点介绍中写道：

> 文峰塔建于明万历年间，塔下有五福寺，因文峰塔顶装有五只分别象征着"福、禄、寿、喜、财"的大蝙蝠而得名，现改为文峰院。文峰院内设个簃艺术馆，建于1989年。王个簃先生是近代杰出艺术大师吴昌硕先生晚年亲传衣钵的得意门生，是我国当代著名的金石、书画家。该馆珍藏有王个簃先生向南通市政府捐

赠的近三百幅金石、书画作品及其珍藏的历代名人字画。

这段介绍分别用中、英、日三种文字书写，只是不知道王个簃向南京市政府捐献的金石书画作品能否在此展出。穿过文峰塔，后面有一个仿古院落，二楼上挂着"王个簃艺术陈列室"的匾额。墙侧有半圈回廊，里面悬挂着一些放大的照片，浏览一过，基本上是王个簃与一些重要人物的合影。

从侧旁的楼梯来到二楼，登高下望，前面的空地上安置着王个簃的胸像。今日阳光充足天气炎热，我进院时在收发室内就没有看到工作人员，一路走来也未看到，此刻才看见像前塔后的树荫下坐着一位打盹的保安。他看到我后瞥了一眼没有阻拦之意，于是我大着胆子继续在这里拍照。

二楼的展室内虽然悬挂着一些书画，但其中并没有王个簃的作品，从画案上摆放的文房四宝来看，这里正在搞笔会。某个门楣上挂着王个簃所书的"献颂楼"，这可能是该楼的正式楼名。

而后参观一楼的展厅，此处正在举行红色展览，浏览一过，也均与王个簃无关。走到楼下转角处，看到墙上嵌着一块"个簃艺术馆基石"，落款为"一九八五年十一月"。此时个簃先生还在世，当地就给他建起了这样的艺术馆，可见南通人民对他的看重。

而后我又转到了后院，此处门口摆放着非工莫入的告示，但里面的一丛绿竹还是把我吸引进入院中。我对竹子的偏爱没有由头，而我在欣赏这些竹子时，听到了身后的猫叫声，一只花猫卧在一块太湖石的空洞内，正盯着我的一举一动，我觉得自己的言行举止并无违碍之处，想来它的叫声只是表达它看到了我。看见是何等之重要，于是我向它招招手，为它拍摄照片后走出此院。

正在举办的展览

王个簃胸像安置在楼前

个簃艺术馆

文峰塔

丰子恺（1898年—1975年）

"感想漫画"几乎是他独创

丰子恺是中国最著名的漫画家，甚至有人说，中国的漫画这种艺术形式就是由他所创，但丰子恺自己却认为是陈衡恪，他在《教师日记》中称："国人皆以为漫画在中国由吾创始，实则陈师曾在《太平洋》所载毛笔略画，题意潇洒，用笔简劲，实为中国漫画之始，第当时无其名，至吾画发表于《文学周报》，始有'漫画'之名也。忆陈作有《落日放船好》《独树老夫家》等，皆佳妙。"丰子恺在《漫画创作二十年》中也讲到了这件事："人都说我是中国漫画的创始者。这话未必尽然。我小时候，《太平洋画报》上发表陈师曾的小幅简笔画《落日放船好》《独树老夫家》等，寥寥数笔，余趣无穷，给我很深的印象。我认为这算是中国漫画的始源。不过那时候不用漫画的名称。所以世人不知'师曾漫画'，而只知'子恺漫画'。'漫画'二字，的确是在我的画上开始用起的，但也不是我自称，却是别人代定的。"

但陈星先生在《丰子恺评传》中，却否定了丰子恺的这两个说法："事实上丰子恺在这段文字中所说的两个问题均不符合事实。首先，中国漫画并非始于陈师曾；第二，在中国，'漫画'一词用于绘画也并不是起于丰子恺的画作。"对此，陈星在其专著中做了系统的疏理，他认为"漫画"一词至少在北宋时期就已出现了，而后陈星在文中举出了北宋人晁以道在《景迂生集》中所言："黄河多淘河之属，有曰漫画者，常以嘴画水求鱼；有信天缘者，常开口待鱼。"晁以道还在诗中提到"漫画"二字，根据文意，晁所说的"漫画"乃是一种鸟的名称。而宋人洪迈在《容斋随笔》中也用到这个词，也是指的一种鸟。清代的金农在《冬心先生杂画题记》中言："漫画折枝数颗，何异乎望梅止渴也。"这个时候冬心先生所言的"漫画"二字，已经是指随意而画之意。

由此可知，中国自古就有"漫画"二字，只是含意与今日迥然不同。而当今"漫画"二字作为专用名词是何人所起呢？丰子恺在《漫画的描法》一文中说："'漫画'二字，实在是日本最初创用，后来跟了其他种种新名词一同传入中国的。日本最初用'漫画'二字的，叫作葛饰北斋。"

丰子恺认为漫画是由日本传入中国的，并且点出了日本最初使用"漫画"二字的人的名字。毕克官在《中国漫画史话》中也有同样论述："'漫画'这个叫法最早是始自日本的。日本在德川时代（中国清初），以葛饰北斋为首的八大漫画家，就已开始使用了这个名称，据说含意是'随意画'的意思。此后日本就一直沿用这个叫法。'漫画'名称在中国的起用，是受了日本的影响，这也是可以肯定的。"

那么漫画这种绘画形式传入中国后，是何人最先使用的呢？孙晓龙在《快乐着的笑的年轮——中国漫画百年回眸》中称："北京现代出版社1999年出版的一套《老漫画》丛书，比较全面地为现代人展示了1912—1949年解放前大量的旧中国漫画作品，其中提到中国漫画应是从1916年方生在《民国日报》上发表'方生漫画'的那段时间开始的。我想大概是这样，但或许是从还要早一些的1911年《真相画报》的创刊算起罢。"但陈星认为，中国画家创作这类风格的画作要早于1911年："然而就目前的考证结果，在中国，'漫画'一词用于绘画（即如今所说的漫画），是在1904年。从该年的3月27日起，上海《警钟日报》上发表的画作，就冠以'时事漫画'的名称。"

既然丰子恺不是中国漫画的首创人，那为什么后人一谈到漫画就会想到丰子恺呢？陈星认为："但由于画幅不多，作者的社会影响也不大，'漫画'这名称也只是昙花一现。直到丰子恺的'子恺漫画'出现，'漫画'一词才普及起来，自此便有了一个统一的称呼。这已成为目前漫画理论界公认的事实。"

虽然丰子恺的漫画有着广泛的影响力，但就漫画形式而言，他的绘画题材却并非主流，毕克官、黄远林在《中国漫画史》中认为："讽刺与幽默是它最突出的艺术特点，也是漫画特有的艺术功能。"然而，丰子恺的漫画却大多不具备这两个突出特点，他所画的漫画乃是自己意识的感受，而这种漫画形式，被毕克官和黄远林称之为抒情漫画，他们认为这种漫画特色是丰子恺所开创者，而余连祥在《丰子恺美学思想研究》一书中也持这种观点："在中国的漫画史上，讽刺漫画和宣传漫画一直比较发达，而'感想漫画'几乎是丰子恺独创的。"

可见，丰子恺虽然不是中国漫画的创始人，然而他却在中国漫画界开创出了感想抒情派，这正是他对中国绘画史所做出的贡献。

丰子恺从事漫画行业，起因其实是一件偶然事件。光绪二十四年（1898），丰子恺出生于浙江省崇德县石门湾，这里即今日的桐乡市石门镇。丰子恺的父亲为清晚期的举人，家中有很多藏书，丰家有一家名为丰同裕染坊的生意，故其家境还算不错。丰子恺从小就有绘画的天分，他在《学画回忆》中以自嘲的口吻写道：

> 假如有人探寻我儿时的事，为我作传记或讣启，可以为我说得极漂亮："七岁入塾即擅长丹青。课余常摹古人笔意，写人物图，以为游戏。同塾年长诸生竞欲乞得其作品而珍藏之，甚至争夺殴打。师闻其事，命出画观之，不信，谓之曰：'汝真能画，立

费新我 《丰子恺先生像》 收录于《丰子恺遗作》

为我作至圣先师孔子像！不成，当受罚．'某从容研墨伸纸，挥毫立就，神颖哗然。师弃戒尺于地，叹曰：'吾无以教汝矣！'遂装裱其画，悬诸塾中，命诸生朝夕礼拜焉。于是亲友竞乞其画像，所作无不惟妙惟肖。……"百年后的人读了这段记载，便会赞叹道："七岁就有作品，真是天才，神童！"

正是因为他的这个天分，因此"自从我的'大作'在塾中的堂前发表以后，同学们就给我一个绰号'画家'"。

虽然具有这样的天分，但若无名师指导，丰子恺也很难成为职业画家。民国三年，丰子恺以第一名的成绩毕业于崇德县立第三高小，而后进入浙江省立第一师范学校学习，而校长经亨颐是一位著名的金石书画家，他在该校响应着蔡元培的美育教育。姜书丹在《弘一大师永怀录》中称："方清之季，国内艺术师资甚稀，多延日本学者任教。余先民国一年受聘入是校，而省内外各校缺乏艺师也如故。于是校长经子渊氏因事制宜，特开高师图画手工专修科，延聘上人主授是科图画及全校音乐。上人言教之余，益以身教，莘莘学子，翕然从风。"

第一师范学校虽然不是艺术专科学校，但该校却开办有绘画和音乐课，而这样的课最受学生欢迎。丰子恺有这样的回忆："课程表里的图画、音乐钟点虽然照当时规定，并不增多，然而课外图画、音乐学习的时间比任何功课都勤：下午四时以后，满校都是琴声，图画教室里不断地有人在那里练习石膏模型木炭画，光景宛如一艺术专科学校。"（丰子恺《丰子恺文集·文学卷二》）

原本丰子恺的学习成绩很好，然而因为他对绘画的偏好，使得其他科目的学习成绩迅速滑了下来，但即便如此，他依然陶醉于这样的艺术世界。那时李叔同教给他们的绘画方式更让他感到新奇，丰子恺在《为青年说弘一法师》一文中有如下形象描绘："李先生的教法在我觉得甚为新奇：我们本来依照商务印书馆出版的《铅笔画帖》及《水彩画帖》而临摹，李先生却教我们不必用书，上课时只要走一个空手的人来。教室中也没有四只脚的桌子，而只有三只脚的画架。画架前面供着石膏制的头像。我们空手坐在画架前面，先生便差级长把一种有纹路的纸分给每人一张，又每人一条细炭，四个图钉（我们的学用品都是学校发给的，不是自备的）。最后先生从讲桌下拿出一盆子馒头来，使我们大为惊异，心疑上图画课大家得吃馒头的。后来果然把馒头分给各人，但不教我们吃，乃教我们当作橡皮用的。于是先生推开黑板……教我们用木炭描写石膏模型的画法。"

丰子恺在绘画方面的天分及努力，使得老师李叔同渐渐注意到了他，丰子恺在《为青年说弘一法师》中讲到，某天晚上，他到李叔同的房间去汇报学习情况，因为那时的丰子恺担任年级的级长，当他汇报完毕准备要退出时，李叔同却叫住了他，而后跟丰子恺说："你的画进步很快！我在所教的学生中，从来没有见过这样快速的进步！"丰子恺马上明白了老师的潜台词，因为李叔同当时除了在本校任教，同时还在南京高等师范兼职，故李叔同的意思是说，今后丰子恺可以到南京继续深造。李叔同的鼓励对丰子恺极其重要，他在《为青年说弘一法师》中谈到了这件事对他的巨大影响："当晚这几句话，便确定了我的一生。可惜我不记得年月日时，又不相信算命。如果记得，而又迷信算命先生的话，算起命来，这一晚一定是我一生中一个重要关口。因为从这晚起，我打定主意，专门学画，把一生奉献给艺术，直到现在没有变志。"

由此刻起，丰子恺确定了自己的人生方向，那就是专攻绘画，并且要在这方面做出成绩来。后来李叔同出家，成为了弘一法师，丰子恺无法跟着老师继续深造了，但李叔同还记着当时他对丰子恺的承诺，于是他在1918年春天把来华的日本画家三宅克己、大野隆德等人介绍给了丰子恺。

丰子恺毕业后,他的同学吴梦非、刘质平在上海创办了教授图画音乐及手工的学校。那时的丰子恺还未找到工作,于是就来到上海加入了上海专科师范学校,他在此校任美术教师,授西洋画等课程。

但这段任职经历却让丰子恺看到了自己在画理上的不足,他在《我的苦学经验》中谈到了这件事:"我所有关于绘画的学识,不过在初级师范时偷闲画了几幅木炭石膏模型写生,又在晚上请校内的先生教些日本文,自己向师范学校的藏书楼中借得一部日本明治年间出版的《正则洋画讲义》,从其中窥得一些陈腐的绘画知识而已。我犹记得,这时候我因为自己只有一点对于石膏模型写生的兴味,故竭力主张'忠实写生'的画法,以为绘画以忠实模写自然为第一要义。又向学生演说,谓中国画的不忠于写实,为其最大的缺点;自然中含有无穷的美,唯能忠实于自然模写者,方能发见其美。"

丰子恺在上海专科师范学校任教一年半左右,深深地意识到了自己的不足,于是希望像老师李叔同那样去日本深造。但此时,他的家况并不好,只能凑出在日留学十个月的费用,但即便如此,他还是决定前往日本学习。于是丰子恺去向老师李叔同道别,而后前往日本留学。当他到达日本后,更加发现自己的西画功底十分之不足,以至于让他彷徨起来。丰子恺在《〈子恺漫画〉题卷首》中写道:

> 一九二〇年春,我搭了"山城丸"赴日本的时候,自己满望着做了画家而归国的。到了东京窥见了些西洋美术的面影,回顾自己的贫乏的才力与境遇,渐渐感到画家的难做,不觉心灰意懒起来。每天上午在某洋画学校里当model(模特儿)休息的时候,总是无聊地燃起一支"敷岛",反复思量生活的前程,有时窃疑model与canvas(画布)究竟是否达到画家的唯一的途径。

《旧时王谢堂前燕》 收录于《丰子恺遗作》

这种境况让丰子恺开始怀疑，自己是否真的适合从事绘画行业。正在这个彷徨阶段，丰子恺无意间转到了东京神田街旧书店，在这里翻到了一册《梦二画集·春之卷》。日本漫画家竹久梦二的绘画风格对他有很大的震撼力，他在《绘画与文学》中写道："我当时便在旧书摊上出神……我不再翻看别的画，就出数角钱买了这一册旧书，带回寓中去仔细阅读。"丰子恺买到此画后十分兴奋，这册画集上的画作虽然是"寥寥数笔的一幅小画，不仅以造型的美感动我的眼，又以诗的意味感动我的心"。（丰子恺《漫画浅说》）

竹久梦二的画作为什么给丰子恺以如此大的震撼力呢？郭尔雅在《从丰子恺与竹久梦二看现代东方绘画的共通性与艺术个性》一文中有如下分析："竹久梦二的绘画源于对诗画合一和简笔淡墨的中国文人画，尤其是自文人画衍生而出的俳画中'非人情'之美的承袭。同时梦二也不仅局限于此，他抛开了文人画的风雅和俳画的禅意，将作画题材广泛化、通俗化，使其更贴近大众的审美趣味，摆脱行将衰落的文人画的母题，焕发出了蓬勃的生命力与吸引力，而正是这样的生命力与吸引力，虏获了赴日学画却画途难定的丰子恺的心神，开启了他的绘画旅程。"

其实竹久梦二的绘画经历与丰子恺有相类似处，梦二曾经学习西洋油画达四年之久，但后来他放弃了这种画法，他曾经说过："想要表现绘画内部的感伤，未必非油画不可，我今后要画的插画，便是无声的诗。我不愿像日本的某某画师那样，成为用预定的颜料、预定的颜色和构图，大幅度地肆意填涂的健全派。我想要将单纯的官能感受用单纯的线条原原本本地再现出来。"（竹久梦二《梦二画集·夏之卷》）

于是梦二从西画转为了简笔插画，也就是俗称的漫画，而恰在此时，丰子恺也有了学习西洋画法的困惑，竹久梦二的漫画风格瞬间给他打开了一扇窗。为什么产生如此的共振？丰子恺在《谈日本的漫画》

中，谈到他对梦二画风的感受："他的画风，熔化东西洋画法于一炉。其构图是西洋的，画趣是东洋的。其形体是西洋的，其笔法是东洋的。自来综合东西洋画法，无如梦二先生之调和者。"后来俞平伯在《以〈漫画〉初刊与子恺书》中写道："您是学西洋画的，然后画格旁通于诗。所谓'漫画'，在中国实是一创格：既有中国画风的萧疏淡远，又不失西洋画法的活泼酣恣；虽是一时兴到之笔，而其妙正在随意挥洒。譬如青天行白云，卷舒自如，不求工巧，而工巧殆无以过之。看它只是疏朗朗的几笔，似乎很粗率，然物类的神态悉落彀中。"

对于竹久梦二的绘画方式，丰子恺进行了细致的分析，他在《漫画艺术的欣赏》中说道："画题用得巧妙，看了也胜如读一篇小品文。梦二先生正是题画的圣手，这里仍旧举他的作例来谈吧。他的画善用对比的题材，使之互相衬托。加上一个巧妙的题目，犹如画龙点睛，全体生动起来。"陈星认为："在绘画的表现方法上，丰子恺也有不少向竹久梦二借鉴之处，其中最为明显的是，竹久梦二笔下的人物有许多是不画眼睛的。这对丰子恺颇有启发。他认为竹久梦二这种表现方法正符合中国'意到笔不到'的绘画美学原则。于是他在自己的人物漫画上，也经常不画眼睛，有时竟连耳朵鼻子也不画。"

可见，这册偶然遇到的竹久梦二的画册，彻底改变了丰子恺的绘画风格，故陈丽丽在其硕士论文《丰子恺的美育思想》中称："此时的丰子恺已经失去了成为美术家的信心，竹久梦二的漫画给他带来了创作的惊喜。正是竹久梦二的漫画开启了丰子恺漫画创作的灵感，并对他以后的漫画创作产生了深远的影响。"

其实丰子恺的漫画风格并非只受到竹久梦二的影响，陈星认为他也受到了另一位日本漫画家蕗谷虹儿的影响。1927年丰子恺出版了第二本漫画集，该集中收入了模仿蕗谷虹儿细腻画风的画作。朱自清在《〈子恺画集〉跋》中点出了这个现象："还有一个重要的不同，便是本集里有了工笔的作品。子恺告我,这是'摹虹儿'的。虹儿是日本的画家,有工笔的漫画集;子恺所摹,只是他的笔法,题材等等,还是他自己的。这是一种新鲜的趣味!落落不羁的子恺,也会得如此细腻风流,想起来真怪有意思的!集中几幅工笔画,我说没有一幅不妙。"

丰子恺在日本留学十个月后,因为资金耗尽只能回国,重新担任上海专科师范学校教师,而后在夏丏尊的介绍下,丰子恺前往浙江上虞白马湖任春晖中学图画和音乐教师。在这个阶段,他开始创作漫画,并且出版了第一本漫画集。1988 年 5 月 5 日上海《社会科学报》刊登出一些学者作家回答的《我的第一本书是什么》,丰子恺的回答是《子恺漫画》。他在此回答中解释道:

> 最初,这些画粘在我家的墙壁上。那时我家住在上虞白马湖。有一天,商务印书馆的编辑人郑振铎先生来我家,把这些画拿去,在《文学周刊》上发表,他们称之为《子恺漫画》。后来章雪村先生办开明书店,我这些画就结集起来,交他出版,就名为《子恺漫画》。二十六年冬,此书纸版在虹口被炮火所毁。我在大后方重画一遍,仍交开明出版,现在名为《子恺漫画全集》分为六册,包括二十六年以前所作。

陈星在《丰子恺评传》中称,丰子恺回答的这段文字来源于 1947 年 12 月 25 日的《大公报》,陈星认为"丰子恺所述,原则上没有问题,但容易给读者以歧义"。而后他在专著中做了相应的分析,有一点可以确定,藏书家郑振铎选了一些丰子恺的画作刊登出来,由此而让世人知道丰子恺在漫画上的成就。而郑振铎对丰子恺漫画感兴趣的原因,是他看到了丰所绘的《人散后,一钩新月天如水》。此幅漫画最初发表

《人散后,一钩新月天如水》

在朱自清与俞平伯合办的《我们的七月》杂志上，这幅画成为了丰子恺的成名作。

对于这幅画，后世有不少看法，其中焦点之一乃是丰子恺的题目是新月，画出来的却是残月，也有人认为争论新月还是残月没意义，因为丰子恺画的是心中之月。在各种声音中，丰子恺渐渐走上了以漫画为生之路。对于他的绘画思想，陈丽丽在论文中总结为："以培植'艺术的心'为宗旨，'佛性''童心''绝缘''走向大众'的美育主张，构成了他美育思想的主要特色。"

关于艺术性的培养，正如他在1938年11月26日的《教师日记》中所写："我教艺术科，主张不求直接效果，而注重间接效果。不求学生能直接作有用之画，但求涵养其爱美之心。能用作画一般的心来处理生活，对付人世，则生活美化，人世和平。此为艺术的最大效用。"

弘一法师的一些观念对丰子恺影响至深，丰子恺皈依佛教成为了居士也跟弘一有着直接的关联。丰子恺在学佛的过程中，悟出了宗教之心与艺术之心的相通之处，他在《我与弘一法师》一文中写道：

> 艺术的最高点与宗教相通。最高的艺术家有言："无声之诗无一字，无形之画无一笔。"可知吟诗描画，平平仄仄，红红绿绿，原不过是雕虫小技，艺术的皮毛而已。艺术的精神，正是宗教的。

丰子恺认为艺术的世界就是美的世界，他在《废止艺术科——教育艺术论的序曲》中称："如今我们在艺术的世界中，即'美的世界'中，可以重番梦见我们的黄金时代的梦。倘能因艺术的修养，而得到了梦见这美丽的世界的眼，我们所见的世界，就处处美丽，我们的生活就处处滋润了。一茶一饭，我们都能尝到其真味；一草一木，我们

都能领略其真趣；一举一动，我们都能感到其温暖的人生的情味。艺术教育，就是授人以这副眼睛，教人以这种看法的。"

丰子恺最初是学西画，而后转为中国绘画，在这转变的过程中，定然会对中西方绘画进行优劣比较。他曾写过一篇《中国美术的优胜》，题目即是观点，而中国画为什么能超越西画呢？丰子恺认为：

> 讲到二者的优劣，从好的方面说，中国画好在"清新"，西洋画好在"切实"；从坏的方面说，中国画不免"虚幻"，西洋画过于"重浊"。……然而在人的心灵的最微妙的活动的"艺术"上，清新当然比切实可贵，虚幻比重浊可恕。在"艺术"的根本的意义上，西洋画毕竟让中国画一筹。

正是因为他所绘的漫画的独创性，使得丰子恺后来竟然据此为生，并且有了润利，他通过绘画积攒下的钱，在石门镇修复了一处古宅，后来因为患上了伤寒症，故辞去教职在石门镇的旧居内专业从事绘画。他的堂号"缘缘堂"乃是由弘一法师所写，对于缘缘堂的情况，丰子恺在《辞缘缘堂》一文中描述道："缘缘堂就建在这富有诗趣画意而得天独厚的环境中。运河大转弯的地方，分出一条支流来。距运河约二三百步，支流的岸旁，有一所染坊店，名曰丰同裕。店里面有一所老屋，名曰惇德堂。惇德堂里面便是缘缘堂。缘缘堂后面是市梢。市梢后面遍地桑麻，中间点缀着小桥，流水，大树，长亭，便是我的游钓之地了。"

后来，由于日本人的轰炸，这处古宅荒芜了。抗战结束后，丰子恺曾回到这里来探看，但他并未将此修复，后来这里成了丰子恺纪念馆才得以复建。

2013年1月1日，嘉兴市图书馆的范笑我先生带我在嘉兴地区寻访人文遗迹，其中一站就是前去参观丰子恺故居。此故居位于浙江省嘉兴桐乡市石门镇大井路7号。从河山镇驶出，在去乌镇的路上却走错了路，进入了湖州市新市镇的地界，这是我前几天来过的地方，此时时已过午，顾伟建兄要拉我去吃饭，他看到了一个大饭店，说这个地方他熟悉。我谢过他的好意，说自己要急着多看东西多赶路，最好能减免正式的用餐安排，我建议大家去吃碗面，范笑我说那就参观完丰子恺故居后再吃。

在路上遇到了一个修桥的地方，整个路段封闭起来，正在断路施工，下车细看，完全无法绕行，只好掉头回驶。从另一个方向驶入了石门镇，在镇中心看到了京杭大运河的浙江省文保牌，文保牌不远处还立着一块碑。范兄建议我去看看，他说那是古代吴国和越国的边界，走到近前细看，果真一块碑刻着"吴越疆界"，碑的背面刻着文字，讲解着这段悠久的历史。

来到了丰子恺故居前，我问范笑我为何对这里如此熟悉，他说自己已经陪着各地的朋友来看过这个故居很多次，一个星期前他还带着苏州的王稼句先生以及几个朋友来看过这处旧居。

旧居的门口挂着免费参观的铭牌，进里面是旧居的门面房，五六个柜台里摆着一些跟丰子恺有关的纪念品，柜台的桌上还有各种丰子恺的传记。穿过此屋，就进入了故居的庭院，庭院是竖长的一条，正中有丰子恺的站立式雕像。石雕像的背面是丰子恺漫画馆，而墙上的铭牌，却刻着"廉政漫画馆"，上面还有一个铜牌，写着浙江省廉政文化教育基地。以我多年的寻访所见，目前国内超过半数的名人故居，如果不是廉政基地，就一定是爱国主义教育基地。馆内的建筑风格是现代式的，灯光布置得很是协调，四周墙上均是丰子恺不同时期的照片，玻璃柜内还陈列着一些丰子恺的旧物，其中有他穿过的大衣和用过的眼镜。

漫画馆的侧边另有一个门，里面才是丰子恺的旧居，旧居修复得很好，在后墙上还做了一个假门，玻璃门内摆着被火烧掉的旧门板，旁边的说明文字写着："一九三七年十一月被日军炮火炸毁缘缘堂时剩下的残骸。"正堂内仍然是传统的厅堂式摆设，在院门的后墙上还嵌着一块碑，范兄特意指给我看，我没有听清楚这块墓碑所葬究竟为何人，回头将向他仔细请教。

参观完旧居，出门时，刚才的那位工作人员让我等做登记，登记完后他拿出三张邮资明信片，递给我们三人，说这是赠送的。我回应说，故居参观是免费的，为什么还会有赠送？工作人员笑着说，今天是元旦，新年的第一天，所以来参观的人都要赠送一份小礼物。这样尊重参观者，真让人感到了一丝温暖。回到车上，我再细看这张明信片，图案当然是丰子恺所绘制的，然而上面的题字却是"第一个炮仗放得响——开门红"。由此看来，这张明信片的图案选择，并不是随意选取一张丰子恺的画作，而是经过了精心挑选，这份小小的认真让我又多了一丝感动。

从丰子恺旧居出来进入石门镇，在路边吃刀削面，三人每人一大碗。面是一碗一碗端上来的，我先让范兄进食，他吃到一半时说，自己平时以吃饭快著称，今天却比我二人慢了许多。顾伟建兄说自己当过武警，是在那时培养出来的吃饭快的习惯，我听范兄如此一说，于是也放慢了吃饭的速度。慈禧太后当年吃饭更是特别，她每进餐时都有一大堆的人陪吃，并且所有吃饭的人不准抬头直视她的吃姿，但是必须要用眼角的余光看着慈禧太后吃饭的动作，她举筷众人举筷，她放下众人放下，真有点步调一致才能得胜利的姿态。慈禧可能很享受这个过程，但我觉得众人学着自己的姿态似乎是对自己的蔑视。

看来人跟人想法差异真是很大，我一直猜测陪慈禧吃饭的人，是否要进行正规的培训。两年前有重要领导人要给入选珍贵古籍名录者

残雪中的丰子恺雕像

布展方式

丰子恺故居正门

颁发证书，记得在发证的前一天晚上，大会管理者就把众人叫去，专门训练揭牌仪式的全过程。但这种培训算不算是美的一部分呢？可惜丰子恺已往天国，无法向他讨教这个问题。但他曾说过："文艺之事，无论绘画，无论文学，无论音乐，都要与生活相关联，都是生活的反映，都要具有艺术的形式，表现的技巧，与最重要的思想感情。艺术缺了这一点，就都变成机械的、无聊的雕虫小技。"（丰子恺《版画与儿童画》）这样论起来，无论我们吃刀削面还是排练揭牌仪式，如果用心去做，也应当是美的一部分。

1950年初，丰子恺迁居到了上海福州路，三年后他被聘为上海文史馆馆员，1960年3月下旬丰子恺到北京出席了全国政协第三届第二次会议，再一次受到了周恩来总理的接见。当年六月，他就任上海中国画院院长。然而到了"文革"时，他却受到了冲击。1975年，他因病去世。1978年6月5日，上海文化局为丰子恺平反昭雪，一年后他的骨灰安葬于上海烈士陵园革命干部骨灰室。后来，家人为了让丰子恺落叶归根，把他的骨灰运回了桐乡。陈星在《丰子恺评传》中写道："2006年4月22日上午，丰子恺的骨灰安放到南圣浜原来的衣冠冢内，与夫人徐力民及二位胞姐合葬在一起。墓地现正由桐乡市政府加以修缮。"

丰子恺墓的具体位置是浙江省嘉兴桐乡市河山镇大浜村北。从崇福镇出来，前往乌镇去寻找鲍廷博故里。在前行路上，范笑我跟我说，丰子恺的墓就在路旁，还未等我言语，顾伟建兄就把车直接开到了墓旁的空地上。

丰子恺墓的旁边有一个村庄，村名为大浜。此墓处在该村的一条小街入口处，此处是一块空地，空地内种满了各种树，远远看上去像一个小公园。大浜村跟这个公园中间隔着一条小水渠，跨过水渠的小桥旁有一条用石板铺就的小路。沿着小路进入树林中，即看到了一个

缘缘亭

树荫遮蔽下的墓碑

石制的仿古飞檐小亭，亭楣上刻着"缘缘亭"，两边的石柱上刻着"文字如陶淡而弥旨，画图曰漫挹之愈深"，赞叹着丰子恺漫画的韵味。穿过小亭继续向前走，即是丰子恺墓所在。墓的形式是前平后圆，正前方并列着大小相同的三块碑，正中间的墓碑上刻着丰子恺和徐力民的名字。墓碑的后面还嵌着一块丰子恺的石制画像，但墓碑和后面的墓墙相距太近，将这个画像拍下来很不容易。

从墓园出来，进入大浜村，在村边离墓最近的一家停下车来，这家的门牌号是大浜村12号。门口一位老人正在晒太阳，我向他请教丰子恺的墓何以葬在此处，老人说因为丰子恺的外孙是本村人。

张大千（1899年—1983年）
五百年来第一人

1936年徐悲鸿先生给《张大千画集》写了篇序言，序言的题目就是"五百年来第一人"。这句夸赞之语可谓高大，有人将此语总结为"五百年来一大千"。对于这句评语，徐悲鸿在该序中有如下解释："盖以三代两汉魏晋隋唐两宋元明之奇，大千浸淫其中，放浪形骸，纵情挥霍。其所挥霍，不尽世俗之所谓金钱而已，虽其天才与其健康，亦挥霍之。生于二百年后，而友八大、石涛、金农、华喦，心与之契，不止发冬心之发，而髯新罗之髯。其登罗浮，早流苦瓜之汗，入莲塘，忍剜朱耷之心。其言谈嬉笑，手挥目送者，皆熔铸古今；荒唐与现实，仙佛与妖魔，尽晶莹洗练，光芒而无泥滓。徒知大千善摹古人者，皆浅之乎测大千者也。"

徐悲鸿竭力夸赞张大千融汇了许多前贤的精髓，他的宣扬对张大千在社会上的影响力起到了推波助澜的作用。陈传席在《中国山水画史》中说："1929年，张大千被聘为全国美展干事会员，干事虽小，他得以与负责美展的叶恭绰、徐悲鸿等名家结交，对他以后发展打下了基础。1931年，上海成立中国画会，由钱瘦铁等人主持，后由贺天健、汪亚尘等主持，张大千也加入了这个画会。其后，因徐悲鸿的帮助，把他的画带到国外展出，影响渐大。"有一个时期，画坛上还有着"南张北溥"的并称，北溥就是溥心畬，关于这个并称的来由，陈传席在《中国山水画史》中说了这样一段话：

> 张大千于1924、1928年两下北平，留下了假石涛高手的名声，此间，结交了北平晨报记者兼书画家于非闇，并通过了非闇的引荐，结识了旧王孙溥心畬。于、溥两人是张大千三十年代扣开北平大门的两位重要人物。于非闇在新闻宣传方面为张大千大造舆论，尤其是在《北平画报》上发表了《南张北溥》一文，而溥心畬则在艺界对张大千大为扶持。

贵人相助固然重要，然在艺术界，自身的天分以及后天的努力才是能够成为名家和大家的基础。从张大千的经历来看，这两点与他的艺术成就都有直接的关系，而且幸运的是，在他的艺术生涯中，每个重要时段都能遇到重要的人物。

关于张大千的师承，如果追根溯源的话，他的绘画之好最早乃是受到母亲的影响。1983年5月香港出版的《大成》杂志第114期上刊载有该社社长沈苇窗的一篇短文，此文的题目是《伤心未见耄耋图——大千居士令堂之画》。

沈苇窗在此文中提到，艺术评论家李叶霜拿着一张张大千母亲曾友贞所画的《耄耋图》印刷画片给张大千看。张大千看后一眼就认出这是母亲的手泽，他激动得手抖流泪。后来张大千见到了沈苇窗，他请沈一定想办法帮他买回原画。为了得到此画，张大千可谓不惜代价，他跟沈苇窗说："现在我拜托你，要钱送钱，要画送画！"

沈苇窗果真不负大千之托，终于找回了原画。可惜的是，等他把这幅画找回来时，张大千已经去世了。这幅画上有着大藏书家傅增湘的一段长跋，该段跋语道出了张大千母亲曾友贞的绘画才能，以及她教授两个儿子绘画的事情。傅增湘在跋中首先称：

> 此戏猫舞蝶图,内江张夫人曾氏友贞所绘也。夫人为吾友张君怀忠之室,清才雅艺,有赵达妹氏机、针、丝三绝之称。此虽写生小帧,而风韵静逸,正复取法徐、黄。

傅增湘跟张大千的父亲张怀忠是好朋友,正因为这个缘由,他能够了解张怀忠之妻曾友贞在绘画方面颇有才气。对于教子绘画之事,傅增湘在跋语中又称:

> 夫人既擅绝诣,晚岁尽以手诀授哲嗣善孖、大千,视文湖州张氏女临黄楼障以传子昌嗣,竟成名家者,先后同符,而二子亦咸励志展能,蜚声海内,号为二难,清芬世守,当代贤之。

曾友贞在晚年把自己的绘画技巧全部教给了儿子张善孖和张大千,可见母亲曾友贞才是张大千的第一位启蒙老师。傅增湘能有这样详细的了解,源于他曾经是张善孖的先生,他曾经在苏州网师园教张善孖读书,所以了解详情。

其实张家有绘画才能者不仅是张善孖和张大千,陈传席在其专著中称:"张大千共有兄弟姐妹十人,其中五人幼时夭折。兄姐几乎都能画。二哥张善孖早年从政,入同盟会,以擅画虎著名于世;三哥张丽诚经商;四哥张文修教书。张大千六岁从姐璋枝识字,读《三字经》;七岁从四哥习字,读《千家诗》;九岁从兄、姐学画。"

民国四年,张大千东渡日本,就读于京都公平学校,学习的专业则是染织。想来染织也跟绘画有着密切的关联,然而不知什么原因,张大千在日本留学期间却不学日语,为了能够听懂课程,他雇了一位日本人来做翻译。在这个阶段,他依然跟着哥哥学习绘画。因为张善孖比张大千大十几岁,故他对哥哥颇为敬畏。两年之后,他决定从日本回国,随后便来到了上海。

在上海时期,张大千结识了两位重要的老师,巴东在《张大千研究》中称:"大千早期受业于曾(农髯)、李(瑞清)二师门下之经历,所受的重大影响包括:由于二师是书家,注重书法入画的笔墨趣味,因此张大千早期的画风,多以文人画意境的取向为依归;又因二师的喜好,学画乃以八大、石涛、渐江为宗法的对象,成为大千先生一生画风奠定的重大基石之一。"

这两位老师何以给张大千如此重要的影响呢?刘益明在《张大千对篆刻艺术的继承和发展》一文中说道:"1919年秋,张大千在上海拜曾熙为师学习书法,1920年5月经曾熙引荐,又拜李瑞清为师,系统地研习书画诗词以及金石碑版。张大千在李师的指导下双钩历代佳拓碑刻,结合自己所长,突出自己的个性特点,融合篆隶魏碑、真书狂草,特别是参入了黄山谷笔意,经过长期的努力,形成了自己独特的'大千体'行书;在绘画上,李师喜八大山人,曾师则好石涛,特别要提到的是张大千从李梅庵之弟李筠庵处学到不少仿制古画的方法,达到了临古似真的境界,这三人对张大千的绘画有引路之功。"

可见早年对张大千产生重大影响者,除了曾熙和李瑞清,另外一位人物则是李瑞清的弟弟李筠庵。张大千在李筠庵那里学到的是仿制古画的方法,这门技艺使得张大千熟练掌握了一些重要名家的绘画风格,比如他仿石涛的作品就能骗过不少行家的眼睛。但这项技艺也让张大千得到了许多的骂名,可谓是民国版的"成也萧何败也萧何"。

对于张大千造假画之事,各种资料多有记载。我引用陈传席在《中国山水画史》中的记载:"石涛的画广为世人所爱,张大千自己的画不值钱,他就造起石涛的假画,居然能欺骗很多人。张大千喜欢编造故事,也喜欢制造故事,他有时买到真石涛的画,经过改装,加上暗记,再卖出去,然后又说这是他伪造的。别人看到他'伪造'的水

《仿石涛风景图》 普林斯顿大学艺术博物馆藏

平真高。有时又把自己伪造的假石涛画说成真的。真者假，假者真，他的名气大振，一时获得'假石涛高手'之称。从此，他花了数十年工夫伪造石涛等人画。"

其实，张大千所仿的古代画家，不仅是石涛，陈传席又称："张大千除了伪造石涛画之外，也伪造八大山人、石溪、梅清、唐寅等人假画；继而，他造郭熙、染楷、赵令穰等宋人假画；后来，上至六朝张僧繇，下逮和他同时的名家绘画，他都一一伪造。为了伪造古代名家绘画，他不得不认真研究美术史，了解历代画家的生平、思想、各个时期的绘画风格，乃至所用纸笔、墨色等；还要了解历代收藏家的历史，因为他要伪造收藏家的印盖上；有时还要伪造收藏家和文学名家题跋，他都要一一研究。这就丰富了他的知识；知识增加，修养加强，他的画也就提高了。"

如此说来，张大千在用心模仿古人作品的同时，也成就了自己的艺术积淀。为了使自己伪造的古画逼真，就必须要系统地研究与古画相关的方方面面，而这个研究过程也就是技艺提高的过程。恰好张大千又对艺术有着超强的感悟力，使得他的仿制之画很难让人看出破绽。刘德会在《浅析张大千海外时期坚守中国画传统的原因》一文中写道：

> 张大千对于见过而非己藏的一些历代名家真迹，总是想方设法临摹，要么借临，要么以其超人的记忆力"背临"。他说，要临到能默得出，背得熟，能以假乱真，叫人看不出是赝品。更为重要的是，张大千还通过临摹去深究和领悟古人的绘画精髓。这种临摹硬功夫，铸就了张大千"神形皆具"的临古作品，特别是临摹石涛的画，很难发现丝毫破绽，以致其曾以石涛再世而名闻画坛，也骗过了当时一些鉴定名家的慧眼。

《仿董源华阳仙馆图》 天津博物馆藏

《青绿山水人物图》 天津博物馆藏

为什么说是临摹古画成就了张大千的艺术呢？对于这一点，陈滞冬所辑《张大千谈艺录》中记下了张大千的自言："初学画的学生，应先从临摹入手，要取法乎上，学习古代名画，通过对临、背临，对古人的笔墨构图要背熟，然后融合古人所长，渗入自己所得，写出胸中意境，创作出自己的作品，才能超越古人，即师古而不泥古。"

张大千认为想要做好一件事，应该要取法乎上，对于初学者而言，古人的精品画作就是"上"，只有用心临摹古人的作品，才能够体味到绘画的精髓。吴作人在《悼念张大千先生》一文中称："大千先生尤以石涛、八大、石溪、渐江诸家，摩研深透，落笔乱真，知者咸为称异；又兼汲沈周、陈老莲、唐寅等名迹，于山水、花鸟、人物，无所不工，笔路之广，见者莫不折服。"叶浅予在《关于张大千》一文中，同样认为张大千临摹古画对其绘画成就极为重要："大千在此阶段，以学石涛为中心，旁及石溪、八大、渐江诸家，进而研究沈周、唐寅，画法一变，逐渐由粗犷荒率走向细润华滋，用积墨、积色之法在熟纸生绢上作画。我收过他的《华岳》小条两轴，一轴画千尺幢至瘟神洞，一轴画北峰至苍龙岭，是这一时期的代表风格。"

张大千临摹古画的过程也使他练就了极为高超的鉴定能力。江兆申先生在《悼大千居士》一文中，讲述到他跟张大千曾谈论过顾恺之的《洛神图》，江兆申认为美国费里尔博物馆所藏的《洛神图》很可能是宋高宗临的，张大千同意江兆申在时代上的判断，同时认为辽宁所藏的《洛神图》应该比费里尔博物馆所藏略晚。江兆申在文中转述了张大千给出这样判断的理由："洛神赋中'腾文鱼以警乘，鸣玉鸾以偕逝。六龙俨其齐首，载云车之容裔；鲸鲵踊而夹毂，水禽翔而为卫'。敦煌壁画中所画的洛神图，在洛神车驾四周，多画鱼龙之类的水生动物，其中形象也有像鳌鱼的。但从晋朝开始一直到武周时代，这些水族身上都不画鳞甲，传世的两卷却都加上了鳞甲。"

能够从绘画的具体内容来解读绘画的时代，可见张大千对历史绘画题材是何等之熟稔，而这些都跟他长期观察、揣摩、临摹古代名作有着直接的关系。后世诟病他的原因，不在于他对古画的临摹，而在于他以此来赚钱。比如《傅雷书简》中收有傅雷在信中对张大千的一段评语："大千是另一路投机分子，一生最大本领是造假石涛，那却是顶尖儿的第一流高手。他自己创作时充其量只能窃取道济的一鳞半爪，或者从陈白阳、徐青藤、八大（尤其八大）那儿搬一些花卉来迷人唬人。往往俗不可耐，趣味低级，仕女尤其如此。与他同辈的溥心畬，山水画虽然单薄，松散，荒率，花鸟的 taste（趣味）却是高出大千多多！一般修养亦非大千可比。"

显然傅雷乃是以人品来评价艺术水准，这样的评语当然有意气用事的成分。就艺术创造力而言，张大千对中国画有过重要贡献，比如谢稚柳在《怀念张大千》一文中说："当时大千的盛名，交口称道的是善于写石涛。的确，大千写石涛可以乱真，但又不限于乱真，而是又发展了石涛。"这足以说明张大千在临摹的同时也会融入自己的绘画理念。然而在形成观念之前，他依然努力探索着古人绘画的技巧所在。故黄苗子在《张大千先生的生平和艺术》一文中称："张大千二十来岁就从临摹石涛、八大山人，开始认真钻研国画。在人物小景方面，他还受到新罗山人的影响。上追吴门画派的唐寅，又揣摩了青藤、白阳等明代写意花卉。那时江浙一带的收藏家很多，他都千方百计去拜访，从而得以看到宋元以来诸大家的真迹，并且获得揣摩临摹的机会。"

其实从另外一些记载来看，张大千临摹古画也并非全部是为了造假画卖钱，更多是为了留下学习的范本。叶浅予在《张大千临摹敦煌壁画画册序》中写道："我们知道大千有一只奇妙的临画魔手，临什么像什么，几乎可以乱真，年轻时以石涛的仿本骗过好多鉴赏家。为此他养成一个习惯，只要得到一件好画，一定临摹一遍。一来是学习，二来是留一个副本，万一因急用时必须出卖那件真本时，手头还有一个副本，可以随时打开观赏。"

张大千对于中国画的贡献，不仅仅是他在绘画技巧上的独创性，更多则是他经过大量的展览，尤其到国外举办画展，使得更多外国人对中国画有了直观的认识，而这也正是张大千的价值所在。

张大千最著名的一段经历是发生在1965年，那是在巴黎举办的一场画展。李兆忠在《张大千缘何拜访毕加索》一文中写道："1956年夏，张大千应邀在巴黎东方博物馆举办《张大千临摹敦煌石窟壁画展览》，在法国卢浮宫艺术博物馆举办《张大千近作展》，特别是后一个展览，为吸引观众的眼球，主办方特意将张大千的展览放在卢浮宫东画廊，同时在西画廊举办'野兽派'艺术大师马蒂斯的遗作展。此举的客观效果，是将张大千与马蒂斯置于东西绘画双星并列的位置。"

能将张大千的画作与西方大师级的作品放在一起展览，一来说明张大千的画作在策展者心目中的分量，二则可见他在西方的影响力。而张大千为什么要努力拓展中国画在西方的影响力呢？李兆忠在此文中有如下一段分析：

> 不像徐悲鸿将西方现代绘画视若洪水猛兽，不遗余力地抨击，张大千则是以"万物皆备于我"的大中华心态对待之，一切复杂的文化问题由此消弭于无形。张大千有一段自己的画论："在我想象中，作画根本无中西之分，初学时如此，到最后达到最高境界也是如此。虽可能有点不同的地方，是地域的、风俗习惯的以及工具的不同，在画面上才起了分别。"此论貌似公允，实际暗含玄机。在卢浮宫西画廊参观马蒂斯的作品时，张大千就认定："马蒂斯是学敦煌的，尤其是人物素描的线条。"这套"西学中源"的逻辑，是张大千的画论核心。

张大千与毕加索合影

这段论述很有意思,但却突显出了张大千"六经注我"的心理。在巴黎期间,他突然想去见毕加索。那个时段毕加索名气太大了,少有人敢去约见他。张大千却能自报家门,主动去见毕加索,并且受到了毕加索的热情接待。对于这件事,后世也有着不同的解读,但无论怎样,中、西方两位大师级的人物能够相见,这本身就是艺术史上的一件大事。虽然张大千一直强调他晚年的泼彩并不是受到西画的影响,但他能够主动约见西方艺术大师这个举措,就足以说明他的绘画理念是开放式的,并不以中国画来排斥西画。也正是基于这种心态,才成就了他在绘画史上的地位。

大多数人临摹古画,更多的是希望可以学到古人的技法,这虽然是一条捷径,却难以形成个人的独特面目。陈滞冬在《梦魂三匝绕敦

《巫峡清秋图》 四川博物院藏

煌——纪念张大千先生临摹敦煌壁画六十周年》一文中写道:"1944年之前张大千人物画最初受清代改琦,后来受明代张大风、唐寅等人的影响,水墨淡彩振笔快写的简约画法占主要地位,有时参以明代陈洪绶的画法,则稍显工整。但1944年之后,张氏的人物画一变而为整饬精细、设色浓艳的新风格,这种风格的形成显然受到敦煌壁画的重要影响。"由此可见,早年的张大千主要是受前人的影响,到了中年之后,因为临摹敦煌壁画,才使他的画风得到了重大转变。

敦煌之行对于张大千的绘画究竟有多大的影响呢?陈滞冬在文中明确地称:"张大千的人物画如果不经过敦煌的洗礼,几乎没有自成一家的可能性。人物画之外,张氏山水画方面经过敦煌的刺激所发生的变化则更为巨大而深刻。"

当然,与此论相反的声音也有不少,有人认为张大千的敦煌之行对他的艺术水准影响不大,甚至有人认为他前往敦煌临摹壁画,不过是一种猎名手段。然陈滞冬明确地说,这种论调乃是"对于张大千的艺术缺乏深切了解的皮相之论"。因为敦煌之后,张大千的艺术体系和艺术风格都发生了巨大变化。

从各种资料记载来看,张大千前往敦煌临摹壁画并不是一时兴起,因为他两度前往敦煌,前后在那里有两年多的时间。而上世纪四十年代的敦煌,生活条件十分艰苦,他能在这种恶劣环境下坚持如此长的时间,如果不是痴迷于艺术,很难找出别的理由。张大千的长子张心智在《张大千敦煌行》一文中,详细记载了他们前往敦煌,以及在敦煌期间所处的各种困苦境况。张大千的长女张心瑞在与肖建初合撰的《父亲的画业》一文中,也讲到了这段经历:"西去敦煌,不仅车难找,路难行,食宿都成问题。朋友多劝其不去,父亲却风趣地说:我们试学唐三藏,还不能到西天?"

从这句看似玩笑的话,可以窥得张大千的决心。他们在那里的生

《鱼篮大士像》 四川博物院藏

活与工作确实很艰苦。江兆申在《大千画敦煌》中写道:"多数洞窟光线都不够,苦的是还要一手持蜡烛,一手拿画笔,因地制宜。有时站在梯上,有时蹲着,还有要躺卧在地上描的。虽然是冬天,勾画不久,都要出汗喘气,头昏目眩。门生们虽有力不从心,也不好意思告退,因为大千先生总是领头在做。每个人都蓬头垢面,多数日子是清晨入洞,薄暮出来,有时候还得开夜工。"

不仅环境艰苦,还因为敦煌缺少各种画材,张大千只能想各种办法去解决实际困难。江兆申在文中又写道:"关于临摹敦煌壁画的困难,先以工具来说,纸绢没有这么大的。要喇嘛们去,主要任务在准备画布。最大幅的壁画,就有12.6丈。制作画布,除了并缝之外,要钉在木框上,涂刷胶粉三次,使其匀净。再用大石磨七次,画布才光滑能下笔。"

在这种情况下,张大千只能节约时间,由他来画重要的人物部分,其余的则请其他人来动笔:"凡佛像,人物主要部分都由大千先生亲画,其余楼台亭阁不很重要的部分,则由门人、子弟、喇嘛分绘。每幅都注明谁画哪一部分等合作者姓名。因此,每幅画均手续繁复、极力求真。大幅要两个月才能完成,小幅也要十几天。"

在这样的努力下,张大千果真领略到了唐代绘画的精髓。常任侠在《回忆张大千先生》一文中说:"自敦煌石窟壁画为世界所知,画师中前往研究临摹者,以大千为最早。大千携弟子二三为之辅佐,孙宗慰即其中之一。在此风沙荒漠之中,大千潜心工作,几与社会隔绝。从此进入北魏、盛唐的艺术领域。艺风所染,以人物画为主。此后大千所作的衣冠人物仕女,多有唐风。"

然而张大千的敦煌之行却被有些人指责为破坏壁画,因为敦煌的壁画是历代叠合而成,当前代壁画陈旧之后,后代的绘画者则直接将新的绘画覆盖在旧壁画之上。因此越在底层的绘画年代越是久远,故而有人说张大千为了看到更为古老的壁画，就将外层的壁画揭了下来。这种说法在当年经过报纸的炒作，在社会上引起了很大的反响，但事情的真伪究竟如何，却少有人再做细致的探寻。曹公度在《堂哉皇哉大风哉——感言大风堂画派》一文中，替张大千进行了辩诬：

> 讵料当大千先生面壁敦煌正浸淫晋唐文化，中有三事为其盛名所累招日后不堪想象之谤言并起笔墨诉讼。时辛巳年（1941）先后，一者：得莫高窟荒废北区窟风干断臂一，形腊如石上系丝帛，上详记主人生平及断臂原委（大千先生惜别敦煌时已呈赠筹建中之敦煌艺术研究所，今亦完好保存于敦煌研究院）；二者：曾高价收得隋画二帧，珍爱有加（即《观世音菩萨像》《释迦牟尼像》，身后赠台北"故宫博物院"）；三者：民国元老于公右任先生一行奉命西进视察流沙，由大千先生陪同，行至其所编二十号洞，透过已遭人为烟熏破坏之泥墙裂缝隐见内有画像线条，随行县衙剥开坏壁，显露出名闻今世之《晋昌郡太守乐庭环供养像》及《都督夫人太原王氏一心供养像》二幅壁画精品。嗣后，癸未年六月（1943），大千先生一行横遭恶意攻讦，无奈惜离敦煌，途中又突遭国民党军统特别检查站严密检查，证其清白，给予放行；但时却流言四起，或曰"破坏壁画"，或曰"敦煌盗宝"；己丑年（1949）时甘肃省参政会应各届要求经密调严审方出示："……张大千在千佛洞，并无毁损壁画情事"文。而时任甘肃主席谷正伦之流竟挟私愤，以"保密""不公开"为由置此等重要文件雪沉史档，后因风云变幻沉浩瀚史海；幸得当代大千学研究学者名公李永翘先生历数年之苦终获裁决书原件，方使真相大白。

看来此事真可谓事出有因、查无实据，然而到了近些年，依然有各种媒体炒作张大千破坏敦煌壁画的事情。对于这件事,江兆申在《大千画敦煌》中记载了大千本人给他讲述的一个故事:"有一次在回程中,带着家人、弟子、人从,在沙漠里走得累了,便随地坐下休息。顺手一摸,发现沙里有东西触手,叫人把沙扒开来看,原来是一具僵尸,也就是所谓木乃伊。盔甲俱全,从装束看来还是一位小将领。面部皮肉完好,却深深地被砍了一刀,也许就是这一刀致死。头下枕着一张像账单似的东西,记着他历次的战功,最后记写着在此一战役奋勇阵亡的经过。根据所记日期,原来还是唐高祖(618—626年)的事,已经一千多年了。假如不是气候干燥,在浮沙之中,绝对不可能把一具尸体保持得如此完好。我看完这件文书,仍要弟子们照原样用浮沙盖了起来,了此一桩功德。"

在讲完这个故事后,张大千接着感慨道:"有人说我敦煌盗宝,其实连这种手头的东西我都没有要,而悠悠之口,却是不肯轻易恕人!"

有些事情少有人关心实况,更多的人喜欢炒作那些吸引人眼球的话题。张大千在敦煌经过艰苦努力,临摹下大量画作,离开敦煌时,还被有关部门搜查行李,搜查的结果证实他并未盗取敦煌壁画,而张大千的收获,也绝不仅是那些临摹作品,而是他在艺术上的所得。

两次的敦煌之行是张大千艺术生涯中一个重要的转折点,根据统计,张大千精心临摹了二百七十六幅敦煌壁画,疏理了敦煌壁画中不同时代的绘画特征及演变规律,还从当地喇嘛那里学得了一系列失传的传统美术技法。张大千本人也十分看重自己的敦煌之行,1944年他在成都举办了敦煌临摹画展,他在为这场展览所写的序言中,讲述到了这段经历对自己所产生的重大影响:

> 盖大千平生流连画选,倾慕古人,自宋元以来真迹,其播于人间者,尝窥其什九矣。欲求所谓六朝隋唐之作,世且笑为诞妄。

> 独石室画壁，简籍所不载，往哲所未闻，千堵丹青，遁光莫曜，灵踪既闷，颓波愈腾，盛衰之理，吁其极矣！今者何幸，遍观所遗，上自元魏，下迄西夏，绵历千祀，杰构纷如，实六法之神皋，先民之矩矱。原其飚流，固堪略论：两魏疏冷，林野气多；隋风拙厚，窾奥渐启；驯至有唐一代，则磅礴万物，洋洋乎集大成矣！五代、宋初，蹑步晚唐，迹渐芜近，亦世事之多故，人才之有穷也。西夏诸作，虽刻划板钝，颇不屑踏陈迹，然以较魏、唐，则势在强弩也。

到了晚年，张大千因为视力下降的原因，无法再绘制细笔画。经过多次的试验，他创造出了一种独特的绘画方式，这种方式被称为泼彩。对于他的泼彩画，刘德会在《浅析张大千海外时期坚守中国画传统的原因》一文中给予了高度夸赞："张大千海外时独创的泼墨泼彩新法，深受国际国内画坛推崇。张大千在其绘画创作得到世界逐渐认可后，突患眼疾，严重影响了其艺术创作；但是他并没有因此放弃在艺术上的追求，而是仍然坚持中国画创作，虽然他不能再继续画描绘精细的工笔画或细笔画，但凭其浑厚的中国画绘画功力、娴熟的中国画绘画技法，其'瞎画'的作品看起来绝不像是一个视力昏茫混沌的人所能画得出来的。眼疾促使他只能朝着自己习惯的中国绘画传统进行艺术创作。通过不断探究和摸索，加之受西方绘画艺术的某些触动，在中国传统的泼墨和泼彩技法基础上，张大千独辟蹊径，开始创作风格粗犷的粗笔画和写意画，'直造古人不到处'，于二十世纪五十年代末六十年代初独创了具有西画抽象意味但又始终保持中国传统特色的泼墨泼彩法。"

泼墨泼彩画的出现，马上吸引了许多人的目光，有人认为张大千的泼彩画是借鉴了西方绘画的技巧，还有人认为他是受到毕加索抽象画的启示，对于这些说法，张大千不予认可，他明确地说："我的泼墨方法是脱胎于中国的古法，不过加以变化罢了。"如今的艺术品拍卖市场上，张大千的绘画作品能够拍得高价的，大多是他的泼彩作品，这也足见他在这方面的成就得到了社会的广泛认可。

除了绘画成就之外，张大千在篆刻方面也同样是行家里手，而他在篆刻方面的师承，也同样是源自曾熙和李瑞清。马国权所撰《近代印人传》中说他："从师曾、李之后，以摩挲金石文字为常课；而多年摹仿古画，并其印章皆精摹之，不失毫发，故其印艺并不为皖浙某家所牢笼，博采众长，已不可用普通之规矩方圆衡之，神韵流动，放逸自然。曾、李二老晚年用印，悉出大千手镌，想见推许之笃。"

篆刻家陈巨来在《寸心千里》一文中写到张大千十分喜爱自己的治印。他们相识的时候，陈巨来年仅十六岁，张大千二十一岁，那时张善孖和张大千住在黄宾虹楼下，某天陈巨来去拜访黄宾虹，正巧赶上宾虹先生外出，于是他就到张氏兄弟家一坐，就这样结识了彼此："大千早岁所用印章大都自刻。自从我俩交友后，他深喜我的治印，每每托我为其镌刻。尤其在他中年时期，所有名章、书斋印几乎均出于我之手。"

更为奇特的是，张大千每过一个时段就会全部换一批印章。这其中的原因，也记载于陈巨来《寸心千里》一文中："抗战开始，大千回成都，赴敦煌，从此画风一变，成为仿宋、元人工细笔法。抗战胜利后，大千重来上海，举办画展，说及他有一习惯，每隔五年，就将所用名章全部换过，不仅为了一新面目，也防着有人仿制假画，鱼目混珠。这次携来画幅较多，大都没有钤上印章，嘱我在十五天内赶刻六十方，以应急需。我通宵尽力，于两星期内刻竣报命。这六十方印全是象牙佳料，其中刻有元朱文、宋满白等多种印文，大千见之很是高兴，从此便许我今后索画，概不取酬。"

除了绘画和篆刻，张大千对园艺也大有兴趣。大千的三儿子张心玉在《先父和他的庭园》一文中写道："1955年，先父和部分家人迁到巴西圣保罗郊外的摩吉市。这里是一小块盆地，颇似成都平原，先父特别喜欢，便从一意大利商人手中购得二百七十亩土地，盖房修园，取名'八德园'，定居下来，直至1972年。在先父离开巴西迁往美国的十七年里，几乎将他绘画所得的大部分收入用于'八德园'的修建。"

张心玉没有提及张大千在巴西买地的具体花费，而张大千定居台北后的英文秘书冯幼衡在《大千世界》一文中却有如下记载：

> 1951年，他和妻小从印度转到香港暂居，然后搭轮船经日本往南美打天下，那时他方值壮年，正豪情万丈。1952年，先抵阿根廷的曼多洒；继而往巴西一游，发现了圣保罗附近摩吉山城的风景酷似四川的成都平原，树木苍郁、河流环绕，简直是人间胜境。他马上向地主——一位意大利药房老板买下这块土地，把全家从阿根廷接来，并在这儿开疆辟土，耗资两百万美金开辟了人工湖——五亭湖，建造了一个有笔冢、竹林、梅林、松林、荷塘、唤鱼石、下棋石的纯粹中国格式的"八德园"。

两百万美元在当年也是很大的一笔钱，可惜的是，到了1972年，这处精美的园林却因故废弃了。张心玉在文中写道："1972年，'八德园'全部建成不久，巴西政府要在摩吉附近建一水坝，'八德园'正处于水库之中，先父痛心之余，对园中景物一一摄影珍藏，然后弃园携家迁居美国。至今十四年又过，先父已经作古，而水坝尚未建成，'八德园'则已荒废。"

虽然有这样的意外遭遇，但并未击倒张大千的造园之心。他从巴西前往美国，在美国西海岸又建造了一座名叫"环筚庵"的园林。1970年，他又放弃环筚庵从美国回到了台湾，而后在台北的一处风景绝佳之处建造起名为"摩耶精舍"的园林，此时虽然他已到了晚年，然而造园之心却丝毫未减。在摩耶精舍之后，他还建过一处园林，这个园林的名字叫"梅丘"。张大千将这两个字刻在一块硕大的石头上，而此石竟然是从美国运来。冯幼衡在《大千世界》中写道：

> 梅丘是一块形状酷似台湾地形的巨形石碑。它是大千居士在美国西海峰的滨石乡社附近发现的，上面书有大千居士大笔挥洒、笔力遒劲的"梅丘"二字。

其实张大千从美国运到台湾的物品不仅是这块石头，另外还有其他的造园材料。冯幼衡接着写道："非但'梅丘'是从美国运回来的，摩耶精舍中的一草一木、一盆一石，莫不是当初由巴西运往美国，再由美国运回台北。这笔运费他说出来令人咋舌，但是和大千居士历年来在他所好的盆石上耗费的巨额金钱相比，似乎又不算什么了。"

张大千在台北所造之园为什么叫梅丘呢？司徒浩在《大千居士长眠梅丘》中写道："'梅丘'遍植梅树，称之为'梅林'固可，叫'梅园'也无不可，而名为'梅丘'当然是张氏的特别安排，并在巨石上亲题'梅丘'二字。八十一岁那年更自书一联云：'独自成千古，悠然寄一丘。'又对家人表示身后葬梅丘。这大抵就是不叫梅林或梅园的缘故了。"

看来张大千给自己的花园起这个名称，乃是于此有终老之意。果真他去世后，就被家人葬在了梅丘内。故而，若要寻找张大千的遗迹，前往摩耶精舍，即可瞻仰到他的故居，同时也能到后面的梅丘去祭奠这位伟大的画家。

张大千的摩耶精舍位于台湾省台北市至善路二段342巷2号。2014年2月初，我应邀前往台北参加国际书展，借这个机会在台北市寻找几处名人遗迹，其中之一就是要去瞻仰张大千的故居。

2月6日一早，远流出版社的司机冯先生送我前往台北故宫博物院，前去观看这里所藏的一些珍贵善本。院长冯明珠女士告诉我，因为我想要看的善本，在这里都被列为了顶级藏品，虽然有她的签字，但是仍需要几层手续才能看到，在等待的过程中，我可先去参观张大千故居。她说这个故居也未对外开放，但归博物院管理，她已安排了工作人员带我去参观。能够得到这样意外的便利，真是令我喜出望外。

张大千故居位于台北故宫博物院的山脚下，于是乘上研究院林天人先生的车前往。林先生是专门研究历史地理的专家，其称今年正在写一本关于历史舆图的专著。同车前往的还有院里的一位女士，她今天充当我参观张大千故居的导游。在台北的这几天里，几乎天天下雨，这天的天气虽然没有放晴，但总算没有雨滴落下。车行驶在较为陡峭的山路上，没有感觉到打滑。开出不到两公里，就驶入了一片住宅之中。从上向下望去，像个小小的村镇。车在一条小街上停了下来，这里就是张大千的故居。

从外观看，张大千故居的式样有点像北京的四合院，正门的墙上有纪念馆的简介，上面写着：

> 摩耶精舍原为张大千先生（1899—1983）之居所……占地578坪，建坪为222坪，先生取外双溪溪水双分之胜景，亲自设计兴建此双层四合院形建筑，搭配以中国式庭园。"摩耶"一名出自佛教典故，为释迦牟尼之母，腹内有三千大千世界。先生辞世后，家属遵其遗愿捐出以为纪念馆，由"国立故宫博物院"管理。

张大千故居门牌号

进入院内，首先看到的是车库，里面停着一辆老式的美国车。车标我竟然不认识，车是草绿色的，从外形看有点像早年的凯迪拉克，车前竖着一个牌子，上面写着"张大千先生生前所用坐车"。说不定这辆车也是张大千从美国运来的。

正楼前的院落不大，占地约一百余平方米，用三分之一的地方建成了一个养鱼池，里面锦鲤游弋。从花色看，是日本纯种锦鲤，比我养的那些串种锦鲤高贵许多。池塘的两边有些随意的叠石，但完全不是江南手法，所用的石头形体滚圆。如果这些石头也是从美国运来，那么张大千这种审美情趣的得来，应该跟他在敦煌临摹壁画的经历有很大关联。这样的石头跟太湖石的瘦漏皱透形成强烈反差，联想到大千先生所画的古代仕女，基本上都很丰腴，由此推断他可能不喜欢赵飞燕。当然这不过是我的臆断，张大千用两年多的时间临摹敦煌壁画，而那些壁画中的唐代仕女皆以胖为美，不知道是不是这些影响到他的审美情趣。但从他的情史看，与他有关系的女士又大多都身形苗条，看来绘画和生活并不能画等号。

进入楼内参观，看到的第一间竟然是餐厅，墙上挂着张大千所书的菜单复印件。大千先生是位美食家，前一段刚刚在报上看到一篇很长的文章，专门谈张大千对美食的讲求。可惜我于此是外行，说不出个所以然来。文章中提到张大千喜欢吃的一道菜名叫"相邀"，内容则是川菜"大杂烩"和湘菜"八宝鱼肚"的结合，食材则是由干贝、鱼肚、蹄筋、香菇、鸡片、火腿烩制而成。据说这个菜原名叫"一品当朝"，当年王闿运在京师吃到此菜时，指桑骂槐说，什么当朝一品，分明是一个大杂烩。自此之后，这个菜的名称就改叫"大杂烩"了。大千先生喜欢吃这个菜，可能是觉得名字不好听，就把它改叫成"相邀"，果真风雅了许多。可惜我不知道他把这个菜叫"相邀"，会不会还有别的什么含义在。

关于张大千在此招待朋友的方式，冯幼衡在《大千世界》中写道："大风堂宴客时，又有另一套菜单，每每由大千居士自拟，书就后交付厨房，照菜单上的菜式去做，并依其序上菜。大风堂宴客的名菜有入口即化、且不油腻的狮子头，有以花雕酒蒸的酒蒸鸭，以及水脯牛肉、鱼面、六一丝、烩七珍，以及张府特制的煨排翅、鲍鱼等等。"这真是一位会享受生活的智者。

餐厅里面，还陈列着桌椅，但圆桌的样式是大陆八十年代常见的那种，今天看上去既不复古也不时尚。餐厅连着客厅，进入客厅，仍然摆着一圈的布艺沙发。我最喜屋中铺设的天蓝色地毯，走在上面让人感觉很沉静。尤其引起我注意的是进门处的两个书架，里面整齐排列着一些线装书，看上去应当是《四部丛刊》类的小本头。书橱的玻璃门上着锁，无法翻阅里面的书籍，这对我而言是个小遗憾。客厅的背面隔窗望去，仍然是个百十平米的小花园，进入花园才看清楚，

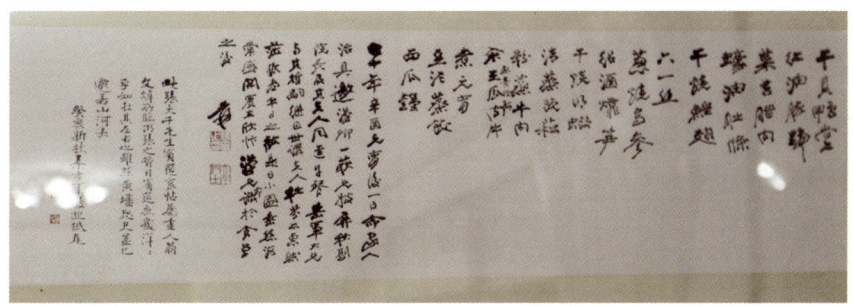

张大千手书菜单

原来大千故居实际上是个回廊式建筑，花园里堆砌的石块，仍然是滚圆无棱角。

回廊的另一侧是大千的画室，侧墙上挂着大大小小的画作，巨大的条案桌后面有一尊大千的雕像，是他仍在作画的姿势，带我前来参观的工作人员说，这里不让照相，但我还是忍不住偷偷拍了一张，边拍照边默念着："对不起，对不起。"环顾四周，我没看到大千的真实画作。几十年前，他从美国回到台北时，本来相关部门答应给他一处好的居所，出于各种原因，始终未能实施。大千先生对此略感不满，写了一幅四尺整张的书法，内容是"南面百城足矣"，写好后装裱起来挂在了客厅里。据说有人看到了这件书法，立即报告了当局，于是很快得到了现在的这块宅基地。前些年大千的后人拿出这张书法作品上拍，从内容角度上讲，我觉得这原本是形容藏书的一句话，应当是化用"丈夫拥书万卷，何假南面百城"，由此而让我很喜欢，于是我从拍卖会上把它争了回来，悬挂在自己的书房里。因此我在参观大千的故居时，多少有一丝小得意：这所故居至少跟我书房里的那张字有着因果关系。

走出客厅，穿过一段回廊，后面是随山形而建的后花园，花园的外墙是两条河流的分界处，真可谓风景绝佳的居住之所。花园正中靠

梅丘远景　　　　　　　　　　　　会客厅

后的位置立着一个竖石，石高近三米，上面刻着"梅丘"二字。字迹一望即知出自大千，旁边立着一个介绍牌，上面写着梅丘乃是张大千的安葬之所。把自己的墓园建得如此富有诗意，艺术大师果真异于常人。这块巨大的随形石，按照介绍牌上所说，是从美国加州大千的故居环荜庵运来的。这么巨大的石块，估计有几十吨沉，不远万里运到台湾，也只有艺术气质如此之深的人才能这样痴狂。

林风眠（1900年—1991年）

调和中西艺术，创造时代艺术

对于中国现代绘画各种观念的代表人物，陈传席在《多元时代的多元探索——序〈现代绘画史代表画家作品展〉》中说过这样一段话："有主张'革命'者，如陈独秀、吕澂；有主张'变法'者，如康有为；有主张'改良'者，如徐悲鸿；有主张'中西调和'者，如林风眠；有主张'中西结合'者，如高剑父、高奇峰；有力排西法、坚持'国粹'者，如金城、林纾；还有陈师曾力倡'文人画之价值'，坚持'中国画是进步的'，此外，还有提倡中西绘画'结婚''恋爱'者，更有反对中西'结婚''恋爱'者等等。"

可见在中西思想交汇的民国时期，中国画家及相应的理论家为了中国绘画有所突破，提出了多方面的主张，其中林风眠始终坚持中西调和之路。他不但提出了这样的口号，并且用自己的画笔在这条路上做出了大胆尝试，因此被认为是中国现代美术教育的主要奠基者之一，是二十世纪中国杰出的美术教育家，也被看作二十世纪实践中西文化融合最成功、最具革新精神的先驱。

林风眠在幼年时期并未接受过名师的点拨，林风眠的祖父和父亲都是石匠，虽然在刻制墓碑时，或许也需要有一点艺术技巧，但毕竟那种粗糙的技术跟绘画艺术还是有较大的差距。林风眠从六七岁时就喜欢上了绘画，他跟许多无师自通的画家一样，也是从描摹《芥子园画谱》入手。水天中在《林风眠的人生道路》一文中谈到了这件事："林风眠的父亲林雨农，虽然也继承了家传的石雕手艺，但他知书善画，在阁公岭一带颇有名气。在观看祖父刻石的同时，林风眠还在父亲引导下习画，《芥子园画传》是他学画的启蒙教材。"这个幼年时的爱好跟随了林风眠的一生，并且成为了他终其一生的职业。

祖父刻苦耐劳的精神影响了林风眠一生，裴岑所编《林风眠散文》中收录有作家本人在其晚年时的自述：

> 我出生在广东梅县一个山区的石匠家庭里，儿时便当上了祖父的小助手。祖父对我非常疼爱，整天叫我守在他身旁，帮着他磨凿子、递榔头，看他在石碑上画图案，凿刻花样。祖父对我是抱有希望的，他叫我老老实实地继承他的石匠手艺，不要想那些读书做官的事。他常说："你将来什么事情都要靠自己的双手。有了一双手，即使不能为别人做出大好事，至少自己可以混口饭吃。"他还叫我少穿鞋子，而他自己，无论四季阴晴，都是光着脚板的。他说"脚下磨出功夫来，将来什么路都可以走！"祖父已经去世好几十年了，在我脑子里，只能记起他盘着辫子、束着腰带、卷着裤管、光着脚板，成年累月地在一方方石块上画呀、刻呀的一些模糊的印象，然而他的那些话，却好像被他的凿子给刻进了我的心里一样，永久也磨不掉。
>
> 现在的我，已经活到我祖父当年的岁数了。我不敢说，我能像祖父一样勤劳俭朴，可是我的双手和手中的一支笔，恰也像祖父的手和他手中的凿子一样，成天是闲不住的；不过祖父是在沉重的、粗硬的石头上消磨了一生，而我却是在轻薄的、光滑的画纸上消磨了一生的。除了作画，日常生活上的一些事情，我都会做，也都乐意做，这些习惯的养成，我不能不感谢祖父对我的训诫。

1919 年底，林风眠跟三十多位中国年轻人一同前往法国留学，在异国通过勤工俭学的方式一边养活自己，一边努力学习着自己所钟爱的美术。后来他得到了远在非洲毛里求斯的林姓亲戚的资助，得以进入法国第戎国立高等美术学院深造。林风眠先后在法国留学五年，在德国留学一年，六年的欧洲经历使他打下了深厚的西方美术功底。

林风眠人生的最大机遇，应当是他在法国时期受到了蔡元培的欣赏。关于这件事的起因，潘耀昌在《法国的革命和德国的理论——评林风眠和蔡元培的合作》一文中写道："据蔡元培的女婿，林风眠的同乡、密友、留法同学和同志林文铮回忆，1924 年 5 月，在中国驻法国公使和蔡元培发起的斯特拉斯堡'中国美术展览会'上，'蔡先生初次看见林风眠的大作《摸索》，就深深器重林，认为他不仅是个很有天才的青年（他才二十四岁），而且是大有新思想的艺术家'。"

蔡元培偶然在一场画展中看到了林风眠的一幅名为《摸索》的作品，这幅画瞬间打动了他。这幅重要的作品后来失传了，而关于这幅作品的表现内容，林文铮在《蔡元培之器重林风眠》一文中说道："这幅画的内容，是描写古希腊的荷马、意大利的但丁、英国的莎士比亚、德国的歌德、法国的雨果、俄国的托尔斯泰等等，都在追求光明与真理，蔡先生在意大利，最欣赏拉斐尔的《雅典学院》那幅画，而林风眠的《摸索》正暗合拉斐尔的精神，也就是暗合蔡先生人文主义的精神，堪称'同声相应'。"

如此说来，林风眠的这幅《摸索》所表达出的人文精神，恰好符合了蔡元培的思想。郑胜天在《中国现代艺术之父——林风眠》一文中则认为，蔡元培更为欣赏的是林风眠的水墨画《生之欲》："他十分欣赏在斯特拉斯堡中国美术展览会上展出的《摸索》等画包含的人文主义思想。那时他初识林风眠，后来他更赞赏林风眠探索'中西调和'之路的水墨画《生之欲》，两人结成忘年之交。蔡元培看出林风眠能够在精神上超越学院派的象牙之塔，在现代主义艺术的洪流中随波涌进。他非常赏识林风眠革新中国艺术的抱负，认识才仅仅一年，就大胆地把这位年方二十五的青年画家推上北平艺专校长的位置，使他终于成为中国二十世纪艺术的一位引人注目的领袖。"

正是在蔡元培的推动下，林风眠被任命为国立北京艺术专门学校校长。在1925年过完圣诞节后，林风眠就带领家眷乘法国邮轮返回了中国。按照郑重在《画未了：林风眠传》中写道："此时乘同一条船回国的徐悲鸿、林风眠这次回来都是为了去北京就任北京艺专校长之职。原来，蔡元培推荐徐悲鸿任北京艺专校长，徐已答应，并怀揣蔡元培的介绍信回国，途经新加坡时，他滞留数月未能到任，开学在即，蔡元培又推荐林风眠任北京艺专校长，但林风眠却没接到通知，所以也不知道去北京艺专任职的事。"

因此，林风眠和徐悲鸿同乘一船，到达上海黄浦港时，他们看到码头上有几个人拉起了红色的横幅，上面写着"欢迎林校长回国"。而林风眠面对此况摸不着头脑，后来在别人的解释下，他方得知有这样的任命。于是，他在上海停留几天之后，就前往北京履职去了。

国立北京艺术专门学校原名国立北京美术学校，此校在1922年改为现名，乃是蔡元培为了实现"以美育代替宗教"的教育思想而专门成立的学校，后来又改名为国立北平艺术专科学校。这所学校在1923年后因为频繁更换校长闹起了学潮，经过一番博弈，教育部最终同意学生们的要求，那就是采取全体学生投票的方式来选聘校长。郑重的专著中转载了《晨报》对于该校公布出的选举结果：

> 林风眠111票，蔡元培82票，萧俊贤48票，彭沛民46票，李石曾44票。以上五人为得票之最多数，即为正式当选人。其余得次多数者，尚有凌文渊21票，闻一多20票，冯白18票，张镜

生16票,徐悲鸿15票,萧友梅14票。以上为当选人票数。现学生会正预备呈文,请教育部就得票最多之林、蔡、萧、彭、李五人择一任命云。

由此可见,尽管林风眠人在欧洲留学六年,他的声誉却在国内的美术界有着广泛的影响力,这场投票选举让他以最高票当选为校长。而那个时段,其实有几位大画家在业界的名气远在林风眠之上,为什么学生们会推举他呢?郑重在书中有这样的说法:"林风眠得票最多,这与诗人萧三的弟弟萧自生和先于林风眠回国的王代之的宣传有关,他们极力介绍林风眠的为人和艺术,并把林风眠创作的油画作品的照片展览给学生看。学生们认为林风眠画得很好,也盼着他能来。其实,这时林风眠在国内的影响远不如徐悲鸿,也不如刘海粟,其他还有一些知名画家和教育家,而独独选中林风眠任校长,足见画界求新求变之心切。军阀政府教育总长易培基终于同意聘请林风眠任北京国立美术专门学校校长。"

正因为这几样因素的叠加,使得林风眠被推举为该校校长,并且兼任教务长以及西画系主任。林风眠就职不久后,就在该校举办了首次画展,展出了自己在欧洲创作的一百多幅作品,这些作品既包括油画也有中国画,而他那独特的画风令该校师生大开眼界。从这些作品可以看出,林风眠虽然在欧洲留学,但他没有放弃对中国画的探索,所以他在北京艺专任职期间,也聘请了中国画的画家来教授相应的技法。

在以往的说法中,是徐悲鸿首先请齐白石到美术学校授课,但是按照齐白石在《白石老人自述》中的说法,第一位把他请进美术殿堂的人其实是林风眠:"民国十六年(丁卯,1927),我六十五岁,北京有所专教作画和雕塑的学堂,是国立的,名称是艺术专门学校,校长

《花与果》 上海市美术家协会藏

林风眠,请我去教中国画。我自问是个乡巴佬出身,到洋学堂去当教习,一定不容易搞好的。起初,我竭力推辞,不敢答允,林校长和许多朋友,再三劝驾,无可奈何,只好答允去了,心里总多少有些别扭。想不到校长和同事们,都很看得起我,有一个法国籍的教师名叫克罗多,还对我说过;他到了东方以后,接触过的画家不计其数,无论中国、日本、印度、南洋,画得使他满意的,我是头一个。他把我恭维得了不得,我真是受宠若惊了。学生们也都佩服我,逢到我上课,都是很专心地听我讲,看我画,我也就很高兴地教下去了。"

那时的北京是东北军阀张作霖的天下,1927年5月,林风眠在北京举办了"北京艺术大会",在这场大会上林风眠发表了一系列语言激进的演说,由此引起了张作霖的不满,幸而张学良对林风眠的艺术颇为赏识,在张学良的斡旋下,林风眠得以安全离开北京前往南京,因为那时的南京已经建立起了国民政府,而蔡元培在那里就任大学院长。之后蔡元培组建了大学艺术委员会,任命林风眠为该委员会主任委员,该委员会经过商议,准备建立新的美术院校,经过一番选择,1928年3月1日,国立艺术院在杭州西湖边建成并正式开学,林风眠被任命为该院的院长。后来此院改称为国立杭州艺专,林风眠接着担任该校校长,从1928年到1938年,总计有十年的时间林风眠一直是该校的掌门人。

关于林风眠离开北京前往南京的直接原因,李树声在《访问林风眠的笔记》中,记载有林风眠对李树声讲述的一段话:"后来张作霖进北京,他说艺专是共产党的集中地。后叫刘哲(当时的教育部长)找我谈话。这次谈话形成一种审讯的样子,各报记者均在,报纸曾以半页的篇幅报道了这次谈话。时间是在张作霖执政的时候,李大钊同志死后不久。记得当时刘哲曾问你既是纯粹的学者,为什么学校里有共产党?自这次谈话之后,我只好悄悄离开北京,到南京投靠蔡元培,然后到杭州创办国立艺术院。"

在杭州艺专,林风眠得以广泛弘扬自己的美术观念,他与林文铮共同撰写的《艺术教育大纲》中有如下明确表述:

> 本校绘画系之异于各地者即包括国画、西画于一系之中。我国一般人士多视国画与西画有截然的鸿沟,几若风马牛不相及,各地艺术学校亦公然承认这种见解,硬把绘画分为国画系和西画系,因此两系的师生多不能互相了解而相轻,此诚为艺界之不幸!我们假如要把颓废的国画适应社会意识的需要而另辟新途径,则研究国画者不宜忽视西画的贡献;同时,我们假如又要把油画脱离西洋的陈式而成为足以代表民族精神的新艺术,那么研究西画者亦不宜忽视千百年来国画的成绩。

这份大纲基本体现出了林风眠调和中西的主张,因为他将西画系和国画系合并成为一个系,但在课程安排上,主要是以西画为主。他请来了潘天寿任教,同时写信给齐白石,请其前来任职,但齐白石说自己年事已高,转而推荐弟子李苦禅前来任职。从表面看,林风眠并没放弃国画的教学,但是从课程的安排上,却也能体现出他对国画的看法,因为该校每周西画有二十个课时,而国画只有四个课时。正是因为这样的课时安排,使得潘天寿等一些国画家对此表达了不满,经过一番争论,国画的课时得以增加。

尽管与国画家有过这样的争论,但林风眠还是与他们有着良好的关系。比如吴冠中在《林风眠与潘天寿》一文中写道:"主张中西结合的林风眠从不干预潘天寿的教学观点与方式,潘老师完全自由充分表述自己的学术见解,不过他那时没有提出中、西画要拉开距离这一说,是否因林风眠、吴大羽等权威教授都是教西画的,温良敦厚的潘老师慎露语言锋芒。整个杭州艺专的教授们相处都很和谐，尽管各有各自的学术观点。信乎这是一群远离政治、远离人际纠纷的真正的艺术探索者。"

在林风眠的观念中，中国明清的绘画没有大的发展，所以他希望借鉴西方的绘画理论，来找到中国绘画的突破口。为此，他提出了这样的口号："介绍西洋艺术，整理中国艺术；调和中西艺术，创造时代艺术！"公允地来说，林风眠调和中西的主张，的确为中国画注入了新观念，正是这种观念使得此后的中国绘画界产生了多位调和中西的大师级人物。为此，潘公凯在《创造世界新艺术》一文中对林风眠的这一主张给予了高度评价：

> 这四句口号就是我们所说的"林风眠之路"上的路标。此后，不少蜚声中外的优秀艺术家，如赵无极、朱德群、吴冠中、席德进、赵春翔等都是沿着这条道路走出来的。他们为推动中国艺术的现代化进程做出了各自的贡献，而他们的成就也进一步证明了林风眠所倡导的中西融合之路，在封闭落后的中国走向开放、融入世界的历史性转折的宏大背景之下所具有的必然性。

从林风眠的人生经历来看，他更多是一位纯粹的艺术家，对政治完全外行，人事关系的处理也是他的短板。故而在抗日战争时期，他躲在重庆郊外的破仓库里，全身心地探索中西绘画的融合。他在这间破败的仓库里创作出了大量的彩色水墨画，经过一系列的探索，他渐渐形成了新的绘画风格。

抗战胜利后，林风眠回到了杭州，此前他已辞去杭州艺专校长的职务，如今他又被聘为了该校的教授。1949年5月杭州解放，杭州市军管会派出军代表接管了杭州艺专，军代表到校后解聘了林风眠、吴大羽、潘天寿等六名教授,然而不久之后,又聘请他们回校重新工作,但这种状况已经令林风眠难以继续在该校任职,于是他在1955年迁居到了上海。

在上海期间,林风眠继续探索着中西绘画的融合,那个时期他唯一的业余生活就是去看传统戏剧,而他对传统戏剧的欣赏,不单纯是工作之余的调剂,因为他从中悟出了新的画理。郑胜天在其文中讲到了林风眠因为看戏而得出的感悟,林风眠认为:"新戏是分幕,而旧戏是分场来说明故事的。分幕似乎只有空间的存在,而分场似乎有时间的绵延的观念。时间和空间的矛盾,在旧戏里似乎很容易得到解决。像毕加索有时解决物体,都折叠在一个平面上一样。我用一种方法,就是看了旧戏之后,一场一场的故事人物,也一个一个把他折叠在画面上。我的目的不是求物、人的体积感,而是求综合的连续感。"

正是因为这样的探索,林风眠渐渐形成了新的画风,对于他在艺术上的突破,董伏玲在《"中画之魂,西画之格"——林风眠绘画艺术特色》一文中总结道:"林风眠成功地在宣纸上引进了色彩,引进了阳光,为水墨画注入了一股清新的空气。中国传统绘画采用的宣纸,本是为了适应中国画的笔、墨和水晕墨章三者有机结合才制造的。近代中国水墨画大都采用生宣纸材料作写意,很少施用颜色。那么,色彩入宣纸有多大可能呢?尽管在林风眠之前,已经有人试图对中国画进行色彩改造,但常常水墨与色彩相抵而生涩;也有人将写生色彩融入水墨画,不伦不类,大都是局部使用。林风眠一改这种局部应用做法,而从整体植入色彩。他采用大块墨色平衡画面,兼以墨调色,取各有色相倾向的冷暖灰的淡墨为辅,从大关系上把握住画面以墨为主的基调。环境底色的运用,注定必须改变传统中国画计白当黑和背景留白的惯常做法。林风眠反其道而行之——计黑当白,在沉稳的深色背景上衬托饱和浓艳的亮色。因此在林风眠大量的山水风景、景物、

《莲花》 上海美术馆藏

戏曲人物画中就很少使用白色。"

从绘画技法而言，林风眠改造了传统文人画的固有模式，李春艳在《林风眠"中西融合"绘画作品的艺术特色》中说："林风眠绘画画面用线较少有传统文人画的影子，努力使表现手法和绘画样式更加单纯、简洁，以较少的用笔，表达更丰富的内涵。"如何来解读这样的断语呢？李春艳在文中有如下表述："他摆脱了文人认可的以书法入画的笔墨形式，其笔墨其实是继承了唐代的笔墨，用线跨出了元以后的语言体系，主要借鉴魏晋六朝至唐代的'流动如声'的线，以自然为师的态度，通过线条的造型表现力传达生命的情感。他参照民间瓷画畅快的用线和汉代画像石刻拙朴的线条特质，以及民间硬笔单纯质朴的线条，又创造性地移植并改造了中国壁画和青花瓷绘中温润、迅疾、流畅的露锋线，而且畅而不浮，从而在反叛文人笔墨规范中发展了笔墨，在传统不能容忍的地方丰富了传统。"

从外观看上去，林风眠绘画中的线条既简练又出锋，这的确与中国传统文人画形成了完全不同的效果，而这个效果正是林风眠所追求的。故李春艳在其文中也认为林风眠的这种线条貌似简单，实际上却有着独创性："林风眠用线看起来轻松简单，但炼到火候殊不容易。以柔性毛笔达到硬质铅笔线条似的细致却又保持民间瓷绘线一般的自由，而不落入高古游丝描那样的装饰趣味，需要毕其终身之功，才足以磨炼出能与书法线条抗衡的'美与生的线条'。"

经过这样的艺术探索，林风眠的独特绘画风格被艺术家称之为"风眠体"。对于风眠体的独特性，刘启鹏在《留法美术学生与中西美术交流——以林风眠为分析对象》一文中总结说："'风眠体'是林风眠调和中西艺术的创造，更是中西方美术交流的美丽结晶。它一定程度上淡化了传统笔墨观念，同时引起了艺术家们对于诸如形式、材料等方面变革的关注，极大地丰富了中国绘画的创作面貌，为众多后继

《霸王别姬》 王良福藏

者诸如吴冠中、赵无极等提供了可借鉴、深入的内容,更为世界绘画发展创造了新的可能。从这个意义上来说,英国艺术史学者苏立文仅仅称林风眠为中国现代绘画的先驱者似乎低调了。"

正如以上引文所言,林风眠的绘画风格对吴冠中和赵无极提供了全新的艺术思路,而吴冠中对林风眠的绘画有着更加深入全面的解读,他甚至注意到了林风眠在画幅上的独特性。吴冠中在《尸骨已焚说宗师》一文中称:"林风眠的画幅基本采取方形。我们古代也有偏方形的册页,但认真、有意以方形构图则是林画的特色,今天模仿者已甚众,并成风气。林风眠之采用方形,决非偶然兴之所至,而是基于他的造型观。方,意味着向四方等量扩展,以求最完整、最充实的内涵。圆,亦是扩展到最大量感的结果,从造型角度看,方与圆近乎等值,是孪生兄妹。林风眠的方形画面中往往只容纳一个圆,所有的空间都被集中调配,构成一统天下与大气磅礴之感。"

这样一位富有创造力的艺术家在"文革"期间却被关进了监狱,吴冠中在文中写道:"'文化大革命'中林风眠被捕入狱四年半,没有理由,当然也无须理由。大量的精心作品先已浸入水盆、浴缸中溶成纸浆,从下水道冲走。至于油画,则早在杭州沦陷后被日军用作防雨布了。"

林风眠在入狱前大量地销毁自己的作品,以便让那些整他的人少抓到一些把柄,但在那个年月,欲加之罪何患无辞,虽然吴冠中在文中说把林风眠关进监狱四年半没有理由,其实林风眠出狱后才得知,原来有人说他是日本特务。对于他亲手毁掉的作品数量,水天中在其文中给出了这样的数据:"'文化大革命'的迫害浪潮开始涌动之际,林风眠在'红色恐怖'中悄悄销毁自己的作品。幸好他的作品是画在宣纸上的,他把一批又一批的作品泡在浴缸里,泡成纸浆后冲进下水道。一个以绘画创作为生活全部内容的老画家,把自己积累数十年的两千幅画作悉数毁掉,可以想象他所感受到的恐怖、愤慨、绝望和痛心是多么深、多么大!"对于林风眠在狱中的遭遇,水天中的文中有如下描述:"他被铐起双手,关在单人房里,即使在喝水吃饭时也铐起双手,有时将双手背铐,有时有所宽大,将双手前铐。林风眠出狱后不愿谈他狱中遭遇,但有一次说:'他们像对狗一样对待我。'"

1972年冬林风眠出狱,但继续接受着各种各样的批判,直到1977年经过叶剑英的批示,上海市允许了林风眠的探亲之行,而后他到达了香港,此后的十四年他一直居住在香港,直到1991年去世。

因为他晚年的这些遭遇,使得林风眠在国内艺术界的影响力似乎不如其他一些大画家更有名气,然而他的艺术魅力却在他邦绽放出了异彩。1979年9月21日至10月28日,法国巴黎的塞尔努西博物馆举办了林风眠画展,该馆馆长瓦迪默·埃利塞夫在《画展目录》的序言中对林风眠的绘画给出了如下评价:

> 半个多世纪以来,在所有为使中国人民熟悉和了解西洋画及其绘画技艺而做出贡献的画家中,林风眠是首屈一指的,也就是说,他是唯一的已经接近了"东西方和谐和精神融合的理想"的画家。

在这样的融合同时,郑朝在《林风眠的戏曲人物画》一文中又称:"林风眠在他的戏曲画中,中西艺术不期而遇,融而为一。在这里他虽然糅进许多西方现代绘画的表现方法,但是画面所表现出来的神韵是完完全全东方的、中国的。"不管人们是以怎样的眼光来评价林风眠的画风,他表现出来的独创性是显而易见的,随着时代的发展,相信更多的人们会重新认识到林风眠在中西绘画融合方面所做出的巨大贡献。

2013年1月5日,我前往杭州寻找林风眠的遗迹,他当年的故居

《双鹭》 上海市美术家协会藏

如今林风眠故居也成为了文保单位

林风眠故居简介牌

依然完好地保留在西湖边上，具体地址为浙江省杭州市西湖区灵隐路3号。

  虽然来过杭州无数次，但印象深刻的大多是西湖的柔美，这一次前来却遇上了一场漫天飞舞的大雪。在雪停后的第二天，我按照地址前去寻找林风眠的故居。故居处在西湖边的一大片树林之中，走进这雪中的树林，顿时觉得这里真正做到了"结庐在人境，而无车马喧"。大队的游客在树林外沿着西湖拍照，却未见一个游客注意到了身后林风眠的故居。在进入故居的小路前，有杭州市的文保牌，上面写明这是林风眠旧居，沿着文保牌前行二十余米，即可看到一个八角形的小楼，小楼的下面立着一块碑，碑的外形为不规则状，里面再嵌一块铜牌，铜牌上写着：

  林风眠旧居
  林风眠先生（1900—1991）生于广东省梅县。
  林风眠先生是中国现代美术教育的奠基人之一，中国现代美术的先驱。一九二八年，承大学院长蔡元培之命，来杭州选址于孤山山麓，创办国立艺术院（现中国美术学院）。一九三四年，亲自设计一所独特建筑风格的宅院（即此旧居）于马岭山麓，聚师生，谈美论艺，乐也融融，将终老焉。

抗战时期，林风眠先生率杭校师生流亡内地。抗日胜利后回杭。一九五一年后移居上海。一九九一年在香港逝世。

为缅怀美术界的一代宗师，一九九九年，在浙江省、杭州市领导的关怀下，杭州市园林文物局与中国美术学院共同恢复旧宅，按原貌修整，供世人瞻仰。

原来这栋别墅是林风眠自己设计的，站在树林中望过去，别墅外观也同样有着中西结合的味道。看来林风眠将自己的艺术观念融入到了生活中的每一个细节。

从门旁的走廊来到正门，上面写明开馆时间为 8：30 至 16：30，我的造访时间恰在这个范围内。正想进内拍照，无意中又看到门口的另一块牌子，上面写明里面禁止拍照，但我总觉得自己的寻访乃是弘扬真正的文化，不应当像对待游客那样来禁止我拍照，但我还未膨胀到漠视规则的地步，于是站在门口喊了几句："有人吗？"我希望得到工作人员的回应，以便解释我的所为，可惜我听到的仅是自己的回声，没人出来回应我的要求。无奈，只好暂且在四围寻找一些可拍照之处。

无意间，我看到台阶下的雪地上，摆着一个一尺高的小雪人，这个雪人很特别，它的嘴是用一段红绸布捻成一个卷插上去的，肩上还斜披着一条红丝带，骄傲的姿态看上去像是先进工作者在发表获奖感言。这让我想到了林风眠曾经遭受过的苦难，尤其是他晚年的默默无闻，直到逝世都不能光彩照人地出现在世人的视野之中，他为中国绘画所做出的贡献之大，与他晚年际遇之惨淡形成了强烈对比，这种不

林风眠故居外观

只能站在门口拍一张门厅

匹配让我大感不平,虽然说近些年他的绘画作品有时也能拍出较为不错的价格,但我还是觉得他的艺术思想没有得到应有的评价,我期待着那一天的到来。

江寒汀（1903年—1963年）
飞鸣宿食之态，尽在目中

江寒汀墓处在苏州光福镇的石壁山，找到他的墓纯属意外。我来此山的寻访目标其实是虚谷上人，然而我查得的资料颇为模糊，不能确定虚谷墓处在石壁山的哪个方位。2018年5月31日，我乘富筱栋先生所开之车来到了石壁山，此山凸入太湖之中，形成半岛状。站在停车场望着浩渺的太湖，空旷无边，颇有一些思古幽情。当天一直断断续续地下着雨，在浓云的映衬下，更让太湖多了几分苍凉，而湖边的芦苇又让我有了一苇渡江的冲动。

既然没有法力，也只能老老实实上山去寻找虚谷墓，走在湿滑的林间小道上，边走边注意着路两边的古墓，前行不到一百余米，看到右手边有一块平台，上面立着两块石碑。刚走到近前，看到其中一块石碑上刻着"画家江圣华之墓"，再看左侧的一块墓碑上，字迹则为"画家江寒汀墓"，而这块墓碑的题写者竟然是大画家吴湖帆。

这个意外让我有些兴奋，虽然江寒汀没有纳入我的寻访计划，但他的画名早已耳闻，江圣华是何人我却未曾留意过。这两块墓碑形制相当，均将姓氏涂红，江圣华墓碑的题写者虽然不是吴湖帆，但也不是无名之辈，乃是同样闻名的大画家陆俨少，由此看来，这位江圣华也应该是一位画家，只是我寡闻而已。既然都姓江，说不定长眠于此的两位是同一家人。这两座墓相距不到两米，墓碑前有人摆放着同样

江圣华墓

江寒汀墓

的鲜花，两墓中间靠前的位置摆放着如意形的供桌，供桌前是一个几米大的平台，这块山间平台全部用水泥加鹅卵石做了硬化。从山路登上平台，则修砌了台阶。在台阶的左侧有一块新的碑刻，浏览一下上面的字迹，原来是《江寒汀墓志》，《墓志》的落款为"释灵根撰、吴眉眉书。乙未年正月石壁永慧禅寺敬立"。

吴眉眉这个名字好生熟悉。2017年萧山图书馆举办了来新夏先生去世三周年纪念会，而吴眉眉是来新夏的弟子，她在会上一直照顾着师母焦静宜，故而给我留下深刻印象。但她怎么会给江寒汀书写墓志铭呢？想来也许是重名，于是我不再纠结此事，跟着富先生继续前行。沿着山路又走出几十米，在山坡的同一个方向找到了虚谷上人墓。在拍虚谷墓时，也在墓旁发现了新立的墓志铭。这块碑石的大小跟江寒汀的那块相仿佛，然虚谷墓志的落款则为"明怡撰、释灵根书，乙未年正月石壁永慧禅寺敬立"。

从石色上看，这两块墓志铭均为新立，而最近一个甲子的乙未应当是2015年，从署名看，这两块墓志铭都跟释灵根有关，而其中虚谷的那块没有吴眉眉之名，但既然都有释灵根之名，说不定这位法师就

墓志铭的落款是释灵根撰、吴眉眉书

是永慧禅寺的方丈。

而后我跟富先生继续上行,一直走到了处在山顶上的永慧禅寺,此寺颇为安静,我们在里面兜了一大圈仅遇到了一位僧人。我向他请教寺中的摩崖刻石是否有虚谷的墨迹,他告诉我没有,参观完毕后,我又跟随富先生原路下行,慢慢返回停车场。在停车场上无意间遇到了吴眉眉,如此偶遇令双方都觉得目瞪口呆。吴眉眉听闻我的寻访目标时,直接告诉我,那两块墓志铭就是她跟永慧禅寺的住持灵根法师共同所立。

我好奇她为什么要给江寒汀立墓志铭,吴眉眉说 2012 年灵根法师成为了永慧禅寺的住持,当时灵根看到这两座名人墓有些荒凉,他觉得这两位前人都是绘画史上的名家,于是跟吴眉眉经过商议,分别刻了墓志铭立在墓前,以便让更多的人了解这两位画家的成就。

吴眉眉又告诉我,她已经很长时间没有来过此寺,今日偶然来办事，就意外地遇到了我。而我好奇她为什么坐在车内而不上山，吴眉眉告诉我，她今天来此寺乃是向灵根借一串精美的核雕手串，因为要写一本相关的书。而我们正在聊天时，我在寺中遇到的那位僧人走下了山，递给吴眉眉一个手串，不用说这位僧人自然就是灵根法师了。

如今，我来访虚谷墓，竟然意外找到了江寒汀之墓，更为意外的，则是无意间还见到了两位与江寒汀之墓有关联的人物。为什么这么多巧合能同时出现呢？看来有些事情冥冥中自有定数。我觉得更大的巧合乃是江寒汀跟虚谷葬在了一起，因为他早年正是仿虚谷画作的高手。王樟松在其编著的《画中桐庐》中说：

> 江寒汀擅长花鸟画，尤以描绘各类禽鸟著称。他的绘画内师传统，外师造化。他认真研究历代花鸟画家的技法，广泛地从传统中吸取养料，上溯宋元诸家，下至明清的陈白阳、徐渭、恽南田、金冬心、八大山人、新罗山人，对双钩填彩、没骨写生，均所擅长。尤对任伯年、虚谷画艺潜心揣摩，系统研究，以致他临摹任伯年、虚谷的作品达到以假乱真的程度，在画坛上有"江虚谷"的美誉。

看来江寒汀早年也学过多位古代名家的笔法，但他的画作以模仿虚谷最具名气，故被人称之为"江虚谷"。熊月之主编《上海名人名事名物大观》中称："江寒汀（1903—1963）江苏常熟人。名上渔，又名鸿，字寒汀，以字行，斋名获舫。十六岁时从同邑陶松溪学画。因家境贫寒，二十九岁时寄寓上海，卖画为生。擅长花鸟，无论双钩填彩，没骨渲染，均颇具功力。对任伯年、虚谷的绘画做过系统研究，偶一仿作，即可乱真，当时画坛称之为'江虚谷'。"赵燕青在《江寒汀花鸟画创作方法浅析》一文中持同样说法："经过多年花鸟画技法的积累

《棕树小鸟》 中国美术馆藏

后，江寒汀开始以卖画为生。迫于生计，他曾在一段时间潜心模仿虚谷的作品，甚至达到了以假乱真的程度。"

江寒汀为什么要努力模仿虚谷作品呢？徐放在《"江虚谷"之誉来历》一文中首先讲述了江寒汀的生平："据老师回忆，其前几代祖辈在河南为生，到清朝因战乱，举家逃难来到南方常熟落脚。1903年4月江老师出生于虞山脚下。江南的山清水秀，林中的飞禽鸣唱，给小时候的江老师留下美好的回忆。江寒汀喜欢选这样的景，对物涂鸦，观写鱼禽，渐渐地喜欢上了画画。读私塾时，受乡里陶松溪先生指点，开始正规学研字画，临摹了大量的古人精品。唐、宋、元、明、清历代画家一一涉猎，尤其对林良、吕纪、青藤、白阳、八大山人、罗聘、任伯年、虚谷等等画家的技艺画意摹写钻研，了然于心。"

而后，徐放在文中讲到江寒汀也是因为偶然看到了虚谷的作品，进而喜爱上了这样的画风："当时常熟镇上有几家扇子店（即现在的画廊）除了销售字画、文房四宝还兼接裱画业务，店堂壁上常有很多字画装裱，其中也时有几幅虚谷书画。老师经常去这些店家观赏揣摹，渐渐地被那种结构冷峻奇特、形态夸张变形、线条虚实灵动的艺术作品所震撼。从此江老师一发不可收拾，每天去扇子店观赏临摹。所临习作带回家去再回忆体会。可以说是废寝忘食、焚膏继晷、四季不分。"徐放在文中颇为形象地描写到江寒汀模仿虚谷作品的陶醉过程，而他的功夫没有白费："扇子店老板见到老师所画虚谷画几可乱真，就要求江老师专门绘制虚谷赝品给他们，老师情面难却，就此画了很多虚谷作品，大都是写上了自己的字号。从此'江虚谷'之名响彻大江南北，誉满海内外。"

江寒汀的出身颇为贫寒，他的侄子江洪泉在《江寒汀青少年时代二三事》中写道："江寒汀，常熟人，原名庚元、石溪，后改名寒艇、上渔、江荻，是闻名海宇的花鸟画家。父亲江锡洲，母亲艾氏，在南门摇手湾开一爿腌腊店，店号江元昌后改名江义昌，因经商不善，经常亏本，生活拮据。"

正是因为生活拮据，江寒汀想通过卖画来养活自己，而那时的上海已经是世界闻名的大都市，故他来到上海卖画为生。但因为他没有名气，所以画作卖不出去，只好仿冒虚谷作品以求销路，因为那时的买家只跟江寒汀购买署虚谷款的画，这种状况令江寒汀颇为苦恼。江洪泉在《江寒汀与黄异庵》一文中写道：

> 江寒汀与黄异庵是郎舅之亲。江寒汀初到沪上，为了维持生活，常常仿制虚谷作品，好得可以乱真，人称"江虚谷"，上门求画的却只要假虚谷不要真石溪。一天黄异庵从电台演唱评弹回家，路过巨鹿路，到石溪家中聊天。江先生不愿做假画，但写真名又没有人要他的画，颇苦闷，对异庵说："还是你唱评弹好，我跟你学评弹（江先生确实学过几天评弹）。明明我是'石溪'所画，为何非冒'虚谷'不可？"接着，他便和异庵先生商量道："大概是我这石溪的名字不好，因为溪中有石无水，哪有财源呢？最好改一改。"异庵先生道："不如改作'寒艇'吧！溪中有水。"巧得很，改名后第一主顾就是于右任先生。于先生登门求画，江先生当场画一立轴"柳燕图"。于先生送书写上"江寒艇画寓"五字，寒汀先生即以此做了一块搪瓷招牌，挂在门上。从此，他的作品不再冒虚谷，而以寒艇落款，求画的人也慢慢地多了。

冒充虚谷之名虽然能够换得钱来买米，但对于一个画家来说也颇为苦恼，因为这样就永远打不响自己的名声，而江寒汀很想以自己的名号示人。那个时候，他的画作署款均为石溪，江寒汀觉得也许是这个名字起得不好，所以打不开市场，于是黄异庵给他改名为寒艇，没想到署此款后，马上就卖出了第一张署上自己名字的画作，而购买者竟然是大书法家于右任。这件事令江寒汀大感荣耀，因此他请于右任给自己写了堂号，江寒汀以此制作了一块匾额挂在门上，自此之后，买他的画的人多了起来，而他也不用冒充虚谷之名了。

但是，寒艇怎么又变成了寒汀呢？江洪泉在文中又写道："一日，江先生和异庵先生饮酒，商量道：'可惜溪中有水而艇中无物，怎么办？能否再改一改？'后来想了几个名字都不称意，最后取了'上渔'，这就艇中有鱼了。由此求画者接踵而来，但仍叫着寒艇先生，可见寒艇名已被人们熟知，不必再改。过了段日子又觉得'艇'与花鸟距离甚远，不如改'汀'，汀者，水岸平处，鸟儿栖息地也，音义并佳。从此，就改名为寒汀。"

关于江寒汀的师承，赵燕青在其文中写道："江寒汀在学画初期受同乡画家陶松溪的启蒙，从陶松溪现存作品来看，他所用笔墨技法基本属于没骨小写意一路，但在塑造形象和章法布局等方面没有经过系统学习，无法给天资聪慧的江寒汀进一步的指导，故而在掌握基本花鸟画技法之后，江寒汀便将目光投注到前代花鸟画名家身上。文化底蕴深厚的常熟在清代可谓名家辈出，如虞山画派的王翚、杨晋，写生正宗恽寿平及师从恽寿平的马元驭父女，位高权重的词臣画家蒋廷锡，都曾在此留下了众多绘画作品，也推动了当地花鸟画创作的繁荣，这为江寒汀研习传统花鸟画提供了第一手资料。"

原来江寒汀的绘画启蒙老师乃是常熟画家陶松溪，陶松溪擅长的是小写意，江寒汀从他那里学到基本技法后，觉得不满足，于是又临摹了许多其他的名家作品，后来为了生计，他一度专仿虚谷。邵洛羊在《"鸟王"江寒汀》一文中称："他仿任颐、虚谷，足可乱真。"但唐云觉得，江寒汀的仿作出蓝而胜蓝，唐云在给江寒汀画册的跋语中写道："虚谷画多枯笔、涩笔，微乏丰润之致，故友寒汀老兄偶拟其

《拟宋人法》 收录于《中国书画册页精选：江寒汀》

意，不仅得其笔法，华茂之气，活跃纸上，有过虚谷。"对于唐云的这句评语，邵洛羊给出了这样的解读："虚谷熟中生，寒汀生中熟，仿作具'寒汀味'，有一定程度再创造。"

江寒汀来到上海后，渐渐摆脱了虚谷的影响，逐步呈现出自己的画风。杨君康在其所著《竹刻扇骨鉴赏》一书中有《豪放秀丽的江寒汀及李卓云》一文，该文中把江寒汀独特的绘画面目称之为"江家花鸟"："江寒汀从小聪慧异常，且勤奋好学，十六岁赴沪投陶松溪门下学花鸟。他刻苦研习恽南田的没骨用笔，承接新罗、八大的意趣，博取青藤、白阳的墨韵。他将前辈的特点融会贯通，注入自己的感悟，

《拟新罗山人》 收录于《中国书画册页精选：江寒汀》

创造了新的用笔敷色技法，并构思新的意境，形成了高雅清隽、豪放秀丽的小写意画风，被行家称为'江家花鸟'。"

江寒汀是如何产生这种凤凰涅槃式的变化呢？杨君康在此文中摘引了江寒汀的大女儿江圣华的回忆，由此也让我知道，原来葬在江寒汀墓旁的江圣华乃是江寒汀的长女。她的回忆则讲述了江寒汀的日常：

> 那时家居斗室，一门三口，除了床、橱、杂物之外，作画只有方桌一张，拥挤不堪，但父亲却东一只鸟笼，西一只盆景，花鸟虫鱼，无一不有，尤其是经常养着三五只鸟，鸟语花香固然可

以增加几分生活情趣，但起居坐卧，唯此一席之地，总觉有些举止不便。当时我们总认为他是闲情逸致，后来方才恍然：他种花养鸟，乃是为了观察琢磨之用……他经常放一只鸟笼于桌上，凝视入神，一支烟在手，几乎忘了一切，而鸟的飞鸣跳跃、啄食理羽，无不一一映入眼帘，默记心中。所以他所作花鸟画，无不神采奕奕、千姿百态。

江寒汀初来上海时，日子过得并不宽裕，为了能够观察鸟儿的形态，江寒汀在狭窄的居室内养了很多鸟。关于这些鸟的来源，蔡耕所著《茶熟香温集》有《江寒汀百鸟图序》一文，该文首先讲到上海的闹市区有一条广东路，此路曾经是上海最有名的鸟市，当年江寒汀乃是这个鸟市的常客："每天下午，有一位常客来到鸟市，此人身材不高，平顶头，方脸，大眼睛，穿一件灰色长衫，夹一支香烟，神情怡然。他就是海上花鸟画家虞山江氏寒汀。"

原来每日江寒汀都在鸟市上仔细观察，但他不是只看不买。蔡耕在文中写道："画家每天来看鸟，买鸟，结交不少养鸟朋友，每当他来到鸟市，整个精神便沉浸到鸟的世界。他喜买难以驯养的野鸟，红嘴白颈黑身的寒雀，五色斑斓的虎皮翠，长尾巴的唐山鹊，黑白相间的四喜，往往重价购之，即使用去口袋中仅有的酒资，也在所不计。春天雏鸟上市，他会买一窝黄嘴绿毛的幼雏，用手帕包着回家。有时更将整笼黄头买回家，好的留下，差的放生。不少鸟客人不怕路途遥远，从苏州、杭州将稀有的飞禽送到他上海家中，主人在欣喜之余，除付清鸟款外，还以名酒佳肴招待。"可见看鸟买鸟，并不只是江寒汀的业余爱好："养鸟知识的积累，开阔了画家的视野，为他的花鸟画奠定了写实的基础。"

江寒汀在这方面的功夫果真没有白下，经过多年观察，他画出了

《林良大意》 收录于《中国书画册页精选：江寒汀》

著名的《百鸟图》卷。江寒汀在此画卷的后面写有如下跋语：

> 余七岁即喜饲鸟，嬉戏而已。十六岁学画，以花鸟为主。素习养饲，乃进而研求其性情，益以重值购奇禽，置之笼中，系诸棒端，观其鸣声啄食之态，或纵之檐前屋角，以察其飞翔栖息之势。其颜色不同者，约二百余种，细析异同，求其名实，数当逾千。其类可分二：曰居留鸟，曰候鸟。候鸟逐气候而转徙，夜间飞行过海洋，千里不息。每春暮，由南洋诸区遵海而来，以达东北；迫秋，循原道而返；哺雏、觅资粮，避寒暑也。居留鸟惯其土宜，居有常处，偶亦转移，不过三四百里。余朝夜于兹凡四十

年，粗能得其概况。比能就鸟之嘴爪，辨其鸣声与所需食料。虽小道，亦博物一助也。此卷于酒后灯下，参用前贤名家笔法，写成十节，先后共二十八日。笔墨不免草率，纸幅所限，尤形局促，聊资一时兴会耳。

如此说来，江寒汀对鸟的喜好不是移居上海之后才开始的，他在七岁时就喜欢养鸟，但那时只是爱好，而当他十六岁后开始学画，就有目的地观察鸟的各种姿势。他的观察不仅是从颜色上给鸟做出区分，他还将所看之鸟做了相应的分类，等他创作《百鸟图》已经是五十岁的事情，到此时他对鸟的观察已经有了四十多年的历史。正是这几十年的积淀，使得他所画之鸟栩栩如生。故吴湖帆在《百鸟图》的跋语中，对江寒汀画鸟的功力给出了很高的评价：

> 吾友寒汀道兄性喜养禽鸟，纱笼陈列，不少百计。三十余年之经历，凡各种鸟性，俱能稔悉，飞鸣宿食之态，尽在目中，更积三十余年学画之功力，一一写之、摹之、传之、章之。成画卷十本，凡鸟百种，不独生趣盎然，色彩绚烂已焉。

经过刻苦的努力，江寒汀成为了民国时期上海有名的花鸟画家，他跟唐云、张大壮、陆抑非并称为"海上四大花旦"。而对于这"四大花旦"的各自特色，王樟松在其编著的《画中桐庐》中称："海上花鸟画'四大花旦'基本受恽南田和华嵒影响，但各有各的特点。陆抑非在师古方面较为突出；张大壮和唐云则更多传承文人画特色，特别是唐云的灵动颇为突出；而江寒汀则致力于写生。"

写生也就是对事物的仔细观察，这也是江寒汀所下功夫最深之处。他通过对鸟类的仔细观察，成为了这方面颇具特色的名家。故赵燕青在其文中写道:"江寒汀的部分花鸟画作品中有较为明显的自然主义倾向,没有过多的题词,不加过多的文字说明,只是静静地呈现,往往只有一羽精妙的小鸟以不同的姿态落于花枝,让观者自己感受其间流露的不同意境,让人浮想联翩。这种开放式的表现手法不加入作者的个人情感,却能激荡起观者个人的审美,在这一点上,江寒汀的花鸟画走的不是曲高和寡的乖张一路,而是俗雅共赏的平和一路。就像其表现物象不用过多个性化的笔墨印记一样,只是以不露痕迹的墨色展现精致传神的花鸟形态。"

上述所言乃是指江寒汀画作呈现给人的直观感受,而他在画鸟时的具体笔法,赵燕青在文中又写道:"在江寒汀的花鸟画作品中,给人印象最深的要数千姿百态的禽鸟形象。在禽鸟的表现手法上,他开创性地将没骨小写意画法与工笔勾染进行融合,总结出了一套极有特色的色墨结合法。无论在生宣还是在熟宣上,江寒汀都能运用水墨与色彩的相互氤氲。针对色彩艳丽的黄鹂、鹦鹉、绣眼一类的鸟儿,大量的色笔劈毛和干笔渲染就成为主要的表现方法;对于毛色相对沉着的禽鸟,则利用不同浓淡的墨笔进行劈毛后,再以相应的色彩罩染。"

如前所言,江寒汀曾经模仿过任颐的画法,那么他的成熟作品跟任颐的画作有着怎样的区别呢?赵燕青又说道:"相对于任颐的没骨技法,江寒汀的作品少了些恣意夸张的用笔和水墨的特殊渍晕效果,多了几分自然与平和;而对于华喦的禽鸟技法,江寒汀在吸收其清新灵动的造型趣味基础上,强调了禽鸟种类的丰富性和造型的严谨性。江寒汀探索出了利用生宣易渗晕的特性体现禽鸟质感的特殊技法,达到了不通过勾染而能呈现出精微和细腻的效果,可以说这也是他区别于前代与同辈花鸟画家的独特个人面貌。"

但一个画家要想打开局面,单靠绘画有特色还不足以产生广泛的市场影响力,江寒汀的画作卖出了市场,也是由于他人的慧眼识才。

杨君康在文中写道："'九华堂'位于福州路，是一家专营书画、扇笺、文房四宝的商店。那时外地赴沪书画家能得到老板黄锦堂的赏识，订润鬻艺，就能立足上海画坛。任伯年默默无闻时，就因黄锦堂慧眼识才，经销他的作品，使之逐步走红，当江寒汀的作品展现在他眼前，黄觉得江的前途无可限量，就倾力宣传，并不时将藏家意见反馈给江，使江的作品更上一层楼。"

江寒汀在上海渐渐打开局面后，不少人拜他为师学习绘画。有意思的是，有位叫李卓云的人，原本是跟江寒汀学画，但后来却成了江寒汀的女婿。李卓云在《拜师江寒汀》一文中谈到了他结识江寒汀的原因："我拜师江寒汀先生，也许是命运的安排。'八·一三'淞沪抗战爆发，我家逃难住进租界武定路上的一幢新式里弄房子的二楼，二楼下面的亭子间里住着以绘画为业的一户人家。我每天早出晚归，无暇他顾，对江先生没啥印象；我的双亲倒是有心人，他们发现这户人家是夫妻俩带一个独生女儿和一个亲戚的女儿同住。他们靠卖画生活，女儿身体不好，辍学在家修习古文，也在习画，是一正派人家。"

因为毗邻而居，李卓云渐渐对江寒汀的家中情况有了了解。李卓云本为东北人，来到上海后，看到日本人的侵略，于是热血沸腾地参加了抗日救亡运动，但双亲担心他会遇到危险，于是就想让他跟江寒汀学习绘画："我母亲与江先生夫人每天同在楼下灶披间烧饭，彼此熟悉，把想法跟江夫人一讲，她就爽快地答应了。双方商定后，有一天我父母把江先生请到我家，我与江先生见面、行礼，送了点很简单的见面礼并算是正式拜江寒汀先生为师了。"

关于江寒汀的教授方式，李卓云在文中写道："江先生教画时一再叮嘱我，学中国画是苦的，你要学画，就一定要专心。他叫我用一种最薄最薄的宣纸——连史纸，在上面圈梅花，难度很高。画了一段时间，有时一不小心线条就化开了，而江先生画得却很轻松，这时他要我沉得住气,继续苦练。他教我学画口传心授,不讲理论。不过,他跟我说过一句话:不要临《芥子园画谱》。他告诫说,只能看芥子园,临他的画,画出来的画像木刻作品,看看可以,但不要学。经江先生叮嘱,以后我就不临摹《芥子园画谱》了。"

看来江寒汀始终坚持师法自然,他不让李卓云临摹《芥子园画谱》,而这也正是江寒汀自己在绘画上能有所成就的重要原因。正如李卓云所言,江寒汀的大女儿江圣华身体不好无法上学,故江寒汀在家里也教这个女儿绘画,而他的教学方式依然是让女儿临摹实物。江寒汀的小女儿江圣行在《回忆我的父亲江寒汀》一文中写道:

> 父亲生活很朴素,除冬天挑选一顶"法国帽"戴在头上之外,其他穿着极为普通几乎没有要求。在吃的方面更为随便,特别喜欢吃带皮带肥的红烧肉,瘦肉就给我吃,因此吃饭我喜欢挨着他坐。还有葱油拌豆腐,即使每天吃,他也百吃不厌。再就是喜欢吃"阳春面",他说这样既省力,又可节约时间,但如果碰到吃"大闸蟹""油爆虾"那就不知道时间观念了,细细品尝,精心吐壳,吐出的壳还可以拼出原样的虾蟹,形象生动,似活的一般,有时还叫我姐姐(江圣华)照样在宣纸上画出来,总之父亲做什么事都是有些与众不同而且新奇、特别。

吃完了大闸蟹和油爆虾,剩下的壳也要拼好后让女儿画下来,江寒汀正是通过这种身体力行的方式,把自己的绘画观念传给女儿和弟子。江寒汀的教授方式也很务实,他看到市场上扇骨能卖出好价钱,而李卓云曾有过这方面的创作经验,于是他就让李卓云专攻刻竹:"老师说目前市面上深刻留青的较多,不如专攻浅刻,要刻出画的韵味,教我自己做刻刀,指导我怎样下刀。他先把画意告诉我,连局部处理

《宋院本》 收录于《中国书画册页精选：江寒汀》

深浅轻重的要点都细心指导。后来又买了一些石材教我打磨制印，教我写篆文印面，同时教我刻竹由制竹板做起。他说市面上刻扇骨很好卖，将来我给你画，你刻刻试试。"

正是名师的指导，使得李卓云成为了刻竹名家。又因为长期的接触，他跟江圣华产生了感情，而后他便成了江寒汀的女婿。

然而，正当江寒汀的绘画渐入老辣之境时，天妒英才，他在将近六十岁时却因病去世了。蔡耕在《茶熟香温集》中写道："1961年，江寒汀豪情满怀，决心在绘画风格上来次变法，而且已刻下了一批新的印章。可是正当他艺术上攀高峰的时候，经医生检查，最后诊断得了不治之症。在死亡即将降临时，画家没有惊慌失措，利用仅有的珍贵时间，去了一次山东，带病拜访了'五岳独尊'的泰山；在曲阜，游孔庙，访孔府，谒孔林；又到了一次浙江，在美丽的西子湖畔，钱塘江观潮处……留下了他的足迹和丹青；此外他还特意安排时间到常熟去，对自己家乡作最后一次看望。回到上海后，他便手不离笔地作画，无论白昼还是黑夜，在他生命最后的时日，画了近百幅作品。"

江寒汀究竟得了怎样的不治之症？我所查得的文献中大多语焉不详，而江寒汀逝世后，邵洛羊在报纸上写出了《花鸟画家江寒汀逝世》的报道之文，该文中称："江寒汀先生的花鸟画形象生动，色彩明丽，风格接近清代名画家华嵒（新罗山人）的一路，但又不失自己的面目。近年来他更创作了不少有新意的作品。今年还曾准备进一步改变画风，可惜严重心脏病和肺病夺去了他的生命，令人不胜痛惜。"

邵洛羊说江寒汀得的是心脏病和肺病，而李卓云在《拜师江寒汀》中则称："岳父一向没有什么疾病，偶尔有点咳嗽，也没有加以注意，后来病发被送进瑞金医院，才诊断为肺气肿，后又转至虹桥工人疗养院疗养，他在医院中还心想着能安放一张桌子作画。那时，我们十几位门生弟子，轮流陪夜，领导上也关心，组成了专家会诊，但六十年代一切医疗设施还不过硬，他终于在1963年2月4日清晨与世长辞。"

看来江寒汀得的是肺气肿，江寒汀去世后，在万国殡仪馆举办了追悼会，很多人送了挽联，吴湖帆所书挽联为："江水咽南朝，学士才高空费草；梅村歌画友，彩笔梦断竟无花！"书法家白蕉所撰挽联则点到了江寒汀画鸟的出神入化："樽前谈艺寻常事，不道寻常不寻常。鸟自无声花溅泪，江南归来哭江郎！"

关于江寒汀去世后的安葬地，江圣行在《回忆我的父亲江寒汀》中写道："遗体当时安葬于上海龙华公墓。吴湖帆先生书碑：'画家江寒汀之墓'，碑石刻成砚形，表示埋葬在这里的是曾为绘画事业的繁荣做出卓越贡献的一代大师，故以砚为田。非常可惜的是上世纪六十年

墓前的供桌

代中期,一场无情的'文革',将我父亲的坟墓毁于一旦。"

看来,江寒汀原本葬于上海龙华公墓,后来在"文革"中被毁,可能是这个原因,到了1990年,江圣行跟几位江寒汀的弟子在石壁山上给父亲建造了衣冠冢:"1990年,我们与几位师兄又重新在苏州的太湖石壁上给父亲安了衣冠冢,以作纪念。"

如此说来,我在石壁山看到的江寒汀墓乃是他的衣冠冢,但他的真墓已毁,因此有了这个衣冠冢,也就多了后人可凭吊之处。那为什么他的衣冠冢没有葬回老家常熟,而是葬在石壁山呢?我未查得相应的史料,于是去电吴眉眉,问她是否了解情况。吴眉眉坦诚地说,当她看到江寒汀墓时,这个衣冠冢就已经处在了这里。但以她的猜测,江家后人建衣冠冢于此,一定是因为虚谷墓处在这里。虽然江寒汀仿过多人的画作,但他最拿手的还是虚谷的画风,这也足说明江寒汀对虚谷特别崇拜,将他的衣冠冢葬在虚谷墓旁,料想江寒汀地下有知也很感欣慰吧。

傅抱石（1904年—1965年）
大千、君璧之外，又现一巨星

傅抱石是现代著名画家，他系统地疏理了中国传统画学文献，同时加上写生实践，有着独立的画风。但是他在年轻时，却并没有正统的师承，陈履生在《傅抱石艺术综论》中是这样简述傅抱石的生平："父傅聚和，祖籍江西新喻县北岗乡章堂村。傅抱石大名中洲，字庆远，小名长生。在章堂村当过长工的傅聚和虽然没有为他的儿子带来大富大贵，可是，他离开穷乡来到城里有了一家修伞铺，也算是为儿子创造了一种机会，这使得傅抱石能够入私塾读书。"

能够从修伞匠的作坊里诞生出一位大画家，这当然需要机缘巧合。陈履生在文中又写道："任何一位名人在他的历程中都有一些令人玩味的机缘，这些机缘发生在特定的人物身上不仅改变了这个人的一生，同时，也因这个机缘而改变了周围的世界。傅抱石的机缘是其家'傅得泰'修伞铺的左侧是刻字铺，右侧是裱画店，而这两者又都是傅抱石的所好。"

傅抱石对绘画的爱好应该是出于天性，傅抱石的父亲本名傅得贵，他是位修伞匠，也许是家乡的修伞活并不多，于是他来到了江西的最大城市南昌。光绪三十年（1904），傅抱石就出生在南昌的修伞铺内，那时的南昌是景德镇瓷器的重要集散地，傅抱石从小就喜欢瓷器上的图案，常常将那些图案临摹下来，这是他在绘画天赋上的最早展现。

巧合的是，他们家修伞铺的左侧有一个刻字摊，摊主姓郑，傅抱石常常站在旁边看郑老板刻字，他的认真博得了摊主的喜爱，于是就教给傅抱石一些篆刻的知识。

傅抱石由此爱上了篆刻，那时家里不可能有钱给他买印石来练习，于是他就找一些其他的石头来刻。叶宗镐的《傅抱石年谱》中称："故暇则即握刀锥，取破砚碎石之属，就膝攻之。砚坚滑，皮破血流，不以为苦。"

坚硬的石头加上并不锋利的刀，使得小小的傅抱石经常刻得满手是血，但即便如此，他仍然痴迷于此，这段经历对他日后在篆刻上的发展起到了很重要的作用。

更为巧合的是，傅得贵修伞铺的右侧是一家裱画铺，傅抱石也常常到此铺中去看裱画的操作，而这家裱画铺也兼做修复古画的生意，铺内还有一位姓左的师傅专门修复石涛的作品，正是石涛的画让傅抱石开了眼界，日后他对石涛有着深入研究，跟这段经历有很大关系。这位左师傅也同样为人和善，他看小小的傅抱石对绘画十分痴迷，于是就给傅讲解一些画画的技法，傅抱石正是在这里学会了临摹名家画作。

正是因为傅抱石对刻石和绘画的喜好，父母觉得他在这方面有些天分，于是就把他送到一家瓷器店做学徒，但那个瓷器店只让傅抱石干体力活，超负荷的劳作累得傅抱石得了肺病，店主借机把他辞退了。傅抱石回家养病一年多，此时江西第一师范附属小学的张老师得知此况后，免费让他入校读书。傅抱石学习刻苦，以全校第一名的成绩升入了江西省第一师范学校，而其所学专业就是他钟爱的艺术科。

然而求学需要费用，父亲的修伞收入显然不能支撑他的花费，于是傅抱石就用自己年幼时学得的篆刻技法来赚钱。刘曦林在《画坛酒仙，醉里真如——傅抱石和他的艺术》一文中说："贫困中无奈摹赵之谦印章变卖以谋学资和绘画材料之不足,当时所摹赵印竟蒙蔽了不少收藏家,亦同时惹下了麻烦。师范校长爱其才,非但没有处罚,更劝其自立名号治印,学生时代的这位才子才堂堂正正地成为自立旗号的印人。"

仿刻名家印来赚钱,这种做法当然不好,然从另一个侧面也可说明,他的仿做之印已经达到了乱真的程度,可见他在治印方面也很有天分。傅抱石在第一师范附小上学时,老师曾给他改学名为傅瑞麟,而他在师范读书时,因为景仰屈原的"抱石怀沙"以及他从小模仿的石涛,两者结合,他给自己起了一个号——"抱石斋主人",同时改名为傅抱石。

傅抱石在江西第一师范艺术科毕业后,留校担任附小的教员。在这个阶段,他继续研究印学,用了将近一年的时间写出了《摹印学》一书。不久他被聘为高中艺术科教员,此后他又完成了《中国绘画变迁史纲》,而在此前,他还完成了《国画源流概述》一书,这些都显现出了他对艺术史的系统疏理。

1931年,徐悲鸿前往南昌,在廖国仁等人的引荐下,傅抱石见到了徐悲鸿,他拿出自己的绘画作品、印章以及著作手稿给徐悲鸿看,令徐颇为欣赏。转年九月,在徐悲鸿等人的推荐下,傅抱石得到了江西省政府的资助前往日本留学,公派留学的目的是为了"研究工艺、图案,改进景德镇陶瓷"。在日本期间,傅抱石就读于帝国美术学校,师从金原省吾先生,系统研究东洋画论、东洋美术史等。在这个阶段,他并没有停止对中国画史的研究,写出并翻译了多部艺术史书籍。

1935年6月,傅抱石得到了母亲病危的消息,立即从日本回国,丧事办完后,他本打算继续回日本留学,但因为时局的变化,使他难以筹措经费,不得不中断学业,而后经过徐悲鸿的推荐,他任教于南京中央大学教育学院。"七七事变"后,傅抱石离开南京前往安徽宣城，继续探索和研究石涛、梅清的创作技法，继而又往南昌等地，之后到了武汉的政治部第三厅工作。在日本留学期间，他结识了郭沫若，故而他在武汉的工作是担任郭沫若的秘书，抗战期间，他随着第三厅前往重庆，居住在金刚坡下。正是在这个阶段，傅抱石创造出了独特的绘画技法。

金刚坡距离重庆约有二十多公里的路程，这一带处在嘉陵江两岸，长年雾气弥漫。那时的傅抱石已经从政治部第三厅返回中央大学任教，同时在国立艺术专科学校担任教职，两个学校隔着嘉陵江，之间大约有二十多里地的路程。傅抱石常常要步行上课，往来于两校之间，目睹着身边的山山水水，由此而感受到了这一带自然环境的苍茫雄起，他觉得自己的感受无法用传统的技法完整地表达出来，于是经过一番思索与练习，以自己的方式创造出了新的技法"抱石皴"。

傅抱石的女儿傅益瑶在《我的父亲傅抱石》中称："傅抱石的画从哪里来？从重庆的山水里来。没有抗战的八年，就没有'抱石皴'的存在。这样说并没有错。"为什么傅抱石在金刚坡能够创造出这样独特的技法呢？傅益瑶又接着说道："看到金刚坡山水云雾的变幻，我才彻底明白，父亲的山水皴法是从金刚坡的大自然中得来的，是父亲怀抱川东的草木山石、流泉飞瀑和晴翠浮岚形成的。"

对于这一点，傅抱石的儿子傅小石、傅二石在《回忆点滴——为纪念父亲逝世二十周年作》中讲得更为详尽："到了夏季，常常是烟雾弥漫，不辨东西，而这种迷迷茫茫的景色，正是父亲所最为欣赏的。……在入川以前，父亲的画风尚未完全从传统陈法中脱出来，而且也不是以画山水为主。1935年父亲在日本举行的展览中，篆刻和书法占了相当的比重，绘画部分也是山水、人物、花卉、动物并重。山水画大多数是传统的章法和题材，在画风上还带着古人特别是石涛的明显痕迹。但在入川之后，画风随即大变，形成雄浑、厚重、泼辣、

《竹林七贤图》故宫博物院藏

豪放的风格，技法上也形成了以独特的皴法为主的完整的一套。这一变化的完成，可以说是父亲艺术道路上的转折点。"

关于傅抱石在金刚坡时期的重大转变，陈传席在《吞吐宇宙的艺术——傅抱石研究》一文中总结道："抱石的山水画，一生有六变，较大变法三次。早年以师法古人为主，入日本一变，入蜀金刚坡下一变（此变最大），南京师院时一变，二万三千里写生一变（后三者变化皆很微妙，但很说明问题）。他变法的特点用的是加减法，即每次加进一些新的形式，减去一些旧的形式，但旧的形式不完全减去。所以，每一次变化，新的形式很突出，旧的形式也很坚固。"

可见四川金刚坡时期，乃是傅抱石在山水画创作方面一生六变中的最大一次变化。为什么能给出如此的评价呢？这是因为傅抱石对中国传统绘画技巧所强调的"线"进行了仔细的思索，傅抱石的学生张文俊在《忆抱石先生》一文中称："到了四十年代，傅先生提出：线条是中国画的命根子，是一千几百年来形成的结果，这个命根子又产生了对中国画发展的消极作用，这不仅是技法问题，是观念上已经僵化，而且僵化了几个时代。"

正是因为傅抱石仔细研讨中国绘画理论，使他发现了千年以来在绘画技法上渐渐形成的僵化，而他面对嘉陵江两岸奇特的大自然时，顿时有所开悟："在四川特定的自然环境中，表现大气湿润，烟雾迷茫，非'线'能够胜任，傅先生把线扩展成面，发挥渲染的作用，使传统的点、线及各种皴法笼罩在大气之中，似有非有，夸大大气之气势，减弱点线之局部，使局部服从整体。"

对于传统"线"的理解，傅抱石在东京学习时，其做过仔细的探讨。傅抱石在《壬午重庆画展自序》中称："我原先不能画人物薄弱的线条，还是十年前在东京为研究中国画上'线'的变化史时开始短时期练习。因为中国画的'线'要以人物的衣纹上种类最多，自铜器

《赤壁舟游图》 故宫博物院藏

之纹样,直至清代的勾勒花卉,'速度''压力''面积'都是不同的,而且都有其特殊的背景与意义。"

来到金刚坡,傅抱石觉得眼前的景色无法用传统的线来进行描绘,于是他把线扩展为面。张文俊在《忆抱石先生》中说:"把'线'扩展为面、为气,把中国画视之为生命的'线'降低到几乎不可见,国粹家认为不可思议,甚至认为离经叛道。傅先生则明白地说'不能离传统太远',也就是不离开自己的民族性,这个信念是坚定的。"

但是,以面来表现自然的绘画技法,被人认为是西洋技法,并且是从日本转传到中国的,而傅抱石恰好有日本留学经历,故黄戈在其博士论文《踪迹大化,其命唯新——傅抱石绘画思想研究》中说:"一直以来,傅抱石是否是真正意义上的传统型画家总是有争议的。"为何有这样的争议,黄戈在文中解释道:"自古以来,对笔墨的锤炼似乎成为中国画进境的必由之路,而傅抱石却在突破'中锋至上'的传统笔墨观上形成自己的面目,以至于画名未显之时遭来一些非议。这就形成傅抱石特有的绘画创新思路:中国画传统价值的维护者打破了传统笔墨价值的核心。这点即与徐悲鸿、林风眠、刘海粟等西学背景的革新者不同,也不同于黄宾虹、齐白石、潘天寿等坚守笔墨质量的传统出新派,乃至和具有西画素养同时兼备笔墨传统的李可染在笔墨观上也拉开了距离。"

既然傅抱石所创造的技法与近现代的那些大画家都有不同,那么他将"吾谁与归"呢?黄戈认为"只有陕西的石鲁和江苏的傅抱石在对传统中国画的笔墨观上有异曲同工之妙"。

金刚坡时期的傅抱石是怎样来展现自己独特的技法呢?何怀硕在《论傅抱石》一文中称:"在布局上,他常将山峰的峰顶伸出纸外,或者顶着画纸上边,故不大留出天空;打破传统的格局,形成遮天盖地的磅礴气势。传统的烟云与虚实的处理手法,傅抱石也常运用,但不

《夏山图》 故宫博物院藏

大似传统派的公式化与定型化。他更多的是满纸上下充塞山峦树木,形成'大块文章'的结构。"

这是从布局角度来说的,而关于具体的技法,何怀硕又称:"他的'大块'结构里面有层次,有脉络,却又含糊一片,墨沉淋漓。这种含糊中的脉络,构成傅抱石画面独特的肌理。""编织这独特的肌理者,就是睥睨古今的'抱石皴'。"这种皴法是如何画出来的呢?何怀硕继续说道:"他的皴法融会、活用了各种传统皴法,而归集于'破笔散锋'的运用。有人认为'抱石皴'是'用草书笔法作皴',也有人指出'古人只有中锋和侧锋两种笔法,变化是有限的,侧锋作皴且易凝滞,先生创造性地把笔锋散开,实际上等于无数中锋'。这都很有见地。以我的体验,破笔散锋往上提的时候确是无数中锋,往下压的时候便是无数中锋与侧锋兼而有之。古人只知用中锋和侧锋,而且只晓得用笔毛的末端到一半(像写字一样),所谓作画如作书;后来才用到笔肚乃至笔根(靠近笔杆儿的部分)。这就打破作画如作书的规范。只要能表现不同的特质与意趣,写、涂、抹、推、拉、压、簇、转、扫,都肆无禁忌,真正做到挥洒自如。"

黄戈在其博士论文中又称:"傅抱石在散锋上着力其实并非首创,早在元代画家就有'散笔'之说。"但即使如此,黄戈还是认为:"傅抱石把这种'中锋'的突破发挥到超越任何古人的程度,甚至湮没在层层渲染中。"这可能正是傅抱石出蓝胜蓝之处吧。他在绘画上也并不只是一些大色块的堆积,他会以对比的方式在画面中添加精细勾勒出的物体。傅抱石在《壬午重庆画展自序》中强调了这一点:"我对于画面造形的美,是颇喜欢那在乱头粗服之中,并不缺少谨严精细的。乱头粗服,不能成自恬静的氛围,而谨严精细,则非放纵的笔墨所可达成,二者相和,适得其中。我画山水,是充分利用两种不同的笔墨的对比极力使画面'动'起来的,云峰树石,若想纵姿苍莽,那么人物屋宇，就必定精细整饰。根据中国画的传统论，我是往往喜欢山水云物用元以下的技法，而人物宫观道具，则在南宋以上。"

傅抱石这些观念的形成，有金刚坡自然山水给他的启迪，也有他研究线而来的心得，而他对于线的研究，早在日本留学时期就已经开始。傅益玉在《又听到了父亲的脚步声》中提到了这一点："对于'线'在绘画中的作用，当时在日本画坛是有争论的，以平福百穗为首，反对日本朦胧派（横山）'去掉线条'的主张，坚持以线为生命，发展近代艺术。这些观点的争执，对于我国当时的美术界也有现实意义。平福百穗是金原省吾的老师，他们的思想一脉相承，故而父亲决定翻译这本《线的研究》。"

尽管有着这样深入的探索，但傅抱石并没有在日本拜师进行绘画创作。张国英在《傅抱石研究》中说道："以目前的资料分析，没有足够的证据可说明傅抱石与他们（日本画家）有直接的关系，如师承、传授、交游等。"

如此看来，仔细地研讨相应学术观念，再加上自然美景所带来的视觉冲击，才使得傅抱石发明了新的创作技法。但这种技法并非是在否定传统的基础之上创造而成，他在《壬午重庆画展自序》中有着相应的解释：

> 我觉得百分之百地写真山水，原则上是应该成为山水画家共同努力的目标，现在有许多条件尚没有具备，倘若行之太骤，容易走入企望外的一个环境。同时中国画的生命恐怕必须永远寄托在"线"和"墨"上，这是民族的。它是功是罪，我不敢贸然断定，但"线"和"墨"是决定于中国文化基础的"文字"之上，工具和材料，几千年来育成了今日的中国画上的"线"与"墨"的形式，使用这种形式去写真山水，是不是全部适合，抑部分适

《湘夫人图》 故宫博物院藏

合？……我们是以明了中国画的重心所在，在今日全部写实是否会刨伤画，是颇值得研究的一回事。

在仔细研究传统的技法之上融进新观念，同时也借鉴日本画家所吸收的西方画理，将这些综合在一起，才创造出了傅抱石独特的画法。傅益瑶在《我的父亲傅抱石》中有相类似的说法："父亲用他在日本学到的关于光线和色彩的知识以及从大自然中体悟出来的技巧，去捕捉、描摹、表现大自然的景色，这是师法自然的结果。"在1962年，李松陪同傅抱石接受瑞典留学生雷龙的访谈时，傅抱石也讲到了这样的融合："我去过日本四年，学习东方美术史，不是学画。但日本画对我也有影响。一是光线；二是颜色上大胆些了。现在看来，第一点比较显著，在创作上注意了光线对比等等。"（李松记录并注《"最后摘的果子总更成熟些"——访问傅抱石笔录》）

上世纪四十年代初，傅抱石在重庆举办了画展，当时徐悲鸿参观了该画展，而后徐写了篇《傅抱石先生画展》一文，该文发表在1942年10月11日的《大公报》上。徐悲鸿的这篇文章从山水画的出现讲起，他首先强调了唐代王维对于文人画的确立，而后一路讲下来又提到了清初"四王"，在谈到傅抱石的绘画特色时，文中讲道："抱石先生，潜心于艺，尤通于金石之学，于绘事在轻重之际（古人气韵之气）有微解，故能豪放不羁。石涛既启示画家之独创精神，抱石更能以近代画上应用大块体积分配画面，于是三百年来谨小慎微之山水，突现其侏儒之态，而不敢再僭位于庙堂。此诚金圣叹所举'不亦快哉'之一也。抱石年富力强，倘更致力于人物、鸟兽、花卉，备尽造化之奇，充其极，未可量也。大千、君璧之外，又现一巨星，非盛世将至之征乎？"

徐悲鸿也注意到傅抱石突破线改为面的绘画方式，呈现出了一种

《渔父图》 故宫博物院藏

独特的面目。傅抱石是如何有了如此的奇思妙想，徐悲鸿在文中并未提及，而后世研究者则大多将此归为金刚坡奇异的自然景观，是它们给傅抱石以很大的启迪。但是，傅抱石对于自然的感受不仅是主观上的，同时他在客观上也予以了深刻的探究。沈左尧在《傅抱石的艺术成就》一文中讲道："先生在日本留学时买了一本《地质勘探学》，并参考此书编译成一册《写山要法》。他外出经常携带一本地质学，在观察自然时以之对照，不仅寻求形态规律还寻求科学规律，两相印证以获得正确的分析和深入的理解。把中国的山水画技法同现代的地质科学联系起来，他是第一人，从这个意义上讲，先生又是一位科学家。"

从地质学角度来研究绘画对象，对于这种做法，黄戈认为"傅抱石在绘画思想上具有浓厚的科学主义倾向"。

在金刚坡时期，傅抱石的绘画技巧出现了重大突破，有人认为这种突破除了对日本绘画概念的借鉴，以及自然景观的影响，其实还有一个重要因素，那就是傅抱石对中国传统画学的系统疏理。李丽芬在《〈画云台山记〉对傅抱石思想及创作层面的影响》一文中强调了这一点："以往论及影响傅氏风格，抑或艺术观念转变的两个重要契机留学日本及四川实景，往往忽略了时间上的断层；也就是说，傅抱石留日回国的时间是在 1935 年，入川的时间则为 1939 年 4 月，而傅氏创作风格的转变，最早只可推至 1940 年（以《云台山图卷》为依据）。是以，无论 1935 年抑或 1939 年，都存在着时间上的断层。因此，即使傅抱石创作之变革受到了日本画及四川实景的影响，但显然地，这种影响力并非立即的、被动的、毫不思索的必然结果，而是有一段思考沉潜、酝酿的过程。"

看来在 1935 年到 1939 年间，也就是傅抱石留学回国到金刚坡之间，有几年的断层，这个阶段也正是他努力疏理中国画论的时期。事实上，尽管傅抱石在绘画上努力突破古人，但他是以古人经验形成积淀之后，再形成的突破。他在《壬午重庆画展自序》中强调："画家最忌的是变成无缰之马，信笔挥洒，自以为是。临人之作，便没有这样的自由，可借以收拾自己的放心。"他本人也临摹过大量古代名家的作品，徐善在《傅抱石山水画技法解析》中称："除了石涛以外，傅抱石在学习中国画传统的过程中，诸如程邃、龚贤、梅清、马远、夏珪以及顾恺之等等都曾给他很大的影响。马、夏的拖泥带水法，顾恺之的高古游丝描，程邃的渴笔，梅清的渲染，龚贤的积墨，经过改造和变化，在傅抱石的画作中几乎随处可见。"

除了对古人绘画技法的研究，傅抱石还对中国画论做出了深度的疏理。流传至今最早的山水画文献乃是顾恺之的《画云台山记》，但这篇文章因为时间久远，几经传抄，到唐代时相关专家已经发出了难以读懂的感慨，但傅抱石知难而上，他仔细研究该文，发现难以读懂的原因乃是其中有些字传抄错了，于是他将该文中的一些字句做了勘误，使得文章读起来意思能够连贯。比如他所修改的一段：

> 可于次峰头作一紫石亭丘（立），以象左阙之夹高骊绝崿，西通云台，以表路（道）路。左阙峰似（以）岩为根，根下空绝，并诸石重势，"与"岩相承，以合临东涧，其西石泉又见，乃因绝际作通冈，伏流潜降，小（水）复东出，下涧为石濑，沦没于渊，所以一西一东而下者，欲使自欲（然）为图，云台西北二面，可一图（冈）冈（围）绕之。

括号内的字乃是傅抱石认为应当改过来的，能做这样的疏理，可以看出他对传统绘画概念的重视。为此，他还创作了《画云台山图》，对于这幅作品，叶宗镐在《傅抱石先生作品研究》中给予了很高的评价："《云台山图》的艺术价值之高，可以肯定。不仅如此，它还具有其特别的历史意义。如前所述，它不是一幅简单的普通图画，它是傅抱石先生对东晋顾恺之《画云台山记》进行深入研究所得的重要成果，它不只是再现了顾恺之设想的山水长卷（或为壁画）的画面，更重要的是填补了中国美术发展史上一段空白，使中国山水画史从此而得以完整建立，并向前推进了数百年。"

对于画史的重视，傅抱石在《壬午重庆画展自序》中明确地称："我比较富于史的癖嗜，通史固喜欢读，与我所学无关的专史也喜欢读，我对于美术史画史的研究，总不感觉疲倦，也许是这癖的作用。因此，我的画笔之大，往往保存着浓厚的史味。"而对画史的关注，也正是他能够超迈前人的基础。何怀硕在《纵横排奡，古今一人》中评价说："先生首先是一位卓越的理论家、学者，其次才是一位艺术家。

《高僧图》 中央美术学院美术馆藏

绘画境界、思想境界反映文化修养——学识。只有学者才能产生抱石先生的艺术。"

傅抱石的日本导师金原省吾也认为，正是因为傅抱石的理论素养，才使他最终成为了有突破的画家："中国自古以来就看重被称作文人'余戏'的诗画之修养，此点傅君与中国古风正相契合。君本非文人之家出身，由于早年受到美术教育，完成了作为美术家的教养，而君之学者素质，仍使君更具备艺术研究者风范，且兼备治学及艺术创作两种才能。从而造就了理想的中国文人画人才。"（叶宗镐《傅抱石年谱》）陈传席的《吞吐宇宙的艺术》一文中也强调了绘画理论的精通，对傅抱石创作所形成的巨大影响："抱石的绘画之成功，有很多因素，其中有一点要注意，就是他精通美术史。他最早出版的是美术史著作，他去日本留学学的是美术史，回国教了一辈子美术史，他在《壬午重庆画展自序》中说：'近十年来，可说十分之七的时间用在美术史、画史和画论的考察，很少时间握笔作画。'作画可以说是他的业余，但他却成为领一代风骚的大画家，其中原因值得探索。"

1949年后，傅抱石继续住在南京，并创造了一系列具有时代特征的画作，其中最具名气的则是在1959年他跟关山月共同为人民大会堂创作的巨幅山水画《江山如此多娇》，此画成为了人民大会堂内最具名气的一幅画作。1960年3月，江苏画苑成立，傅抱石担任该院院长一职，同时担任中国美术家协会江苏分会主席。1965年，上海市政府邀请傅抱石为上海国际机场创作巨幅国画。在上海期间，由于过度劳累，加上过量饮酒，傅抱石开始感到身体不适，等他从上海返回南京家中，第二天就因脑溢血而离世，终年六十一岁。因为他的去世太过突然，使得他留下了大量未完成的画稿，以及几十篇未曾整理的文稿，而这一切都成为了后世研究者主要探讨的话题之一。

傅抱石在南京的故居有两处，其中一处在玄武区傅厚岗6号徐悲鸿故居旁。2018 年 7 月 23 日,我在南京市寻访,此次是请南京文史专家薛冰先生带路。因为薛先生没有开车的习惯,他特意请来了悦读读书会会长张静女士,由张静开车,两天带我看了多个地方。此前一年王稼句先生在南京先锋书店举办了薛冰、陈子善两位先生的七十寿诞会,那场盛会的主持人就是张静,我与她就是因这场寿诞会而结识。

此前,拙作《觅文记》面世,我特意寄赠了一套给张静。十余天后,我跟薛冰商议南京寻访之事,他说已经帮我安排好了车,两天后他告诉我,开车之人就是张静。薛老师所言,让我叫苦不迭,因为这样一来,我的寄书之举似乎成了另有用心,而最为尴尬的是,因为赶上台风,拙作寄出后将近半个月才到张静手中,而薛冰请她帮我开车时,所寄之书还没有收到。于是我赶紧向张静解释,这的的确确是阴错阳差的巧合。张静是位大度的人,她只是云淡风轻地一笑而过,而后放下手中的工作,载着我跟薛冰一站一站看下去。

傅厚岗一带是南京的闹市区,张静只好把薛冰跟我放在附近,她前去找停车处。眼前所见是一大长排建筑围挡。在寻访中,我最怕看到这种状况,一是说明这里要拆迁,二则说明故居可能在维修之中,这两种状况都难以拍到照片。薛老师显然比我有耐心,他带着我从围挡后的缝隙穿入,在这里看到一个大门,门楣上写着"百子亭民国建筑保护修缮工程"。

此门的旁边有一个施工门洞,拿开门口的遮挡物走进里面,眼前是长长的通道。能够走入这里,已然令我兴奋,走到路的中段,看到一家院落的大门顶上刻着"自然而然",薛老师告诉我说,这里跟傅抱石没关系,于是继续向前走。终于来到了傅抱石院门前,这里大门紧闭,敲击一番,里面没有声息。我在四周探看,希望能找到入口,而再往前紧邻的就是徐悲鸿故居,两家比邻而居,不知道当年他们是否在一起常做艺术探讨。从两家门口堆积的落叶来看,这两处故居已经

介绍牌

邻居是徐悲鸿

另一处傅抱石故居

很久没有人来过,只能等待维修完毕后再去看里面的情形了。

傅抱石生前,江苏省政府曾经给他安排过另一个住处,位于汉口西路132号。因为这里亦处维修之中,未曾对外开放,故薛冰老师特意请来了南京书画收藏家孔祥东先生。薛老师介绍说,孔先生藏画几十年,尤其对现当代大画家的作品感兴趣。从近几十年的拍卖市场来看,书画作品贵今贱远倾向十分浓厚,孔先生能以现当代画家的作品为专题,可见其实力之雄厚。然孔先生言谈举止间却颇为平易近人,在谈到江苏画家时,他如数家珍,几乎与这些画家本人以及后人都有着密切的联系,而我们前往汉口西路的傅抱石故居时也印证了这一点,因为这里大门紧闭,孔先生站在门口打了个电话,大门就打开了。我赶紧在远处拍了张照片,注意到门柱上挂着"傅抱石纪念馆"的字样。

傅抱石雕像

从环境看,傅抱石先前所住的傅厚岗是一片平地,因为我完全没有看到我想象中的山岗,但汉口西路的纪念馆一进院就是一座小山包,虽然这座山包很矮,但至少也有十几米高,这里却没有以岗来命名。我们的车沿着小山下的坡道开到了顶端,徐悲鸿故居和纪念馆都位于此,我在这里的花坛中看到了傅抱石的半身雕像。

因为孔祥东的提前联系,我们在这里受到了傅抱石纪念馆副馆长黄戈先生的热情接待,黄馆长看上去很年轻,我感觉他仅三十出头,然而他的言谈举止间却颇为成熟干练。他把我等四人带进了接待室,在此向我们讲述了傅抱石迁居于此的原因。他对傅抱石的很多事情均能讲出细节与缘由，我惊奇于他对业务的熟悉，然而黄戈却说他是天津人，前来南京工作都是因为傅抱石。随后在黄馆长赠送给我们每人的画册中，我看出他本人对绘画也十分在行，画风之老练也与其年龄不相称。

  黄戈带领我们参观了傅抱石故居，他边参观边讲解，同时讲出了该馆下一步的布展规划，又带我们参观了故居旁边新建的展厅。展厅内用大量的图片和照片串起了傅抱石的一生，而在展柜内还有不少傅抱石著作的初版本。他仅活了六十一岁，真让我感慨天不假年，如果他能多活上一些年月，无论是他的绘画，还是他的理论，都将给后人留下更多的财富。

李可染（1907年—1989年）

中华庶民，岐黄之徒

2017年12月刊的《中国书画》刊发了康守永采访李可染之子李小可先生之文，文章的题目是《李可染的胆与魂——李小可谈自己心中的父亲》，康守永在采访中向李小可提了这么一个问题："您作为儿子，作为可染先生的传承者，最有权利对先生进行评价。请您谈谈作为儿子和作为画家眼中的父亲。"对此李小可说了很长一大段话，其中第一段为：

> 我母亲曾在抽屉里找到一张小纸条，上面是我父亲晚年大约是他过世前八十岁以后写的四句话。第一句是"渔人之子"，第二句是"李白后人"，第三句是"中华庶民"，第四句话是"岐黄之徒"。这四句话实际上有很深广的意思在。所谓"渔人之子"，因为我的爷爷奶奶年轻的时候曾经打鱼为生，很平凡的一个家庭，我父亲并没有从家庭上获得文化上的传承。但爷爷奶奶的那种勤劳朴实、足不踏空的人生态度，给我父亲重要的影响，我父亲说这是这个家庭最有价值的东西。

这四句短语应该是李可染对自己一生经历的凝练总结，而李小可对这四个短语一一做了解释。关于渔人之子，乃是指李可染的父亲早年以捕鱼为生，他的母亲也是平民百姓，父母都不识字，当时在他周围也少有文化人，由此而说明李可染的起点并不是像那些出身世家的人一样，有着先天的优势，他日后能有如此大的成就，靠的完全是自己的努力。关于第二句，李小可在采访中解释道："说'李白后人'，指都姓李，但并不是说有血缘联系，而是指自己一生所从事的艺术，其核心的东西是东方的，无论是感情表达，还是艺术表现，都带有鲜明的东方文化特征。"

关于第三句，李小可的解释是："第三句'中华庶民'想表达的意思是，你从事的艺术可能使你成为一个艺术家，但是作为一个人来讲，跟所有的老百姓是一样的。现实中有各种各样的行业，包括艺人，过去在老家黄河边上有很多卖艺的艺人。这个时代，你同样从事艺术，可能人们对你还有一点仰慕，但是作为个体人来讲，你还是一个普通人。这就是他讲庶民的意思。但是他专门又加上了'中华'二字，强调是中国人。"这段话显现了李可染为人之谦逊，以及他对祖国始终不渝的爱。

对于第四句，李小可的解释则为："'齐黄之徒'，这表达了他对老师的敬重。他在传统文化艺术的传承上，虽然有一点成就，除了自己的努力奋斗，更重要的还是受到了像齐白石、黄宾虹、徐悲鸿、林风眠这样师友们的熏陶和影响，这一点是非常重要的。"李小可在这里将前面提到的"岐黄"改成了"齐黄"，不知是否为笔误，但将"齐黄"理解为齐白石和黄宾虹似乎也能讲通，毕竟李可染跟这两位大师都学习过绘画。但如李小可所言，李可染除了向这两位大师学习之外，他也受过其他大画家的熏陶，而李可染将这些前辈画家的艺术特色熔冶于一炉，做到了既继承前人，又能突破前人。

关于李可染的学画经历，陈传席在《中国山水画史》中简述道：

可染六七岁时自发地爱上绘画,没有纸笔,就用碎碗片在地上画,画戏曲人物和小说上的绣像之类。七岁入私塾,因为排行第三,学名李三企,《可染自述》谓"穷巷无良师,两年无所得,惟常在堂上写字画画,塾师宠爱,不加阻止"。十岁时,始入小学,图画教师王琴航见他能画,又聪慧好学,谓之"孺子可教,素质可染",遂又取名"可染"。

李可染对绘画的喜好乃是出自天性。年幼时的李可染只是由着自己性子来画画,那时的他当然不懂画理与画派,但有一件事却在他心中留下了不可磨灭的印象,那就是他偶然间看到了私塾老师家里的客厅挂着一幅山水画,他仅瞥了一眼就受到了这幅画的震撼:"人被一股股浓黑色的神秘气氛包围着,身体变轻,好像腾云驾雾,飞升到了高山之巅。"(李美兰《李可染研究》)

客厅里的这幅画乃是当时的徐州画家李兰所作,李兰画山水喜欢用浓墨,所以被时人称为"李兰墨墩"。这种画法顿时引起了李可染的喜爱,在后来的日子里,他画过多个题材,而他的山水画却以"黑""浓""厚"为主要特色,显然是受到李兰的影响。李可染本人也承认这一点,他曾自称:"我画画,喜欢'黑',可能那次看画在我心里种下了根。"(孙美兰《李可染研究》)

然而,李可染拜的第一位画师却并不是李兰,而是钱食芝,他的拜师过程也一直为人们所津津乐道。当时徐州城的东南有个快哉亭,某天李可染去那里玩耍,看到几个老人在后室作画,立刻就被吸引住了,他越走越近,最后径直站在窗外细看起来,只见一位老画师正在画梅花,先是在纸上勾几根枝干,然后在空白处圈圈点点,不一会儿纸上就开满了梅花,这引起了李可染极大的兴趣,连续几天,他都去看这位老人作画,他的举止终于引起了老画师的注意,允许他进入室内观看。又过了些天,他把自己在家里默画出来的画作拿给那位老画师看,这位老画师就是钱食芝,他看后很是惊讶,自此之后,李可染就正式拜了钱食芝为启蒙老师,这一年他十三岁。

钱食芝的山水画属于王石谷一派,李可染当然会受到老师的影响,因此他早期的山水画也是模仿"四王"风格。但李可染跟随钱食芝仅学习了一年的时间,因为钱食芝的次子被劫匪绑票,他一着急引发了脑溢血由此而去世了。1923年,李可染到上海美专学习水彩画,他在毕业时创作了一幅山水画,画风就是仿王石谷。李松在《万象丛林》中记载了李可染所言:"毕业考试,我一高兴画了一幅王石谷派的细笔山水,在毕业成绩画展中展出时,同学们很奇怪,都说不是我画的,不知我十三岁就做过王石谷派的门徒了。"

由这段话可见,李可染的山水画最早学习的是"四王"画风,这也是他在山水画方面继承传统的一面,而当年他画的这幅作品水平不低。陈传席在其专著中写道:"在可染拜师学画之前,其父改做厨师,开了一个小饭馆,家中经济有些好转,可以供给孩子上学了。钱食芝于1922年仅四十二岁便去世了。可染于1923年到了上海,进入上海私立美术专门学校学习绘画,当时的老师有诸闻韵、潘天寿、倪贻德等。1925年,可染十八岁,从上海美专毕业,毕业创作画的是王石谷一派细笔山水,名列第一。当时的校长刘海粟也在他的画上题跋。"

李可染凭借他的这幅山水画,不仅取得了上海美专毕业第一名的成绩,还让校长刘海粟特意给他写了画跋,正说明了李可染在传统绘画上下过较深的工夫。而在上海美专期间,他还受到了老师倪贻德的影响。倪贻德是较早向中国人介绍欧洲现代艺术的人,曾和一些志同道合的人共同组织了决澜社。倪贻德在《决澜社宣言》中称:"我们厌恶一切旧的形式、旧的色彩,厌恶一切平凡的低级的技巧,我们要用新的技法来表现新时代的精神。"

《榕树水牛图》 中国美术馆藏

那时的李可染虽然钟情于传统技法，但倪贻德老师的思想显然对他有不小的影响，这应当也是他后来努力吸收中外画技之长的起因所在。比如后来他将中国山水画和西方的风景画做过比较，卜登科在采访李可染夫人邹佩珠及其女儿李珠时，看到了一些李可染未曾发表的随记，这些随记中李可染说过这样一段话：

> 山水画与风景画在概念上不尽相同，风景往往局限在一个人的视野的范围，山水包罗伟大的自然界，千里江山、万里长江、千岩万壑……既表现伟大的世界上少见的空间，也反映了人的宏伟胸襟，同时形成了以大观小，小里见大，咫尺有千里之势的艺术观，我尝说中国画不仅表现所见，还表现所知所想。

有着这样的对比，说明李可染颇受西洋画法的影响，而西画最强调以素描为基础，李可染在《谈学山水画》一文中有着如下论述："怎样对待素描？我认为学中国画、山水画学点素描是可以的，或者说是必要的。素描是研究形象的科学，它概括了绘画语言的基本法则和规律，素描的唯一目的，就是准确地反映客观形象。形象描绘的准确性、体面、明暗、光线的科学道理，对中国画的发展只有好处，没有坏处。我们的一些前辈画家，特别是徐悲鸿把西洋素描的科学方法引进中国，对中国绘画的发展起了很大的促进作用，这是近代美术史上的一大功绩，我想这是任何人都不能否认的。"

李可染能有这样中西融合的观念，跟他在上海美专期间接受的一些思想观念有着一定的联系。万青力在《论李可染的艺术思想和绘画理论》一书中写道："1924年，十七岁的李可染在上海美专读书时，曾听过三次康有为的演讲。康有为在演讲中曾反复宣扬在前面提到过的那些主张。康有为的改良主义者思想，在李可染以后的艺术思想和绘画理论的形成中，打下了不可磨灭的烙印。"

李可染曾三次去听康有为的讲演，可见康有为的改良思想对他有很强的吸引力。而康有为的弟子梁启超也曾前往该校讲演，李可染听到后也觉得大有启发。万青力在书中又写道："梁启超则在二十年代也曾在上海美术专科学校（上海图画美术院1920年改名为此）做演讲，强调'观察自然'是艺术家成功的关键。李可染在他的论画文章中，反复强调'观察自然'的重要性。因此李可染的艺术思想形成，必须追溯到1923年入上海美术专科学校那一时期，才能得出切合实际的判断。"

1929年，李可染考入了杭州西湖边的国立艺术院研究生部，他在这里受到了校长林风眠的赏识。在此期间，他主要学习了素描和油画，同时也学习水彩画。因为他的素描基础不好，为此他下了很大的工夫。

1962年秋，曹乘龙采访了李可染，而后有了《大师的教诲使我受益终生》一文，该文中称："谈到'洋为中用'的问题时，李可染先生给我们强调了素描的重要意义。它可以提高造型能力，从中研究形象，准确性、明暗、光线的科学性，对中国画大有好处，没有坏处，他列举了徐悲鸿等大师的事例，他们都有着深厚的素描功底，创造出许多中国画的力作，造诣很高。"

因为李可染在国立艺术院学习过油画，因此油画技法也对他的山水画有一定的影响，而李可染还曾教授过水彩画，西洋水彩画法同样融入了他的绘画概念之中。虽然如此，但他依然强调中国画应当主要以中国技法来创造，他在《山水画教学论语》中称："中国画讲究骨法用笔，墨中也要见笔，不能'和泥'。画雨景也要求见笔，见笔才有力，反对'浮烟胀墨'，有人把纸打湿再画画是不好的。中国画不像水彩，不能单靠烘染解决问题，要求画到百分之八十再烘染。"这段话也说明了李可染既对西洋技法有借鉴，同时又强调要坚持传统画法。

《清漓渔歌图》 荣宝斋藏

《阳朔南山厄渡头》 收录于《中国名家画集系列·李可染画集》

1931年，李可染回到家乡徐州，在徐州私立艺专任教。1937年抗日战争全面爆发后，李可染跟徐州艺专的学生一起搞抗战宣传画创作，后来他前往武汉国民党革命军事委员会政治部第三厅工作。当时郭沫若任该厅厅长，周恩来为政治部副部长，后来三厅改为文化工作委员会，工作地点转移到了重庆，李可染也随之前往重庆工作。在这个阶段，他仍然进行着绘画创作。

水牛是李可染尤其喜爱的绘画题材之一，对于这个偏爱的来由，陈传席在专著中写道："当时他住在重庆金刚坡乡下农民家里，天天见到一头大水牛，可染热爱牛的终生辛苦贡献，吃的是草，挤出的是牛奶；而且他感到牛的形象也十分可爱，于是便开始画牛，后来他叫自己的画室为'师牛堂'，终生画牛不辍。他画的牛也颇有特色。"

1945年，日本无条件投降，重庆的学校迁回内地，李可染同时收到了杭州和北平两份聘书，最终李可染决定前往北平，在国立艺专中国画系任副教授。1950年4月，该校改名为中央美术学院，李可染继续在该校任职副教授。这个阶段，他跟实用美术系主任张仃成了很好的朋友。其实早在1937年，李可染就与张仃相识，当时张仃率领抗日漫画宣传队从武汉来到了西安，而李可染也正准备去武汉参加抗日宣传活动，他绕道西安，二人在西安城北的一个大杂院内见面。自此之后的十几年，两人没有往来，此次再度见面，他们已经成了中央美院的同事，而在此期间，两人又曾一起去拜访齐白石。张仃在《李可染艺术的师承与创新》一文中写道：

辛卯元旦，可染约我同去给老人拜年。当时老人客居在一位将军家中。我们到后老人早餐已毕，精神甚好。老人元旦试纸，可染帮助磨墨，我为理纸。我们想看齐老画长线，提议画残荷。因老人晚年画残荷很多，笔墨生辣，构图奇特，集老人平生艺修养之大成。老人宁神片刻，提笔落墨如锥画沙，数尺长线缓缓而出，互相参差。老人以一生制印经验，计白当黑。不久，荷杆主要构架形成，又以赭石写出大面残叶，以胭脂画花，一大一小。随后又反复推敲，增添小荷杆，更加疏密有致，于是落款辛卯元旦九十一岁白石老人。

齐白石的绘画对李可染有着很深的影响，卜登科在其专著《李可染艺术研究》中认为：

> 齐白石是对李可染产生重要影响的另一位老师，或许是都出身于农民家庭的缘故，李可染对齐白石有着某种特殊的亲近感。齐白石的作品让李可染感受到"中华民族的磅礴气魄和伟大的创造精神"，这源于齐白石把民间艺术的韵味与古典艺术的精神相统一。当然，李可染也十分推崇齐白石的笔墨，尤其叹服齐白石花鸟画中所表现出的形神兼备，及富有生活气息的艺术形象，他意识到必须去大自然中写生，发掘具有时代感的笔墨语言。"齐白石对'似与不似'辩证关系的理解与运用，也影响着李可染的艺术观。"在反映朴素生活情感的艺术观上，齐、李两人是一致的。

就绘画风格而言，对李可染影响更大的应该是黄宾虹，因为黄宾虹绘画最讲墨法，而这正是李可染的主体绘画概念。《李可染谈黄宾虹先生山水艺术》中，记录了李可染所言："黄宾虹先生的山水画，在传统的基础上有了很大的突破，创出了自己的路子。他在技法上最大的成就就是在墨法上，如'积墨法'，结合多种墨法运用，是前无古人的。宾虹先生五六十岁以后方用积墨法，他唯恐世人对积墨不能理解，故借宋、元人的画，墨积多少遍的说法引申师承，使此法在当时画坛上能被承认。实际上宾虹先生的积墨方法并非'古已有之',而是他的独创。"

对于黄宾虹所发明的积墨法而产生的特殊效果,李可染又说道:"宾虹先生积墨之法,自然圆润,笔迹抹痕,跃然纸上,有的墨中间浓,四面淡开,墨华鲜美,永远不见其干,显得十分润泽,他的这种积墨的方法善于表现出大自然物象的浑厚华滋,他自己讲:'积墨作画,实画道中的一个难关。'这是甘苦之言。先生辛勤地在笔墨上深求,从用墨用水方面反复试探,穷追到底。一张画加得少,易薄,多加易腻、板、乱、脏、死,所以要恰到好处。宾虹先生能层层复加,如印刷多层套墨,能加七八遍,十来遍,达到苍苍茫茫厚重耐看,越加越觉浑厚华滋,越见显豁光亮,使一张山水画有一种深沉蓬勃的气象。他一点墨中有干湿互用之笔,笔墨结合有苍有润、有笔力、有墨采,因此气韵生动,他的山水画有浑有清,重实中见空灵,疏松、不滞板,是很不容易做到的。"

由此可见,李可染对黄宾虹的用墨之法进行过细致的研究,再加上他本人对西画技法的吸收,由此创造出了自己独特的用墨之法,并且他还用黄宾虹的积墨法创造了不少作品。郎绍君在《李可染的生平和艺术》一书中写道:"李可染从1954年开始面对实景写生,大量运用积墨法则始自1956年的写生,著名的《巫峡百步梯》《凌云山顶》等,都是以积墨法为主的作品。而后,不论是写生还是创作,始终没离开过此一基本画法。他深秀的画风,主要也是得力于积墨法。李可染对王蒙、石涛、龚贤都很喜欢,也都有所借鉴。但毫无疑问,他的积墨法主要源自黄宾虹。对此,李可染自己是坦然承认的。"

对于李可染用墨之法脱胎于黄宾虹这件事,相关专家多有论述,黄苗子在《师造化,法前贤——答小棣关于李可染艺术的来信》中称:"看到李可染的山水画,他那逐层皴染的方法(即你所说的'调子近黑'),明显的是从黄宾虹晚年的山水的浓皴重擦出来的。但是,两者又截然不同,虽然黄宾虹和李可染都以皴擦点染为主,但黄宾虹着力处在笔,李可染着力处在墨;李可染善于用墨来表现宇宙的色和光。这就是说:可染从宾老处学来了宋元人传统的以暗写明的方法,掺合了现代欧洲绘画的色光处理,是深入了宾老的堂奥而又从宾老的框格中突破出来的。"

李可染的用墨之法虽然出于黄宾虹,但他在这方面也有所发展,对此陈传席在其专著中给予了高度夸赞:"李可染的画以'黑''重'为特点。石涛强调黑,黄宾虹强调黑,李可染比他们更黑。和现代山水画大家相比,李可染的传统功力赶不上黄宾虹;天真自然和诗文赶不上齐白石;激情迸发、气势磅礴赶不上傅抱石;但他借鉴了油画和素描法,创造出古今所无的崭新山水,画面貌又超过以上诸大家。他创造了山水画的崇高美、凝重美,也超过其他诸大家,甚至可以超越明清,超越元代,而直接五代宋初的范宽。"

陈传席认为李可染的用墨之法已经超迈前人,直接可以接上五代时的范宽。如此高的褒奖,足以说明李可染在用墨方面有着重大的突破。但未曾想到的是,他的这一特长,在那个特殊年代里反而成了他的罪状。1959年,李可染的水墨作品在全国各大城市举办巡展,有些人不欣赏李可染黑厚重的画风,将其曲解为"江山如此多黑"。这时的张仃已经升任为中央工艺美术学院第一副院长,他特意撰文替李可染解释:"认为可染画得太黑了,若指笔墨而言,中国画的笔墨这一宝贵的传统,当然是画家尚须进一步追求的一个方面,若从风格上来说,则轻描淡写是一种风格,浓郁厚重也是一种风格,这决定于表现的对象与作家的气质。"(《李可染的艺术》,《美术》1959年第9期)

尽管有张仃为其辩诬,但恶意的攻击还是对李可染的心理有影响,于是在1962年到1964年期间,李可染根据毛泽东《沁园春·长沙》

《万山红遍》 北京画院藏

一词的意境，创作了七幅《万山红遍》，这七幅画全是用朱砂做原料，画面呈现出江山一片红的景象。他用朱砂画的《万山红遍》，有几幅曾经出现在了艺术品拍卖市场中，其中2015年底拍出的一幅较小的作品成交价高达1.84亿元。可见，他的这类特殊作品极受市场追捧。

在解放初期，中国画一度进入了低谷，很多人以西洋观念来衡量中国绘画技巧。张仃在《中国画的艺术语言——1986年在中央工艺美院干训班上的讲稿》中提及："当时美术学院学生几乎没有愿学中国画的，素描好的进油画系，差点进雕塑系、版画系，最差的进中国画系、实用美术系。中国画系奄奄一息，面临绝境。李可染这么有修养的人，学生都不愿意去听他的课。当时文化部在北海公园的团城上展览了一批搜集的中国画，学生们看了，提出一系列疑问，没法回答，什么'不合透视'啦，'为什么没有光影'啦，'为什么人物不合解剖'啦？都是想把中国画一棍子打倒的。李可染先生搞了几十年中国画，面对学生一连串挑衅性的问题，都无法回答。"

面对这种情况，张仃与李可染特地组织一批画家出外写生，由此来探讨中国画的生命力。李可染在1950年发表的《谈中国画的改造》一文中写道："怎样地接受遗产？我认为我们必先站稳正确的立场，用进步的科学方法，根据历史的发展，先给各个时期的古典作品以正确的历史评价，然后再根据我们现在生活内容的需要，对它加以取舍。为了加强我们新的创造力，对于前人经验的接受当然愈多愈好，因此我们对古典作品的批判研究也就愈深入愈精细愈好。"

李可染在这里首先讲到的是方法论，这种观念有如鲁迅在《拿来主义》中所言："他占有，挑选。看见鱼翅，并不就抛在路上以显其'平民化'，只要有养料，也和朋友们像萝卜白菜一样的吃掉，只不用它来宴大宾；看见鸦片，也不当众摔在茅厕里，以见其彻底革命，只送到药房里去，以供治病之用，却不弄'出售存膏，售完即止'的玄虚。"

具体到如何改造中国画，李可染在文中提出了这样的建议："我认为改造中国画首要第一条，就是必须挖掘已经堵塞了六七百年的创作源泉。什么是创作源泉，这在古人可以说是'造化'，我们现在应当更进一步地说是'生活'。元明清的中国画的致命的缺点就是堵塞了这个创作的源泉，失去了作品真实内容。"

这一点其实也就是"师法自然"，通过写生来给中国画的创造提供源泉。李可染同时说中国传统画法的突破虽然可以借鉴西方的绘画理论，但在绘画手段上依然要坚持传统方式，他在《论笔法》中强调："中国画强调线，客观事物有形象、色彩、明暗，中国画最重轮廓，把轮廓看作骨干，看作表现客观事物最简捷、最有力、最概括、最突出的手段，线条的概括力很强。"

虽然李可染创作过七幅红色的山水画，但总体而言，他的山水画作依然是以厚重的黑为主要面目。对于他的用墨之法，卜登科在专著中有如下说法："李可染的墨法实质是泼墨法、积墨法结合运用。他综合了点法和染法，结合皴笔和擦笔的笔性，在把握纸面干湿程度的前提下施展墨法。由于纸面的半干半湿状态，因此，破墨法的属性自然亦在其中了，这就保证了墨法运用能实现既浑厚，又鲜活、润泽的审美特征。"同时该书又引用了李可染在《谈学山水画》一文中的自述："'积墨法'往往要与'破墨法'同时并用。画浓墨用淡墨破，画淡墨用浓墨破，最好不要等墨太干反复进行。"

有好的构思和好的技法，同时也要有好的画材。卜登科在其专著中引用了台湾师范大学江明贤所写《李可染与台湾水墨画坛》的采访部分："另外又向他请教作画时都用什么墨？他想了一下后，说他大部分都是用'明清之间的古墨'来画。（笔者还曾听李老师的学生说，如果谁替李老师找到了好的古墨，李老师就会回送一张画来当作酬劳，有了这么物超所值的报酬,因此大家都拼命帮他找品质不错的古墨。)但是李老师也讲,用古墨会有一个缺点,就是画起来会灰灰的。笔者又问,但是为什么他的画却看起来都这样黑、这样深呢?李老师回答这是因为他都染了许多层次,他说自己在创作上非常勤劳,一张画他往往要染上至少十遍或是二十遍,慢慢地层层叠染直到满意为止。因此李老师说每画完一张画,他就算没有功劳也有苦劳!不过李老师也很谦虚地说:'我很笨,但是我很勤劳。'"

此采访中未曾提及李可染用的是怎样的古墨,万青力在《艺以德成,德高艺厚——缅怀恩师可染先生》中称:"可染师生活上非常简朴,对画画材料却十分讲究,特别是纸和墨。他花了不少钱买了一批乾隆墨,一直在用,而并不是为了收藏。他喜欢用'料半儿'纸,后来在安徽定制了一批。"

李可染晚年定制的手工纸,我曾经在琉璃厂看到过一些,这些纸张乃是四尺整张,每张纸上有多个水印暗纹,这些暗纹逆光视之会显现"师牛堂"三个字。卖纸者称,这是从李可染定制厂家直接进来的货,因为厂家用织好的纸帘在李可染定制之外多制作了一些带有师牛堂水印的纸。真可谓道高一尺魔高一丈,李可染为了保护自己的知识产权想出了特制纸的办法,但依然被人偷卖。

如此状况真令人叹息,然而这也正说明了李可染的艺术成就受到世人的广泛重视,他的画作在市场上被高度认可,只要是真品,基本上都能在拍卖会上拍出不菲的价格。

2018年7月21日,我乘高铁来到了徐州,肖艳波和张庆会到高铁站来接我。当时已是下午四点多,肖艳波说她知道我赶时间,特意给李可染故居的管理总部打过电话,因为故居及纪念馆四点半关门。尽管张庆会加速开车,我们到达故居时还是过了四点半,肖艳波立即敲门向收发室的管理者做了解释,由此让我能够顺利进院拍照。

一排牌匾

东方既白

从看到的状况可知，当地有关部门以李可染故居为基点，而后扩展出了办公区域及展厅，大门口的侧墙上一字排开多个牌匾，有徐州市作家协会、书法家协会、美术家协会等，可见正是因为李可染在艺术界的广泛影响力，使他的故居成为了当地相关文化部门的集中之地。陈传席在《中国山水画史》中说道："李可染生在徐州，长在徐州，但最后成功于北京。他是'京派'的领袖人物，但他的'高峰'却代表全中国，他的影响也遍及全国。"

有这么大的影响力，徐州有关部门当然要将此做大做强。进入大门，李可染故居位于右手边的一个独立院落，此院落全为仿古建筑，院落的拱形门上有李可染所书"东方既白"的匾额。李可染为什么将这句话书写在门楣上呢？他在《让世界理解东方艺术——最后一课》中解释说：

> 中国画到今天仍是蒙尘的明珠。中国画水平是很高的。有一次看中国画和别国的绘画联展，感到两者水平差距很远。回来以后，我就请王镛刻了一方图章"东方既白"，是借用苏东坡《前赤壁赋》的结尾一句："不知东方之既白。"东方文艺复兴的曙光一定会到来，中国画会在世界上占很高的地位。

由此可以看到，李可染对传统艺术的未来是何等之有信心。走入这个独立的院落，首先看到的是门洞，其实我在外面已经拍完了旧居的正门，只是正门到如今已经不开放，统一要走管理处的大门。门洞后的小院落约一百平方米大小，几间旧房建造得颇为整齐，院中的植物也是郁郁葱葱。正房前的玉兰树虽然过了花期，但长得枝繁叶茂一派生机，这也可以看出管理者对李可染故居确实在精心打理。

拍照期间，我听到院落的侧房里面有动静，进内视之，原来这里

玉兰树　　　　　　　　　　　　　　李可染塑像

是个艺术品商店。虽然整个旧居和纪念馆都已经关门，但商店仍然是营业的模样，我征得了店家的同意，拍摄了商店内的情形。店里有尊李可染的小型塑像可以用作书挡，我本想买来做纪念品，转念思之，请这位大师帮我每天扶着书，显然有失恭敬，于是放弃了这样的想法。

　　从商店走出，穿过院落，后方有一个较大的广场，广场的后端有一组 U 字形的现代建筑，这里应当是美术馆的展厅，然而入口处的门楣上却挂着"师牛堂"的字样。我从侧门走入展厅内，因为下班的原因，里面空无一人。在大厅的侧墙上，有一张李可染晚年放大的照片，尽管是侧脸，我依然能够看到他谦逊面庞下所包含的刚毅。因为在"文革"中受到了不少的苦难，为此晚年的他对社会有着特殊的戒备之心，但他在艺术上的大胆，却超出了人们的想象。

陆抑非（1908年—1997年）
工穷而艳溢，花笑而鸟鸣

陆抑非初名翀，字一飞，后来拜吴湖帆为师学画，吴为其改名为抑非。其祖父陆仲仁为清末秀才，关于他父亲的情况，杨成寅在《非翁艺道概述》中介绍说："其父陆章甫为孙中山先生领导的同盟会会员，曾与于右任、邵力子二人在上海震旦大学同宿舍求学。后来，于右任、邵力子跟随教育家马相伯先生创办复旦大学，陆章甫也是复旦大学创办人之一。"

陆抑非出生于书香世家，年幼时在塔前小学读书，初中阶段就读于诚一中学，该校乃是一位牧师所办。1923年，十五岁的陆抑非转入了苏州桃坞中学，该校校长乃是美国人马克·劳顿，他的中文名字为梅乃魁。

苏州桃坞中学是美国校风，主要以英文授课。胡志弘在《非翁传略》中记录了陆抑非的回忆："所有的通知布告都以英文为主，中文翻译为副，课程除了国文外其他全以英文授课。"这为陆抑非打下了很好的英文功底，但是他在锻炼身体时发生了意外，杨成寅在文中写道："1925年，上高三那年暑假，陆抑非因俯卧撑过度肺内受伤咯血，只得停学，家里人把他送到三峰寺休养。三年之内，他断断续续在该寺休养十五个月。寺中法师对陆抑非'禁声禁动'，要求他每日静坐。在三峰寺每日静坐的生活，使陆抑非学会了忍耐，使他逐渐建立了一个人生信条：'今生今世，无论从事何种行业，人要虔，心要诚，虔必敬，诚则灵。'"

陆抑非的学艺之路始于1921年，当时他拜祖父的好友李西山为师。李西山名筎，字紫纤，号西山，此人为常熟地区的名士，他不但书法好，同时擅长花鸟，他的花鸟画主要是恽南田一路画法，尤其以没骨牡丹最具名气。李西山不是职业画家，他的绘画全凭兴致，李猷所著《抗战前常熟书画家传略》中称其："挈金以求画者，不能立致，必一二年始得之。"除绘画外，李西山还喜作楹联，在这方面同样有名气，李猷在书中写道："皆极隽妙，尤其旧制，丧家有屏门封，抱柱对，以及行状家传祭文等，先生皆一手包办，贴切典重，亦一时无与伦比。"

陆抑非跟随李西山学艺八年，不但打下了良好的绘画功底，更为重要的是陆抑非学得了画牡丹的妙技，此后经过体悟融会，创造出了有独特面目的牡丹画法，被人誉之为"陆牡丹"。

陆抑非拜的第二位绘画老师乃是陈摩，此人字迦庵，号迦兰陀，是清末绘画名家陆恢的弟子，专攻山水花鸟，在书法方面也颇有成就，其画被誉为兼有"伯年之苍雄、昌硕之浑厚、廉夫之雅静、子祥之秀逸"（胡志弘《非翁传略》）。在色彩运用方面，陈摩有着恽南田一派的清逸淡雅格调，他先后在苏州二中、省立第二师范、苏州美专等学校担任教职。1929年，陆抑非在表亲钱月岚的介绍下拜陈摩为师，在学画的过程中，又因陈摩绘画具有海派特点，陆也渐渐领悟到了海派风貌。

后来陆抑非来到了上海，钱仲联在给《陆抑非纪念文集》所作前言中称："二十二岁随双亲来到十里洋场的上海，开始住在一间幽暗且简陋的灶披间，曾在一家花边洋行打图样，到煤炭行秤炭记账，到同德医学院当教务处职员，空余时间则为'笺扇庄'画画册页，虽然所得菲薄，尚可作糊口度日，又可作为学画之经济支柱。那时白天出外工作，晚上灯下作画。屡经失业，生活是够艰苦的。"

幸运的是，后来他娶到了一位贤妻，才使家境得以改变。沈祖安在《不了情》一文中写道："孙淑渊先生虽读书并不多，但出身名门望族。其兄孙伯渊是苏州著名文物鉴赏家。伯渊十三岁时，就跟父亲拓碑帖。淑渊嫁给抑非，是看中他的人品与才气。陪嫁虽不算丰盛，但对清贫的抑非，增添了求艺做学问的一笔厚资。"

孙淑渊的到来不但改变了陆抑非生活的窘况，同时也让他开阔了眼界。陆公让在《怀念父亲陆抑非》一文中写道："这里不得不提及我的母亲孙淑渊，她是苏州人，她的大哥孙伯渊先生对我父亲的帮助可大了。抗战期间，上海租界成为一个避灾的'孤岛'。大舅父孙伯渊先生将他在苏州集宝斋古玩店的书画紧急运往上海，与我父母同住法租界萨坡赛路207号（现淡水路219号），因书画进出频仍，今进明出，故家父见到好的书画，就通宵达旦临摹，有些用拷贝纸勾勒，积累了大量的稿本，为他今后的创作，打下了基础。"谢稚柳在《信手拈来皆图画》也曾记载："他早年在其内兄孙伯渊昆仲处观摩了大量的历代名画，据说每当所见名作就要勾摹一过，久而久之所得历代名画的稿本，竟称得上牛载车装之富，这里也可见其功力之一斑。后来又专攻吕纪、林良、南田、新罗诸名家之画笔。"

陆抑非除了在内兄孙伯渊那里看到了大量名迹，更为重要的是，在孙伯渊的介绍下，他于1937年拜吴湖帆为师。吴湖帆家中藏有大量历代名作，陆抑非在那里废寝忘食地朝夕临摹，这使他的画艺大进。郑逸梅在为画册《陆抑非》所写序言中称：

> 抑非于花卉，工笔、写意、没骨、泼墨，兼及翎毛草虫，无所不长。他主张画宜兼工带写入手，工笔可上追两宋，写意可继

《临明吕纪寒香幽鸟图》 收录于《中国当代国画名家精品集·陆抑非》

元人水墨，并明人大写，且经过几收几纵，才能达到炉火纯青的境地。其艺术道路，也正是实践了这一主张。他的兼工带写，取法赵昌、陈白阳、周之冕、吕廷振、林良、任伯年诸家，遗貌取神，聊浪自放。

机缘加天分，使得陆抑非在上海很快有了名气。1932年9月，陆抑非经朱屺瞻介绍，被刘海粟聘为上海美专国画教授。陆公望在《陆抑非与沪上画家交往片断——纪念先父陆抑非诞辰九十五周年》中写道："由于父亲的堂娘舅周邦俊（曾任上海中西大药房总经理）的夫人是百岁老寿星朱屺瞻的堂姐妹这层亲戚关系，父亲由朱屺瞻介绍到刘海粟所创办的上海美专任教。"

上海美专的教职使得陆抑非有了固定的生活来源，使得他能够全身心地投入到绘画创作中。1933年，陆抑非在利利公司举办了首次个人画展。1935年，他又在其所居住的法租界萨坡赛路207号创办了"飞声国画函授学校"，该校设花鸟、山水、人物三科，为此陆抑非绘制了大量课图稿来供学生临摹，同时他还编写了《画学浅说》作为理论教材。1937年6月18日，陆抑非在大马路大新公司举办了"陆一飞收藏、近作展览会"，该展颇为成功，所有展品均被订出。

1937年，卢沟桥事变后日军进攻上海，当年11月上海沦陷，飞声国画函授学校被迫停办，此后的几年内，陆抑非主要是在吴湖帆的梅景书屋内临摹作品以及与上海书画家进行交流。1940年至1942年间，梅景书屋办过三次师生画展，陆抑非均有作品参展。而这个阶段，陆抑非的绘画在上海地区开始有了广泛的影响力，他被称为海派"四大名旦"之一。陆公望在《片断》一文中写道："早在卅年代，上海花鸟画家群体中出现了四个突出成就的画家，其中二个是杭州人即张大壮、唐云，另二个是常熟人，江寒汀、陆抑非。江寒汀早逝，仅活到六十岁。大壮先生于 1980 年去世，寿七十八岁。唐云比父亲小二岁于 1993 年谢世。父亲那年已八十六岁高龄，他讲自己身体最差，却寿最长。谈到养生之道，得益于一套行之有效的生活规律：不饮酒，不吸烟，少欲，以素食为主、动静相宜。一生奉行与人为善的人生哲理。'德从宽处积，福向俭中求'，一切放得下，想得开，少烦恼是宗旨。"

在上海的经历，对陆抑非绘画的成熟起到了至关重要的作用。冯运榆在《非翁艺术析》中写道："在与海派为伍的年代里，非翁不只摘取任伯年等名家之法，而且又取西画的写生和水粉之长，大大丰富、发展了没骨古法。他或简笔直写，或重叠复加，或墨彩互融，或烘染衬映，在其腕下，古、新之法无不驾驭纯熟。"

1954 年，陆抑非创作了工笔作品《花好月圆》，此画被世人视为他工笔重彩的代表作，该画由上海人民美术出版社出版发行，因受市场欢迎，故此社陆续印制了一百余万卷。"文革"结束后，《花好月圆》又再版了一百多万份，如此大的印刷量令人咋舌，而陆抑非的绘画成就因此而更加广为人知。

1959 年，潘天寿担任浙江美术学院院长后，极为看重陆抑非在工笔方面的成就。冯运榆在文中引用了潘天寿对陆先生的评价之语："抑非先生的工笔技巧和写生功夫，加上他的笔墨造诣，在我们中间更适应现代的教学需要，所以我极力推荐他来浙江任教，可以弥补我们的不足。"

潘天寿邀请陆抑非前往浙江美术学院国画系任教，因为当时国画系花鸟科的几位教师绘画特长都是大写意风格，故该校一到五年级的所有工笔课程全部由陆抑非来任教。"文革"时期陆抑非遭到管制，但他仍然会借机教授对传统技法感兴趣的学生，冯运榆在《为师三优——从学陆抑非先生回忆录》一文中写道："直到 1967 年年初，'文革'硝烟蔽空，潘老已入囹圄，我独自在空荡荡的教室里看书，蓦然，

《十里荷香》 收录于《中国当代国画名家精品集·陆抑非》

有一日造反队将划为反动学术权威边缘的陆维钊、诸乐三和陆抑非先生押管在我教室内，强制他们围于一桌学习红宝书。三老果然颤颤栗栗埋头攻读。数日后，我借为他们供给茶水之机会，在这政治风浪的缝隙中求教他们一点学问。三位老人虽有命运未卜之忧，但因见我诚恳，也略作了指点。我问非翁：'花鸟画如何学法？'他答道：'一练字，二临摹，三写生，四由简入繁返回简地画自己构思。'我当时仿佛在战火中赏听到了'琴音'和'鸟鸣'，简赅又重要的语句如斧凿石，一直未予淡忘。"

冯运榆是个有心的人，他在与陆抑非交往的过程中，记下了许多老先生说的话：

> 切记，笔为骨，墨为体，骨体两全是中国画的根本。
> 中锋为主，侧锋为辅，运笔要善于轻重缓急之变，更要有性情神情之变。
> 意笔核心是要处处见笔，见了笔就见了人和见了神。穿插贵在交相掩映。
> 疏密重在善于结团和结块，并且团块变化要有致。
> 牡丹之法，能者会重迭，起手必需大笔放写，要有飞蛾扑火之勇，其中飞白和笔迹，正是花之神足气活的所在。……

陆抑非将自己悟得的技法毫无保留地交给弟子，同时也向冯运榆讲述了海派跟其他派别的一些关系：

> 花鸟画中称吴派、海派和浙派，实际上现代是海浙两派；有派必有争，这好比春秋吴越对峙一样，我是吴民来到越地，偏护哪一派为好，门户之见，古而有之，为避嫌，我说话较注意。

《花好月圆》 收录于《中国当代国画名家精品集·陆抑非》

就算上海甜，浙江咸，甜咸自取，也可以相间，都是咸是不行的。不管是什么味，艺术上高深才立得牢。

吴昌硕是吴中越民，在上海也吸收了海派优点，有些画古艳兼之也很好。我是越中吴民，浙派好的东西也可吸收，道理一样的。

陆抑非专注于实践，对绘画理论多是感悟式的讲述，少有行诸笔端，故谈到陆抑非的研究文章时，大多会引用到陆抑非所撰《从獭祭而成到信手拈来》一文，因为该文是陆先生不多的几篇画论文章之一。此文首先解释了獭祭二字为何意："何谓'獭祭'？水獭捕鱼，依次陈列而食，如祭祀祖先，称'獭祭鱼'（载《礼记》）。李商隐排列古书，慎重推敲成文，后人即以集素材而成的作品，谓之'獭祭'。"

陆抑非以此来说明刻苦练习功底和搜集材料的重要性："我现在要说的是我个人学画的经验。在学习工笔花鸟画阶段，从临摹到写生，收集了许多素材，包括双勾粉本、白描、工笔淡彩、工笔重彩、写生资料等等。当时在上海的主顾，主要是一些商人，他们喜爱的是工笔花鸟草虫，要求所谓'三多'：画得多，题句多，图章多。商人要画就像买小菜一样，要多多益善，满满一篮，画了鸟再要加只虫，他们才会满意。穷画家碰到这样的主顾，为了生活，只得迁就他们。"

对于古时候学画之苦，陆抑非在此文中有大段描述，我节选其中一段："历来穷画家，浙江人称之谓'丹青师傅'，也有人、山、花三行，相传是'吃饭面孔'（即喜神），'饿煞山水'，'应酬花卉'。只有画人物中的'面孔'，可以靠此吃饭。拜师学艺，首先是学会画喜神。在旧时代，家里死了人，不论贫富贵贱，都要请丹青师傅画一个遗像来纪念。画像是丧葬项目中不可或缺的一个行当，所以也可以说是三百六十行里的一行；尽管给一般文人士大夫瞧不起，但是穷画家有饭吃,确是一个事实,有工作可干,可以解决生活问题。清代名家如罗两峰、任伯年、萧山三任,连齐白石在内,都曾依靠画喜神来过生活。拜师父的时候,要帮助师父画喜神的衣服冠带、地毯等刻板的背景。满师后自己收了徒弟,也如法炮制。学徒是'帮三年,学三年',和别的行业一样。丹青师傅的生活来源,就是依靠画喜神吃饭的。"

关于其本人的主要临摹对象,陆抑非在此文中有如下解释:"我学古画是从明朝入手的。在拜师访友的过程中,我重点学习了周之冕、陈洪绶、林良、吕纪、新罗、南田等人的表现方法。明人的画既重规矩法度,又讲究韵味,格调很高。周之冕创勾花点叶是一种比较典型的兼工带写的表现方法。老莲擅长工笔,但并非一工到底,线条变化极有韵致,是一种写意的勾线方法,在同一画面中也穿插些点垛法,有浓厚的装饰情趣。林良、吕纪是一种粗笔双勾画法,偶作大幅。林良用笔更见雄健,很有气势。"

关于技法,陆抑非在此文中指出了今人学画的两个误区:"今人学画花卉往往有两种偏向。一种是只从双勾入手,双勾到底。斤斤于描绘形象色彩,起稿时间少,填色时间多,笔笔求实,刻意求工,结果求工伤韵,易入板滞。虽然也作写生,但未体察整体块面,拘于局部轮廓,不能顾到整幅画面的气机格局,画工笔尚能施展,要画写意,却是欲放不能,难免笔滞墨凝,气局狭窄。另一种人轻视写生,置形象于不顾,一入手就是青藤八大,追求所谓'神韵',往往笔墨狂诞,流于油滑。这些人想抄近路,少出力,一蹴而就。'信手拈来',结果是信手涂鸦,一味粗野。正如郑板桥所说的那样:'殊不知写意二字,误多少事,欺人瞒自己,再不求进,皆坐此病,必极工然后能写意,非不工遂能写意也。'"

除《獭祭》一文外,陆抑非还写过一篇《非翁画语录》,此语录总计五条,其第一条为:

中国画家的最基本功是书法。潘天寿先生谆谆教导说："每晨早自修时间，千万别忘记必须练书法一小时。""宁可三日不作画，不可一日不练字。"诚哉斯言。我就在六十岁后临摹背临各种草书后，才促进了我晚年艺术有些成就的。以书入画，遒劲生动。以画入书，姿态无穷。

对于画理和画论的态度，陆抑非在第三条中解释了他的看法：

画论、画理、画法，是用文字总结出来的宝贵经验。不是凭空想出来的，是由历代画家，通过实践，反复研究，千锤百炼，不断否定已得成果，而摸索出来的一套方法。积累了许多优秀人才，才得到现在的灿烂文物，决不会终止发展而另起炉灶的。西画只凭造型，是由肉眼能见到的，而国画的最高境界是综合文艺的结晶，是由历史、哲学、宗教、书法、舞蹈、音学、拳术、气功等等丰富多彩的艺术精华而形成的。

二十世纪八九十年代，陆抑非已入晚境，其绘画中更多地呈现出融书法入绘画的特点，这一点与他在"文革"中的遭遇有着直接关联。沈雪生在《生香活色出毫端——忆岳父、花鸟画家陆抑非先生》一文中写道："我和他开始接触正值'十年动乱'期间，花鸟画被禁，看他搁下画笔，暗自专攻草书，天天写孙过庭《书谱》、怀素《自叙帖》，所以书法面貌从早、中年的文徵明体渗入草书笔意，成为书画界独特的'非翁体'。表现在笔断意连、字分意连的流畅飞舞，以及姿态的动静收敛，用笔的轻重快慢，行间的疏密错落，千姿百态。他常说：'画打下了基础，书法一定要努力，书法上不去，画也只能到此为止了。'"

1997年，陆抑非病逝于浙医二院，享年九十岁。其实陆先生一直

《元人诗意图》 收录于《中国当代国画名家精品集·陆抑非》

体弱多病，做过多次大手术，比如他七十一岁时患胃癌，经诊断已是中晚期，而后他的胃被切除了五分之四，之后他还得过脑梗塞等许多种病，然而陆先生却能得高寿，这与其心态平和有着直接关系。方增先在《怀念陆抑非》一文中称："陆抑非先生一向体弱多病，状貌颇似古代的山水画中之人物，往往耸肩而微偻，扶杖而行。他一生数次大病，而竟能年届大耄，这决非偶然，了解他的人都知道，他的长寿，与其为人超然物外有关，陆先生是一位淡泊名利的人，美术界很多热闹的事，他都处之坦然。"

关于陆抑非一生的绘画成就，陆维钊在《陆抑非花鸟画集》序中称："君兼工山水，临摹极勤，粉图黄纸，落笔乱真，非工力深厚，曷克臻此。以其不轻出示人，遂亦少为世所知云。"对于其绘画特点，该文给出了如下评语："观君精品，信能脱略意匠，锋发韵流，不染泥滓，工穷而艳溢，花笑而鸟鸣，骎骎乎入前人之堂奥，而又能融以己意。以之授徒，尤云法备，以之传人，易寻矩矱，亦可谓善用其长者矣。"

我从网上查得陆抑非的故居被有关部门迁移到了常熟市方塔公园内，2019年8月18日，我在常熟市寻访一天，第一个寻访点就是前去探看他的故居。买票进入公园，未看到平面图，沿着中轴线向方塔走去。前行不远看到问泉堂，此门前的树荫下摆放着一些桌椅，有几个人坐在那里谈天说地，看来这是喝茶休憩之处。

我注意到他们身后的影壁墙上嵌着一些刻石，这些刻石吸引我走入了后面这个院落，此院右墙亦是碑廊，可惜这些刻石都被玻璃罩蒙了起来，无论从哪个角度拍摄，都难以躲开玻璃的反光。细看里面的石刻，这应当是一部丛帖。走到此廊的顶头位置，方看到一块介绍牌中称此石为《怀米山房吉金图》，上面写道该石刻于道光十九年（1839），太平天国时期石刻散佚，1922年藏书家徐乃昌搜集到一些后制作了拓片。看来该组拓片虽然刊刻不早，但也流传有绪，只是我以前仅知道徐乃昌藏书，并未留意到他还拓制过碑帖。

感叹期间，无意中看到院落的正房侧旁立有一块文保牌，上刻"崇兰草堂"。这个名字感到很熟悉，看了一眼手中的寻访单，原来崇兰草堂就是陆抑非的故居。立即转到文保牌的背面，果然看到了如下文字：

> 明代建筑，原为忠胜巷俞姓住宅，上世纪八十年代迁建至此。"崇兰草堂"为著名常熟籍画家陆抑非先生书房名，其建筑原在老县场前辛巷，于上世纪九十年代方塔老街拓宽期间被拆除，应其家人要求，市政府将该建筑辟为"崇兰草堂"。该建筑面阔三间，硬山顶，通面阔10.8米，通进深7.5米。扁作抬梁式造梁上有苏式包袱锦彩面。

我先观察了这个小院落，此院占地约一亩多，仅有正房一栋，余外则是刚才所看到的碑廊。院落的正前方有一个小型水池，水池之后则有一座半亭，半亭内的后墙上也嵌着几块刻石，想来这是碑廊的一部分。虽然半亭旁也堆起了假山，但所用石料却非太湖石。

走入崇兰草堂内，里面是开阔的展厅，正前方挂着"息翻听经"之扁，扁下有多幅绘画作品，看上去均是淡淡的文人画。侧墙上有陆抑非简介，右侧有一个展柜，里面摆放着陆抑非画册及相关出版物。

正堂的左侧布置着睡榻，还有一组小桌椅，墙壁上挂着几幅陆抑非的作品，其中著名的那一幅《花好月圆》排在最前面。大堂的右侧摆放着一些硬木家具，博古架上有几件文房用具，只是这些用具的尺寸似乎与博古架不相匹配。

崇兰草堂虽然开着门，但入门处摆放着一组玻璃柜，以此阻拦游客走入其中，而我在玻璃柜内看到了校长刘海粟给陆抑非的聘书，上

无意间看到了文保牌

崇兰草堂内景

博古架

古石构件

面写明请陆先生任本校花卉教授，每周任课六小时，付月薪七十二万。不知当时这七十二万元有多大的购买力。

从崇兰草堂走出，穿过几个院落，这里到处都摆放着一些石构件，转到另一个门时方知这里是常熟碑刻博物馆的一部分。陆抑非晚年刻苦练习书法，而其旧居最终迁入碑刻博物馆中，让其环壁皆书法，不知道老先生会不会为此而含笑九泉。

郭味蕖（1908年—1971年）
当代小写意花鸟画的巅峰之代表

关于郭味蕖的艺术成就，郭怡悰编著的《画家·学者郭味蕖纪年》一书中收录了刘曦林在郭味蕖艺术研讨会上的发言，刘在发言中总结道："郭先生是非常有成就的学者型画家，他是画家兼学者，兼美术史家，又是美术教育家。"刘曦林在《郭味蕖传》中又称："郭味蕖是一位杰出的花鸟画家、有成就的美术史家，同时又是一位优秀的美术教育家。"

相比较而言，薛永年总结得更为全面，他在"纪念郭味蕖诞辰九十周年学术研讨会发言"中说："郭味蕖先生作为学者型画家、美术史学家、美术教育家在本世纪中国画发展中做出了突出贡献，在这世纪之交来进行深入研讨，有着更不寻常的意义。……他也与基本上靠文字记载来研究的人不一样，他是收藏鉴赏家，把传统鉴赏与画史研究结合起来也是他的重要特点。"

对于薛永年的总结，林维在其博士论文《道尚贯通·艺贵出新——通人郭味蕖的追求与创造》中指出："第一次提出了郭味蕖'四家'说。此后，'四家'说被学界普遍认同并被广泛使用。"

林维在其论文中阐述了美术评论家将郭味蕖归为写实派还是传统派的问题，其中提及吴冰在《得江山之助——郭味蕖花鸟画的创新性研究》中所言："郭味蕖绘面的写实性可以这样理解，他很重视写生的方法，认为'本是中国古代画家所久已使用的方法，自西洋美术理论传入以来，写生更成为学习美术的必经途径'。并提出'三写（写作、速写、默写）是培养正确造型能力的基本功，是收集创作素材的主要途径'。从吸收西方的写实的造型和运用平行透视、焦点透视这两点来看，就可以说他是结合了写实派的因素。但是，只简单地说他就是属于'写实派'，显然不够准确全面。"

刘曦林在《郭味蕖传》中则将郭味蕖的"小写意花鸟画"视为他的主要艺术成就："他作画很快，看起来却像慢功，在那敏捷的笔致里流贯着运气的秩序，一笔画的整体气韵，又笔笔有着落，处处有照应，自然而然地形成了与自己的心律相谐和的书生般的小写意风度。"对此，范曾在《永托旷怀——记恩师郭味蕖》一文中持近似说法："他的画无疑是当代小写意花鸟画的巅峰之代表。与王雪涛先生不同之处为：雪涛俏劲绚烂，而先生则俊逸清脱。两峰并峻，同为当代小写意花鸟画之大师，与大写意花鸟界之李苦禅、潘天寿并称当代花鸟画界之'四杰'。"

虽然大家都认定他的代表作是小写意花鸟，但郭味蕖在其他题材上其实也同样有创造性和突破性，郭怡孮、邵昌弟编著的《郭味蕖花鸟画技法》一文中称："我们可以说这些成功的技法探索，是构成他自家风貌的重要因素。就外在形式而言，他的画已不同于原来的小写意、大写意、没骨、工笔以及半工写的传统形式，而应该说是一种新形式了。"由此可见，郭味蕖在绘画创作上融汇了各种传统技法，而后形成了自己的独特绘画面目。

对于其独特面目的总结，《画家·学者郭味蕖纪年》中收录了许麟庐在"郭味蕖研讨会上的发言纪要"，许在该纪要中称："他的画风是在深厚的传统基础上，博取众长，他是粗细结合，所谓粗细结合就是兼工带写……可以说在我们国内是独树一帜，别具风格的一位大画

《晨光》 中国美术馆藏

家。"于非闇在《郭味蕖北平画展评价》中称:"郭味蕖君,精研六法,山水花卉,力追明清各家,极有神似处。君状貌奇伟,美须髯,精于篆刻,复工书法。论画精确,颇中时习。"这乃是从继承传统角度来评价郭味蕖的艺术成就,而陶一清在《郭味蕖北平画展评价》中又有着另外的说法:

> 味蕖君,早年负笈申江,从事于西洋画,名噪一时,近年曾从名画家黄宾虹先生游,有青出于蓝之誉。又足遍大江南北,搜集名川为画材,因其轮廓之准确,笔墨之老练,更能体贴宋元人之惟妙写生。
>
> 其笔墨之挺拔,落笔之严谨毫不失古意,重峦叠嶂,清溪飞瀑,一笔一画,一草一木,均不虚着,于渲染更见工夫。

陶一清称郭味蕖年轻时曾到上海学习绘画,所学乃是西洋油画,后来转而跟黄宾虹学国画,再加上郭味蕖本身有着传统功底,这几者的结合,使他的画作有着独特面目。刘曦林在《郭味蕖评传》中也给出了同样的总结:"中西绘画两层根基,理论与实践双轨同步,是中国近、现代许多大艺术家的共同道路。郭味蕖也是这条造就大师的道路上的后来者。这条画家兼学者的广采博取的道路,充实了他的学养,并使他从纵的历史演变及横向的对比联系中得以把握了艺术变革的规律,为其更新花鸟画艺术的观念,攀登花鸟画新高峰奠定了基石。"

郭味蕖能有这样的融会贯通,跟其家世与绘画经历都有直接的关系。郭味蕖是世家子弟出身,他是潍县郭氏之后,该家族在明成化年间开始从高唐迁居到潍县,经过五百年的递传,郭家在潍县成为了著名的望族。然而到了郭味蕖祖父郭肇光时代,却人丁单薄,因为郭肇光在二十七岁时就不幸从马车上摔下来受惊而亡。郭味蕖的父亲郭乃

《霜红时节》 收录于《郭味蕖画集》

珏原本很有诗才，朝廷废科举后，他以第一名的成绩考取了法政学堂，然就在其来京上学时，却来不及入学就染病而亡，时年二十一岁。郭乃珏去世后的五个月郭味蕖出生，他以遗腹子的身份，成为了潍县郭氏第十八世嫡孙。

郭味蕖从小就异常聪颖，他的夫人陈君绮在《孤儿》一诗中写道："幼小失怙实可怜，幸有慈母掌家范。只因遗腹得不易，纷纷传说生能言。"尚未出生就失去父亲的郭味蕖从小受到了母亲的呵护，可能是因为他从小就太聪明的缘故，居然传说他一生下来就会说话。

郭味蕖七岁入学，民国五年他九岁时入潍县丁氏小学，在该校跟美术老师丁启喆学习绘画，因此丁启喆乃是郭味蕖学习中国画的启蒙老师。他在十七岁时与陈君绮结婚，而陈君绮也是大家之后。郭味蕖晚年作《归帆》册页赠予陈君琦，并在该画册的跋语中写道：

> 君名绮，字君绮，小字嬿娘，吾乡陈簠斋太史之元孙女也。生而颖慧温婉。知书强记，年二十来归。

> 予生而失怙，尽日荒嬉，君每于春晨秋夕督予学书学画，课读诗古文词，并导予研搜金石拓本及书画鉴考之学。每陪侍几右，辄亲服涤砚洗笔之劳，予从此对文艺始少感兴趣，并觉逐步有进意。尝并几作画，君曾濡毫写梅石水仙为予寿，落笔寂寥萧澹，能深寓静趣，予师之畏之。

原来陈君绮乃是晚清中国最有名的金石大家陈介祺的玄孙女。潍县陈氏也是当地望族，两家的联姻显然是有过门当户对的考虑。刘曦林在《郭味蕖传·金石姻缘》中却说："非金石鉴赏家难与陈家联姻。这一有趣的现象使我们看到，文化层次和专业嗜好也成了这位藏有毛公鼎的怪老头结亲的条件。他是那样自私，以他自己的嗜癖作为一切的轴心,他又是那样雄心勃勃,欲求通过婚姻渠道建立一个广泛的金石研究网络。"

看来陈介祺有遗言,与其家联姻者必要精通金石之学,而郭味蕖能够娶到陈介祺的玄孙女,正说明了他在这方面同样有着造诣。早在民国十年,郭味蕖十四岁时,就跟另外三位同学组建了益社,一起来研究国画。后来该社受到老师丁启喆的鼓励,在老师的建议下,他们将益社改为潍县同志画社,几十位成员在每周日下午带上个人作品到老师家品评研讨。

到后来,郭味蕖也学习治印。1938年,他为族叔郭谷石刻了一方印,郭谷石对此印颇为欣赏,夸赞郭味蕖说:"味蕖侄孙,精缋事,工力涵养,艺林称之。其治印盖自今春始,一入手便不屑蹈小家气,相见落墨之际,煞费经营,奏刀割然,意兴洒脱,泛乎天机,清妙者迥异恒蹊也。顷为予刻'宝墨精舍'印,气均古定,欣赏之余,为题数语。"(郭怡孮编著《画家·学者郭味蕖纪年》)想来此前郭味蕖应该看到过不少古人的作品,所以能够才学治印就出手不凡。

然而在此前的十年,也就是1927年时,郭味蕖却在学习西画,他在《花鸟画的学习和创作》中回忆道:"读中学的时候,便参加了上海美专函授班学习,三期毕业,开始学擦炭画,继而西洋水彩,往返地函寄画本、范本,这使我以后很顺利地考取了上海艺专,在上海艺专,学的是西画系……当时一年级学素描,石膏、静物之类;二年级以后学油画人体,风景画是自由课,课外自己画的。"

1927年至1931年,他在上海艺专跟随陈抱一、倪贻德、陈之佛等画家系统地学习西洋画三年。1931年7月,郭味蕖从上海艺专毕业后,在济南举办了第一次个人画展,展出的作品主要是西画,转年他就受聘于山东省立第一乡村师范学校,在该校任美术教员。之后他又在青岛、济南等地举办个人画展,而这个阶段的创作和展览主要是油画。直到民国二十六年即1937年,也就是郭味蕖三十岁时才使他再次转为国画创作,因为这一年的二月,他考入了故宫博物院古物陈列所研究班。

郭味蕖在此研究班受到了于非闇和黄宾虹的亲自指导,对于当时的学习方式,郭味蕖在《花鸟画的学习和创作》中写道:"毕业以后,在山东师范教学,那时教的是一种中西合璧的画。后来感到很无聊,对艺术提高不大,在这时我对中国画已经很感兴趣,对于西画创作,逐渐淡漠下去。当时我立下了坚定的信念,用我旺盛的精神,从事于中国画的临摹和创作,便考取了故宫博物院研究班,开始了踏实地专心地临古、学习传统的时期。研究班设在当时西华门内武英殿宝蕴楼,开设三个房间,分为山水、人物、花鸟。我初临花鸟,后又转为山水,所临全是院内所藏名家真迹,墙上悬挂的书画三天一换,可以随时观摩。临摹设有专用的临摹台,长案红毡,条件很好。通过这段临摹,才深入地了解了中国画,感到洋画有意思,国画也有意思,中国人更应该懂得中国画,开始对国画着迷了。"

对于当时临摹的名家,郭味蕖又说道:"当时的临摹,分为几个阶段进行。从张子祥入手,继之是赵之谦。张是没骨法,勾线很少;赵之谦用色浓艳富丽。尔后是任阜长,他主要是勾线。再后便学习明代的东西,周之冕、陈白阳、沈石田、文徵明。我临古的学习,一直延续了五六年,多不用颜色,只用墨画各种花卉。并结合学习'扬州八家',在内容上兰竹占了很大比重。"

看来那时他们主要就是临摹古代名家作品,虽然这个阶段仅有半年多,但对他后半生影响很大,刘曦林的《郭味蕖传》中载有传主在上世纪五十年代初写的自传材料,郭自称:"1937年参加北京古物陈列所主办的国画研究室,为研究员,并开始从黄宾虹先生学画山水,得遍观清宫古画,这时又跟随黄宾虹先生讲授国画理论和美术史。"

《银汉欲曙》 收录于《郭味渠画集》

看来黄宾虹对他的影响很大，而《画家·学者郭味蕖纪年》中则写道："在这个时期，看了许多历代的名人真迹，一方面通过临摹研究，学会了一些古人的表现技法，懂得一点鉴赏，同时，也对于古代绘画有很深的喜爱和研究兴趣，我的崇古泥古的思想，从这时起，便逐渐发展起来，一直影响到我后来自己收购古人书画，钻研历代画家历史传记、生平、作品，最后对古人书画、时人书画的收藏，竟成了嗜好。"

这段话中提到的钻研历代画家的传记，乃是指郭味蕖撰写《宋元明清书画家年表》一书，该书前有黄宾虹所作序言，黄宾虹夸赞郭味蕖为撰写此书而下的功夫。1937年8月，郭味蕖结束了古物陈列所书画研究班的学业后，返回故乡就开始着手编著该书，前后历时二十年之久，到1958年该书方正式出版，很快这部书就成为了许多美术史研究家的案头必备工具书。而在此书出版之前的1950年，郭味蕖携带此书稿来到北京，徐悲鸿翻阅后认为很不错，特意为此书题写了书名，并赠送一副对联给郭味蕖以示嘉奖。转年经过徐悲鸿的介绍，由文化部批准郭味蕖进入中央美院研究部任干事。

1941年8月，郭味蕖在北平举办了画展，他在该画展的《前言》中写道：

> 吾乡陈文懿公簠斋尝云："论画以画法为主，论法以用笔为主，笔高则墨自高，而尤以品为主，品高则意有在笔墨之外者矣。"所谓盘礴睥睨，峥嵘奇崛，磊磊落落，乃是翰墨家平生所养之气，用笔淋漓高下各自性情，如屯甲联云，时隐时现，更须读万卷书，行万里路，融浑古人，自辟町畛，庶得冲和恬淡，以别于庸工俗子。予曾谓作画须从临摹古人入手，古人笔墨，规矩之方圆之至也！

陈介祺所言对郭味蕖有着很深的影响，他认为创作首先要养气，而后展现出来的作品才能有着不俗之气，而学习古人技法的前提就是从临摹下手。郭味蕖在《前言》中又写道：

> 每思历代大家，精心绝虑，志一于画。穷毕生之力，寝馈于此，惨淡经营、孜孜不倦，迨寿登耄耋，始臻炉火纯青之候，故画虽小技，其个中行程三昧，实不可以道里计也！蕖自髫龄入学，读书余暇，辄以笔墨自娱。及长，负笈申浦，专究绘事，经诸师长耳提面命，颇收切磋之益。以后乃广搜名迹，模山范水，走苏、杭、燕、晋，攀居庸、云冈，眼底精研物理，笔端搜求造化，二十年来始稍识门径。

郭味蕖认为真正的绘画名家都是通过刻苦练习方能有所成就，他讲到了自己的学画历史，而后谈到了以造化为师的重要性，谦称自己苦练二十年方悟得门径。此后的一些年，郭味蕖仍然在研究绘画史及传统技法，比如他所撰《明遗民画家八大山人》一文刊发在1961年的《文物》，他对八大山人技法所本有着自己的看法："他是继承了明初画院花鸟画家林良一派的楷模，特别表现在他画鹰、雁、鸟、鸭的方法上，在继承了点垛法的同时，又向前推进一步，简化了浓淡套墨的程序，克服了板刻，趋向浑沦意境。"

对于老师黄宾虹的所本，郭味蕖在1964年撰写的《谈齐白石先生和黄宾虹先生的画》中说道："先生早年的画极为淡静，泛滥宋元名家，尤得力黄、王、倪、吴。晚年逐渐苍厚，九十以后越觉笔气郁秀，线条层层布列，如铁划银钩，大气磅礴，真是笔力扛鼎。他永远不满于自己已有的成就，他在师古人而不要泥于古人的要求下，画艺永远在日新月异地变化着。他说：'敢删前人窠臼，才能自成家法。'又说：

《莫高窟古汉桥》 收录于《郭味蕖画集》

'要写生而后写意,写意而后写生,自能形神俱见。'可见先生所追求的是'下笔要有我法',也正是要求写意的真实,进而达到事物内在本质的表现。"

除了黄宾虹外,齐白石也对郭味蕖有较大影响。早在1939年,郭味蕖在北平办画展时就结识了齐白石,此后的交往中,齐白石赠送给郭味蕖对联,同时还给他写了堂号。1958年郭味蕖在其所撰《向杰出的人民艺术家白石老人学习》中颇为详细地讲述了他与齐白石交往的一些细节。

正是因为有这些名家的指导,再加上郭味蕖自身深厚的功底,使得他无论在创作还是在绘画理论方面,都具有自己独特的看法及绘画面目。比如他认为:"写生的方法,本是中国古代画家所久已使用的方法。自西洋美术理论传入以来,写生更成为学习美术的必经途径。我们在大自然中观察、研究、记录客观事物,往往使用写生、速写、默写这三种方法,这被称为'三写'的写生、速写、默写,是培养正确造型能力的基本功,是收集创作素材的主要途径。"(《郭味蕖艺术文集》)

关于临摹和创作的关系,他的观点是:"临摹不能代替创作,历史上不可能再出现石涛、八大山人或是郑板桥,因为产生他们的条件已经不复存在了。石涛说:'纵逼似某家,亦食某家残羹耳。'又说:'古之须眉,不能生在我之面目;古之肺腑,不能安入我之腹肠。我自发我之肺腑,揭我之须眉。'由此看来,临摹只是一种手段,不能作为目的。"(郭味蕖《临摹、写生和创作》)

以上所引乃是他的一些观念,但其本人的绘画却走了融合前人技法之路,林维在其论文中将之总结为"五结合":"五个结合是郭味蕖技法创新的最显著的特点。郭味蕖为了更准确地表达时代精神,采用了五个结合的办法,也就是通常所说的'三结合'。即花鸟和山水相结合，写意和工笔相结合，泼墨与重彩相结合。其中写意和工笔的结合还包含了勾勒与没骨相结合、白描与点染相结合，这样就是五个相结合。"

关于花鸟画和山水画的结合，郭味蕖在《临摹、写生和创作》一文中写道："花鸟和山水相结合的表现方法，前代画家们曾经运用过，并非是我个人的创造。宋元以来的花鸟画大家，如马远、王渊、戴进、吕纪、林良等人，他们在构图中经常以坡石、水口、远峰、近岸来衬托花鸟。"郭味蕖说，他的这个结合乃是受到几位宋元以来大画家的影响。

对于工笔和写意的结合，《郭味蕖艺术文集》中载有他的如下说法：

> 工笔和写意相合，前人也有过。远在五代北宋时，花鸟画就出现了勾填法和勾勒法。勾填法是用较重的墨先勾画轮廓，然后再赋彩填色；勾勒法便是在点色以后再勾，随着点色的轮廓，用墨笔勾线加以约制，这样较勾填法生动得多，也自由得多，但不及前者有浓厚的装饰风趣。南宋前后，在花鸟画中，勾填勾勒法兼施。及至明季周之冕，又以徐熙没骨法与勾勒法相结合，创造了勾花点叶派这一新形式。齐白石先生以极工细的草虫配以大写意花卉，都是对花鸟画表现形式的发展。

虽然古人也有这方面的创作，但郭味蕖在吸收前人技法的基础之上，加入了自己的观念，而后呈现出一种新的画风："我曾长时间以明代画人的写意画范模，从简笔淡彩中，追求浑厚苍穆的意境。同时，深入现实去勾勒各种花鸟的轮廓，积累素描素材，然后加以剪裁运用，以期达到工笔与写意相结合的形象真实。并将明人写意和宋人双勾笔

《白茶花》 中央美术学院美术馆藏

法结合起来，便能显现出新的风范。"

除了绘画及理念创作之外，郭味蕖还撰写了一系列著作，比如他在上世纪五十年代曾写过一本《郑燮》，写此书的原因乃是郑板桥曾任潍县县令，而在郑任潍县县令期间，还曾与郭味蕖的祖上有着密切交往。郭远航在《犀象妆潢笔缀花——郭味蕖的家世学养》一文中提到了郭家祖上与郑板桥交往的一些细节，郑板桥"罢官以后，还在郭家园住了七个月才回扬州"。这些事迹都对郭味蕖有较大影响，郭远航在文中写道："郑板桥与郭家的这一段友谊，对郭味蕖的人品画品的形成影响很大。而早年味蕖先生也的确亲见了很多还流传在潍县的郑氏的遗墨。如他在文章中所说：'直到现在，也还有几幅在流传着。有一幅最大的画竹，高六尺、宽八尺，是用三张六尺宣纸接起来画的，相传就是当年郭家园旧华轩壁上的故物。上面题着七绝二首，字有茶盏那样大……'"

这也就难怪郭味蕖出版的第一部与画家有关的著作就是《郑燮》，除此之外，他还出版过《知鱼堂书画录》《知鱼堂鉴古录》《殷周青铜器释名考略》《镜文考释》《说镜》等等。一位画家竟然有这么多的著述传世，难怪后世评论家称其为学者型的画家。

1956年，中央美术学院经上级批准，在徐悲鸿故居的基础上成立了徐悲鸿纪念馆，由吴作人任馆长，经吴作人推荐，美院调郭味蕖到徐悲鸿纪念馆主持建馆工作，而后三年多的时间里他一直在奔忙此事。《画家·学者郭味蕖纪年》中写到了郭味蕖对当时的回忆："当时我的主要任务是扩建展览室。定期开馆，接待外宾和群众团体参观。此外是保护整理馆内藏品，进行分类编目贮藏。又编选了一些有关徐悲鸿的创作和纪念馆介绍等交出版部门出版。当时扩建工程经过文化部批准以后，买地皮，迁民居，定材料，画图样，包工程，忙了将近两年，建成一所四合院，又重新修整了故居部分，增建了南厅。又装修了壁橱、玻璃柜等木料装置，展出了有关徐悲鸿的重要创作，正式对外开馆。"

到了1961年，郭味蕖担任了中央美院国画系花鸟科班主任，而后他带领学生到敦煌等地实习，由此开始研究敦煌壁画和雕塑艺术。1966年夏，郭味蕖被打成牛鬼蛇神，关进了牛棚接受批斗，他所藏的文物和字画全被抄走。1969年，郭味蕖被定为地主兼自由职业者，当年年底以战备疏散为由将其遣返故里，郭味蕖又回到了故乡潍县，而此时潍县已经改为了潍坊市。

2019年4月25日，在齐鲁书社副总编刘玉林先生的带领下，我前往潍坊市寻访。刘兄事先联系了他在当地的熟人孙敬明先生，刘兄向我介绍说，孙先生在山东考古界很有名气，并且在当地很有人脉。我们进入市区后先到潍坊市博物馆拜见孙敬明先生，孙先生和蔼可亲，颇具大家风范，在他的带领下，我们先去参观郭味蕖美术馆。

从外观看上去，郭味蕖美术馆颇具现代意味。我们在馆门口见到了该馆馆长郭远航先生，孙敬明先生介绍说，郭远航乃是郭味蕖先生的嫡孙。郭先生长得高大俊朗，方正的脸盘颇具其祖风范，而他那一头长发又是洋派艺术家的特点。孙先生介绍说，郭远航曾留法数年。传统与现代的结合使郭先生身上既有东方人的谦逊，同时又有西方人的自信。

寒暄过后，郭远航带领我等先参观一楼展厅，这里布置成了会场的模样，展板上写着这里要举办六人书画作品展。一楼侧旁的展柜内陈列着郭味蕖的部分著作，以及研究郭味蕖的相关著述。之后登上二楼，这里正在举办郭味蕖晚年作品展。郭远航边带我们参观，边向我们介绍着哪幅作品代表了祖父哪个时期的创作理念，他说祖父的画作在"文革"抄家之后基本没有返还，故很多早期作品都难以找到，而现在展出的一些展品大多是祖父返回潍坊后创作的。

孙敬明先生所在的潍坊市博物馆　　二楼状况

对于郭味蕖晚年的经历，郭远航用平和的口吻讲述着那段痛苦的历史，他面带微笑地叙述着那并不如烟的往事，而他的话语却给我以震撼。

我们在二楼还参观了一个小的展室，里面展览的乃是郭味蕖早年所画油画作品。郭远航说这些作品原本扔在屋中的角落没人重视，所以才留了下来。观摩这些油画，能够看到郭味蕖在西画创作方面也有着深厚的功底。

参观完画展后，郭远航带领我们去参观美术馆隔壁的郭味蕖故居疏园。穿过月亮门，眼前是精心布置的园景，此处的风格与隔壁的美术馆形成较大反差，而我更喜欢故居的一草一木所营造出的清幽。穿过院落进入一排平房，正堂上悬挂着齐白石为郭味蕖所写匾额"知鱼堂"。我没有向郭远航请教堂名的来由，以我的揣测，该堂号应当是本自惠子所言的"子非鱼，安知鱼之乐"。以此可见郭味蕖的性格。

这排平房的左手乃是郭味蕖返回家乡所居之处，郭远航介绍说当时此院已经住了好几户人家，故郭味蕖只能住在这不足十平方米大的房间内。我站在门口向内探望，里面的书桌很小，不知道他在此怎样

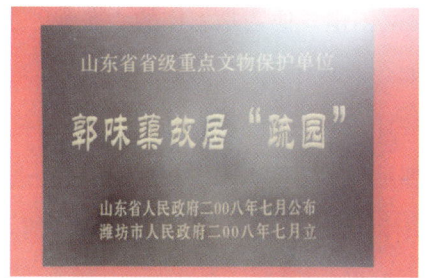
郭味蕖故居文保牌

由此进入故居

郭味蕖胸像

作画。郭远航告诉我说，当时郭味蕖在后院又盖了一间专门的画室。

后院的面积较大，我感觉占地有三亩大小，院后方立着一块随形石，石前摆放着郭味蕖胸像，而石的后面应当才是故居的正门。在院落的左侧墙角盖了一间很小的房屋，我原本以为那里是厨房，郭远航告诉我这正是当年盖出的画室。透过玻璃向内张望，里面的面积更小，郭味蕖在这么小的房间内创作出了那么多的作品，其祖上乃潍县望族，他晚年回到家乡竟然在如此陋室内挥毫创作,他会是怎样的心态呢?

郭味蕖起居室对面的一间房屋如今改成了展室,里面展放的都是与郭味蕖有关的生平介绍资料,我端详着这位前辈刚毅的脸,更加觉得郭远航酷似其祖,于是我提出请郭远航站在郭味蕖胸像旁拍照,透过照相机的镜头看着他们祖孙,不知什么原因,心底却泛起一丝苦涩。在刘玉林的提醒下,我才想起了按下快门。

而后我们又回到了美术馆,郭远航赠我一册新出版的《宋元明清书画家年表》,虽然此书我早已有备,但还是觉得郭远航赠我此书意义不同,于是我请他写上了题款。回来后翻阅该书时,才注意到本书乃是双色印刷,里面有许多郭味蕖的朱批。以此可见,那一辈人的治学是何等之精进,之谨严。

庞薰琹（1906年—1985年）
以纯物质的形和色，表现纯幻想的精神境界

庞薰琹原名薰琴，上世纪三十年代时在绘画界声名鹊起，因为名字偏女性化，故有不少的人以为他是女画家，为避免这样的误会，他将"琴"字更改为"琹"。

庞薰琹乃世家出身，曾祖父庞钟璐为道光二十七年（1847）探花，同治十年（1871）时做到刑部尚书。祖父庞鸿文为光绪二年（1876）进士，累官太常寺少卿、通政司副使，庞鸿文于文史颇有名声，他主纂的《常昭合志》被后世称为良史。庞薰琹的叔祖父庞鸿书为光绪六年（1880）进士，官至贵州巡抚。

这样的大家庭在学术观念上当然会对庞薰琹造成重要影响，故他五岁时就在母亲的教导下开始学习四书，在他十岁时，开始有了绘画之好。李立新所撰《庞薰琹简谱》中写到1916年庞薰琹十一岁时："经图画兼音乐教师王先生指导，始学水彩写生，极受赏识；每逢家中晾晒旧衣，衣上色彩装饰之美，使先生看之又看，'如醉如梦'，此是先生一生绘画、装饰艺术之起点。"

庞薰琹十六岁时考进震旦大学预科，两年后进入震旦医学院学医。据《简谱》所载，庞薰琹十九岁之时发生了一件事，令他毅然弃医从艺："先生成绩优异。冬，欲改学绘画，竟遭比国神父怒叱：'你们中国人，成不了大艺术家。'受此大辱，当即愤然离校，弃医从艺。"

1925年8月，庞薰琹前往巴黎参观了十二年一次的博览会，他在展会上看到了用流水线生产的现代工业品，并首次接触到西欧现代工艺美术，此后他在欧洲留学六年。这段经历对其绘画生涯产生重大影响，他在这个阶段经刘海粟介绍结识了傅雷，同时认识了许多中外艺术家，而后经过苦练，掌握了扎实的西画功底，然而因一件偶然之事，他又毅然返回了祖国。

　　对于庞薰琹的西画观念，祝帅在《就是这样走过来的——子女与学生眼中的庞薰琹》一文中有所描述，该文乃是采访庞薰琹之子庞均及庞薰琹之女庞涛之后所撰。当祝帅问及庞薰琹曾经受到过巴黎现代艺术影响之事时，庞均首先对当时的中国留欧艺术家做出了两分法："二十世纪二十至三十年代，我父亲那一辈油画家当中的很多人在法国留学。其中，徐悲鸿是官费留学，出国前他在刘海粟的上海美专学过一段时间，之后到了巴黎，他是老老实实地学习学院派的基础训练。实际上徐悲鸿到巴黎的时候，上世纪二十年代，莫迪里阿尼刚刚去世，那时候正是马蒂斯的时代，但是徐悲鸿所在的巴黎美术学院训练比较落后，远远滞后于当时的艺术状况。但与此同时，还有另一批人，比如庞薰琹、林风眠、常玉，在当时的年轻人中，他们是与现代艺术同步的。因此，他们这一批留法的学生就分成了两派。"

　　对于庞薰琹回国的原因，庞均说："我父亲在法国的时候，由一批非法国画家组织的巴黎学派正在形成。当时一些画商认为，这个团体中缺少一个中国的艺术家，他们就看中了庞薰琹，跟他谈判，希望他签约加入巴黎学派，但条件是他必须十年内不能改变自己的风格，庞薰琹没有同意。后来，巴黎学派里面东方人的代表是一个日本画家。庞薰琹就想自己在法国搞一个展览。当时有一个不成文的规矩，就是办画展必须请一个重要的评论家给予评论。庞薰琹找到一位评论家，结果对方对他说：'你们中国艺术这么伟大，为什么要跑到巴黎来学画?'于是,庞薰琹就回国,参与组织了决澜社。"庞涛则称:"这位评论家看都没看他的画,就对他说:你十九岁来的这儿,五年在这法国巴黎住着,走在街上,你想什么,我也能猜个八九不离十;你画什么,我也会猜得着。但是你对中国的文化你了解很多吗?我父亲说,并不多。他说,那我劝你回去,你们有五千年的文化底子,作为一个中国人你却不了解它。我希望你先去了解它,然后你回来,我再给你写。"

关于庞均在文中谈到的日本画展之事,庞薰琹所著《就是这样走过来的》一书中有如下描绘:"展览会的开幕式非常隆重,由法国总统杜梅尔格亲自剪彩,参加开幕式的有许多国家的外交使节,和在巴黎的法国以及其他国家的文艺界著名人士。不少有作品展出的日本画家,带着夫人特地从日本来到巴黎,也参加了展览会的开幕式。这些画家的夫人全都穿着'和服',服装的色彩非常漂亮,使开幕式增色不少。会场布置也充分表现了日本的风格,一切都筹备得非常周到,真可以说是一丝不苟。这不单是一次绘画展览,也是日本民族、国家的荣誉。展出的作品全都是日本画,选得很严格,技术水平与艺术格调都相当高,每个画家都有自己的特长与个人风格。同时,每一件作品的装潢,都非常精致考究。画的色彩特别吸引人。多数是用矿物颜料,颜料本身的制作也很精致,是特制的。所以颜色虽然很丰富,但是色彩的感觉却很沉着。凡参观者,对这展览会评价很高。日本的绘画史从中国唐代的绘画中吸取经验而加以发展,形成自己的风格。在颜色制作技术方面也是如此……假若我的祖国也能同样隆重地在巴黎举行一次高水平的绘画展览会,那有多好啊!突然,一种从来未有过的想法涌上心头,'回去!回去!'"

日本艺术家对本民族传统艺术的高度尊重,也赢得了欧洲人的赞誉,庞薰琹经过仔细观察,窥得了日本艺术精髓所在,同时在心理上也受到了刺激，他幻想着有一天中国画也能像日本画展这样在巴黎举办，这让他有了返回祖国刻苦研究传统艺术的冲动。庞均和庞涛在采访文中提到的那位评论家，更成为了庞薰琹回国的催化剂。

庞薰琹在巴黎时与一位艺术评论家马尔古是很好的朋友，当时巴黎的几位艺术家想与庞薰琹合办展览，马尔古很想促成此事，为此，他介绍一位巴黎著名的艺术评论家与庞薰琹见面，以便能让庞薰琹的作品得到业界认可。庞薰琹在《就是这样走过来的》一书中详细记录了他们与那位评论家见面时的细节：

> 有一天晚上，他领我到蒙巴尔拿斯古堡尔咖啡馆去见一位权威的批评家，这时已经深秋，推开古堡尔咖啡馆的门，一股热气扑来，使我们什么都看不清。找来找去，终于找到一位白发长须的老人，他一个人坐在那里，显然是在等我们，这是马尔古事前和他约好的。他要我们坐下，两眼注视了我好一会儿，说："马尔古多次讲起你，还有别人也向我谈到你，你几岁来巴黎的？""十九岁。""你对自己祖国的艺术有研究吗？"我摇摇头。我想打开画夹，拿一些画给他看。想不到，他做了一个手势阻止我，我这时内心感到非常失望、非常懊悔。他大概看出我的表情，沉默了好一会儿。马尔古也不知道这是为什么，他大概后悔他的鲁莽。
>
> 这位老人却微笑地、和蔼地对我说："你来巴黎时还是一个孩子，你的画不用看，可以想得到，你受到一些什么影响。"他虽然态度和蔼，但是这几句话分量很重，使我和马尔古都不知所措。
>
> 老人却平静地继续说下去："中国是有着优秀的艺术传统的，听说你想回国去，我认为你的想法很对，很好。你回去吧，好好学习十年，以后来巴黎举行展览会，你不来找我，我也会给你写

文章的。"我们的谈话，就到此为止。我向他告辞，和马尔古一同走出古堡尔。我们默默地走在路上，两个人都没有说话。

当时我确实感到面子上下不了台。但是经过几天深思，认识到他的话是真诚的，对我起了很大作用，促使我下决心要回国。

1930年1月初，庞薰琹回到了上海，在此结识了朱屺瞻、张大千兄弟，然而他却没有在上海停留，当月就返回了老家常熟。他在常熟系统地研究了中国古典画论，《就是这样走过来的》中写道："于是我决定先回常熟去，在家乡先看一些中国绘画史与画论。回到家乡，脱去了西装，换上了长袍。放下了外文书籍，埋头在线装书中，拿起中国笔墨，用传统笔法画人物画。"

经过系统探索，庞薰琹在如何表现民族性和装饰性的问题上有所突破。当时国内盛行"以美育代替宗教""美术革命"等思潮，而他在巴黎时受到了威廉·莫里斯提出的工艺美术运动的影响，其提出的"我不愿意艺术只为少数人效劳，仅仅为了少数人的教育和自由"，以及"艺术的目标就是人民的目标"等观念，这些都被庞薰琹所接受，尤其1925年巴黎举办的世界博览会引发的装饰艺术运动最令庞薰琹痴迷。格罗皮乌斯在《包豪斯产品的原则》中提到的这些艺术品应该是耐用的、便宜的，也被庞薰琹所接受，为此，他总结出了"实用、经济、美观"的民族性装饰艺术品的评判标准。

在法国时，庞薰琹最喜欢波提切利的作品，他自称："在文艺复兴时期的几个画家中，我最欣赏波提切利，当时我自己也说不出来为什么欣赏波提切利的作品。从我喜欢波提切利和夏凡纳的作品，就可以理解为什么在我一生中，花去了很多时间去研究装饰艺术的问题。"

可见，这些装饰艺术技法契合了庞薰琹的艺术偏爱，他回国之后又研究了中国画史，两者结合，形成其具有独立面目的画风。袁韵宜在《庞薰琹传》中说道:"他(庞薰琹)对于常出入于古堡尔咖啡馆的毕加索很佩服。他观察到毕加索使用多种材料,试用过各种技法,成功地涉足于油画、雕塑、贴纸、版画、建筑、舞台美术和服装设计等等。毕加索从法兰西文化中吸取营养,浑身浸透着法兰西的生活情趣,而他所有的作品中,都又洋溢着一个西班牙人的气质。"

中西画理的结合,再加上庞薰琹独特的审美情趣,使得他决定在绘画风格上走自己的路。杨肖在《中西绘画传统在现代艺术语境中的对话与会通——庞薰琹与他眼中的波提切利》一文中总结说:"作为一位中国艺术家,庞薰琹从波提切利的绘画'装饰性'里看到一套特定的绘画语言,其形式特征及其创作方式,与中国古代白描和工笔重彩绘画及其所崇尚的美学宗旨——如'以形写神''吴带当风''笔彩生动'等——之间,存在颇多跨文化对话的空间。作为一位现代艺术家,庞薰琹称道波提切利的绘画'装饰性',意在研究画家通过特定的线条造型与色彩选择来表达对象精神与自我情感的图画智力。他从绘画'装饰性'里,努力发掘出中西绘画传统在现代艺术语境中的对话与会通。"

庞薰琹的绘画风格被世人所认识,跟他在上海《申报》刊登作品有一定的关系。1930年,《申报》先后刊登了庞薰琹的五张作品,而后《时代》杂志也开始刊发庞薰琹的画作,并且做了颇为详尽的介绍。自《时代》第2卷第1期开始,邵洵美入主该杂志社,并且成为其中几期的主要撰稿人,庞薰琹发表的两张重要作品,都是由邵洵美亲自撰写介绍文章,比如1931年《时代》杂志第2卷第3期中刊发了庞薰琹的画作《巴黎的诱惑》,邵洵美在介绍文中以他的理解,用颇具时代特色的文学语言写出了如下文字:

> 繁华的巴黎是动着的;女人的笑声;男子的烟形;肉的战

《唐仕女之一》 中国美术馆藏

颤；灯的摇晃。便是一爿窗，一面门，一只缸，也是一忽不在的变幻。无论你的视觉怎样敏捷，你也总难得到一个静止的印象；你的笔尖正触上画面，你的对象又不是一秒钟前所看到的那样了。动，动着！玻璃杯接触着嫩红的嘴唇；手指又碰上了冷白的纸牌；洗净了一忽又脏污；坐定了一忽又跳跃……如此巴黎！

庞薰琹先生新从巴黎回来，但他并没有把那曾使他沉醉疯狂的巴黎丢在脑后。在半夜以后，街道上息止了一切的声音，庞先生的眼前便又现出他热爱的巴黎，耳边便也闹忙起来。他拿出画纸，把颜色依了当时看见的、听得的一切涂上去，这张动的画便诞生了。

庞薰琹在家乡居住半年后又回到上海，经过筹办，他在1932年9月举办了个展，当年9月15日的《申报》刊登了画展开幕的消息："画家庞薰琹，前岁由法归国，更自设画室于海上，继续从事创作。兹以四五年中积得作品，应好友屡次催促要求，选出油画、水彩画及用钢笔、毛笔所作之构图，肖像及速写等七十余幅。自本月十五日起，在法租界爱麦虞限路中华学艺社展出十日。庞君绘画，旅法时已获得巴黎艺坛之极大赞美。归国后，无论国人或外侨，凡一度接触庞君作品者，对其特殊之风格与超现实的情趣，莫不为之击节，目为中国现代绘画之新倾向代表者。想届时开幕后，中华学艺社新厦门前，车水马龙，必有一番盛况。"

为了这个展览，傅雷特意撰写了《薰琹的梦》作为此次展览的前言，该前言中对庞薰琹画作的特色有如下描绘之语：

  他把色彩作纬、线条作经，整个的人生作材料，织成他花色繁多的梦。他观察，体验，分析如数学家，他又组织，归纳，综合如哲学家。他分析了综合，综合了又分析，演进不已；这正因为生命是流动不息，天天在演化的缘故。

他以纯物质的形和色，表现纯幻想的精神境界：这是无声的音乐。形和色的和谐，章法的构成，它们本身是一种装饰趣味，是纯粹绘画（Peinture Pure）。

庞薰琹在上海期间参加了多个画社，其中以决澜社最具名气，而他也是该社的创建人之一。1931年6月中旬，倪贻德从武汉返回上海，再次见到庞薰琹后，两人商量了组织画会之意，之后又与友人经过讨论，决定成立决澜社。他们本来计划在1932年元旦于上海举办画展，后因东北爆发了"九一八事变"而搁浅，在此过程中，又有多位画家愿意参加决澜社。经过讨论，这些画家推举庞薰琹、倪贻德、王济远为决澜社理事，而后他们举办了几次展览。

决澜社成立时，由倪贻德执笔写下了决澜社宣言，该宣言的前几句话为：

环绕我们的空气太沉寂了，平凡与庸俗包围了我们的四周，无数低能者的蠢动，无数浅薄者的叫嚣。

我们往古创造的天才都哪里去了？我们往古光荣的历史到哪里去了？我们现代整个的艺术界只是衰颓和病弱。

我们再不能安于这样妥协的环境中。

我们再不能任其奄奄一息以待毙。

让我们起来吧！用了狂飙一般的激情，铁一般的理智，来创造我们色、线、形交错的世界吧！

以此可见，庞薰琹等人成立决澜社乃是为了打破当时绘画界的沉

闷状态。1932年9月15日《申报》刊出的画展开幕消息中,也介绍了此社的宗旨以及绘画理念:

> 决澜社为洋画家庞薰琹、王济远、倪贻德、张弦、周多、段平右、杨秋人、阳太阳等所组织,以吸收现代世界艺术、发扬中国固有文化为宗旨,现该社定于今日起至本月十六日,借法租界爱麦虞限路中华学艺社举行第一届画展,陈列社员及社外画家之作品,共五十余件。其质量之精,为国内艺坛所创见,有倾向于新古典者,有受野兽群之影响者,有表现东方情调者,有憧憬于超现实的精神者,会场中并备有精美目录,分赠观众。

1939年,庞薰琹进入中央博物院筹备处工作,这对他而言乃是艺术生涯的重大转变。李立新在《庞薰琹年谱》中写道:"秋,由梁思成、梁思永介绍,进中央博物院筹备处工作,先生得识深通中国古代文化之李济、郭宝钧、夏鼐、王振铎、吴金鼎、曾昭燏、王天木、杨钟健,遂醉心于汉代画像石、画像砖、彩陶、青铜器,苦研其风格纹样,拟撰《中国纹样史》。"

在筹备处工作期间,庞薰琹对青铜器的纹饰大感兴趣,为此他开始大量收集古代工艺美术纹饰,之后他又对汉画像砖及彩陶的纹饰颇为痴迷。他绘制完成了四册《中国图案集》,可惜这本书的大部分在战火中损失了,但这段经历对其绘画理念的形成有着重要影响。苏立文在《回忆庞薰琹》一文中写道:"他深信工艺美术,可以从中国古代的青铜、漆器、纺织和玉器等纹样中,创造出现代风格,他将中国古代的渊博学识,与从巴黎获得的色彩感和现代意识相结合,以奠定其具有现代感,同时又源于中国的设计基础。"

1939、1940年这两年,庞薰琹负责到西南少数民族地区考察和搜集传统艺术，他从昆明来到贵阳，而后深入苗寨，对这里的绣花片、蜡染等做了系统搜集，由此他意识到了民族性的重要。他在《就是这样走过来的》一书中写道："我过去完全没有想到民族民间工艺是这样的丰富，同时它能表现出如此高的艺术水平……我亲眼看到近百个姑娘，在阳光中坐在石头上，既没有什么样底，也不需要什么底稿，拿起针来，凭着自己的想象，根据传统的装饰结构，绣出各式各样的装饰图案……这种群众中潜在的艺术智慧，对我触动很大。从那时起，我逐渐摆脱了个人的名利的追求，我决心要想尽办法为群众多做一点有益的工作。"

此后的庞薰琹系统地疏理了中国历代的装饰画，他从上古三代的器物讲起，一路研究下来，对历代装饰画做出了系统总结，他在《中国历代装饰画研究》中写道："唐代时期装饰画的风格，可以用一个'厚'字来概括。'厚'是指它的内在气质。""宋代的装饰画，是继承了唐代和五代时期的写实作风，可是它没有唐代时期那种浑厚，也没有五代时期那种严谨。宋代装饰画的作风比较清秀，有些方面描写得比较细致。"

庞薰琹注意到中国古代装饰画也受到了外来绘画风格的影响："我国的装饰画，在战国时期，吸收了各民族装饰艺术的特点。汉代时期和外国的装饰艺术开始互有影响。特别是南北朝时期，大量吸收了外来装饰艺术的特点，融化在我国装饰艺术传统中，使我国的装饰艺术更加丰富多采。两千多年来，一直是在不断地吸收、融化和创新，但是却始终保持着我国装饰艺术的特有风格。"

对于各地装饰风格的变化和成因，庞薰琹也有自己的看法："装饰纹样作风上的变化，与经济基础和文化发展都有关系。农业比较发达的地区（指中原地区），生活比较安定。由于群众生活中的需要，影响到器物的产量；产量的增加，就必然影响到装饰作风。……用比较活泼的纹样来装饰碗、钵等日用的器皿……这种活泼而又简朴的纹样作风也正反映了一般人民的生活面貌。"（庞薰琹《论艺术设计美育》）

对于中国装饰图案的整体总结，庞薰琹在《图案问题研究》一文中写道："中国人民是勤劳的，因此他在图案上所表现出来的特征是要求完整，求全，求均衡；中国人民是朴实的，因此他在图案上所表现出来的特征是单纯明确的，能取精去繁，不浮薄，不夸大；中国人民是聪明的，因此他在图案上所表现出来的特征是多变化的，主客分明，交代清楚；中国人民是勇敢的，因此他在图案上所表现出来的特征是雄伟的。中国的劳动人民，几千年来，在重重叠叠的压迫和剥削之下，不但经得起苦难，而且能够克服苦难，战胜苦难。就在这样艰苦的斗争与生产中，锻炼出勤劳朴实的性格、高度的智慧和无比的勇敢。"

因此，他认为："在中国几千年的文化中，图案的成就甚大，似乎没有一个民族可在这一方面与中国相比的。早在新石器时代，中国的图案已经相当成熟；到殷周时，在图案画中，已能充分地表现出民族的精神。其后，不论每个时代或每个地方，他们的工艺美术都有其特殊的个性。"（《论艺术设计美育》）

由以上这些可知，庞薰琹在实用艺术和装饰艺术方面都做出了系统的探索和研究，以此成为他所处的那个时代里，在装饰艺术方面最具名气的画家和学者。

2019年8月18日，我在常熟开会，会议间歇前去寻找庞薰琹故居。从手机导航上看到，其故居距我开会处仅八百米，于是步行前往。当日的天气时阴时晴，刚走出不远就落下了雨点，于是站在一个商铺门口避雨，无意间看到路边有一个文保牌，走近细看，上刻"古琴川"。常熟人书写郡望时大多写成琴川，看来出处在这里。琴川文保牌之后是一条河道，故只能侧身探看文保牌背面的介绍文字。原来"琴川"一词是得自这条小河与七条支流的合称，这条小河虽然长度仅两

《赶集》 中国美术馆藏

公里，却有七条支流与之相交，而古琴有七弦，故此处被人称为琴川。可惜如今的这条小河看上去水已泛绿，看来在净化处理方面做得不够彻底。

沿着道路前行，从一个大厦侧面走入了一条老旧的小巷，在小巷的交口处看到"粉皮街"字样，与之相交的南泾堂小巷有一个院落标明是控保建筑，但想来这不是我要找的庞薰琹故居。迎面走来一对年轻人，我走上前去向小伙子请问庞薰琹故居，但他的女友却指着一辆电动车后尾的招贴画与之说笑，看来小伙子无心回答我的所问，无奈只好继续向前走。

在街面上又遇到一位保安，他立即把我带到了庞薰琹故居门前。从外观看上去，这是一座清代建筑，门的两侧分别嵌着文保牌和介绍牌。大门上着锁，我敲击一番，里面没有回应，于此注意到门上挂着"陆建华评弹艺术工作室"的新招牌，上面的门牌号为"南泾堂24"。我向那位保安请教如何能入院中，他告诉我这里经常大门紧闭，里面可能做仓库使用。闻其所言，看来入内已经没有可能，然而保安却建议我沿着南泾堂小巷一路向下走，前行不远就能走到翁同龢故居。但当日那里不是我的寻访目标，于是谢过其好意，想继续在常熟内探访与庞薰琹有关之遗迹。

之前我已查得常熟还有一座庞薰琹美术馆，地点位于元和路98号，与此处距离大约有一千多米的路途，于是我在路边乘上了一辆三轮车。我问车主应付多少车资，他说不清楚98号有多远，只能到了地方再说。坐在电动三轮车上，微风拂面，一身的汗也落了下来。三轮车主走错了路，东绕西绕总算驶上元和路，而我则注意着路边的门牌号，我从6号看起，一路数下去，感觉越走越远，并且有些号之间距离很大。行驶到常熟市教育发展中心前时，元和路的门牌号不见了，这里是另外一条街，车主说他也不知道怎么走了，让我下车自己去寻

《背篓》 中国美术馆藏

找，而后给我报出了二十元的车资。

下车之处颇感荒凉，感觉这一带应该是常熟市的新区，我对如何寻找美术馆完全没把握，复与三轮车主商议，可否继续乘他三轮在这一带寻找，车主却说他急着赶回市区。无奈只好让其离去，而就在他驶离的一瞬间，我看到三轮车的后身遮挡之处就是我要找的庞薰琹美术馆。

从外观看上去，这个美术馆颇具现代意味。走到院门口，果然看到门牌号是"元和路98"，只是美术馆已经从该路驶下拐入了一条二百米长的岔路，为何这里仍然叫元和路，常熟有关部门的排号方式我搞不懂。但不管怎样，找到目的地就足以令我兴奋，于是径直走入院中。

在入口处看到一位保安，他主动说这里免费参观。走入展厅之内，迎面看到了庞薰琹的大理石雕像，虽然整个展馆内仅有我一位看客，但里面的冷气却很足。我首先参观了一楼展厅，这里主要是以展板的形式介绍着馆史。之后登上二楼，在这里看到了许多庞薰琹的绘画作品，其中几个展柜内摆放着几套碗碟，上面的图案也是庞薰琹所设计。他在《论艺术设计美育》中曾经讲到过自己的观念："设计这些日常用的工艺品，不单要求实用，而且要求有相当水平的艺术性。通过这些日常用的工艺品来激发生产情绪，来激发创造性，来激发爱国主义精神。随着经济建设的发展，人民生活水平的提高，一定要逐步提高与发展这些图案工作。"

庞薰琹果然是一位勇于实践的人，他在那个时代竟然设计出了这么多实用的装饰艺术作品，虽然这里也有一些他早年的油画作品，但相比较而言，他的实用装饰艺术更令人难忘。

在参观的过程中，那位保安一直跟随着我，盯着我的一举一动，这让我感到此馆展示的一些画作应该有不少是原作。但保安颇为和善，

庞薰琹故居正门

庞薰琹美术馆

庞薰琹作品

展陈方式较为特别

老照片

历史上的快乐

当我参观完二楼展厅时，他告诉我穿过一条回廊，里面还有一个小厅。

走入其中，里面展示的则是庞薰琹早年的画作，而有一面墙张贴着一张放大到几十平米的老照片，我看到庞薰琹坐在那里慈祥地微笑。虽然他后来遭遇了不少痛苦，但一旦能够继续工作时，他又绽放出了自己的光芒，设计出更多更美好的作品，用他的话来说则为："图案事业的目的，也就是给予人类精神上的鼓舞，使人类生活得更美满、更幸福，来提高生产与工作的情绪。"

陈少梅（1909年—1954年）
得北宗精整爽健，收南宗文雅精微

陈少梅是金城的得意弟子。金城坚持北宗画法，在其所著《北楼论画》中称："工笔固未足以尽画之全能，而实足奉为常轨。写意虽亦画之别派，而不足视为正宗。"他明确地称工笔画才是正轨，南宗的文人写意画法只能说是旁枝。这样的观念影响到了陈少梅，刘曦林在《继欲断薪火，辟艺苑别途——评陈少梅的画》中称："他从被贬斥的所谓'北宗'的艺术中，发现了特异的艺术语言，找到了与自己相近的艺术个性，并希图从这里找到一个突破口。于是，他首先从郭熙，然后从马远、夏圭，一直到仇英、唐寅、吴伟等人的绘画入手，仿佛在混沌中找到了一线光明。"孙天牧在《近代北派山水第一人——忆先师陈少梅先生》中则称："当时国画领域中，是四王、吴、恽一统天下的时代。陈少梅师独具慧眼，另辟蹊径，跳出了时尚的画风，毅然走到明代北派山水大家唐、仇领域之中……"

其实金城并不完全排斥南宗，他在《画学讲义》中说过："作画以能得神韵为佳，不必刻画之工也，五日一山，十日一水。工则工矣，然过于拘谨。"他还认为作画应当"有士气而兼具作家之工"。对于南北宗问题，金城明确地称："惟神明于规矩者，自能变而通之，善师者师化工，不善师者抚缣素。拘法者守家数，不拘法者变门庭。"

金城的客观态度对陈少梅当然也有影响，薛永年在《浅论二十世纪中国画变革中的陈少梅及其传派》中评价说:"他的作品深得北宗精整爽健,吸收南宗的文雅精微,创造了一种精雅之美,严谨、精密、娴熟、潇洒、有情调、有韵味,比一般的院体含蓄精微,比一般的文人画功力深厚,但坚持了中国画的语言方式和审美韵味,形成了南风北骨的风采。"

可见陈少梅的绘画特色乃是北宗为本南宗为用,吸收两宗之精华,形成了自己的独特画风。对于他的绘画成就,范曾在《中国近现代名家画集·陈少梅》的序言中做出了详尽的解释:

> 作画用笔爽利俊发、略无滞碍,而墨色雅结清脱、瞱然不滓。其大幅山水远观之骨气崭岸,近求之采藻严密,体势雄健恢弘、厚积薄发、愕愕然、凛凛然,近乎南宋马远、夏圭,而其气韵清雅雍容、含英咀华,潇潇然、澹澹然,则又近乎五代董源、巨然,宋之李成、范宽。于南北巨擘大匠之作,少梅先生自少至壮弘汲鲸饮、追本探源,断非一鳞一爪,皮毛外相之求似。是则陈少梅先生以北宗为体、以南宗为用;以北宗蓄其势,以南宗添其韵。其渊源如此,盖不可以南北宗限之也。

陈少梅出生于宣统元年,也就是1909年,关于他早年的情况,其次子陈长智先生所作《陈少梅年表》中载:"4月9日(农历闰二月十九日寅时)生于福建漳州,祖籍湖南省衡山县(今衡东县)霞流镇平田村,后迁鹤桥乡金花村。名云鹄(成名后改名云彰),字季升。于家中兄弟排行第五。父陈嘉言(1851—1935年),字梅生。光绪十五年(1889年)进士,翰林院编修,曾任福建漳州知府,入民国为首届国会议员,诗文书法名闻南北。母舒琼仙。"可见陈少梅出生于官宦之家,何延喆、何厚今在《陈少梅》一书中写道:"他的父亲陈嘉言、伯父陈兰松同榜高中进士，叔父陈范等三人同中举人，当时被称为'五凤齐飞'，于朝堂草野尽皆传为佳话。"对于他初始学画的年龄，陈长智在《年表》中将其列在四岁那年："此年至1922年间，在家乡读书，从父攻习诗文书法。尤爱丹青，临习不辍，喜画家乡山水，游踪遍历衡岳潇湘，父为取字'少梅'，以励其承继父志。成名后，以字行。"由此可见，陈少梅是早慧之人。

在思想观念方面，陈少梅除了受到父亲的影响，家族里长辈的观念也对他有所感染。陈少梅的堂叔陈鼎官至军机处行走，陈鼎乃是蔡元培的老师，因支持维新变法而获罪，戊戌六君子行刑那天，陈鼎与他们同时被绑赴刑场，在观刑之后又被押回监狱永久监禁。陈少梅的另一位叔父陈范曾是《苏报》报人，该报刊登过邹容的《革命军》自序。陈少梅的堂姐陈颉芬则创办了《女学报》，此报为中国首份女性报纸，陈颉芬在逃亡日本期间还结识了秋瑾，与秋瑾一起组织了共爱会，而陈颉芬被推为会长。

尽管家族里的政治氛围很浓，但陈少梅却没有步入政途，始终对艺术有着特别的痴迷。1920年，其父在北京任职，十二岁的陈少梅离开家乡来到北京，而后通过父亲在京结识了许多著名的艺术大家及收藏家。1926年，北京湖广会馆董事会成立，陈少梅之父陈嘉言被推举为第一届董事长，自此之后有更多的名家出入陈宅。《20世纪美术作品档案·〈陈少梅年表〉》中写道："少年陈少梅随父北上，寓居北京湖南会馆。从洞庭衡岳到政治文化中心的北京，故都人文荟萃，名物风华，使少梅大开眼界。旧时会馆是外省精英聚集之所，乃翁德高望重，会馆名流汇聚，少梅得以向名宿耆老学习，与他们一起吟诗作画。北京画家云集，许多人亦富收藏。少梅借私人藏画，烛光下彻夜临习，打下了坚实的笔墨功底。此时，陈少梅已显露出非凡的艺术天赋，常能以鬻画收入补贴家用。"

《秋江雨渡》 中国美术馆藏

1923年陈少梅加入中国画学研究会，拜师于金城门下，此时的他年仅十五岁，是金城门下年龄最小的弟子。据说金城对陈少梅最为看重，在周简段所著《画坛旧事》中，记录着金城介绍陈少梅的一段话："我一生教授弟子甚多，他是最小的，却是我最得意的。现在他画得很好，将来前程无限，故我为他取号升湖，承吾业者，必升湖也。"

原来陈少梅号升湖，是老师金城亲自为他起的。然而陈长智在《陈少梅年表》中记载："金北楼之子开藩（字潜庵）继承父志，成立'湖社画会'（因金北楼一号藕湖，故名），会址在北京东四钱粮胡同14号。画学研究会画家群与参加，凡会员均取带湖字之号，取号升湖，为湖社画会骨干，湖社会员人数最多时达四百余人。"陈长智的这段话列在了《年表》的1926年，这年陈少梅十八岁时，就在这一年的秋天，金城去世。到本年的冬天，金城之子金开藩方成立湖社画会，凡是该会会员所起之号均带一湖字，正是在此时陈少梅起号为升湖。

虽然陈少梅拜金城为师时年纪不大，跟随金城学画的时间也不算太久，然而他却有着颇高的艺术天分，在他加入中国画学研究会的转年即1924年，在金城等人的张罗下，共同举办了中日第三届绘画展，陈少梅的作品也参加了此次展览。何延喆、何厚今在《陈少梅》一书中转引了刘凌仓对陈少梅的评价之语："我加入'画学研究会'时，少梅早已是会员了。当时他年龄很小，画得却很好。他对艺术很忠实，说话极痛快，每提到国画总是侃侃而谈，很有见地。"该书中还引用了金城对陈少梅的评价："余弟子累百数，而少梅超诣绝群，必以过我。"

1930年，比利时举办了建国百年国际博览会，陈少梅的画作也参加了此会，并且获得了银奖，这些都可说明他在绘画上的成就所在。

1931年，湖社决定在天津开设分会，该分会由陈少梅和惠孝同主持会务工作，当时陈少梅年仅二十三岁。从这一年的3月10日开始，陈少梅在天津分会开始授课，该会扩张得很快，为此他们不得不选择可以容纳更多学生的授课地址，正是湖社天津分会的开办，方使得近代天津涌现出一批重要的画家。李蒲星编著《湘籍近现代文化名人·美术家卷》中称："天津二十余年，随陈少梅学画不下百人，后来成就卓著者有王叔晖、刘继卣、黄士俊、孙天牧、关雁修、刘维良、吴咏香、王宝铭、冯忠莲、邵芳等人。1938年，陈少梅破例收一位名叫张慎言的聋哑少年为弟子，陈少梅教他以演示为主，辅之以哑语和书写提示，张慎言将每一张字纸都予以收集，学画十年，竟厚达十册之多。"陈少梅的学生冯忠莲后来还成为了他的夫人，她在临摹古画方面颇具功力，所临的《清明上河图》《虢国夫人游春图》在社会上有很大的影响力。

在京期间，陈少梅还于1935年在天津法租界永安饭店二楼举办过画展，当年7月11日的《北洋画报》刊登了陈少梅的两幅作品，同时还刊登了巢章甫所撰《陈少梅画展小言》："画家陈少梅先生，英年力学，名震平津。……人物、仕女，并皆绝佳，山水更兼南北二家。并世作者，殊不多睹也。值此艺术消沉之际，正复异彩当空，光芒万丈，盛可知也。"

1937年7月3日天津沦陷，湖社天津分社被迫停止一切会务，陈少梅避居英租界，租住在世界里一号一座小楼内。《天津小洋楼陈少梅旧居：天才画家弱冠闻名》一文中转引了陈少梅次子陈长智的回忆之语："当时家里人口多，经济十分拮据。全家居住在世界里1号一座小楼里，是租用的房子，面积不大，人口最多时有十人。我们兄妹四个，我奶奶、姑姑、我叔叔、我父母、表哥，十口人仅靠我父亲一个人养活。父亲很忙，整天除了教学就是自己作画。"

为了生活，陈少梅努力作画，为此他开办了陈少梅画社来招收学生，他参照《湖社画会天津分社简章》的内容撰写并印刷了《陈少梅画社简章》：

《人物图》 天津博物馆藏

朴依界境长此情松声遍俯合泉声试往静裏閒傾耳便覚冲然道氣生
君達先生方家陸表 丁丑八月陳雲彰

一、本社以研究国画为宗旨。

二、本社设山水、人物两科，由社员自选一科。

三、凡品行端良，有志研究国画者，不限男女年龄资格均可入社。

四、本社分一次班及两次班两种。

五、学费须于每月按月缴纳，除已声明退学者外，不得随意停交学费。

六、本社开展览会时，成绩优良者应加入出品。

陈少梅在教授弟子时十分耐心负责，他的学生孙天牧回忆称："先生在教我时，总是亲自提笔示范，并耐心地告诉我北宗山水画笔怎么用，墨怎么用，就这样口传心授于我十年之久。"《中国近现代名家画集：孙天牧》一书中，提到他从老师那里学到了北派精髓："中央文史馆馆员，老画家孙天牧先生是陈少梅的得意弟子，也是终生继承老师衣钵的忠诚实践者，他从1938年开始跟陈少梅学画，一直学了十年。孙天牧对传统山水画法具有渊博的知识和深厚的功力，尤精于北派山水；他临摹的古画，几可乱真。"

1948年，经天津市教育局批准，当地成立了私立文华美术学校，四十岁的陈少梅任职该校国画系主任。1949年1月15日天津解放后，天津文艺工会成立，陈少梅被推举为该会的负责人之一，主要负责宣传工作。1952年陈少梅担任中国美术家协会天津分会副主席，同时任天津美术学园校长，并亲自授课。1954年9月9日，陈少梅到北京宣武区烂漫胡同去探望老母时，猝然病逝于此，终年四十六岁。

陈少梅的英年早逝，让很多了解他才能的人为之扼腕，启功先生为此在陈少梅所作《钟进士醉酒图》上题诗一首：

> 运毫何殊运斤，着墨即是明人。
> 梅老已成千古，钟公铁面长春。

启功还在这首诗的后面写下了一段小注："此故人陈少梅先生遗作，其纸不过三十年，其笔则三百年。所著者音徽往矣，百身何赎！"

陈少梅没有画论存世，他的一些绘画理念体现在所写的一些题画诗及画跋中。陈长智、林庆萍整理注释的《陈少梅绘事录》将这些题画诗及画跋汇在了一起，比如："挥汗如雨，走笔如风。画竟欣然，顿消炎暑，最为快也。""从来写意在虚无，不用烟波入画图。身着蓑衣头戴笠，便教满纸是江湖。"以此可见，陈少梅运笔用墨强调速度，并且讲究意境。

在另一则画跋中，陈少梅写道："写秋山意象萧瑟，必得之毫素境界之外。固不必红林翠巘、白雁苍葭，然后知其为秋也。点笔破墨，使纸素间别创一世界，可居、可游，令观者忘其为画，此笔墨之所以与造化埒也。"由此可知，陈少梅的绘画讲求意境，但同时他又认为："笔墨在境象之外，气韵又在笔墨之外。然则，境象笔墨之外，当别有画在。清风归腕底，爽气出毫端。"

对于应当师法自然还是求诸古人，陈少梅说过这样的话：

> 唐子华树法往往如此，思翁随意涉笔每近房山。疏烟渲淡碧，密雨洒浓翠。静观造化师，时时出新意。静观无定形，出手自通灵。岚影生空阔，林阴接杳冥。吮毫蘸墨，漫写是图，香雪披离，颇似清浅水边黄昏月上也。

虽然陈少梅曾经大量临写古人真迹，但他同样会以自然为师。其长子陈长年在回忆中谈到父亲无论寒暑，只要出门身上都会带着一个

《狮子岩图》 天津博物馆藏

小本子,只要看到有用的题材,都会将其画下来:"小时候在我的印象中,父亲从来没有带我到公园玩过,就去过天津的水上公园,去过一次,我就不愿意和他再去了,他见着一棵树就发呆,掏出笔就素描。"

在陈少梅创作的时代,正好处于中国画的改良期,他尝试着用工笔写实与文人墨戏相结合,创作出融合南北宗观念于一炉的绘画风貌,同时他又讲求创新,强调"先临古学古仿古,而后创新",因此他在临古方面也下过不小的功夫。徐群在《从南北宗理论看陈少梅的绘画哲学》一文中说:"他对于李唐、刘松年、马远、夏圭等北宗画家的大小斧劈皴画法做过非常细致深入的研究,尤其对于夏圭的'拖泥带水法'或称'带水斧劈皴'画法经过自己的摸索实践而有新的发展。在《山静日长图》《观瀑图》等作品中，陈少梅就运用了此方法。他用浓墨湿笔进行快速的皴擦，然后用淡墨趁势扫开，最淡处用清水继续扫出，使画面有一种浓淡和黑白的两极变化。"

徐群的文中还引用了陈少梅与天津近代画家彭绍义的一段对话："南北融合提法好，我虽宗北，但也是避其霸悍和外露，力求在皴染上注入秀逸之气。我同意您说的既要气韵生动又要脱去烟火气。但气韵生动要靠笔墨功力，功力不到必然满纸烟火气。"这段话可以看出陈少梅在绘画理念上虽然推崇北宗，但对南宗画法并不排斥。陈少梅融汇南北宗的技法受到了后世的肯定，启功先生在《陈少梅画集》的序言中写道："较豪放的似戴进、吴伟一路，但边幅修洁，删略他们那种粗犷的习气，细笔的似周臣、唐寅两家，又能在潇洒中不失精密严格的法度。"

陈少梅在画史上最大的贡献就在于对北宗的振兴，徐群在文中评价说："由于受到董其昌'南北宗'理论的影响，北宗绘画（尤其是山水画）风格受到了很大的抑制，直至陈少梅的出现，才改变了几百年来中国山水画的发展格局。"

对于陈少梅的绘画特色，龙志年在《已故画家陈少梅》中称："陈少梅的人物画，多作老人、罗汉等，用笔高度概括，线条健朴灵活，不流于工巧繁腻。人物风神飘逸、气韵超然，深得宋代'减笔'人物画和明代人物画水墨苍劲的特点，并大多配以丰富的景物。仕女画主要吸收唐寅、仇英的表现手法。"范曾在《陈少梅画集》序中，将陈的绘画成就与黄宾虹、傅抱石、李可染等大家相并提："纵览近世画坛山水画，有固守民族菁华，融会诸家法，再辟蹊径者，此南有黄宾虹，北有陈少梅；有借它山之石以攻玉，成自家法，大纛重张者，此南有傅抱石，北有李可染。此四君者，皆学养深厚，对传统心存虔敬，潜修默练、励志精进，然后面貌独具，然后蔚为大家。天下云集而景从，

寒林图
少梅陈云彰写

《寒林图》 收录于《陈少梅画集》

岂徒然哉！"

  2019年9月6日，应天津问津书院掌门人王振良先生之邀，我前往该地举办一场讲座，而我特意提前一天来到了天津，以便寻访两处历史遗迹。此程我先到杨柳青探访了一番，而后从那里乘出租进入天津城区，我告诉司机自己的目的地是天津市和平区世界里1号。司机说他虽是本地人，却并不知道世界里在哪里，于是我在车上给王振良去电话，请他向司机讲解一番，而后司机把我拉到了天津五大道地区，在这一带我们几经打听还是没有找到世界里。无奈只好下车，步行在这一带到处打问。

  问过几个路人，均不知道世界里在哪里，无奈只好再去电王振良，而此刻他正在接待两位外地来的客人，抱歉地说此刻不能前来，只能在电话里指挥我如何行走。按其所言我来到了重庆道，此处是我多年前经常路过之地，其实我也不知道这一带有个世界里。正在踌躇间，从一条小巷内走出一位女士，她开锁上车正要离去，我快步走上前问她世界里在哪里，她抱歉说确实听过这个名字但不知道具体位置，而恰在此时有一位大爷从旁边走过，他大声地跟那位女士说："你不就从世界里走出来的吗？"女士笑着说她还真不知道这里就叫世界里。

  跟着大爷走入这条小巷，我注意到路口确实没有"世界里"字样，于是小心地向大爷求证，他冲我一挥手说："跟我来吧。"我边走边注意到两边都是地震后加固过的三层小楼，小巷的空中横七竖八地排列着暖气管道，说明这里当年是民国旧房，后来加装了暖气设施。

  这条小巷的两侧均是一排排的同样规格的小楼，我未曾数过有多少排，总体感觉这里的格局像是一条鱼刺。这条小巷的长度大概超不过两百米，路边的告示牌上有老旧小区改造公示栏，看来这里也要做动迁，不知是拆掉重来还是进行彻底的维修，而我庆幸自己在改造之前来到了这里。

走到这条小巷快到尽头的位置，大爷用手往右边一指："这就是你要找的世界里1号。"果然，在这一排房屋的第一个门洞上，看到了我要找的门牌号。为什么有这样具体的号牌，手机导航上却查不到呢？我无法质问制作导航的公司，赶紧先向大爷致谢，他摆摆手继续向前走，而我则站在世界里1号院门口探望一番。

这栋小楼与附近的楼房格局完全一致，楼体呈砖垛形，每个砖垛的凹口自然形成一个小院落，此处有一个不大的铁门，敞开着，于是我走入院中。在这里没有看到标有陈少梅字样的文保牌，我首先走入下面的半地下室，看见这里有两个门都已经贴上了封条，看来这一带真要进行拆迁。

继续在半地下室内向前行走，看见有几级向上的楼梯，拾阶而上，后面是另一个独立的院落，于是我原路返回，沿着南面的台阶向楼上走去。这里静悄悄的未遇到住户，木地板磨损严重，这应当是当年的原物。正在看地板时，我却无意间听到了动静，定神细看，原来楼阁内有个笼子，里面关着一只兔子，它正在那里向我打招呼，可惜我身上没有带着任何的菜叶，更不要说它爱吃的胡萝卜了，显然我的无备而来令这只兔子颇感失望，为此我向它表示了歉意。

沿着楼道继续向上走，感觉这里的木楼梯也同样是原物，只是后来刷上了新漆。沿着楼梯边走边拍照，能够感觉到这里住着多户人家，只是每一家都大门紧闭，我试着敲了两户的大门，里面均无人应答。无奈只好原路下楼，在小院内张望一番，这里种着一些花草，看来人们无论住房多么紧张，都未失去对美好的向往。

沿着世界里继续向前走，穿过骑楼街，前面是成都道，而正是在这个交口上，有一个小小的金属标牌，上面写着"世界里"字样。其实刚才司机已经拉着我围着这里兜过两圈，如果从成都道进世界里，距离世界里1号最近，而此处乃是成都道101号，现为桂园餐厅。从

在此遇到了大爷和女车主

跟着大爷走入世界里中

世界里1号

后院院景

这一带的外立面看过去，仍然保持着旧楼原有的风貌，真希望这里的改造能够留下原有的建筑格局，这样的话世界里1号院也能够得以保留。

于此看到了世界里标牌

陆俨少（1909年—1993年）
创"陆氏云水"新程式

邵洛羊在《不羡同能，但求独诣》一文中评价陆俨少称："现代中国山水画，深具传统功力而出新有据者，老一辈中有黄宾虹、吴湖帆、贺天健、张大千、潘天寿等，陆俨少晚出，却也曜然树一帜。"

陆俨少属于老一辈有传统功底的画家，他比黄宾虹、吴湖帆出名要晚，但其画作也有着独创性，对于他的画风所本以及毕生成就，邵洛羊在文中说道："俨少山水画，起步'四王'，远汲宋元，近变明清，劲辣雄沉，得自中立、晞古，稠密醇丽，出乎巨然、山樵，严法度而不受羁。他为人执着而内向，刚直不阿，讷于言，滞于行，一生以殉道精神求变，遂开生面，创'陆氏云水'新程式，于中国绘画史上增添一碑。"

关于何为"陆氏云水"，邵洛羊在此文中并未解释，而车鹏飞在《陆俨少山水用笔浅析》一文中谈及陆俨少绘画用笔时写道："他的单笔线运行时中指频频颤动，且颤且行，屋漏虫蚀，纷至沓来。这种'颤'是其多年用笔创造。应该指出，颤笔与不擅用笔者无病呻吟的抖笔根本无关，抖笔虽是企求线条涩毛感，但取法不当，痉挛寒战，如发癫痫，不能自控，结果造成笔势混乱，力量抵消，自相践踏，面目可憎；颤笔则不同，颤的目的是以颤动频率来微调笔毫，使之注墨均匀，增加线条苍茫浑厚感，也就是涩毛感。"

《硃砂冲哨口》 中国美术馆藏

看来，单线条的颤动乃是陆俨少用笔的主要特色之一，这种颤并不是不能控制的抖动，而是陆俨少独创的一种绘画技法。车鹏飞接着称："但是，'颤'频非常有讲究，必须视线的表现需要来调整缓疾，它完全是即兴的、自然的随机发动，不能预测，不能制作，是一种功到自然成、不期然而然的产物。若是刻意追求，便失自然韵味，于画无补，反而有害。"

正因为陆俨少发明了这样的独特绘画技法，方使得他的画作呈现出迥异于他人的面貌。而其如何能出现这种独特的效果，车鹏飞在文中也有简述："陆先生作画一般喜欢一支笔到底，不似他人往往视所需随时换笔。他的画法，强调的是尽笔之功能表现物象，在这种情况下，一支笔要当作几支笔来用，要随时能调节笔触的大小粗细。在长期的此种用笔环境训练中，使其获得了心手两忘，心手合一的自由。他行笔时结合指颤变速注墨，或疾或缓，不让铺毫中辍，或提或按，注意杀笔入纸。"

这种技法显然是陆俨少在绘画实践中渐渐摸索出来的，因为从他的学画经历来看，他的老师中没有一人使用过这种技法。关于陆俨少学画的起因及相应的师承，周凯在《性本爱丘山——试析陆俨少早期艺术生涯中的显象与隐意》中有如下简述："陆俨少自幼对绘画产生浓厚的兴趣，尚未读书前他就喜欢涂鸦，读书后课本上的插图就成了他的'范本'。十三岁时邻居送他一部《芥子园画谱》，这是他第一次接触到像样的图画，他如获至宝，并如饥似渴地临学。十四岁进上海澄衷中学读书，在学校图书馆里见到一本珂罗版印的《中国名画集》，使他大开眼界，终日耽习之，并萌生了专心学画的念头。十八岁中学毕业，他终于获得父亲的许可，入读无锡美专，但旋即因对师资水平失望而辍学。在彷徨无奈之际，命运来眷顾他了，苏州王同愈先生落籍南翔，他是前清翰林，学问一流而且书画皆精。经过表兄的介绍，陆俨少结识了王同愈,后来又由王同愈介绍,正式拜师于海上名家冯超然,其时陆俨少十九岁。"

看来陆俨少在年幼之时就对绘画有兴趣,而从其家庭出身来看,陆家并没有这方面的基因遗传。李仲芳在《陆俨少传记》中写道:"陆俨少父亲叫陆韵伯,为长子,少樵公四十多岁就去世,米店和家庭的担子自然就压在他身上。经商谋生以外,陆韵伯喜欢看书,且买且读,而且写得一手工整小楷。尤擅长心算,他上街购物,买一大堆东西,结账时,往往是店员'噼啪噼啪'打着算盘还尚未算出,他已通过心算把总数报出来了。"

从陆俨少祖父那一辈,陆家就经营米店,而陆俨少的父亲陆韵伯喜欢写小楷,最奇特的本领乃是心算,他心算的速度甚至能够超过算盘。陆韵伯超人的记忆力遗传给了陆俨少,这使他能够看过古人的画作就能记住整体的面貌,而后能够背临出来,这种能力对于学习古人绘画是很好的天赋。李仲芳在专著中写到了这一点:"陆俨少记忆力好。他模山范水,极少对景写生;对传统名作,陆俨少大多是凝神谛视其用笔线条脉络,直到能够背临;还有,他晚年应《朵云》杂志编辑车鹏飞之约,撰写了《陆俨少自叙》,青少年时期经历皆历历在目,这些,或许就是遗传自父亲的。"

陆俨少早在上学的时候就表现出了超强的记忆天赋,某次心算比赛他当仁不让地得了第一名。有着这样好的天赋,他却对做生意没有兴趣,在他十三岁的时候,邻居开店的老板送给他一部石印本的《芥子园画谱》,这成为了陆俨少学习绘画的启蒙之师。

《芥子园画谱》对陆俨少影响很大,他按照书中所教的技法努力临摹,同时也练习书法。中学毕业后,陆俨少再次向父亲提出要求去学画,而此前他已经向父亲提过这个要求,但未得到应允。陆俨少的一再要求让父亲感觉他在这方面很有信心,于是就同意他转往无锡美术专门学校去学画,这一年陆俨少十八岁。

无锡美专创建于1925年,乃是由胡汀鹭、贺天健、诸健秋、陈旧村等人所办。钱松嵒、吴湖帆等名家都曾在此校任过教师,但出于各种原因,陆俨少仅在这里上了一个学期就再未返校。那时苏州的国学大家王同愈居住在嘉定南翔,陆俨少的表兄李维城跟王同愈之子王仲来在东北时原本是同事,经过李维城的介绍,陆俨少跟随王同愈学习绘画,但并未正式拜师。

王同愈以长老身份指导陆俨少学习书法、绘画以及读古诗文,因为王同愈认为要想学好山水画,必须先要有很好的文化功底。陆俨少在王同愈那里看到了不少"四王"的精品,这也让陆俨少开阔了眼界。

那时候的王同愈已经年逾古稀,而陆俨少还不到二十岁,因此王同愈觉得应当找一位年富力强的画家来教陆俨少绘画技法,因为他已经看到了陆俨少在绘画方面的天分。而那时的上海画坛最富名气者乃是"三吴一冯",其中的"一冯"就是冯超然,于是在1927年正月,十九岁的陆俨少在王同愈的带领下,来到了冯超然的寓所,在此正式拜冯为师。

冯超然对弟子的要求很严格,他当时就跟陆俨少说:"学画要有殉道精神,终身以之,好好做学问,名利心不可太重。"这样的教诲让陆俨少受益终身。此后的陆俨少每隔一段时间就前往上海冯超然那里交上自己临摹的作业,而后由冯超然指出作业中的不足之处。关于冯超然收徒弟的情况,陈巨来在《安持人物琐忆》中写道:"广收门人,尤多女弟子,凡收一女弟子,必为之更名,若孙琼华、谢瑶华(佩真)、毛琪华、张琰华(谢绳祖之妻也)达二三十人之多,无不以'玉'旁,'华'字辈。最后收一女弟子,唐琲华(冠玉,潘公展之妻也)。"

陆俨少虽是冯超然的男弟子,但他却对这位弟子有着特别的偏爱。陆俨少的学生尹舒拉写过一篇《穆如馆纸篓拾得》,此文所记全是陆俨少的各种事迹,而其中"不要像老师"一节则记录的是陆俨少所言:"冯超然先生有三十多个学生,而冯先生最喜欢我。原因是我的画不像冯先生,学生像老师肯定不会太有出息。当时,和我一起跟冯先生学的有一个叫张谷年,他学冯先生学得极像,不知道现在画得怎么样了。据说,张谷年现在在台湾,你如有关系可以找他的画看看。"

冯超然是位开明的画家,他不像有的老师要求弟子们只能画自己的风格,他有着弟子不必不如师、师不必贤于弟子的观念。当时他的两位学生陆俨少和张谷年是两个极端,陆俨少学出来的画与老师完全不像,而张谷年画的却很像老师风格。对于这两位弟子,冯超然认为他们都会很有成就,故某天他对两人说:"中国山水画自元明以后,流传有绪,不绝如缕,一条线代代相传。现在,这条线挂到我这里,你们两人用功一点,有希望可以接着挂下去。"

陆俨少经过刻苦学习,绘画渐渐有了成就。1934年春,他父亲去世了,陆俨少料理完丧事,经朋友的劝导,在上柏山建起了农庄。这个阶段,他又到南京、北平等地游览山水,到处观看相应的画展,不断开阔着眼界。1937年,卢沟桥事变后日军侵华,陆俨少带领全家人来到了重庆,还在成都举办了画展,由此开始在绘画界渐渐有了名气。

抗战胜利后,陆俨少一家人又回到了南翔,此后不久,他在无锡举办了画展。这个阶段他跟宋文治、徐邦达有着密切交往,而徐邦达同样是冯超然的弟子。多年后,上海人民美术出版社出版了《陆俨少精品选集》,此画册由徐邦达作序,徐在此序中谈到了他们曾经师出同门:"我认识嘉定陆俨少兄,约在六十多年前他的老师冯超然先生上海寓中,那时我们都才二十几岁。陆兄山水画全学冯先生,一丝不苟。他因家在嘉定南翔镇,上海不是常来的,所以我们见面的时候也不太多。其后他的画法,渐渐起了变化,从中已能看出他自己的个性比较强烈,将来一定能够独立门户,决不会死守师法、成法的。"

《洛神图》 陆俨少艺术院藏

《台县图书馆》 陆俨少艺术院藏

不守成法正是陆俨少日后能够形成自己面目的关键所在。他的绘画有着深厚的传统功底，徐邦达在序中还谈到了陆俨少的眼界所在：

> 看他的新创作，既包含宋董源、巨然，元王蒙、倪瓒等人遗意，但均不受诸家规模的束缚，即造化亦未能拘住着它。从此后五十余年中，画笔与日俱增，到六十年代以来声誉日隆，画名驰于国内外，为当世人所一致推重。非虚誉也。

陆俨少一向强调学习古人要学习精华所在，不能一味地模仿，他在1961年完成的《怡然册》中写下了这样的跋语：

> 石涛有云："笔墨当随时代。"此句是顶门棒喝。因思予以前自谓学古人，实则仅得其糟粕而已。一千余年来山水画中颓废出世思想与今时代精神，宁有些事凑合否乎？此犹水火不能相容，而予恬然自安，不思其过，又复侈言笔墨。夫所谓笔墨者，充其极不过优孟衣冠，今时亦何用此古人之翻版？孤立以言笔墨，未见其有当也。学古人要为今用，故必有所创，创而后能合德者也。迷途知返，请自今始！

陆俨少自称年轻时只知道死板地学习古人，并未领悟到其中的精髓，而一个时代有一个时代的画风，因此必须有青出于蓝而胜于蓝的概念，所以他下决心通过汲取古人的精华最终展现自己的独特面貌，而这样的展现要集众家之长。他在《陆俨少自叙》中讲到了这一点：

> 我有倔强劲，自有想法，不欲蹈袭前人，所以后来我画梅花，也以线条见长，屈曲奇古，疏枝淡韵，不同一般。有人说我

> 发干学陈老莲，我自认有学他处，但不尽同，他发枝线条，纯用中锋，而我中锋偏锋互用，以求变化。陈老莲用两笔圈花，我则一笔圈成。有些像石涛的方法，但我用整饬一变石涛的烂漫。我主张为学当"转益多师是我师"，集众家之长而加以化，化为自己的东西。画如此，写字也同样情形。

集众家之长，乃是陆俨少重要的绘画理念，而更为重要的是，他能清晰地意识到自己的所长与所短，这也就决定了哪些画风可学哪些不可学。比如他很看重吴湖帆的成就，但他却明白自己不适合学习吴的风格："当时吴湖帆的画有天下重名。他设色有独到处，非他人所及。我有八字评他画：'笔不如墨，墨不如色。'如果也走他这条路，研求设色，虽然他的法子可以学到，然其一种婉约的词境，风韵嫣然的娴静美，终不可及。人各有所禀赋，短长互见，他之所长，未必我亦似之；而我之所长，亦未他所兼有。我自度禀赋刚直，表现在笔墨上，无婉约之致，是诗境而非词境。他主娴静，而我笔有动态，各不相及。所以如果走他的路，必落他后；而用我所长，则可有超越他的地方。同能不如独诣。于是我注意线条，研求笔墨点线，笔笔见笔，不欲以色彩取媚。绝去依傍，自辟蹊径，以开创新面目。正因为突出线条，所以不用重色，少施石青、石绿等矿物颜料，以免掩盖笔迹。这样我的设色也不同于吴湖帆之设色，即使青绿设色，我也有自己独特之风格。"

陆俨少将自己的观念同样教授给弟子，尹舒拉在《穆如馆纸篓拾得》中讲述了如下故事：

> 七十年代初，我将八页临石涛的册页和二十多幅临陆俨少先生的杜陵诗意向陆先生求教。因为是"文革"期间，没有好的临

本，记得石涛的临本是一套墨白照，而杜陵诗意则是凭陈我鸿铅笔勾本，加以我仅见过的几幅陆先生作品，按自己的理解去临摹的。陆先生看过后，说："你临石涛的这套比临我的这套好。但是，我劝你不要学石涛，石涛的笔墨习气太重，要学坏的。你初学画，就学石涛，一旦染上恶习，一辈子没得救。"我说："陆先生不也是学石涛的吗？"陆先生说："我怎么会学石涛呢？石涛是我师兄弟，我们都学王蒙。不过，石涛由王蒙往后学，学了明代的董其昌。我则由王蒙学到董其昌再上追北宋，品格不一样的。"我又问："学石涛一路有成功的吗？"陆先生答："唯有潘天寿一人。只可惜酒未醇，人已去。"

他的学生在"文革"期间仍然努力学画，想办法找来一些前人的作品尝试临摹，虽然弟子临摹得很不错，但陆俨少还是耐心地劝弟子不要一味地模仿石涛，要学习分辨究竟哪些风格更适合自己。他还强调一定要练出很好的基本功，要想做到这一点，必须要博采众长。他在《陆俨少论艺》中谈到了基本功问题："学画早年成名，不一定是好事。成了名，应酬多了，妨碍基本功的锻炼，也没有功夫去写字读书，有碍于提高。所以学画切忌名利心太多。年纪轻，扎扎实实做些基本的功夫，博收众长，冶炉自铸，逐渐形成自己的风格。但这种风格也不宜凝固不变。三十岁定了型，到六十岁还是这样，说明不再探索，坐吃老本。所以必须变，不断地变。一个成名的画家，有早年、中年、晚年之分，各个阶段，虽然可以看到有一条线挂下来，其个性笔性是有踪迹可寻。而其风貌，每个时期，各不相同。因之可贵者老年变法。黄宾虹早、中年画，在七十岁以前，无甚可观，及其晚年，当八九十岁时，突然一变，墨法神奇，开了面目，这点精神，我们应该学习。"

学习古人之长，而后形成自己的面目，但又不能吃老本，必须始终让自己保持求变之心，这正是陆俨少在绘画方面能有如此成就的原因所在。比如《自叙》中还提到他在七十六岁时，依然想效仿黄宾虹让自己的绘画展现出新面目："我今年七十六岁，方诸黄宾虹先生，还可再创作二十年。我不能满足过去，总想老年变法，为适应时代要求，要继续有大变，我深信只有根植在祖国的土壤上，我的艺术生命才能获得无限生机。"

在上面的引文中，尹舒拉谈到其曾临摹过陆老师所画的杜陵诗意，虽然陆俨少并未评价这样的临摹是好是坏，但是陆俨少确实喜欢创作杜甫诗意画作，这个观念应当是受王同愈的影响。抗战期间，他在四川辗转多地，颠沛流离的生活跟杜甫因安史之乱避难入蜀有着相似之处。当年陆俨少带领全家人前往四川时，随身携带的就是一部《杜甫诗集》。为此，他根据杜诗中描绘的景象创作了许多作品。李仲芳在专著中写道："他究竟画过多少幅杜甫诗意图，已经无法统计，单幅的不计，成系列的，就每册自八幅至二十幅不等册页，笔者所见，前前后后陆俨少也画过十余册，还有一百幅的《杜甫诗意图百开册》。"

可见杜甫诗意图乃是陆俨少最为喜欢的绘画题材，他为此创作了大量的作品，其中以一百幅的《杜甫诗意图百开册》体量为最大。这本画册曾出现在2004年春北京翰海拍卖会上，预展之时，这一百幅画作一一展开，成为了该场拍卖会体量最大的作品。我到现场观看了预展，同时也参加了拍卖，而本件作品加上佣金，最后的成交价竟然高达6930万元，当时这个价格令所有竞拍之人都大感吃惊，后来得知拍得此册页者乃是南京的一位企业家，这件事使得陆俨少的画作更受世人关注。

陆俨少为什么要画这么大体量的作品呢？李仲芳在专著中称："陆俨少一开始准备杜甫诗意册，是打算画四十幅，他把这个想法告诉了吴湖帆先生。吴先生觉得陆俨少山水画各种技法全面，就鼓励他画成

《杜甫诗意图之正愁闻塞笛》 陆俨少艺术院藏

一百幅。吴湖帆说,画史上唐伯虎有一部一百幅的山水、人物册页;华新罗也有一部山水、人物、飞禽、走兽的百幅册页。因为册页每幅需要变化,笔墨章法风格设色应各不相同,才能使观画者逐幅翻看时有新鲜感,引人入胜。一部山水册页,作者必须掌握多种笔墨,具备各种技法,才可以胜任。他鼓励陆俨少不妨一试。"

陆俨少创作出如此巨制,并无商业目的,因为他创作这个系列作品乃是为了纪念杜甫诞辰1250周年。如此大体量的册页,要保持绘画风格的变化,绝不雷同,是很不容易的一件事。《陆俨少山水画刍议》中称:"卷子易好,册页难工。因为卷子可以用同一个笔墨面目画下去,册页必须每页各具面目,切忌雷同。通常一本册页十二开,如果同一面目,多看使人意倦,看了两三幅,就不想再看下去了。所以必须面目不同,让人看了上幅还想看下幅,幅幅有新鲜的感觉,才算是达到艺术的目的。"

可以想见,陆俨少为了创作这个系列作品耗费了多大的心血,而他创作完成后:"此一百幅杜甫诗意册,当时准备捐献给杜甫草堂的。陆俨少曾经要他的学生陆一飞写信与成都杜甫草堂联系,不知道由于什么原因,草堂未作回应。"(李仲芳《陆俨少传记》)

这是何等奇异之事,如此大体量的画作捐献给相关部门,对方却如此冷淡,陆俨少只好自己保存着这件画作。"文革"开始后,此画册成为了造反派批判陆俨少的罪证之一,认为他创作这样的作品乃是借古讽今,而这百幅画作也就因此扣留在了画苑的资料室。后来这些画作被人拿走了三十五幅,"文革"之后归还时,陆俨少拿回六十五幅。之后经过友人的鼓励,陆俨少又补绘了三十五幅,使该画册完整如初。但后来为什么出现在了2004年拍卖会上,就不是我所能了解的情况了。

但是,对于陆俨少为什么创作《杜甫诗意图百开册》,尹舒拉在《穆如馆纸篓拾得》中却有另外的说法:

> 陆先生说:"当年潘天寿先生要振兴中国山水画教育,要在中国美院华东分院(现中国美术学院)开全国第一个山水科,要聘主课教授,当时广东的黎雄才、上海的俞子才等画家都去美院办过画展。我由于当时在上海刚刚看过美国水彩画展,因为想讨形势的好,吸收英国水彩画方法,画了几十幅册页。潘老看过后说好是好,只是有点洋兮兮。因此,我对潘老说,你给我三个月时间,我再来。就这样我用三个月时间画了杜陵诗意一百帧,再来美院展览,潘老很是喜欢,即聘我来讲授山水。"

《沧江钓艇图》 收录于《陆俨少书画集》

在这段叙述里,陆俨少所言与李仲芳的记载有了较大出入,而李仲芳在《陆俨少传记》中也引用了尹舒拉文中的这段话,而后其注明"录此聊备一说"。究竟哪种说法更接近正确,李仲芳在专著中未做结论。但无论哪种说法是事实,都不影响陆俨少这部鸿篇巨制的重大价值。

陆俨少创作出了这么多好的作品,但他当年的处境却并不好。陆亨在《伟大的艺术,简朴的生活——缅怀我的父亲陆俨少》一文中写道:"长期以来我们一家七口蜗居在上海二十多平方米的阴暗的屋子里:父亲的画桌,既是写字台,又是饭桌,也是我们读书做功课的桌子,这样的环境我们整整住了三十年,就在这张桌子上父亲创作了数以万计的作品。"

在这样局促的环境下,笔下竟然绵延出那么多的山山水水,真令人感叹,而他在1990年谈到自己绘画经历时,也提到了艰苦的探索过程:

> 予今年八十二岁,回忆六十余年学画经过,老迈健忘,不能尽记,其间可喜可愉笔墨顺适之日极少,多为探索前进,困而复学,如过急滩,奔流如箭,篙楫并举,奋力鼓气,而不自知舟之前进也。当此之时,食不甘,寝不熟也,一艺之成,甘苦自知,有不足为外人道者。及其深入传统,入之弥深,出之弥艰,行则凝神以视,休则静焉以思,睡则梦中瞿然而醒也。盖精神所注,无时不在画也。长想及今犹未甚老,当崭然出新,以别于旧,贾其余勇作最后之冲刺,完成老年变法,此予之志也。

这真应了《滕王阁序》中的那句名言"穷且益坚,不坠青云之志"。晚年的陆俨少仍然在探索绘画上的创新,而这时候他的画作已经呈现出强烈的视觉震撼，别有一番气势。对此他在《陆俨少论艺》中专门有一节谈到"气势"：

> 通幅看气势。四平八稳，则不见气势。破平之法，是在险绝，险绝一定要有倾向性，即倒向一面。如下方坡脚重在右面，则上面峰头倒向左面。反之亦如是。但总要有个重心，要把重心放到边缘的线上，过了这根线，失其重心就要跌下去。这样越是险，越是有气势，这是一种取势的方法。又有一种是欲擒故纵的方法，即势欲向左倒，而下面的东西先向右倒，以蓄其势。下面的势蓄得越厚，则上面的势越足，这是第二种取势的方法。又有平正取势的方法，虽然左右平均，没有轻重欹倒，但上下却有虚实轻重的不同以取势，这是第三种取势的方法。

陆俨少艺术院位于上海市嘉定区东大街358号，2018年11月2日，上海文艺出版社社长陈徵先生、刘晶晶女士、陈诗悦先生三人陪同我在嘉定区内寻访人文遗迹，其中一站就来到了陆俨少艺术院。艺术院处在嘉定有名的园林秋霞圃马路对面，这一带无法停车，故陈诗悦把车开往他处寻找停车之地，我等三人下车步行走入艺术院之内。

艺术院不收费，走近一楼展厅，影壁墙上的招贴画上写着"时代风采——上海现实题材美术创作工程草图观摹巡展"。这里用的是"观摹"而不是"观摩"，想来有特定的含义，而陆俨少是否创作过现实主义的题材，我还真不了解。于是在展厅内一一看过去，看到最后一幅也未见陆俨少的作品，于是回到门口向工作人员请教，对方告诉我，这个画展与陆俨少无关，陆俨少的画作则在二楼。

沿着玻璃楼梯登上二楼，首先看到一面影壁墙，这面墙上悬挂的全是陆俨少的照片，有他单独照，更多则是他与别人的合照。在展厅

院名

展厅外观

照片墙

二楼展厅全景

暖壶上的作品

老写字台

内一一看过去,这里既有陆俨少的画作,也有他的书法作品,同时还有陆俨少生前用过的物品。其中有两个传统的暖壶,虽然样式陈旧看上去也有些破烂,但细看之下,原来上面的图案乃是陆俨少所创作,其中一幅就是著名的陆家山水。

另一个区域布置成了陆俨少画室的模样,所摆画案面积却并不大,陆俨少晚年有很大的名气,我本以为他的画案也随着经济收入的增加变得十分阔大,看来一个人的艺术成就跟他的文房用品之间并没有必然的关系,这么小的画案上依然能够创作出那么多精彩的作品。

展厅内还有一些展柜,里面摆放着一些陆俨少的手稿,看到那一笔不苟的字迹,可以想见他做任何事情都十分认真。展厅内的屏幕上则播放着他讲话的录像,另一些展柜内还摆放着陆俨少生前的一些证件和证书。

从展厅望过去,艺术院的后花园有一条长廊,廊壁上嵌着一些刻石,这引起了我的兴趣,于是我们走出展厅来到后院。廊头悬挂着的匾额上写着"陆俨少书法碑廊"。陆俨少在《题自书卷》中曾说道:"予无书名,然每私自与今之善书者比,进而窃与古之大家相高下,则亦无甚憾焉。而为画名所掩,又不表曝于人,故知之者甚鲜。然知与不知,予之书固在焉,后之人可以考论,则庸有伤乎?"

陆俨少认为自己在书法方面的成就并不低,可惜被画名所掩,所以人们不知道他的书法同样很不错。孟繁玮所著《书画同源:陆俨少》一书中引用了陆俨少写给学凯的册页上的一段话:

夫书贵于当而已,故知外强中干矫揉造作,貌似惊人,取媚俗子,皆非善书者也。于字宜有趣,趣至而韵生;于篇宜有势,势立而气盛。盖积字成篇,以是未得字之趣而徒欲于篇得其势末矣!反之,徒欲得篇之势而未能得字之趣,亦未见其美也。字起于点画而终于结体，点画有关结体，两者俱美而韵生；篇章行于行间，行有气而篇亦势随之矣。总其成归于自然而已。一字之成，俯仰正侧不失其重心；一篇之成，疏密错落而互相映带，行乎不得不行，出乎不得不至，则又自然之极则也。

这段话可谓陆俨少对于书法之美的见解。如今的艺术院内修造起了这样的书法碑廊，以此展现陆俨少在书法上的成就，碑廊和展馆之间的空地上立有陆俨少胸像，下面写着"画人陆俨少"。看来，人们还是只把他看作画家而非书法家。

但是，陆俨少的的确确对于画史的贡献要大于他对书史的贡献，尤其是对于中国山水画，他提出了独特的见解，比如他曾把北宋时期的传统山水画分为三个流派："传统山水画到了北宋形成三个大流派，即董巨、荆关、李郭。三家鼎立，构成中国山水画的丰富传统。三家面目，各不相同。董巨写江南山，峦头圆浑，无奇峰怪石，上有密点，是树木丛生的样子。荆关写太行山一带石山，危岩峭壁，坚实厚重，很少林木。李郭写黄土高原一带水土冲失之处，内有丘壑，而外轮廓没有锐角，树多蟹爪，是枣树槐树的一种。三家各因其对象的地域不同，达到真实的表现。因之他们外在风貌各不相同，截然两样，但也有相同之处，即是都达到艺术上的高度境界。"

陆俨少讲述了地域性对画家创作风格的影响，而这些心得，与他年轻时的游历不无关系。俗语有云：读万卷书，行万里路。画万里山水，亦由脚下始。

陆俨少书法碑廊

"画人陆俨少"

后 记

对于中国古代画家的寻访，我陆续进行了五年。在这个过程中受到了许多朋友的帮助，我对于他们的感念之心，已经分别写入文中，在此，仍然要对他们说一声谢谢！此稿完成后，我请刘晶晶老师系统审理了绘画配图，她为此用了几个月功夫，去伪存真，同时点明应当用哪个收藏单位藏的哪一幅画作方具有代表性。然而中国古代绘画分散于世界各地，有些著名的画作我无法获得高清图片，故在配图时，也难以达到圆满之效果，但我仍然十分感谢她所给予的指导和帮助。

为了弥补本书配图的缺失，我买到一些权威性的画册，从中扫描所需之图片，为此我在相应画作下方注明了出处和来源，在此我也向这些画作的编纂者表示诚挚的谢意。

为了本书的出版，上海文艺出版社前社长陈徵先生为此付出了许多心血，于此我一并表达谢意。

韦力　2020 年春于芷兰斋

图书在版编目（CIP）数据

觅画记/韦力著.-上海：上海文艺出版社.2023
（韦力·传统文化遗迹寻踪系列）
ISBN 978-7-5321-7819-3
Ⅰ.①觅… Ⅱ.①韦… Ⅲ.①随笔－作品集－中国－当代
Ⅳ.①I267.1
中国版本图书馆CIP数据核字(2020)第190301号

发 行 人：毕　胜
策 划 人：刘晶晶
责任编辑：肖海鸥
封面设计：钱　祯
内文制作：常　亭

书　　名：觅画记
作　　者：韦　力
出　　版：上海世纪出版集团　　上海文艺出版社
地　　址：上海市闵行区号景路159弄A座2楼 201101
发　　行：上海文艺出版社发行中心
　　　　　上海市闵行区号景路159弄A座2楼206室　201101　www.ewen.co
印　　刷：苏州市越洋印刷有限公司
开　　本：710×1000　1/16
印　　张：146
插　　页：20
字　　数：1,847,000
印　　次：2023年6月第1版　2023年6月第1次印刷
Ｉ Ｓ Ｂ Ｎ：978-7-5321-7819-3/G.0301
定　　价：680.00元（全四册）
告 读 者：如发现本书有质量问题请与印刷厂质量科联系　T:0512-68180628